Constanze Dennig

VERKAUFT

Constanze Dennig

VERKAUFT

Alma Liebekind ermittelt

ueberreuter

Danke, dass Sie sich für unser Buch entschieden haben.
Wir freuen uns, wenn wir Sie auch weiterhin über unsere Neuerscheinungen informieren dürfen und laden Sie ein, unseren Newsletter unter www.ueberreuter-sachbuch.at zu abonnieren.
Sie erreichen uns auch direkt unter office@ueberreuter-sachbuch.at.

1. Auflage 2020

ISBN 978-3-8000-8001-4

Covergestaltung: Saskia Beck, s-stern.com
Coverfoto: © Adobe Stock
Foto Umschlag Innenseite: © David Payr
Satz: Hannes Strobl, Satz·Grafik·Design, Neunkirchen
Druck und Bindung: Finidr s. r. o.

www.ueberreuter-sachbuch.at

Dank

Ich danke meiner Freundin Friederike Lenart für ihre wertvolle Mitarbeit.
Ihre intelligenten Hinweise waren das Salz in der Krimisuppe!

Steckbrieflich bekannt

Alma Liebekind-Spanneck
Alma ist Nervenärztin in Wien, schreibt auch Gerichtsgutachten und ist außerdem eine „Ermittlerin im Pfusch“, wie sie von ihrer Freundin Frau Oberinspektor Sacherl bezeichnet wird. Sie zeichnet sich durch eine überbordende Fantasie und skeptische Neugierde aus, was ihr zwar bei ihren Recherchen zugutekommt, aber auch regelmäßig Komplikationen verursacht.

Alma ist eine auffallend attraktive Mitvierzigerin, die sich aber wenig aus ihrem Äußeren macht. Das liegt auch daran, dass sie immer unter Termindruck leidet und ihre Zeit lieber dem sportiven Spionieren widmet. Zur Entspannung und fürs Herz leistet sie sich Michelangelo – ihren jugendlichen Liebhaber. Sie ist ihrer Mutter Martha in inniger Konfliktliebe verbunden.

Summa summarum: Eine Frau, hin und her gerissen zwischen pragmatischem Verantwortungsbewusstsein und ungehemmter Lebenslust.

Martha Liebekind-Spanneck
Martha, Almas Mutter, schaukelt die Ordination ihrer Tochter und ist sich ihrer Wichtigkeit bewusst. Als bestimmende 85-jährige Rezeptionistin weiß sie selbstverständlich alles besser als die Frau Doktor. Sie hockt auf ihrer Tochter wie eine liebevolle Krake. Keinesfalls deshalb, weil sie sonst einsam wäre und schon gar nicht, weil sie ihren Ex-Mann Kajetan von Spanneck frühzeitig entsorgt hat – nein, sondern weil sie ihre Tochter abgöttisch liebt und überzeugt ist, dass Alma ohne ihre überragende Intelligenz und ihre überirdischen Kochkenntnisse elendiglich zugrunde gehen würde. Wer sonst ist so klug, dass er als Hobby Witze ins Lateinische übersetzt und diese ins Netz stellt? Dem Herrn von Spanneck, der lange verschollen war, gestattet sie gelegentlich einen Besuch in ihrem Bett, sonst möchte sie aber nichts mehr mit ihm zu tun haben.

Summa summarum: Ein Golden Girl der Grauen Panther mit dem Motto: Quod licet Iovi, non licet bovi.

Michael Mikulina
Wird in liebevollen Zeiten von Alma auch „Michelangelo“ genannt. Er performt umwerfend als Liebhaber, als Partner agiert er lebens-

fern. Seine lässige Art, mit den Pflichten des Alltags umzugehen, ist einerseits seinem jugendlichen Alter, andererseits seiner jovialen Lebenseinstellung zuzuschreiben. Glaubt von sich, ein Literat zu sein, schafft es aber nicht, mehr als zehn Seiten eines Romans zu schreiben.

Summa summarum: Almas Lebenskünstler und großer Luxus!

Erika Sacherl
Almas Busenfreundin seit gymnasialen Zeiten. Erika hat, statt zu studieren, die Polizeischule gemacht, was immer wieder zu Konflikten mit Alma führt. Einerseits ist sie wegen des verabsäumten Studiums ein wenig eifersüchtig auf Alma, andererseits nerven sie deren Einmischungen in ihre polizeiliche Kompetenz. Sie huldigt trotz ihres herausfordernden Berufs den Freuden des Lebens, wie Affären, Zigaretten und außer Dienst auch dem einen oder anderen alkoholischen Getränk.

Summa summarum: Untypische, aber sehr tüchtige Frau Oberinspektor.

Manfred Marchel
Seit Studienzeiten ist er Alma in hoffnungsloser Liebe verfallen. Hofft noch immer, irgendwann von ihr erhört zu werden. Außergewöhnlich intelligenter und gebildeter Professor für Gerichtsmedizin, der den lukullischen Freuden einiges abgewinnen kann. Das sieht man ihm auch an. Momentan mit Erika Sacherl konfliktbehaftet liiert.

Summa summarum: Wäre für Mutter Martha der perfekte Schwiegersohn!

Kajetan von Spanneck
Almas Vater und Marthas Ex-Mann, der plötzlich aus der jahrelangen Versenkung auftaucht. Mögliche Ursache dafür ist sein Geldmangel und die Sehnsucht nach einer geriatrischen Begleitung. Ein Leben lang ein Hallodri, der sich dank seines Charmes und mithilfe kleiner Gaunereien seinen Unterhalt stets von anderen Menschen finanzieren ließ, was als Altersversorgung aber nicht mehr ganz so funktioniert. Wer will schon einen gealterten Eintänzer?

Summa summarum: Fitter Mitachtziger mit einem Hang zum Laissez-faire.

Joschi Ameling
Gewichtiger Obduktionsgehilfe bei Prof. Marchel mit schlichtem Gemüt. Liebenswert, aber unter dem Einfluss von Bier nicht sehr zuverlässig.

Summa summarum: Almas naiver Informant hinter Prof. Marchels Rücken.

Ferdinand Fluger
Junger Polizist im Anlernstatus; deshalb und nicht nur wegen seiner Akne unsicher. Mitarbeiter von Erika Sacherl.

Summa summarum: Aus ihm wird noch ein hohes Tier in der Polizei werden.

1. Kapitel

„Wer immer strebend sich bemüht, den können wir erlösen ...“, singt der Engelschor aus Faust II.

„Erlöst?“, wieso „erlöst?“ und wenn schon, dann: von wem erlöst, wovon erlöst?

Man schiebt mich auf einer Bahre, von Kopf bis Fuß mit einem Tuch bedeckt, durch einen weißen Gang. Offenbar bin ich soeben von meinem Leben erlöst worden. Aber ich möchte doch gar nicht von meinem Leben erlöst werden. Ich will doch gar nicht tot sein und schon gar nicht will ich diese deprimierenden, von Engelszungen bigott wiedergegebenen klerikalen Chorgesänge hören. Man erlöse mich von diesem einschläfernden Singsang! Mein Begräbnis habe ich mir jedenfalls anders vorgestellt.

Wenn der Dank für „sich immer strebend zu bemühen“ der ist, vom Leben erlöst zu werden, dann hat sich Goethe aber einen massiven Denkfehler geleistet!

Als sich meine Augenlider mühsam einen winzigen Spalt öffnen, blicke ich auf eine runzlige Hand, die eine bleiche Hand drückt. Die runzlige erkenne ich sofort an ihrem protzigen Aquamarinring, die bleiche scheint mir unbekannt. Erst als ich versuche mich aufzusetzen und dabei die blassen Finger aus den faltigen gleiten, erkenne ich sie als meine Hand. Verzweifelt versuche ich, die Gedanken zu ordnen: Wo bin ich? Was ist geschehen? Ich öffne den Mund, um mich zu verständigen, meine Lippen gehorchen nicht.

„Alma ... Alma ... bist du wach?“

Die runzlige Hand schlägt mir unsanft auf die Wange.

„Kind, wach auf!“

Das klingt wie ein harscher Befehl und auf diese Art des Kommandos reagiert mein Kopf sofort. Wie wenn man einen Computer hochfährt, funktioniert meine Orientierung plötzlich wieder. Mutter hat mich gestartet. Ich rapple mich hoch, stütze mich auf meine Ellenbogen, reiße meine Augenlider auf und finde mich in einem typischen Krankenzimmer mit den unsäglichen Nachdrucken – vorzugsweise von Vincent van Gogh, Gustav Klimt, Claude Monet – an der Wand. Experten der Krankenhausgestaltung wissen anscheinend, dass diese Künstler einen Stil haben, der baldige

Heilung verspricht und die Seelen der Kranken erquickt. Mich erquicken sie nicht, ganz im Gegenteil, sie versetzen mich in einen Zustand der Weinerlichkeit. Ohne mich dagegen wehren zu können, schießen mir Tränen aus den Augen. Weine ich vor Glück, weil ich doch nicht erlöst bin, oder weil ich sterbenskrank erlöst werden soll, oder nur wegen des Van Goghs an der Wand? So ganz bekomme ich mein Hirn doch noch nicht auf die Reihe.

Mutter schnappt sich wieder meine schon etwas weniger bleiche Hand und tätschelt sie: „Aber geh, das war doch noch gar kein richtiger Mensch. Dritter Monat, da gehen sie eben oft ab. Früher hätte man das gar nicht bemerkt. Da hätte man eben stark geblutet und das war's dann auch schon. Also kein Grund zum Weinen."

Aha, darum bin ich da. Narkose nach einer Curettage nach einem Frühabort – ich erinnere mich. Und die Heulerei: ein Durchgangssyndrom[1] wegen der Narkose!

„Ich weine doch gar nicht wegen dem Baby, einfach nur so …", schluchze ich.

Mutter lässt meine Hand los, greift mir auf die Stirn: „Fieber hast keines. Morgen bist du schon wieder auf dem Damm. Wahrscheinlich die Narkose."

Ich nicke, kann aber meinen Tränenfluss trotzdem nicht beherrschen.

„Ich … ich …", stoße ich hervor, „… ich … ich … jedenfalls habe ich drastisch erlebt, wie es ist, tot zu sein. Ein Engelschor – mit diesem schrecklichen Singsang der gregorianischen Choräle –, … der hat gesungen: ‚Wer iiim … mer streeebend sich bemühhühüt, den können wir erlööööseń oder so irgendwie."

„Wenn mich so ein Choral beschallt hätte, dann wäre mir auch zum Heulen."

Mutter nimmt mein Handy aus der Lade des Nachtkästchens, schiebt mir die Kopfhörer ins Ohr und scrollt am Display. Meine Tränen versiegen sofort, denn ich lausche dem Ensemble „Pink Martini" mit „Que sera, sera" – ein Lied, bei dem man einfach nur happy sein kann.

---

[1] kurzzeitige organische oder symptomatische psychische Störung nach einer Narkose

„Stell dir vor, ich hab mich selbst gesehen, wie ich auf einer Bahre komplett zugedeckt irgendwohin geschoben wurde. Ein Nahtoderlebnis?"

„Ein Durchgangssyndrom, kein Nahtoderlebnis, aber …", Mutter tippt sich an die Stirn, „… aber da fällt mir was ein. Vielleicht hast du *das* wirklich, noch im Koma der Aufwachphase, beobachtet?"

Mit dem „Pink-Martini"-Doping sind meine Lebensgeister erwacht: „Was *das*?"

„Als ich auf dich gewartet habe, bin ich zuerst ein wenig im Haus hin und her spaziert. Dann aufs Klo gegangen und da hab ich beim Händewaschen durchs Fenster im Vorraum gesehen, wie man im Hof jemanden auf einer Bahre abgedeckt in einen Lieferwagen geschoben hat. Wenn ich jetzt so drüber nachdenke, dann wundere ich mich: Wieso ein Lieferwagen? Wenn die Person verstorben ist, dann ein Leichenwagen, und wenn sie lebt, dann wohl ein Krankenwagen. Eigenartig!"

„*Ich* war auch mit einem blauen Tuch abgedeckt …"

„*Du* warst mit keinem blauen Tuch abgedeckt, aber die Person auf der Bahre, die war's. Die haben sie wahrscheinlich an dir vorbeigeschoben und dein halbkomatöses Hirn hat *dich* darunter gelegt. Eine Sinnestäuschung im Rahmen des Durchgangssyndroms.

Leider hat die Wirkung von „Que sera, sera" schon wieder nachgelassen, denn ich muss mich beherrschen, um nicht wieder zu heulen: „Aber … ich hätte es auch sein können."

„Auch wenn ich deinen Zustand durch das Propofol[2] entschuldigen kann, es ist genug des Selbstmitleids. Bleib am Boden, du hattest eine Curettage und morgen gehst du wieder arbeiten. Ita est[3], aus. Frag lieber deine Gynäkologin, ob sie hier zufällig jemanden ins Jenseits befördert haben!"

Ich unterdrücke meine Tränen, denn verstandesmäßig weiß ich, dass Mutter recht hat. So eine Curettage ist eine Lappalie. Immerhin hat mir dieser Abortus die Entscheidung, Mutter zu werden oder nicht, abgenommen. Darum sollte ich eigentlich erleichtert und froh sein. Aber der postnarkotische Zustand meines Gehirns

---

[2] Kurznarkosemedikament

[3] So ist es.

ist durch die Überflutung mit Gammaaminobuttersäure (GABA)[4] erheblich gestört. Bis die überflüssige GABA abgebaut ist, werde ich wohl weiterheulen müssen.

„Also, was sollst du fragen, wenn Visite ist?"

Gehorsam wiederhole ich: „Ich soll die Frau Dr. Altenfelder fragen, ob hier ein Patient verstorben ist …"

„Wenn schon, dann Patientin! Ich glaube nicht, dass in diesem Sanatorium mittels Sonden in einem *männlichen* Uterus herumgestochert wird, bevor er dann sowieso entfernt wird, oder *männliche* Eierstöcke begutachtet werden, bevor sie künstlich befruchtet werden und dann zu guter Letzt diese Herren auch noch entbinden."

„… Patientin verstorben ist."

„Genau! Das fragst du sie bei der Visite. Dann schlafst deinen Narkosekater aus und morgen bist wieder auf dem Damm. Somno vulnera sanat omnia[5]."

Dann küsst sie mich zuerst auf die Stirn, dann auf die rechte, dann auf die linke Backe und zum Schluss mit einem Schmatz auf den Mund. Als sie die Tür hinter sich geschlossen hat, fühle ich mich einsam und verlassen.

Meine Einsamkeit wird jäh unterbrochen, als Michelangelo erscheint. Mit ehrlicher Trauermiene schlurft er auf mein Bett zu, wirft sich auf mich und umarmt mich. Bisher habe ich seine Umarmungen immer als entspannend und oder – oh, là, là – befriedigend empfunden, seine jetzige Rolle als klagender Beinahe-Vater sagt mir aber gar nicht zu. Ich stoße ihn unwirsch von mir weg, was bei ihm ein erstauntes „Was ist?" hervorruft.

„Ich bin gerade aus der Narkose aufgewacht. Kannst du für mich ein aufheiterndes Lächeln aufsetzen? Mir ist gar nicht nach Begräbnis."

„Aber", stottert er, „aber … unser Kind?"

„Was für ein Kind?"

Immerhin hat er es geschafft, mich wütend zu machen, was meine Weinerlichkeit schlagartig beendet.

„Unser Baby!", antwortet er mit Tränen in den Augen.

„Du sprichst von undefinierten, nicht lebensfähigen Zellen, das ist kein ‚Baby'. Außerdem haben wir gar nichts davon gewusst.

---

[4] Botenstoff im Gehirn

[5] Schlaf heilt alles.

Und jetzt hör bitte auf, eine Tragödie zu konstruieren. Sei lieb und hol mir einen Kaffee, damit mein Kreislauf wieder anspringt."

Mein Liebhaber ist gekränkt. Er ändert deshalb seine Mimik von „traurig" auf „beleidigt", was bei mir auch nicht besser ankommt. Was für ein Glück, dass er mir als Kindesvater erspart geblieben ist!

„Wir … ich … ich habe für uns eine Psychotherapeutin bestellt. Um die Trauer gemeinsam aufzuarbeiten, sie muss gleich da sein."

Wenn meine Beine nicht noch so schlaff wären, dann wäre ich stante pede aufgesprungen, hätte ihm den picksüßen Tee, der auf meinem Nachtkastl steht, ins Gesicht geschüttet und wäre trotz unvorteilhaftem, weil hinten offenem Krankenhauskittel abgehauen.

„Was hast du? Bist du völlig übergeschnappt? Spinnst du?"

Man sieht ihm an, dass er meine Reaktion nicht nachvollziehen kann. Wieso tappen Männer immer in die Klischeefalle, wenn sie etwas besonders gut machen wollen? Wie er da so betropetzt[6] dasitzt, tut er mir beinahe leid. Darum tätschle ich versöhnlich seine Hand und zwinge mich zu einem Lächeln:

„Du hast es gut gemeint! Aber ich habe kein Trauma. Ganz im Gegenteil, ich bin bis auf den Hangover der Narkose erleichtert, dass es vorbei ist und ich nicht am OP-Tisch liegen geblieben bin." Ich hüte mich, das näher auszuführen, denn ich möchte keine Psychodebatte anzetteln. „Und, kann ich einen Kaffee haben?"

Gerade als er aufsteht, um mir meinen Wunsch zu erfüllen, öffnet sich die Tür und eine Dame im weißen Mantel kommt rein, anscheinend die Psychotherapeutin. Mit mitfühlendem Gesichtsausdruck kommt sie auf mich zu, um meine rechte Hand zu fassen und sie zwischen ihren Händen einzupacken.

„Guten Morgen, Frau Doktor Liebekind, wie geht es Ihnen?"

„Blendend", antworte ich patzig.

Zu ihrem mitfühlenden Gesichtsausdruck gesellt sich noch ein Hauch von verzeihendem Verständnis. Langsam beginnt mich die Situation zu amüsieren und ich finde Vergnügen daran, die Psychotante zu provozieren:

„Wie ist Ihr Name? Ich weiß immer gern, mit wem ich es zu tun habe?"

---

[6] konsterniert, betreten

Das ist ihr jetzt peinlich, denn sie blickt Hilfe suchend zu Michael, der sich in der Zwischenzeit verlegen in einen tiefen Lehnstuhl verzogen hat.

„Ich dachte … ich dachte …, dass Ihr Mann mit Ihnen über unseren Termin gesprochen hat. So ein Verlust geht nicht spurlos an der Seele vorbei, deshalb …"

„Und was ist, wenn man keine Seele hat?"

Das macht sie vorerst einmal maulstad[7] und sie lässt endlich meine Hand los. Ich hake nach:

„Was kostet mich das Vergnügen Ihrer *Trauerbegleitung*?"

Nach mehrmaligem betretenem Schlucken drückt sie „Ein Service des Sanatoriums … bei Totgeburt" heraus.

„Ich hatte einen Frühabort, keine Totgeburt! Dann einen herzlichen Dank für dieses Service an die Krankenhausverwaltung, aber ich …", und ich deute auch auf Michael, „… wir sind schon ausreichend getröstet. Auf Wiedersehen."

Offensichtlich erleichtert, diese unkooperative Patientin verlassen zu dürfen, verabsäumt sie es sogar, mir neuerlich das Vergnügen ihres Händedrucks zukommen zu lassen, und dreht sich auf der Stelle um, um sich dafür von Michael zu verabschieden. Der hat anscheinend seine Trauer auch schon überwunden, denn er findet es nicht einmal mehr der Mühe wert, zum Gruß aufzustehen.

Bevor sie das Zimmer verlässt, rufe ich sie noch mal zurück: „Und wie ist eigentlich Ihr Name?"

Sie dreht sich eilig um und wirft mir ihren Namen kurz angebunden hin: „Mag. Schieferer."

„Entschuldigung, nur kurz. Ich habe noch eine Frage, von wegen Trauer. Als ich aus dem Operationssaal in mein Zimmer gebracht wurde, kam mir vor, als ob ich an einer Bahre mit einer Verstorbenen – ich vermute jedenfalls, dass sie tot war, da die Person auch am Kopfende abgedeckt war – vorbeigeschoben wurde. Das ist ja schrecklich, das bereitet mir tatsächlich Kopfzerbrechen … das hätte auch ich sein können. Narkosezwischenfall?"

Die Frau Magister reißt ihre Augen auf, die mich entsetzt anstarren. Es verschlägt ihr die Sprache.

Ich blicke sie versöhnlich, flehentlich an: „Es wäre mir eine große Beruhigung, wenn ich wüsste, dass die Frau – hier muss es

---

[7] sprachlos

ja wohl eine Frau sein –, dass die nicht an einer OP oder an der Behandlung, sondern an einer unheilbaren Krankheit … Krebs? Jedenfalls wegen meines Vertrauens in das Haus. Ich empfehle Ihr Haus ja auch meinen Patientinnen. Es wäre mir eine Beruhigung."

Die Psychotherapeutin schluckt, versucht sich wieder auf die Reihe zu bringen und antwortet mit zirpender Stimme: „Das muss ein Irrtum sein, hier ist niemand verstorben. Sie müssen sich getäuscht haben. Tut mir leid." Und draußen ist sie.

Als sie weg ist, rappelt sich mein Liebhaber aus seinem Polstersessel halb hoch und kommentiert: „Wieso tot? Wer?"

Ich beruhige ihn, um mir lange, ermüdende Erklärungen zu ersparen: „Nichts! Wir sind in einem Krankenhaus, da sterben eben Menschen. Kann ich jetzt einen Kaffee …?"

Michael rappelt sich seufzend aus seinem bequemen Stuhl hoch: „Mit Zucker?"

Ich verdrehe die Augen. Wir sind seit über vier Jahren zusammen und er weiß noch immer nicht, dass ich Kaffee nur mit Milch trinke. Wenn ich diese Ignoranz ernst nehmen würde, dann müsste ich ihn jetzt hochkant aus meinem Leben werfen. Da ich aber ein östrogenbestimmtes Gehirn habe, toleriere ich verständnisvoll den testosteronbedingten blinden Fleck in seinem Kopf. Gerade als er zum zweiten Mal ansetzt, mir den Kaffee zu besorgen, kommt meine Studienkollegin Frau Dr. Altenfelder zur Visite bei der Tür herein.

„Schau, schau! Ich sehe, dir geht's schon wieder gut. Sehr fein. Warst sowieso nie wehleidig. Eine erfreuliche Abwechslung an so einem schmerzenden Vormittag."

„Magst auch einen Kaffee? Der Michael holt mir gerade einen."

„Warum nicht? Dann trinke ich meinen Vormittagskaffee eben mit dir statt mit den Stationsschwestern" und zu Michael: „Espresso schwarz, ohne was."

Dann setzt sie sich amikal auf meine Bettkante, klopft seicht auf die Decke über meinem Bauch und meint: „Alles wunderbar, morgen kannst wieder heim."

„Ich dachte an heute."

Sie schüttelt den Kopf. „Heute geht gar nicht, wegen der Versicherung. Du musst zumindest eine Nacht bei uns bleiben. Außerdem schadet es dir nicht, wenn du morgen nicht in der Ordination sitzt. Ein Tag Ruhe wird wohl drin sein."

Noch vor vierundzwanzig Stunden hätte ich mich heftig gegen eine Übernachtung in diesem Sanatorium gewehrt, aber jetzt kommt mir der längere Aufenthalt sehr gelegen, da er mir die Möglichkeit gibt, mich mit diesem obskuren Todesfall (denn ich bin überzeugt, eine Tote gesehen zu haben) zu beschäftigen. Um die Zeit zu nützen, bevor mein Liebhaber mit den Kaffees erscheint, gehe ich bei Moni sofort in medias res:

„Sag mal, wer ist denn da heute bei euch verstorben und an was? Ich hab mitgekriegt, dass man eine Leiche abtransportiert hat. Kommt hoffentlich nicht allzu oft vor."

„Wieso Leiche? Habe nichts davon gehört. Eine von meinen Patientinnen war's jedenfalls nicht."

„Oh doch, als ich aus dem OP geschoben wurde, habe ich beobachtet, wie eine Bahre ..."

Meine Kollegin unterbricht mich: „Liebe Frau Doktor Liebekind-Spanneck! Wir sind hier immerhin in einem Spital, auch wenn es ‚nur'" – das „nur" setzt sie gestisch unter Anführungszeichen – „... wenn es ‚nur' ein Wohlfühlsanatorium für gut situierte Damen der Wiener Oberschicht zu sein scheint. Auch hier wird unerlaubterweise gestorben. Auch wenn du das nicht für möglich hältst."

„Ich dachte hier gibt's hauptsächlich IVF[8] und Geburten?"

„Na, hier und da verirrt sich schon auch mal was Gröberes hierher", und leicht gekränkt: „Stell dir vor, meine Kollegen und ich können auch ein Karzinom behandeln."

Ich verdrehe die Augen und bemerke entschuldigend: „So hab ich es doch nicht gemeint. Ich zweifle doch nicht an eurer Kompetenz. Würd' ich sonst da liegen?"

Das versöhnt sie und nachdenklich bemerkt sie: „Das täte mich aber auch interessieren, ob da was passiert ist?"

„Wenn du was erfährst, dann sagst es mir bitte ... nur aus Neugierde. Eure Hauspsychotherapeutin behauptet jedenfalls, es gäbe keinen Todesfall."

„Der Trampel! Wieso war *die* bei dir? Bei meinen Patienten hat *die* Hausverbot."

„Das Verbot scheint aber nicht eingehalten zu werden. Bei mir war sie soeben, um mit mir den Abschied von den Zellen, die du herausgeschabt hast, zu verarbeiten."

[8] künstliche Befruchtung

„Das kann nicht sein! Da musst du sie angefordert haben."
„Ich nicht, aber ich denke, der Kindesvater."
Gerade als die Rede auf Michael kommt, wackelt er, drei Kaffees im Pappbecher aus dem Automaten balancierend, bei der Tür herein. Ich merke ihm an, dass er erleichtert ist, nicht weiter über unseren verlorenen Embryo trauern und mir deshalb auch noch hilflos tröstend bei meiner „Trauerarbeit" zur Seite stehen zu müssen.

Es gibt schwangere Frauen, die ab dem Ausbleiben der Mensis eine mütterliche Bindung zu diesem Baby in statu nascendi aufbauen. Meiner Meinung nach ist diese „Beziehung" wohl eher die Zuneigung zu einem Wunschgedanken, nämlich dem des Erschaffens eines halbgöttlichen Kindes. Eine echte Bindung zu einem Lebewesen bedarf des realen Vorhandenseins desselben – zumindest am Foto im Ultraschall.

Mein Liebhaber schafft es, meiner Kollegin und mir, ohne uns anzukleckern, den Pappbecher zu überreichen. Frau Dr. Altenfelder schenkt ihm dafür ein aufreizendes Lächeln, dessen Bedeutung – nämlich: „Du bist aber ein attraktiver Mann" –, er aber nicht kapiert.

Das liebe ich an meinem Michael: seine Naivität, sein leutseliges Wesen, seine Unschuld. Kaum zu glauben, dass man mit Ende zwanzig noch immer so wie ein Traummännlein ohne jegliche Antenne für Zweideutigkeiten durchs Leben gehen kann. Immerhin fasse ich ihr Flirtangebot an *ihn* als Kompliment für *mich* auf, denn er ist *mein* Freund und Liebhaber. Das eigene Ansehen steigt ja durch einen attraktiven Partner ebenfalls!

Monika ist, soweit mir bekannt, momentan unbemannt und wie andere erfolgreiche, fesche Frauen damit in der tragischen Situation, dass das Angebot an adäquaten Bettgenossen verdammt dünn ist. Da nützen alle Dating-Portale nichts, die eine Elite an Akademikern oder sonst wie gehobenen Gentlemen anbieten. Männer Mitte vierzig sind entweder vergeben oder haben ein Bindungsproblem. Darum fühle ich mich mit meinem über ein Jahrzehnt jüngeren Modell plötzlich wieder sehr gut bedient.

Mit Michael in unserer Runde blüht meine Kollegin, trotz Kaffee mit (!) Milch, auf.

„Und was machen Sie beruflich?", zirpt sie ihn mit zur Seite gelegtem Köpfchen an.

Erstaunlich, wie schnell sich taffe, selbstbewusste Frauen angesichts eines begehrenswerten Männchens in dümmlich unterwürfige Weibchen verwandeln. Eine archaische Verhaltensweise, die noch aus unseren evolutionären Urzeiten stammt, als bei der Wahl des Sexualpartners das schmiegsame Geschlechterverhalten einen Benefit gebracht hatte.

„Ich bin Schriftsteller …"

Schriftsteller ist ein herrlicher Beruf, denn man muss nie beweisen, dass man auch wirklich was zustande bringt. Zumindest ist es bei meinem Liebhaber so. Er befindet sich ständig in einer schöpferischen Phase, die aber so schöpferisch zu sein scheint, dass er dabei nichts oder kaum etwas zu Papier bringen kann. Zurzeit arbeitet er an einem Krimi. Mir kommt aber vor, dass sich der Mord noch lange hinziehen wird. Soviel ich weiß, erfreut sich seine Leiche noch immer ihres Lebens und wartet auf den Mörder. Tja, sich gleichzeitig gedanklich auf Vaterfreuden vorzubereiten und dann noch Platz im Kopf für eine Geschichte zu haben, geht anscheinend gar nicht.

Frau Dr. Altenfelder ist aber beeindruckt. Mit derselben Hochtonstimme wie zuvor flötet sie: „So wirken Sie auch auf mich. Ich hätte sofort vermutet, dass Sie ein kreativer Mensch sind."

Ich werfe ein, auch um noch wahrgenommen zu werden: „Woran siehst du das?", immerhin bin *ich* hier ihre Patientin.

Sie blickt mich verständnislos an: „Was?"

„Na, du hast doch gerade behauptet, dass du …", dabei ahme ich ihre flötende Stimme nach, „… dass du erkennst, dass Michael kreativ ist." Sie schüttelt mitleidig den Kopf: „Ein *Gefühl* für Menschen, liebe Alma. Das *Gefühl* für Menschen."

Ich hüte mich davor, weiter zu bohren, was es mit so einem *Gefühl* auf sich hat, sondern versuche, das Thema wieder auf die verborgene Leiche zu bringen. Ich bin mir sicher, dass da was nicht stimmt: der Lieferwagen, die konsternierte Psychotherapeutin.

„Erkundigst du dich? Weißt, es interessiert mich einfach! Schon deshalb, weil ich ja auch Patienten schicke und da hat man sonst so ein *Geefüüühl* der Unsicherheit, man *füühlt* sich ja verantwortlich für die Patientinnen."

Zum Glück ist mein beinahe Kindesvater nicht weiter an unserer Konversation interessiert, sondern blättert gelangweilt in einer Frauenzeitschrift, die zur Aufheiterung der Leidenden unentgeltlich aufliegt. Da Michael sich offensichtlich nicht als Kandidat für ein erotisches Abenteuer anbietet, steht meine Kollegin abrupt auf, zielt mit ihrem Pappbecher in den Mistkübel, trifft exakt, stemmt sich dann auf mein Bettgitter, nimmt pro forma mein Patientenblatt in die Hand, um ihre medizinische Funktion zu demonstrieren und verabschiedet sich dann: „Bei dir ist alles ok. Wenn was ist, ruf mich an. Meine Handynummer hast ja. Und … du, ja, ich werde mich erkundigen, was da passiert ist."

Dann gibt sie mir noch einen flüchtigen Luftkuss auf jede Wange. Michael winkt sie jetzt teilnahmslos zu: „Viel Erfolg! Wiedersehen."

Als sie draußen ist, wird mir schlagartig bewusst, dass ich entgegen meiner Ansicht, dass ich nie eifersüchtig bin, gerade jetzt ein abscheuliches Beispiel von Zickenkrieg abgegeben habe. Dafür verachte ich mich! Das muss die Nachwirkung der Narkose sein, tröste ich mich, oder hat die Tatsache, diesen Embryo nicht austragen zu können, an meinem weiblichen Selbstbewusstsein geknabbert? Ist ja auch ein Hinweis auf mein biologisches Alter. Und vor mir im Stuhl knotzt[9] ein jugendliches Exemplar von erwiesen strotzender männlicher Potenz.

„Komm her", locke ich ihn, um mich zu vergewissern, dass er nur mich, ausschließlich mich liebt. Michael erhebt sich gehorsam aus seinem Sessel und nimmt an der Stelle auf meiner Bettkante Platz, die ich mit einem Klopfen markiere. Ich strecke ihm meine Hand hin, die er behutsam mit seiner umschließt.

„Du hättest dir das Baby gewünscht, oder?"

Er nickt: „Ja, ein Mädchen, rothaarig, mit Locken. Du doch auch?"

War ich noch vor einer Stunde erleichtert, dass mir die Mutterrolle erspart geblieben ist, so merke ich, dass sich doch ein paar Tränen im Augenwinkel nicht zurückhalten lassen.

„Hm, ja und nein."

Er entzieht mir seine Hand. Erbost steht er von der Bettkante auf. Seine bisher friedliche Stimme wechselt in einen strengen Ton: „Du bist selber schuld. Als du eine Schwangerschaft vermutet hast, hättest du dich sofort schonen müssen. Aber nein, zu wenig Schlaf,

[9] lümmelt

Stress – eben Ignoranz. Mir hast du deinen Zustand ja verschwiegen. Ich wäre nie mit dir auf die Kanalinseln geflogen, wenn ich gewusst hätte, wie es um dich steht. Es war auch *mein* Kind!"

Immerhin hat er es mit seinen Vorwürfen geschafft, meine Sentimentalität in Zorn umzuwandeln: „Wie kommst du dazu, mir Vorwürfe zu machen? Dein sogenanntes Kind war kein Baby, sondern nur die Idee eines Kindes. Wenn du Vater werden willst, dann werde doch selber schwanger. Mir reicht's. Apropos, hast du dir eigentlich überlegt, dass zum Vatersein auch eine gesicherte Existenz gehört, dass es nicht damit abgetan ist, romantische Vorstellungen zu haben? Typisch du, bringst nichts auf die Reihe, aber mir Vorwürfe machen."

Das war zu viel. Er dreht sich um und haut ab. Nachdem er die Tür lautstark zugeworfen hat, bekomme ich einen hysterischen Heulkrampf – sicher vom Propofol.

Nachdem die erste Welle an idiotischer Verzweiflung abgeebbt ist (ich weiß eigentlich gar nicht, weshalb ich heule), beschließe ich aufzustehen und eine kleine Runde im und um das Krankenhaus zu machen. Bewegung hilft mir immer, mich zu erden.

Zum Glück hat mir Mutter meinen dicken Frotteebademantel mitgebracht, denn sonst wäre ich mit meinem nach rückwärts offenherzigen OP-Kostüm ans Bett gefesselt. Warm eingewickelt, mit den Stützstrümpfen gegen eine eventuelle Thrombose an den Beinen, schlurfe ich unsicher in den hauseigenen Pantoffeln den Gang entlang, bis ich zur Stiege komme, die zur Cafeteria im Parterre führt. Mangels Bargelds kann ich mir dort zwar kein Getränk leisten, aber der Anblick von ein paar fremden Leuten wird mich meiner Krankenhausdepression oder -psychose entledigen. Außerdem dürfte da auch die Toilette sein, von der aus Mutter den Lieferwagen beobachtet hat. Ich setze mich an einen leeren Tisch nahe beim WC. Im Lokal ist außer mir nur noch ein Pärchen, das lustlos an seinem Apfelsaft gespritzt nuckelt. Da sonst bis auf das Gläserklappern der Frau an der Schank kein Geräusch die trostlose Idylle stört, schnappe ich die gedehnte Kommunikation der beiden auf.

Er seufzt: „Tut mir leid, aber ich kann nicht."

Sie öffnet ihre Handtasche und steckt ihm verschämt eine Zeitschrift zu: „Mit dem wird's schon gehen. Kannst dir Zeit lassen. Weißt eh, ist halt so weit."

Oh je, ein IVF-Pärchen! Das Ejakulieren auf Befehl bekommt dem Liebesleben dieser Paare meist gar nicht gut. Da helfen oft alle unterstützenden Animationsmaterialien nichts.

Er schiebt ihr die Illustrierte wieder über den Tisch zurück: „Behalte es, ich werde es schon schaffen. Vor den Fotos graust's mir schon."

Die junge Frau hängt wie ein Häufchen Elend über der Tischplatte, als ihr die Tränen hervorschießen: „Ich schwör's. Es ist das letzte Mal. Wenn es jetzt nicht klappt, dann lassen wir's. Versprochen!"

Der Samenspender hebt die Hand, um der Kellnerin zu winken.

Die blickt von ihrem Tresen auf: „Bitte?"

„Einen Cognac."

Die prospektive Kindesmutter blickt ihn mit roten Augen strafend an: „Bitte nicht, du weißt doch, schlecht für die Samen …"

Daraufhin schreit er durch die Cafeteria: „*Zwei* Cognacs" und sie schluchzt laut auf.

Das scheint für mich endgültig der richtige Zeitpunkt zu sein, diesen aufheiternden Ort Richtung Toilette zu verlassen.

Und tatsächlich: Vom Fenster im Vorraum aus sieht man auf den Hof.

Und tatsächlich: Da parkt ein Lieferwagen, beschriftet mit „Hygieneputz".

Und tatsächlich: Der Wagen scheint kurz zuvor gefahren worden zu sein, da weder Schnee noch Eis auf der Windschutzscheibe klebt.

Und da bleibt mir tatsächlich nichts anderes übrig, als tatsächlich den Tatsachen nachzugehen.

Also überprüfe ich, ob die Tür, die anschließend an den WC-Block nach draußen zu führen scheint, offen ist. Ist sie. Trotz eisiger Kälte, es ist ja gerade erst Ende Jänner, schlurfe ich mit meinen Frotteepantoffeln in den Hof. Der ist gerade so groß, dass zwei Lieferwagen darin parken können. Auf der gegenüberliegenden Seite des Bettentrakts steht das Versorgungsgebäude des Sanatoriums mit Küche, Labor etc. Das erkenne ich daran, dass es keineswegs so repräsentativ hergerichtet ist wie der Gebäudeteil mit den Krankenzimmern. An manchen Stellen bröckelt sogar der Verputz ab. Außer der Tür, durch die ich in den Hof gelangt bin, gibt es keinen Ausgang vom Bettentrakt, während ins Werksgebäude drei Eingänge führen. Ich blicke hoch, um zu sehen, ob man mich von oben beobachten kann. Aber die Fenster des Krankentrakts im ersten Stock sind aus undurchsichtigem Glas und scheinen zum Operationssaal zu gehören. Die Versorgungseinheit ist ein Flachbau, der sich anscheinend weit in den Garten nach hinten erstreckt. Sicher gibt es zu diesem noch eine Zufahrt von hinten, denn die Einfahrt des Hofs zur Straße ist zu schmal für einen LKW.

Auf Zehenspitzen (der Boden ist verdammt kalt) schleiche ich zur ersten Tür. Verschlossen. Die zweite ist offen, führt aber nur zur Küche, was ich dem Geruch und dem Geräusch von Geschirrspülern entnehmen kann. Die dritte führt zum Labor, leicht erkennbar, da an der Tür ein Schild mit „Eintritt nur für Laboranten" aufgeklebt ist. Ich sehe davon ab hineinzuschauen, da ich nicht gern entdeckt werden möchte. Eigentlich interessiert mich nur das, was hinter der ersten, der verschlossenen Tür steckt. Da meine Zehen schon eingefroren sind, verschiebe ich meine weiteren Nachforschungen auf die kommende Nacht. Da kann ich mir vorsorglich auch Socken und Stiefel anziehen.

Nach meinem kalten Spaziergang erfreut mich mein warmes Krankenbett und ich gönne mir einen Nachmittagsschlaf, der, unterstützt von den Nachwirkungen der Narkosemedikamente, lang und erquicklich ausfällt. Als ich aufwache, ist es draußen finster und die Schwester bringt mir bereits mein Abendessen. Ein Blick auf die Uhr sagt mir, dass es fünf ist. In einem Krankenhaus wechseln um diese Zeit Tag- und Nachtdienst. Im Spital gehen die Uhren vor: Frühstück um halb sechs, Mittagessen um elf und Abendessen eben um fünf.

Ich nippe an dem scheußlich übersüßen Tee und lasse das restliche Mahl unberührt stehen, da ich noch einen flauen Magen habe. Als der Abenddienst hereinkommt, um abzuservieren und mir eine Schlaftablette anzubieten, nehme ich diese dankend an. Die Nachtschwester soll sich sicher sein, dass sie in mir eine wunderbar eingestellte Patientin haben wird, die sie nicht weiter kontrollieren muss. Ich unterstreiche meine Absicht, tief zu schlummern, indem ich die Pille sogleich in den Mund stecke: „Gute Nacht! Ich freue mich, mal richtig ausschlafen zu können! Sonst geht sich das sowieso nie aus!"

Befriedigt verlässt die Pflegerin mein Zimmer: „Wenn S' was brauchen, läuten'S, gute Nacht."

Die schaut sicher nicht mehr nach mir, denke ich, während ich die Tablette in den Mistkübel spucke. Jetzt muss ich nur noch warten, bis sie sich in ihr Dienstzimmer zurückzieht. Erfahrungsgemäß dauert es auf so einer Station bis neun, bis endgültig Ruhe eingekehrt ist und ich ungesehen Richtung Innenhof schleichen kann. Damit ich, falls ich entdecke werde, keinen Argwohn errege, verstecke ich meine Stiefel unter meinem Schlafrock und fixiere sie mit dem Gürtel so, dass es wie ein Babybauch ausschaut. Die Schuhe werde ich erst im Hof anziehen.

Vorsichtig kontrolliere ich beim Verlassen meines Zimmers, ob die Luft rein ist. Ja, der Nachtdienst sitzt im Dienstzimmer und schaut auf den Bildschirm. Zum Glück liegt der Stiegenabgang so, dass er von der Schwester nicht eingesehen werden kann. Alles ruhig, ich steige leise die Treppe hinunter, öffne die Tür zur Cafeteria, die unversperrt ist, und erreiche unbehelligt das Tor, das nach draußen führt, leider verschlossen. Vielleicht kann ich durchs WC in den Hof gelangen? Immerhin liegt es ja im Parterre.

Als ich in der Toilette im Dunkeln versuche, das Fenster zu öffnen, höre ich, wie ein Auto in den Hof fährt. Da ich mich nicht direkt vor die Scheibe stellen kann, muss ich, meinen Nacken verrenkend, versuchen, den Hof im Visier zu behalten. Leider versperrt mir der Wagen – ebenfalls mit der Aufschrift „Hygieneputz" – einen Teil der Sicht. Trotzdem kann ich beobachten, wie zwei Männer eine Bahre mit einer Frau aus dem Wagen heben. Die Patientin trägt ein Kopftuch und ist hochschwanger, denn unter der Decke wölbt sich ein voluminöser Bauch, den sie mit beiden Händen hält. Anscheinend hat sie Wehen, denn sie jammert laut, bis ihr einer der Männer den Mund zuhält und ihr in einer Sprache, die ich nicht verstehe – vermutlich Arabisch –, herrisch verständlich macht, dass sie ruhig sein soll. Daraufhin höre ich nur mehr stoßartige Atemstöße, wie man sie von sich gibt, wenn man schluchzt. Die Herren mitsamt der Gebärenden werden anscheinend schon erwartet, denn die verschlossene Tür, deren Geheimnis dahinter ich erkunden wollte, öffnet sich und ein distinguierter mittelalterlicher Mann – wohl ein Arzt – nimmt die drei in Empfang. Als sich das Tor hinter den Herrschaften geschlossen hat, ist der Hof wieder finster und ruhig, dafür geht im Labor das Licht an und ich kann hinter der Milchglasscheibe schemenhafte Umrisse von Menschen erkennen.

Ich habe genug beobachtet und ziehe mich mitsamt meinem Stiefelbauch wieder aus dem Klo und der Cafeteria zurück. Gerade als ich über die Stiege wieder in mein Zimmer schleichen möchte, überholt mich meine Nachtschwester, die ihrer Ausdünstung nach zu schließen gerade vor dem Haus geraucht hat.

„Hab nur schnell was geholt", meint sie verlegen und bemerkt erst jetzt meinen Bauch: „… ich dachte … Sie sind doch die mit dem Abortus?" Ich streiche über meinen Schlafmantel: „Hat sich noch nicht zurückgebildet … und … muss abnehmen."

Mit diesen Erklärungen lassen wir es bewenden, denn sie fürchtet eine Beschwerde meinerseits wegen ihres unerlaubten Verlassens der Station und ich lege keinen Wert auf Fragen darüber, was ich im Untergeschoss zu schaffen habe. Während dieses kurzen Intermezzos fällt mein Blick zufällig auf das Schild, auf dem unter dem Namen des Betreibers des Sanatoriums, der Femcura GesmbH, die Inhaber der leitenden Funktionen aufgelistet sind. Die waren mir bisher nicht bekannt und ich habe mich auch nicht für sie interessiert.

Ärztliche Leitung: Univ.-Prof. Prim. Dr. Walter Ehrenschweizer

Pflegedienst Leitung: OSR Waltraud Weiser

Psychiatrischer Konsiliardienst: Hofrat Dr. Werner Würzl[10]

Dann noch die Auflistung aller Belegsärzte und Anästhesisten.

Das gibt es doch nicht! Der Würzl! Wenn ich schon bisher beinahe überzeugt war, dass in diesem Krankenhaus dubiose Dinge geschehen, so bin ich nun gewiss. Überall, wo der Würzl seine Finger im Spiel hat, geht es nicht ehrlich zu. Und wozu einen polizeiärztlichen Psychiater in einer Gebärklinik? Was für Machenschaften ermöglicht er als Hofrat?

Den Rest der Nacht schlafe ich, wie der Schwester versprochen, tief und fest, auch ohne Tablette. Monika kommt schon um sieben und weckt mich: „Hoppauf, kannst heimgehen."

Noch völlig verschlafen zwinge ich mich, meine Lider zu öffnen und mich zu orientieren. Klar: Curettage, Dr. Altenfelder, Sanatorium … und dann fällt mir sogleich die Leiche ein und ich bin sofort putzmunter. Ich setze mich auf, strecke meine Beine querbett hinaus, straffe meinen Rücken und tue so, als ob ich schon ewig auf meine Entlassung gewartet hätte.

---

[10] Dr. Werner Würzl: Polizeiarzt und Almas Feind

„Gott sei Dank, nur weg!", kommentiere ich mit nachtschlafen rauer Stimme. Dann hüpfe ich aus dem Bett, ohne auf mein nicht gesellschaftsfähiges Kostüm zu achten. Als mir dieser Anblick bewusst wird, raffe ich die zwei Enden des Nachthemds zusammen und setze mich auf die Bettkante darauf.

„Vor mir brauchst dich nicht genieren, das ist mein täglicher Anblick. Der weibliche Unterleib ist mein Revier."

Ich nicke: „Trotzdem."

Moni reicht mir meinen Bademantel: „Da!"

„Danke! Hast was wegen der Toten erfahren?"

Meine Kollegin schüttelt den Kopf: „Nichts, da ist niemand gestorben. Vielleicht hast das nur halluziniert?"

Ich traue mich nicht, ihr von Mutters Beobachtungen zu erzählen, schon gar nicht von meinen nächtlichen Forschungen. Wer weiß, lässt sie mich dann nicht nach Hause, bevor sie einen psychiatrischen Konsiliarbefund vom Würzl hat? Möglicherweise vermutet sie dann, dass ich ein persistierendes Durchgangssyndrom habe. Besser den Mund halten.

„Vielleicht. Egal, jetzt bin ich wieder auf dem Damm."

„Gut! Die Schwester bringt dir gleich die Entlassungspapiere. Sonst … bitte kein Sport für vierzehn Tage und …", sie lächelt vielsagend und hebt dabei drohend ihren Zeigefinger, „… keinen Geschlechtsverkehr für, sagen wir, einen Monat."

Ich schüttle den Kopf: „Das meinst nicht ernst? Vierzehn Tage ist Standard, soweit ich mich erinnern kann."

Monika zuckt mit der Schulter: „In deinem Fall ein Monat. Das hängt von den Umständen ab. Und weil ich deinen Liebhaber kennengelernt hab, braucht *dein* Unterleib einen Monat Schonung."

„Möchtest ihn dir leicht für die Zeit ausborgen … hm?"

„Wenn's nicht der deine wäre, würde ich das Angebot annehmen."

„Gut, dann drei Wochen!"

Dr. Altenfelder lacht: „Schmäh ohne[11]! Bitte pass auf, Nachblutungen gibt's immer."

„Danke! Du hast die OP gut gemacht. Bekommst von mir fünf Punkte auf der Ärztebewertungsseite."

„Bitte nicht. Ich hasse diese Kommentare."

---

[11] ernsthaft

„Ich auch, war nur Spaß. Trotzdem, darf ich dich auf ein Abendessen einladen? Meldest dich, wenn du Zeit und keine Geburt hast, hm?"

Moni küsst mich auf die linke und die rechte Wange, diesmal ehrlich.

Während ich auf die Entlassungspapiere warte, kleide ich mich an. Soll ich den Manfred wegen der Leiche anrufen? Oder die Erika? Keine gute Idee, von denen erfahre ich sicher nichts. Also fällt mir ein, dass ich mich ja bei Joschi Ameling erkundigen könnte, ob er eine Frauenleiche zu Gesicht bekommen hat oder ihm von der Pathologie etwas darüber zu Ohren gekommen ist.

Also ruf ich ihn an: „Hallo, da ist die Alma. Wie geht's dir?"

„Die Alma? Lang nichts von dir gehört. Du rufst auch nur an, wenn du was brauchst."

„Stimmt nicht. Ich wollte dich gerade fragen, ob du auf ein Bier mit mir gehst?"

Joschi ist ein exzessiver Biertrinker, der wohl keine Gelegenheit auf ein legitimes Seidel auslassen wird. Genauso ist es: „Na ja, wenn ich's mir so überlege, bald ist Mittag. Die Arbeit rennt nicht davon … ha, ha, ha und du, mit dir ist es so quasi eine Besprechung. Also wenn ich mir's so überlege, dann geht sich das aus."

„Das passt! Fein! Treffen wir uns wieder im ‚Colloseum'[12]?"

„Da geh ich nicht mehr hin. Die Franzi spinnt."

„Hm? Wer ist die Franzi?"

„Geh, du kennst doch die Franzi, die Wirtin."

Ich hüte mich, noch weitere Fragen bezüglich der „Franzi" zu stellen, denn die Schwester mit den Entlassungspapieren steht ungeduldig auf den Zehenspitzen tänzelnd da und möchte mich loswerden. Also kürze ich unser Gespräch insofern ab, als ich diktatorisch ins Telefon schreie: „Um eins im ‚Landsknecht'! Weißt, wo das ist?"

„Klar, da geh ich jetzt auch oft hin."

„Servus, baba …" und ich lege auf.

Verlegen lächelnd zucke ich mit der Schulter und entschuldige mich bei der Schwester: „Ein Patient!"

Die erwidert mit einem ungläubigen Blick: „Aha!" und drückt mir die Papiere in die Hand. „Die Frau Doktor wird Ihnen ja schon

[12] Gasthaus auf der Nußdorferstraße in Wien

gesagt haben, wie man sich zu verhalten hat nach einer Curettage …"

Ich nicke: „Ich weiß alles, Schonung etc."

Dann gibt sie mir die Hand und verlässt das Zimmer. In diesem Augenblick fällt mir ein, dass ich kein Trinkgeld geben kann – Kaffeekasse heißt das bei den Schwestern –, weil ich nichts Bares dabei habe. Die werden sich schön das Maul über die geizige, arrogante Frau Doktor zerreißen. Hätte ich auch gemacht an ihrer Stelle. Deshalb mache ich noch einen Sidestep vorbei am Schwesternzimmer und deponiere meine Absicht, ein anderes Mal „was für die Kaffeekasse" vorbeizubringen. Ich vermute, dass ich in naher Zukunft noch einmal in diesem Sanatorium vorbeischauen muss.

Mangels Bargelds kann ich mir nicht einmal ein Taxi leisten und beehre meine Lieblingsstraßenbahnlinie, den D-Wagen. Das Sanatorium liegt nämlich in der Sickenberggasse im 19. Bezirk, nicht weit von der Heiligenstädterstraße, wo der D-Wagen fährt. Ich steige am Schlickplatz aus, von wo es nur ein paar Schritte die Porzellangasse hinauf zum „Landsknecht" ist. Gegenüber dem Lokal gibt es zum Glück einen Bankomaten, sonst hätte mich womöglich noch der Joschi einladen müssen.

Im Gasthaus lehnt der Joschi schon an der Schank, ein Krügel in der Hand. Als er mich sieht, umarmt er mich und drückt mir ein biergeschwängertes Busserl auf die Wange. Pfui, Teufel! Und das bei meinem noch etwas empfindlichen Magen.

Der Ameling ist ein herzensguter, wenn auch geistig etwas minderbemittelter Mensch. Dass der Alkohol seine Hirnkapazitäten nicht verbessert, sondern leider noch zusätzlich reduziert, stört den Joschi nicht. Als pragmatisierter Beamter kann ihm auch niemand deswegen auf die Zehen steigen. Soviel ich weiß, versuchte jeder seiner Vorgesetzten ihn zu einem anderen Kollegen wegzuloben. Das ist aber nun nicht mehr weiter möglich, da er alle Abteilungen durch hat. Mein Freund Manfred Marchel hatte das Pech, der Letzte in der Reihe der möglichen Chefs zu sein. Auf der Gerichtsmedizin ist auch für einen Ameling Endstation.

„Gut schaust aus", lobe ich ihn. Das Kompliment ist nicht geschwindelt, denn Joschi hat seine über hundert Kilo tapfer erhalten und anscheinend sogar vermehrt. Die Zweideutigkeit meiner Ansage kriegt er nicht mit, denn er klopft sich auf den Bauch und meint zufrieden: „Tja, es soll mir nie schlechter gehen", dann wiegt er seinen Kopf und mustert mich unzufrieden von oben bis unten: „Du aber nicht … Blass bist und ungesund. Ich tät dir schon ein paar Kilo überlassen."

„Danke, aber mir geht's gut. Ehrlich, nur zu wenig Schlaf. Aber was anderes, was macht dein Job?" Der Ameling nickt nachdenklich: „Passt alles, der Marchel ist der Beste bisher. Der hetzt wenigstens nicht. Außerdem sind unsere Leichen meistens sowieso schon länger abgelegen und da macht ein Tag auf oder ab, bis sie aufgemacht werden, auch nichts. Mir gefällt's da."

„Dann hast viel Freizeit? Und die Liebe?" Ehrlich gesagt interessiert mich Joschis Privatleben gar nicht, aber um ihn um den Finger zu wickeln, muss ich wohl Anteilnahme heucheln.

In der Zwischenzeit bestelle ich mir einen Tee mit Milch, was meinen Gesprächspartner darin bestätigt, dass mit mir etwas nicht stimmt.

„Hab ich doch gewusst, dass du krank bist." Und dann mitfühlend: „Du brauchst jemanden, der sich um dich kümmert. Ich tät mich anbieten."

Ich lege meine Hand beruhigend auf seinen Arm: „Alles bestens. Keine Sorge. Aber du, ein Bier schon zu Mittag? Habt ihr keine Kundschaft?"

„Oh ja, doch. So ein armes Mäderl, erstochen. Die kommt aber erst um vier dran. Vorher hat er keine Zeit."

„Wer er?"

„Der Chef. Außerdem ist eh alles klar. Ehrenmord. Der Bruder hat sie erstochen. Stell dir vor, während der Entbindung. Weil … das Kind war ledig. Diese … diese … na, diese Migranten! Ich tät die Männer von denen alle heimschicken oder, noch besser, erst gar nicht reinlassen. Nur die Frauen und Kinder. Und dann tät ich den Frauen gleich das Kopftuch wegnehmen und …"

Ich unterbreche ihn, bevor er ausufernd seine rechte, wenn auch in einigen Punkten sicher ganz vernünftige Meinung verbreitet: „Das ist ja entsetzlich. Und das Kind?"

„Das Kind lebt. War zufällig ein Gynäkologe im Flüchtlingsheim, der hat rechtzeitig einen Kaiserschnitt gemacht, bevor das Mädel abgekratzt ist."

2. Kapitel

Ehrenmord in einem Flüchtlingsheim, nicht in meinem eleganten Sanatorium! Also umsonst mit Joschi an der Theke lehnen, statt gemütlich bei mir zu Hause im Bett eine Zeitung lesen, wie es sich für eine Rekonvaleszente gehört. Aber wenn ich schon da bin, dann möchte ich auch etwas über die Tote erfahren. Vielleicht gibt es doch eine Verbindung zur Leiche im Krankenhaus? Hatte nicht die gebärende Frau, die ich in der Nacht beobachtet habe, auch ein Kopftuch auf? Und was sollte die in so einem teuren Sanatorium, noch dazu eingeliefert mit einem Klein-LKW über den Hintereingang statt durch das repräsentative Hauptportal? Haben das Heim und die IVF-Klinik etwas miteinander zu tun – „geschäftlich", mit dem Würzl als „Geschäftsführer"?

„Was für ein Heim ist das?", frage ich den Ameling, mäßig interessiert tuend, obwohl mich die Neugierde schon heftig quält.

„Keine Ahnung, wie das heißt, ist irgendwo auf der Heiligenstädterstraße, da beim Karl-Marx-Hof."

„Und weißt auch, wie das arme Mädel geheißen hat?"

Der Joschi wiegt bedächtig seinen Kopf und kneift seine Lippen zusammen: „Also ehrlich, so einen Namen kann sich doch keiner merken," Dann beginnt er plötzlich laut zu lachen: „Also, Mohamed heißt sie nicht, ha, ha, ha."

„Vielleicht kannst, wenn du wieder im Institut bist, nachschauen und mir dann ein SMS schicken?"

Der Ameling senkt seinen Kopf und blickt mich von unten misstrauisch an: „Ich bin nicht so blöd, wie du denkst. Da ist doch was ... du wolltest doch gar nicht ... Ich meine, dass du mich angerufen hast, das war doch nur, weil du was von mir wissen willst."

Ich lege ihm meine Hand beruhigend auf die Schulter: „Das stimmt nicht! Ich wollte dich wiedersehen. Aber wenn du solche aufregenden Sachen erzählst, dann bin ich eben neugierig. Ist ja spannend, wenn einer, der unmittelbar mit einem Ehrenmord zu tun hat, erzählt. Sonst liest man so was nur in der Zeitung. Und du ... du kennst so einen Fall in echt."

Das schmeichelt ihm und er ist wieder versöhnt.

„SMS kann ich nicht, aber telefonieren. Trinkst jetzt auch ein Bier mit? Ich lade dich ein."

„Nein, das ist sehr lieb, aber ich darf nicht", dabei greife ich mir auf den Magen, „Gastritis."

Joschi mustert mich von oben bis unten: „Sag ich's ja, du schaust schlecht aus." Dabei zwickt er mich mit seinen Würstelfingern sanft in beide Wangen: „Bei mir tät'st schnell zulegen. Ich tät dich schon auffüttern."

Vor meinen Augen erscheint ein Bild: Ich mampfend[13], während mir der Joschi mit einer Hand eine Käsekrainer in den Mund schiebt, mit der anderen ein Krügel Bier zum Nachtrinken an die Lippen führt. Tja, es gibt auch eine gut gemeinte Art der Folter!

Die stickige Luft und das Blut, das durch das lange Stehen in meine Beine versackt, verursachen in meinem Kopf eine Blutleere und ich merke, dass ich einer Ohnmacht nahe bin. Deshalb klammere ich mich mit einer Hand am Tresen fest, mit der anderen an Amelings Winterjacke. Das empfindet er als reizvollen Annäherungsversuch und umarmt mich, was immerhin verhindert, dass ich umkippe.

„Ich muss an die frische Luft", flüstere ich und lehne mich noch fester an ihn, was zur Folge hat, dass er mir seinen Bieratem direkt in meine Nase bläst.

„Wirklich …", flehe ich.

„Was ist?"

„Mir ist schlecht, bitte bring mich raus."

Trotz langer Leitung hat er kapiert, dass es nicht gut um mich steht, drum schleift er mich durch die Eingangstür vors Lokal. Da lasse ich mich auf einem Sessel nieder, der noch vom sommerlichen Gastgarten vergessen da steht.

Ameling betrachtet mich hilflos: „Alma, was ist mit dir?"

Ich streife seine Würstelfinger von meiner Schulter, straffe meinen Rücken und meine, taff tuend: „Alles wieder gut, war nur die Luft da drinnen."

Er schüttelt den Kopf: „Soll ich einen Doktor …?"

Ich schüttle meinen Kopf zurück: „Bin ich selber."

„Aber?"

„Aber nichts. Bitte hol mir ein Taxi, ich fahre heim und leg mich nieder."

---

13 kauend

So ein hilfloser Mann hat etwas Rührendes. Wie dieser Kerl da so entgeistert vor mir steht, mit so einem verzagten Zittern um seine Lippen, da habe ich ihn richtig gern. Es gibt so wenige im Herzen ehrliche Menschen auf der Welt, der Joschi gehört jedenfalls dazu! Für so einen können mir alle hypertrophen Intellektuellen mit Elitebewusstsein gestohlen bleiben!

Als das Taxi da ist, kann ich ihn kaum davon abhalten, mich nach Hause zu begleiten. Erst als ich ihm verspreche, gleich meine Mutter – meinen Liebhaber, den Michael, würde er nicht goutieren – anzurufen, verabschiedet er mich mit einem zarten Bussi auf die Wange. Bevor er die Taxitür von außen schließt, schlichtet er noch liebevoll meinen langen Mantel um meine Beine, damit ich nicht friere.

Bei mir zu Hause erwartet mich eine kalte Wohnung. Die Therme ist ausgefallen – und das bei Minusgraden draußen. Vielleicht hätte ich es mir doch nicht mit Michael verscherzen sollen, dann würde er womöglich bereits auf mich warten und hätte schon den Störungsknopf betätigt. So bleibt mir nichts anderes übrig, als das selber zu machen und mich mitsamt meinem Daunenmantel ins eiskalte Bett zu legen, um abzuwarten, bis sich die Wohnung aufgeheizt hat. Ich hätte natürlich auch ein Taxi entweder zu Mutter oder zu Michael, deren Wohnungen sicher warm sind, nehmen können, aber dazu fehlt mir die Energie. Also suche ich meine Wärmeflasche. Die hängt zwar an ihrem Platz, aber der Verschluss ist unauffindbar. Ein trüber Tag wird trübe enden!

Ich tue mir leid, kein Mensch da, der mich versorgt, keiner kümmert sich um mich. Es ist ja so, dass einem der Verstand sagt: „Du hast es so gewollt, die anderen können ja nicht riechen, dass du in einer eiskalten Wohnung kränklich dahinsiechst." Aber das Selbstmitleid lässt sich nicht vom Intellekt kontrollieren, es funktioniert unlogisch und ungerecht. Also versenke ich mich ohne Wärmeflasche unter meine vor Kälte starrende Bettdecke und tröste mich mit dem letzten Stückchen Schokolade, das noch vergessen in meiner Handtasche liegt. Zum Glück ist dieser Süßigkeitsrest der einzige in meiner Umgebung, denn sonst hätte ich jetzt wohl eine Tafel verschlungen und zusätzlich zu meinem Selbstmitleid noch Bodymassindex-Schuldgefühle gehabt.

Ein Messerstich durchbohrt meine Gedärme und meinen Unterbauch, schmerzbegleitend intonieren schon wieder diese Engelsstimmen den Choral: „Erlöst, erlöst, du wirst erlöst …!" Ich bin nicht tot. Nein! Ganz im Gegenteil, ich bekomme ein Kind! Fassungslos bemerke ich, wie sich der Kopf zwischen meinen Beinen herauswindet. Ich kann kein Gesicht erkennen, nur das Hinterhaupt. Das Baby blickt mich nicht an, es steckt. Was soll ich tun? Ziehen? Wie war das noch mal im Geburtshilfepraktikum? Hinterhauptslage, Steißgeburt, mit der Zange? Ich umfasse den Schädel des Kindes und rucke daran. Er bewegt sich und dabei wird er immer länger. Wie eine unendliche Schlange ziehe ich den Kopf aus mir raus. Der endet aber nie. Je mehr ich den Zug verstärke, desto länger wird er. Panik! Jemand legt ein Messer auf meinen Bauch. Ich nehme das Messer und schneide den Kopf knapp oberhalb meines Damms ab. Er blutet nicht. Als ich den Schlangenschädel umdrehe, um ihm in die Augen zu schauen, erkenne ich einen Anenzephalus[14]. Seine gewölbten Lider über den hervortretenden Augäpfeln zwinkern mir zu. Dann dreht sich dieser Kopf, schnappt mit seinem Maul das Messer, das ich beiseitegelegt habe, und windet sich in Richtung meiner Bauchdecke, um mir das Feitel[15] in den Bauch zu rammen.

Noch in Schockstarre wage ich nicht, meine Augen zu öffnen. Tatsächlich schmerzen mein Bauch und mein Unterleib. Erst nach geraumer Weile gelingt es mir, die Pein zu differenzieren: Im Oberbauch empfinde ich Hunger, im Unterbauch ein Ziehen. Alles gut, alles im Rahmen des Wahrscheinlichen, sage ich mir. Aufgeweckt wurde ich vom Läuten meines Handys. Als ich aufs Display blicke, sehe ich, dass Erika versucht hat, mich anzurufen.

Ich rufe zurück. Bevor ich mich noch äußern kann, überfällt mich meine Freundin mit einem Wortschwall: „Mein armes Eckerl[16], was ist denn da passiert? Hab den Michelangelo getroffen, völlig aufgelöst, ein Häufchen Elend. Was hast denn mit dem gemacht? Der ist völlig fertig!"

Ich unterbreche sie: „Was hat er dir erzählt?"

14 Embryo ohne Gehirn

15 Messer

16 Kosename von Erika für Alma. Es gibt in Österreich einen Rahmkäse, der Alma heißt und als „das beste Eck vom Käse" beworben wird.

„Na, dass er endlich erkannt hat, was du für ein egoistischer Mensch bist und dass du immer nur an dich denkst."

„Bravo! Und sonst?"

„Sonst nichts. War ja nur kurz auf der Straße und ich hab Dienst gehabt, da kann ich nicht stundenlang reden."

„Aha! Dann weißt du auch nicht, dass ich gerade von einer Curettage nach einem Frühabort aus dem Krankenhaus komme. Das ist natürlich ein Grund, egoistisch zu sein. Weil … das mache ich ja nur zum Spaß!"

„Um Gottes Willen, Alma, wieso hast du mir nichts davon erzählt?"

„Weil ich zufällig vor und nach einer Narkose meinen Zustand nicht auf Facebook posten werde und weil ich schon genug damit zu tun habe, den Unmut meines Liebhabers auszuhalten."

„Verstehe ich nicht."

„Er macht mir Vorwürfe, dass ich ‚sein' Kind verloren hab. Eben wegen Egoismus und so."

„Oh je! Gerade *der* muss sich beklagen. Der ausschließlich in seinem eigenen Kosmos lebt. Du Arme!"

„Ja, ich Arme. Liege hier mit meinem Daunenmantel im Bett, weil die Heizung ausgefallen ist."

„Und Mama?"

„Bitte nicht! Ich friere lieber allein."

„Soll ich?"

„Nein, ich schlafe mich aus und, wie sagt so schön die Scarlett O'Hara in ‚Vom Winde verweht': ‚Morgen ist auch noch ein Tag.'"

„Na dann. Du bist hart im Nehmen, wirst schon drüber hinwegkommen."

„Kein Problem … nur ein Zellhaufen."

„Melde dich morgen! Wir können auf einen Kaffee … und über den *Zellhaufen* reden, wenn'st magst."

„Lieb von dir. Was ich dich noch fragen wollte, ist dir eine Asylantin, Ehrenmord, untergekommen?"

Ich höre Erika ins Telefon seufzen: „Eckerl, vergiss es, kein Selbstmord: Klar? Nichts mit dir zu tun, du kriegst auch kein Gutachten. Der Bruder war's, hat gestanden. Easy."

„Ich beschäftige mich seit Neuestem neben der Selbstmordforschung auch mit transkultureller Psychiatrie."

Erika antwortet spitz: „Dieses ‚Neueste' ist mir neu. Als wir uns das letzte Mal getroffen haben – bekanntlich ist das erst eine Woche her –, da dürfte dein Interesse daran allerdings noch nicht vorhanden gewesen sein."

„Muss ich dich bei allem um Erlaubnis fragen? Darf ich mein Arbeitsspektrum nicht erweitern?"

„Und das erweiterst du gerade dann, wann ein Mord passiert. Zufällig? Woher weißt du überhaupt davon? Wir haben die Presse bis jetzt aussparen können."

„Ich, hm … ich … ich kenne einen Sozialarbeiter vom Heim."

Das ist natürlich gelogen, aber ich will den Ameling nicht anschwärzen.

„Diese Trotteln", Erika keift ins Telefon, „sie sollten den Mund halten, bis wir eine Pressemeldung rausgeben. In Zeiten wie diesen, da muss man die Ressentiments nicht noch anheizen."

Zum Glück fragt sie nicht nach dem Namen des Sozialarbeiters.

„Schlimm", lege ich nach, „eine brenzlige Situation, armes Mädel. Was ist mit dem Kind?"

„Um das muss man sich keine Sorgen machen, hat schon tolle Adoptiveltern. Die haben es schon."

„Schnell gegangen."

„Tja! Das Mädchen hat das Baby schon während der Schwangerschaft zur Adoption freigegeben. Sehr vernünftig, hätte es ja kaum selber aufziehen können. Drum sind die Erstgereihten in der Liste gleich drangekommen."

Habe ich Erika bisher geschickt Informationen herauslocken können, so passiert mir durch meinen Übereifer ein schlimmer Fehler: „Wie heißt denn die Tote? Eine Syrerin?"

Stille am Ende der Telefonleitung und dann: „Geht das schon wieder los? Hast du schon wieder die Absicht, mir ins Handwerk zu pfuschen? Mir reicht's. Mach du deinen Job und ich mach meinen. Dein Liebhaber hat schon recht, du hast ein Herz aus Stein. Gerade eben ein eigenes Kind verloren und, schwupp, schon wieder an die eigene Profilierung auf Kosten eines fremden Kindes denken."

„Erika … du missverstehst …"

„Servus!" und aufgelegt.

Immerhin ist meine Wohnung schon wieder warm und ich kann meinen Daunenmantel ablegen. Mein Appetit meldet sich ebenfalls und ein SMS von Mutter sagt mir: „Habe dir schon gestern eine Kürbiscremesuppe in den Kühlschrank gestellt. Brauchst nur in der Mikrowelle aufzuwärmen. Wenn du was benötigst, ich bin da. Deine Mutter."

Während ich die tröstliche Suppe, die meinen beleidigten Magen besänftigt, löffle, schreibe ich Mutter zurück: „Danke, wenn ich dich nicht hätte. Alles gut. Muss morgen erzählen wegen Leiche. Interessant. Schlaf jetzt."

Sogleich kommt zurück: „Arbeit hilft! Ora et labora![17] Das Ora lassen wir weg und treffen uns morgen in der Ordination, mein Kind."

Wenn ich ihr auch kaum jemals zustimme, aber da hat sie recht: Arbeiten hilft.

Bevor ich mich wieder in das bereits herrlich warme Bett begebe, bekomme ich auch noch ein SMS von Michael: „Tut mir leid, meinte es nicht so. Ist nur heftig. Was wäre es denn gewesen, ein Mädchen?"

Ich antworte nicht.

Vormittags in der Ordination erwarten mich Mutter, geräuschvoll mit den wartenden Patienten schwatzend, und ein Berg Post. Ein Tag Abwesenheit in meinem Office verwandelt meinen Schreibtisch in ein Altpapierlager: Werbung, Zeitungen, Rechnungen, Befunde. Auch wenn Mutter für mich schon die Kuverts öffnet und vorselektiert, so bleiben immer noch genug übrig, die meine Zeit vor und nach den Sprechstunden meist unnötig beanspruchen. Heute handelt es sich um einen Papierhaufen, circa 20 cm hoch, 40 cm breit und 60 cm lang. Ich fürchte diesen Anblick! Für mich ist es immer wieder eine Überwindung, die Spreu vom Weizen zu trennen.

Hastig blättere ich die Briefe durch, meist nur mit einem Blick auf den Absender. Anscheinend durchschauen die Pharmafirmen, die ihre Werbung verschicken, dieses Verhalten der meisten Ärzte und drucken keinen Absender mehr aufs Kuvert, was zur Folge hat, dass ich in jedes hineinschauen muss, bevor es im Papierkorb landet. Ein Schreiben der Ärztekammer erfordert wohl oder übel meine Aufmerksamkeit. Unter den mannigfaltigen standespolitischen Mitteilungen findet sich auch eine Aufforderung, sich unentgeltlich

---

[17] Bete und arbeite.

für die ärztliche Betreuung von Flüchtlingen zur Verfügung zu stellen. Selbstverständlich gibt es auch eine Kontaktadresse, um sich anzumelden. Kurz davor, auch dieses Schreiben in den Papiermüll zu werfen, entschließe ich mich in letzter Sekunde, den Zettel statt in den Kübel auf meine Ablage zu verfrachten.

Assoziationsketten bestimmen unsere Entscheidung, die wir ungewollt und unbeabsichtigt treffen. Offensichtlich hat die Aufforderung der Ärztekammer in mir unmittelbar wieder die Neugierde an der toten Flüchtlingsfrau entfacht. Deshalb schicke ich, bevor ich den ersten Patienten aufrufe, dem Ferdinand Fluger ein WhatsApp: „Kennst du den Fall mit dem ehrenMord? Ich arbeite für heim, wer war das?“ Eine kleine Schwindelei, denn ich werde für das Heim arbeiten, sobald ich weiß, welches es ist.

Ich rufe in der Rezeption an: „Du, Mama? Kannst du herausbekommen, ob und wo es ein Flüchtlingsasyl in der Nähe der Heiligenstädterstraße gibt?“

Mutter kennt sich sofort aus: „Aha, die Leiche. Kein Problem! Aber bitte fang trotzdem endlich an. Lange kann ich den Leuten nicht mehr weismachen, dass du einen Notfall betreust.“

„Bin schon so weit, du kannst den Ersten schicken.“

„*Die* Erste! Frau Bamberger, bitte schau auf deinen Kalender. Anscheinend drucke ich dir den umsonst aus?“

Der Terminplan ist mitsamt der ungeliebten Werbung im Papierkorb gelandet. Wenn ich eine Anhängerin von Freud wäre, dann hätte ich das dahingehend interpretiert, dass ich meine Patienten unbewusst ablehne. Ich bin aber keine Anhängerin von Freud, ganz im Gegenteil! Meine jahrelange Lehranalyse[18] hat mir nur beigebracht, dass ich zu seiner Sekte nicht mehr dazugehören möchte.

Dringend auf eine Antwort vom Fluger wartend, platziere ich mein Handy so in der unteren offenen Schreibtischlade, dass ich, während meine Patienten ihre grauen Seelenergüsse ausspucken, immer wieder auf das Display schauen kann. Und tatsächlich, während sich Frau Weniger[19] beschwert, dass der von mir gegen ihre Einsamkeit empfohlene Kater die ganze Wohnung anpisst, wogegen sie sich von mir einen Rat erwartet (leider bin ich keine

---

[18] Psychoanalyse zu Ausbildungszwecken

[19] langjährige Patientin von Alma

Katzenflüsterin), blinkt das Telefon. Diskret lange ich mit meiner linken Hand in die Lade, um den Text mit einer Wischbewegung aufzurufen. Naturgemäß bin ich zu ungeduldig, um zu warten, bis Frau Weniger mit den Klagen über ihr Katzenproblem, das ich ihr eingebrockt habe, fertig ist. Wie könnte es auch anders sein, statt die Mitteilung aufzurufen, wische ich sie weg. Es bleibt mir nichts anderes übrig, als das Handy ordentlich in die Hand zu nehmen, um zu versuchen, sie wieder zu finden. Meine Patientin stoppt kurz ihren Wortschwall und blickt mich strafend an. Ich stammle verlegen: „Entschuldigung“, während ich hektisch wische und drücke, „ein Notfall.“

„Und ich?“, entgegnet sie entrüstet, „… und Mario?“

„Mario?“

„Der Kater, den mir Ihre Mutter aus dem Tierheim angetan hat. Mir scheint, Sie haben vergessen, dass Sie mich dazu gezwungen haben, ein ‚armes‘“ – das „armes“ knallt sie mir zornig vor die Nase – „ein ‚armes‘ Viecherl[20] aus dem Asyl bei mir aufzunehmen.“

Ich schlucke, denn ich kann mich erinnern, dass es mit einem enormen Aufwand verbunden war, diese Einsamkeitsbehandlung zu organisieren. Man darf nicht glauben, dass man einfach in ein Tierheim marschiert und ein „Viecherl“ abholt. Nein, da bedarf es einer Überprüfung des neuen „Platzerls“[21], bevor die Tierschützer mit so einem ehemals heimatlosen, streunenden Kater herausrücken. Mutter hat all ihre Tricks anwenden müssen, um zu dieser Katze zu kommen. Dann hat sie keine Mühen gescheut, um Frau Weniger bei der Eingewöhnung behilflich zu sein. Ich konnte sie gerade noch davon abhalten, eine Katzenflüsterin auf meine Kosten zu engagieren. Auch wenn ich mir immer wieder sage: „Meine es nie wieder gut!!!“, so stülpt sich doch immer wieder das Mitgefühl über meine Psyche und ich werde fast immer dafür mit Vorwürfen bestraft. Ich beiße mir auf die Zunge, um meiner Klientin nicht ihre Undankbarkeit vorzuwerfen. Stattdessen kalmiere ich auf paradoxe Weise: „Am besten, Sie lassen den Mario, das arme ‚Viecherl‘, einschläfern.“

„Wieso? Der kann doch nichts dafür, dass er es nicht gelernt hat.“

---

[20] Tier

[21] Platz

Frau Wenigers Vorwurfshaltung schlägt augenblicklich in Sanftmut um: „Er ist doch sonst so lieb. Wie kommen Sie überhaupt auf die Idee, dass ich mein Schatzerl nicht mehr mag? Haben Sie denn gar keine Tierliebe in sich?"

Soll sein, dass ich wieder einmal die Frau mit dem harten Herzen bin, Hauptsache, sie hat sich beruhigt. Wenn auch auf meine Kosten.

Als sie draußen ist, gelingt es mir tatsächlich, die Mitteilung zurückzurufen: „Schön von dir zu hören. Ja, ich kenne den Fall. Meine Chefin erlaubt keine Auskunft, strenge Geheimhaltung. Alles Liebe Ferdinand."

Zu blöd, da muss ich mir was anderes einfallen lassen.

Ferdinand ist ein junger Mann, wie es nur mehr wenige gibt. In ein konservatives Elternhaus hineingeboren, lernte er noch Werte, die man heutzutage für unnötig, ja gar für krankhaft erachtet: gutes Benehmen, Empathie und Zurückhaltung, die manche mit Schüchternheit, ja sogar Beschränktheit verwechseln. Seinen Seiltanz zwischen strikter, hierarchisch angeordneter Diensterfüllung und seinem Bedürfnis, für seine Mitmenschen „Gutes" zu tun, verursacht ihm immer wieder Konflikte mit seiner Vorgesetzen, nämlich Frau Oberinspektor Sacherl. Früher konnte ich ihm geheime Informationen entlocken, wenn ich mit ihm gemeinsam Laufen ging, auch wenn das meine Kräfte herausforderte, zuweilen auch überforderte. Momentan keine Option. Also vielleicht eine Einladung ins Theater? Bildung ist immer unverdächtig und geistige Bereicherung regt zur anschließenden Diskussion in einer Bar an.

Während mir der nächste Patient ausschweifend seine Beziehungskiste schildert (sicher zum zehnten Mal, gefühlt zum hundertsten Mal) und ich ihn mit einem aufmunternden „Hm?" – das Einzige, was ich von meiner Lehranalyse behalten habe (übrigens hat Freud die Couch nur erfunden, um auf ihr unbemerkt von seinen Patientinnen seine Bücher zu schreiben) – anrege, weiter und weiter fortzufahren, schaue ich das Wiener Theaterprogramm durch und suche ein Stück, in dem Migranten vorkommen. Das ist nicht schwierig, denn außer den Klassikern an den Großbühnen beschäftigen sich beinahe alle Autoren direkt oder indirekt mit der Flüchtlingsproblematik. Ich entscheide mich für das „Palais Kabelwerk" im 12. Bezirk in der Oswaldgasse, nahe dem Stadtrand.

Diese abgeschiedene Lokalität scheint mir günstig gelegen für ein Treffen mit dem Fluger, da ich zufällige Begegnungen mit Bekannten ausschließe. Ich war noch nie dort, finde es aber spannend, mal was Neues kennenzulernen. Die Performance heißt „Übel". Ich vermute und hoffe, dass sie sich wie jedes Aktionskunsttheater unpräzise im Interpretationsraum des Zuschauers bewegt und damit genug Nahrung für eine anschließende Diskussion mit dem Ferdinand bietet. Da habe ich dann die Möglichkeit, ihm raffiniert Informationen über „meinen" Mord herauszulocken. Ja, „meinen" Mord, denn ich habe diesen Fall bereits adoptiert.

Ich schicke Fluger die Ankündigung per Mail mit meiner Einladung dazu: „Hast Dienst? Wenn nicht, magst mich begleiten?"

Prompt kommt als Antwort: „Ja, gern, interessiert mich."

„Treffen vor Ort 19.30?"

Als ich mich ins Vorzimmer begebe, um nach Hause zu gehen, sitzt Mutter noch immer mit wichtiger Miene an ihrer Rezeption: „Na? Welches Theater wirst du heute Abend besuchen?"

Ich bin perplex, verdammt noch mal, kann sie jetzt auch schon Gedanken lesen?

„Gar keins, wieso?", lüge ich.

„Aber du hast doch im Programm nachgeschaut, oder?"

Ich merke, wie mir die Galle hochsteigt und ich ihr an die Gurgel springen möchte. Trotzdem antworte ich gelangweilt: „Wie kommst du drauf?"

„Im Google waren diverse Theaterseiten aufgelistet. Welches hast du ausgesucht?"

Klar, wir haben einen gemeinsamen Server und wer spionieren möchte, kann es tun. *Ich* spioniere nicht.

„Hab für dich das Heim herausgefunden."

Aha, jetzt spielt sie die „Du bist mir was schuldig"-Karte. Aber ich werde nicht darauf eingehen: „Danke sehr lieb, und welches ist es?"

Mutter lächelt mich süffisant an: „Heute brauchst es ja nicht mehr, da hast ja was anderes vor. Mit Michael?"

„Stell dir vor, auch wenn ich am Abend ‚was anderes'′ vorhab, so kann ich mir doch am Nachmittag das Heim anschauen. Stell dir vor!"

„Information für Information. Ich bleib nicht im Regen stehen, da fühl ich mich missachtet."

Ich schließe meine Augen und atme tief durch. Was sollen diese Spielchen? Wenn sie so kindisch sein will, ich bin es nicht. Also gebe ich nach, so wie immer: „Palais Kabelwerk."

„Ach so, das ‚Übel'", und dann süffisant: „Sicher geistig sehr bereichernd. Soweit ich dich kenne, nicht die Art von Kulturevent, das du freiwillig inhalieren möchtest."

Ich antworte patzig: „Man kann auch mal einer Gattung eine Chance geben, die man sonst nicht *inhalieren* möchte."

„Mit deinem Kindesvater? Dem gefällt es sicher, das ‚Übel'. Er liebt ja Kunst, die keinem wehtut, weil sie nur die ‚böse Gesellschaft', wer immer das sein mag, angreift. Ich hoffe, du lässt dich nicht auch zu dieser die Verantwortung an ein vages Gebilde wie die Sozietät delegierenden Einstellung bekehren. Dann hätte ich erzieherisch versagt."

Obwohl ich Mutters Meinung ganz und gar teile, muss ich ihr widersprechen, denn ich kann es nicht zulassen, dass sie meinen Liebhaber verunglimpft.

„Ich weiß nicht, was du an Michael immer auszusetzen hast. Das ist nicht gerecht."

„Du weißt doch selber, dass er einer ist, der sich zu keiner Haltung bekennen möchte. Auch wenn er, das gebe ich ja zu, ein warmherziger Mensch ist, so ist er doch zu faul und zu feige, ein Charakter zu sein."

Jetzt kann ich meinen Zorn nicht mehr zurückhalten: „Lass meinen Freund in Ruhe. Er hat Charakter und er ist verantwortungsvoll. Hätte er sonst so sehr um unser Kind getrauert?"

„Getrauert schon, aber gekümmert?"

„Wie kannst du wissen, wie er sich verhalten hätte? Ich bin sicher, dass er ein wunderbarer Vater geworden wäre."

„Ja vielleicht, wenn ich mich um *seine* Erziehung gekümmert hätte. Ich hätte ihn schon hinbekommen."

Egal, ob sie mir jetzt noch verrät, was sie herausbekommen hat. Genug ist genug. Ich verlasse die Ordination, nicht ohne meine Wut durch lautes Türzuschlagen zu demonstrieren.

Draußen im Stiegenhaus atme ich tief durch und suche mein Handy, um meinem Michelangelo ein Liebes-SMS zu schicken. Wie kann es anders sein, das Telefon ist nicht in meiner Mantel- und auch nicht in meiner Handtasche. Meinen starken Abgang mache ich mir zunichte, weil ich wieder zurück muss, um es zu holen. Nicht einmal diese demonstrative Absetzbewegung gegen meine mütterliche Abhängigkeit gelingt. Als ich an der Rezeption vorbeirenne, drückt mir Mutter mein Mobiltelefon mit einem vielsagenden Lächeln in die Hand.

„Das hast du vergessen. Viel Spaß mit dem Fluger. Deine Neigung zu viel jüngeren Männern verstehe ich gut, die blicken noch zu dir auf."

Ich entreiße ihr mein Handy und renne beim Ausgang wortlos hinaus – ohne Türschlagen. Selbst das Liebes-SMS ist mir jetzt vergällt.

Wieso fällt mir auf ihre spitzen Bemerkungen nie rechtzeitig eine Antwort ein? Als ich vors Haus trete, fällt mir eine schlagfertige Entgegnung ein, die ich nun in die kalte Winterluft hinausposaune: „Und deine Neigung zu einem *gleichaltrigen* Mann, der dir mit ein paar verlogenen Liebesschwüren dein Vermögen herausgelockt hat? Von dem du dich so hast einlullen lassen, dass du diesen Fehler sogar mit über achtzig noch einmal gemacht hast?"

Als Psychiaterin müsste ich, was meinen Männergeschmack betrifft, allerdings bei mir ebenfalls ein auffälliges familiäres Wiederholungsmuster diagnostizieren. Ich bin in meinen Beziehungen wohl auch dem Modell meines Zeugers verfallen. Heißt es nicht, dass man sich als Partner gern jemanden Ähnlichen wie seinen Vater aussucht?

Nachdem ich die Winterluft ausreichend beschimpft habe, eile ich nach Hause. Als ich bei der Ampel auf der Rossauer Lände warten muss, sticht mir die Titelseite einer Gratiszeitung, die an einem Ständer zur freien Entnahme steht, in die Augen: „Mord im Flüchtlingsheim".

Ich nehme eine Zeitung aus dem Ständer und überfliege den Text. Die mühselige Auseinandersetzung mit Mutter hätte ich mir sparen können, denn da steht es schwarz auf weiß: „Im Flüchtlingsheim in der Eisenbahnstraße hat ein Bruder seine Schwester während der Entbindung erstochen. Das Kind …" Ich reiße die Seite aus der Zeitung und werfe den Rest in den nächsten Mistkübel.

Bedauernswerte Erika, die ganze Geheimnistuerei war angesichts der Sensationspresse völlig sinnlos.

Nach einem kurzen Power Nap, denn ich spüre doch noch die Folgewirkungen meiner Operation, mache ich mich auf den Weg zum

Flüchtlingsquartier. Die U4 endet bei der Station Heiligenstädter Straße. Von da marschiere ich auf der Boschstraße bis zur Eisenbahnstraße, die ich dann auf der Suche nach dem Heim (in der Zeitung ist keine Hausnummer angegeben) stadtauswärts entlangspaziere. Kurz vor der Abzweigung zur Sickenbergstraße, wo sich das Sanatorium befindet, steht das ausladende Gebäude, anscheinend eine ehemalige Fabrik, wo nur ein kleines Schild diskret auf seine Funktion hinweist: „Haus der Menschenwürde".

Im Hof, der zwar durch einen Zaun geschützt, aber gut einsichtig ist, weisen aufgestellte WC-Container, voll belegte Wäscheleinen und spielende Kinder auf die zahlreichen Bewohner hin. Ein kleines Mädchen, geschätzte sieben Jahre, winkt mir freundlich durch das Maschengitter zu. Zu dumm, hätte ich doch die Schokolade aus meiner Handtasche nicht aufgegessen, dann könnte ich das Kind damit anlocken. Aber zum Glück findet sich noch ein Kaugummi in den versteckten Winkeln meines Bags, mit dem ich ihr zuwinke. Gar nicht schüchtern entfernt sie sich von ihren Spielkameraden und gesellt sich zu mir an den Zaun. Ungeübt, wie ich im Umgang mit Kindern nun mal bin, fällt mir nichts Besseres ein, als „Wie heißt du?" zu fragen. Kinder sind überall auf der Welt Kinder. Sogleich steht die ganze Meute vor dem Zaun und will auch einen Kaugummi. Ich erwecke den Unwillen der Gruppe, weil ich mangels Vorrats nur dem liebenswerten Mädel einen zustecke. Sie wird von den anderen, die nachschieben, so an den Maschendraht gedrückt, dass sich das Muster des Gitters in ihr entzückendes Gesicht drückt. Ich schreie ungeschickt und zeige dabei meine offene Tasche, um zu beweisen, dass der Chewinggum wirklich der letzte war: „Tut mir leid, ich habe keinen mehr. Kein Kaugummi, nix da."

Einer der größeren Jungen zieht das Mädchen aus der Gruppe vom Zaun weg. Ein wenig abseits sagt er etwas für mich Unverständliches und droht ihr mit der Faust, bis sie ihm den Kaugummi gibt. Sie weint nicht, läuft aber Richtung Gebäude, wo ich sie hinter dem Eingang verschwinden sehe.

Hier scheint es eine rigide Rangordnung zu geben, denn er kommandiert mit einer Handbewegung die restlichen Kinder weg vom Zaun. Mir wirft er einen Blick zu, der nur bedeuten kann: „Scher dich weg!" und: „Hier bin ich das Alphatier."

Vor dem Eingang des Heims lungern jugendliche Männer herum, den Blick auf ihre Smartphones gerichtet. Als ich mich zwischen ihnen zum Tor durchwinde, mustern sie mich von oben bis unten, ohne etwas zu sagen, weichen aber keinen Zentimeter aus.

Ich versuche mich verständlich zu machen: „Hallo, wo ist das Büro? Office?“

Einer der Burschen deutet mit dem Daumen gelangweilt durch die Tür. Das hätte ich auch selber erraten können, dass ich zuerst da hineinmuss.

Drinnen viele Menschen, vor allem Männer, die alle wie die Burschen am Eingang bloß herumlungern. Ein trauriges Bild. Männer in der Blüte ihrer Jahre zum Nichtstun verdammt! Da ist es kein Wunder, wenn die ihre männlichen Kräfte sozial unerwünscht ausleben.

Eine Treppe führt vom Gang in das Obergeschoss, wo ein Hinweisschild mit einem Pfeil zur Verwaltung in den ersten Stock weist. Ich steige die Treppe hoch. Der muffige Geruch, eine Mischung aus Putzmittel, feuchter Wäsche und menschlichen Ausdünstungen, steht wie eine Luftblase in den Räumlichkeiten. Anscheinend befindet sich im Obergeschoss der Frauen- und Kindertrakt, denn die Atmosphäre wirkt auf mich durch das Stimmengewirr der Kids einladender. Vor dem Büro angekommen, klopfe ich an.

Eine zaghafte weibliche Stimme meldet sich hinter der Tür: „Herein!“

Ich trete ein. Ein kahler Raum, die Wände voll gepolstert mit Plakaten, die Flüchtlinge – auf einem Boot, in einem Lager, in zerbombten Städten, im Zelt – zeigen und zum Spenden aufrufen sollen. Am Schreibtisch vor mir sitzt eine junge Frau mit Dreadlocks, gekleidet in eine orientalisch angehauchte weite Bluse, darüber eine übergroße Weste. Sie spielt mit einem Kugelschreiber und blickt mich verlangsamt, wie bekifft an.

„Hallo“, grüße ich, obwohl das sonst nicht meine Diktion ist, aber bei diesem Gegenüber scheint mir dieser Gruß angebracht. „Hallo, ich wollte mich erkundigen … Ich habe eine Nachricht in den Ärztemitteilungen gelesen, dass Sie hier eine psychiatrische Betreuung suchen. Ich würde mich gern für ein paar Stunden zur Verfügung stellen. An wen muss ich mich da wenden?“

Die junge Frau, ich schätze, dass es sich um eine Praktikantin der Sozialakademie, möglicherweise auch um eine Psychologie-, Soziologie- oder Politologiestudentin handelt, jedenfalls um eine von der „Ich möchte die Welt verbessern"-Fraktion, wetzt auf ihrem Sessel herum und weiß offenbar nicht, nein, gar nicht Bescheid.

„Also, hm, das wird der Herr … der Chef … der Kollege, also der Jo, sein. Der ist nicht da."

Ich lächle sie vertrauensvoll an und meine ganz freundlich: „Der Jo, hat der auch einen Nachnamen?"

„Hm, Moment."

Dann erhebt sie sich langsam von ihrem Sessel, schlurft rund um den Schreibtisch, öffnet die Tür, verlässt den Raum, wirft offensichtlich kurz einen Blick auf ein Schild neben dem Eingang, kehrt zurück, nimmt wieder Platz und verkündet stolz: „Mircuvic, Herr Mag. Mircuvic."

„Wann ist er wieder da?"

„Morgen sicher. Heute wegen der … Sie wissen schon was, beschäftigt."

Ich nicke mit betretenem Gesichtsausdruck und verabschiede mich mit „Tschüss?" – diesen Abschiedsgruß halte ich bei der engagierten Dame für passend.

Als ich vor dem Treppenabsatz noch einen Blick zurück auf die Frauenabteilung werfe, bemerke ich die Kleine von vorhin. Sie kauert, verstohlen weinend, in einer Fensternische und streckt abwehrend ihr Händchen in meine Richtung, als sie bemerkt, dass ich mich ihr nähere. Ich lasse mich dadurch nicht abhalten, sondern steuere diretissima auf sie zu. Als ich vor ihr stehe, versteckt sie ihren Kopf zwischen ihren mageren Ärmchen. Ich knie vor ihr nieder und versuche mich zu verständigen: „Ich", dabei deute ich auf meine Brust, „ich Alma, und du?" Sie blickt mich mit ihren nassen Augen groß an. Ich wiederhole meinen patscherten[22] Annäherungsversuch.

Nach mehreren Ansätzen meinerseits kommt aus ihrem Mund ein leises: „Samira."

Auch wenn ich weiß, dass sie kein Deutsch beherrscht, versuche ich unsere Kommunikation aufrechtzuerhalten: „Samira, ein schöner Name". Keine Ahnung, ob sie mich verstanden hat oder ob sie einfach merkt, dass ich sie sympathisch finde, jedenfalls lächelt sie mich an.

---

[22] ungeschickt

Es ist kein Zufall, dass ich gerade sie unter all den spielenden Kinder für eine Kontaktaufnahme ausgesucht habe, denn aus dem Ausschnitt, den das eingrenzende Kopftuch freigibt (ich finde Frauen mit Kopftuch haben Gesichter, die so aussehen, als ob man aus einem Foto die Köpfe ohne Haare herausgeschnitten hätte) strahlen zwei riesige schwarze Augen, eine zierliche Nase und ein fülliger Mund. Das Kind ist ohne Zweifel schön. Menschliche Schönheit weckt Sympathie, kindliche Schönheit weckt den Beschützerinstinkt. So sehr man auch die Gleichheit der Menschen heraufbeschwören möchte, die biologischen Voraussetzungen machen all diese gut gemeinten Bestrebungen zunichte. Ein hübsches, charmantes, intelligentes Individuum hat mehr Chancen im Leben. Das ist zwar ungerecht, aber die Realität. Jedenfalls gehört Samira zu denen, die sogleich anziehend wirken.

Ich würde ihr gern über den Kopf streicheln, hüte mich aber davor, ihr zu nahe zu kommen. Noch dazu eilt sofort eine Frau herbei und fordert sie in forschem Ton auf, sich von mir zu entfernen. Ich grüße die Frau freundlich, sie aber blickt mich feindselig an. Als ich kniend von unten in ihr Gesicht schaue, bemerke ich, dass der voluminöse Körper nicht nur stark übergewichtig, sondern auch schwanger ist. Ich hieve mich aus der Hocke wieder in den aufrechten Stand und verabschiede mich von beiden: „Ciao, Samira" und, etwas weniger freundlich, zu der Frau: „Wiederschauen."

Als ich aus dem Gebäude draußen bin, atme ich tief durch. Irgendwas wirkt da drinnen bedrohlich, Das können nicht nur der hier stattgefundene Mord und der betrübliche Anblick dieser Menschen ohne Heimat sein!

Immerhin wird einem nach solchen Begegnungen bewusst, wie sehr man seine vertrauten Mitmenschen schätzen sollte. Deshalb verschicke ich ein Entschuldigungs-SMS an Mutter: „tut mir leid meinte nicht so alma."

Kaum habe ich auf Abschicken gedrückt, ruft sie schon zurück.

Ich kenne sie. Sie hat zu Hause – wohl wissend, dass ich es nicht aushalten werde, mit ihr im Zwist zu sein – darauf gewartet, dass ich sie um Verzeihung bitte. Noch nie (!) ist es vorgekommen, dass sie einmal als Erste eingelenkt hätte. Wie oft habe ich mich dazu gezwungen, zumindest einen Tag auf *ihre* Abbitte zu warten! Es hat mir meist nur eine schlaflose Nacht, ausgefüllt mit Schuldgefühlen, eingebracht und mich dann spätestens am nächsten Morgen um Versöhnung bitten lassen. Heute habe ich keine Lust für dieses Spielchen. Man sollte sein Leben nicht mit Disharmonien belasten, lieber klein beigeben.

„Servus, Kind! Wo bist du?“

Aha, einen Peilsender hat sie mir offenbar noch nicht implantiert. Obwohl ich ihr das zutrauen würde. Die Gelegenheit dazu hätte sich doch während meiner Narkose ergeben.

„Ich stehe direkt neben dem Flüchtlingsheim“ – und einen kleinen Seitenhieb kann ich mir nicht verbeißen: „Die Adresse pfeifen nämlich die Spatzen von den Dächern, oder besser gesagt, die Titelseite der Gratiszeitung.“

Sie ist pikiert: „Na dann, dann hätte ich mir ja meine mühsamen Recherchen ersparen können.“

Nein! Ich werde nicht auf ihr selbstmitleidiges Geschwätz eingehen, drum antworte ich unbekümmert und lenke sie mit einem anderen Thema ab: „Danke trotzdem. Ich hätte aber ein anderes Attentat auf dich. Glaubst du nicht, dass sie in dem Heim eine Leseoma brauchen könnten? Ich habe gerade ein süßes Mädchen kennengelernt, das bräuchte jemanden, der ihm hilft, Deutsch zu lernen. Und im Rahmen dieses Unterrichts könnte man vielleicht …“

Mutter unterbricht mich: „Liebes Kind, deine Mutter ist schon vor dir auf diese geniale Idee gekommen. Ich bin schon angemeldet, morgen Vormittag fange ich an.“

Also hat sie mich schon wieder einmal überholt! Ich schlucke meinen aufsteigenden Groll hinunter und lasse ihr den Sieg, ohne zu sticheln.

„Das ist ja großartig, gute Idee von dir“, flöte ich ins Handy, „Gedankenübertragung.“

„Keine Gedankenübertragung, nein, ich war einfach zielorientierter. Wer schnell handelt, handelt doppelt.“

Da hat sie sich wieder einmal ein Zitat[23] zurechtgebogen, immerhin zumindest nicht auf Latein.

„Tja, wie auch immer. Hauptsache du kommst hinein. Kannst du ein Augenmerk auf ein kleines Mädchen richten“ – jetzt werde *ich* mit meinem Informationsvorsprung protzen –, „die Kleine heißt Samira? Ich glaube, die ist recht vif und von der könnte man

---

[23] Richtig: Wer schnell gibt, gibt doppelt.

eventuell etwas über die anderen Frauen da drinnen erfahren. Übrigens bin ich noch einer Schwangeren begegnet. Vielleicht wütet da ein Fruchtbarkeitsvirus?“

„Das bezweifle ich, eher keine Empfängnisverhütung.“

„Na ja, jedenfalls …“

Sie unterbricht mich: „Du solltest dich beeilen, damit du nicht zu spät …“ und zweideutig fährt sie fort „… zu deinem Rendezvous mit dem *jungen* Mann kommst. Ich wünsch dir viel Vergnügen. Sei nicht zu forsch mit ihm … ist ein Sensibler.“

Was habe ich mir vorgenommen? Schlagfertig auf ihre Anzüglichkeiten antworten.

„Was meinst du damit? Ich gehe mit ihm ins Theater.“

Sie säuselt ins Telefon: „Sicher eine animierende Performance. Nicht, was du jetzt denkst, ich meine nur geistig, ausschließlich den intellektuellen Disput anregend.“

Und wieder fällt mir nicht rechtzeitig eine Antwort ein, die sitzt.

3. Kapitel

Der Name „Palais Kabelwerk" täuscht. Von einem Palais keine Spur. Ein umgebautes Backsteinfabrikgebäude, bei dem die Architekten bei der Renovierung engagiert darauf geachtet haben, jeglichen Charme des Industriedenkmals zu vernichten. Mit Erfolg, denn statt des ziegelroten Backsteins deprimiert Sichtbeton, wohin man auch blickt. Damit vermittelt das „Palais" noch immer den Eindruck einer Fabrik, allerdings einer solchen, wo vor dem geistigen Auge geschundene Körper von Kinderarbeitern auftauchen. Möglicherweise ist diese Impression auch erwünscht, denn atmosphärisch kann kein Zweifel aufkommen, dass in diesem Theater ausschließlich desillusionierende Aufführungen stattfinden dürfen.

Schon der Weg zu dieser Lokalität – nach einer endlosen Fahrt mit der U6 steige ich Station Tscherttegasse aus – gestaltet sich äußerst unbehaglich und fordert in der Finsternis meinen Orientierungssinn heraus. Am Altmannsdorfer Friedhof vorbei versuche ich verzweifelt einen Durchschlupf zur Oswaldgasse zu finden. Ich durchquere Fußgängerzonen, die Steinwüsten ähneln, finde aber leider keinen Ansprechpartner, den ich nach dem Weg fragen könnte. Am Kebab-Stand, den ich, schon ziemlich genervt, aufsuche, um einen Ortskundigen aufzuspüren, hat man noch nie was von dem Theater gehört, obwohl dieses – wie sich später herausstellt – gleich hinter dem Lokal liegt, von diesem nur durch eine kurze Passage getrennt. Nicht umsonst gibt es hier auch eine Bühne namens „Theater am Arsch der Welt".

Ich schaffe es gerade noch rechtzeitig bis zum Beginn des „Übels". Da das Stück kein Publikumshit ist, ist es klarerweise auch kein Problem, Karten zu bekommen. Ferdinand Fluger wartet schon ungeduldig im Betonfoyer und winkt mir zu. Ich hetze mich trotzdem nicht, denn ich vermute, dass die Offszene froh ist, wenn mehr Zuschauer als Schauspieler anwesend sind, und daher mit dem Start der Vorstellung auch auf den letzten Gast wartet. Da bei solchen Veranstaltungen üblicherweise freie Platzwahl ist, lasse ich den Fluger für uns Sitze aussuchen, während ich mich noch auf die Toilette stehle.

„Bitte hinten, falls ich flüchten muss …" Als ich meinen Platz neben ihm einnehme, hat die Performance tatsächlich schon begonnen. Das Stück ist genauso, wie ich es mir vorgestellt habe: grauenhaft. Schon nach fünf Minuten will ich nur mehr raus. Passend zum grauen Saal wälzt sich ein Ensemble, gekleidet entweder in mausgraue Overalls oder in Nazikostüm, zu krächzenden Geräuschen aus den Lautsprechern entweder am Boden oder klettert die Scheinwerferriggs hoch. Hoffentlich stürzt niemand ab, denke ich, denn sonst müsste ich wohl noch Erste Hilfe leisten. Der Ferdinand scheint die Aufführung zu mögen, denn er starrt konzentriert auf die Darsteller. Vielleicht aber möchte er nur den Sinn dieser Aktion verstehen. Ich tue es nicht, auch wenn augenscheinlich das Böse mit dem Guten kämpft. Irgendwann sind die Guten erschöpft und werden am Boden liegend von den Bösen mit Wasserwerfern ermordet. Als dann der ganze Boden mitsamt den Menschen darauf schwimmt, ist es endlich vorbei. Ich gratuliere mir zu meiner Standhaftigkeit.

Als wir gemeinsam mit den anderen fünfzehn Zuschauern tapfer klatschen, während sich die armen Schauspieler frierend, weil klitschnass, verbeugen, bemerke ich zu meinem Schreck, dass anscheinend nach mir noch jemand die Performance beehrt hat – Michael. Sofort kombiniere ich: Telefonat mit Mutter, die ihn auf mich gehetzt hat, um eine herbeifantasierte Affäre mit dem Fluger zu unterbinden. Mutter kennt mich gut, aber nicht so gut! Wenigstens meine männlichen Vorlieben scheint sie nicht mitbekommen zu haben. Nie im Leben würde ich auf so einen Softie wie den Ferdinand abfahren. Nie, nie, nie!

Der Applaus geht mit einem einsamen, hilflosen Bravoruf eines Gastes zu Ende. Nach solchen Vorstellungen habe ich immer schreckliches Mitleid mit diesen jungen Schauspielern, die sich verarmt ihrem Traum vom späteren Ruhm hingeben. Irgendwelchen selbst ernannten genialen Regisseuren ausgeliefert, die voller Hochmut auf Menschen hinabblicken, die ihre Inszenierungen nicht verstehen wollen. Wie gering reflektiert man sich selber, wenn man sein Kunstwerk umso bedeutender einschätzt, je weniger es beim Publikum ankommt? Ist das eine Art Rettung seines Selbst durch Arroganz und Ignoranz?

Als wir dem Ausgang zustreben, flüstert mir der Ferdinand zu: „Beeindruckend, danke für den Tipp.“

Hm, vielleicht bin ich einfach altersmäßig nicht mehr kompatibel mit solcher Kunst? Dem Michael, der an der ebenfalls mausgrauen Betonbar schon auf uns wartet, hat es anscheinend ebenfalls gefallen, denn er begrüßt mich zwar ohne Kuss, aber immerhin distanziert höflich mit: „Hallo, war toll!“ Ich werfe ihm rechts und links ein Busserl auf die Wange und beschließe, ja nicht ertappt zu wirken, denn dafür gibt es wahrlich keinen Grund. Dabei deute ich auf den Fluger: „Du freust dich, den Ferdinand wiederzusehen?“

Der Ferdi streckt Michael freundlich seine Hand hin: „Oh fein! Schön, dich wieder zu treffen.“

Flugers Unbekümmertheit scheint meinen Freund zu beruhigen, denn er drückt seine Hand und deutet auf die Bar: „Ich lade euch ein. Ein Bier?“

Ferdinand schüttelt den Kopf: „Lieber ein Obi gespritzt[24].“

„Ich nehme einen Pfiff[25].“

Unnötigerweise fühle ich mich bemüßigt, eine Erklärung wegen meines Begleiters abzugeben: „War eine spontane Idee, das Theater. Wir haben uns schon so lange nicht getroffen.“

Michael zeigt auf die Preistafel an der Wand hinter der Bar: „Gibt nur Bier in der Flasche. Du Snob musst wohl ohne Glas …“

Wie konnte ich nur auf die Idee kommen, dass man hier auch unproletarisch saufen kann?

In einer Ecke des riesigen Foyers, das über drei Stockwerke reicht, stehen abgewetzte Vintage-Ledersofas. Ich nehme meine Flasche und zeige damit in diese Richtung: „Setzen wir uns. Ich bin noch nicht so fit, kann noch nicht so lange stehen.“

Michael muss wohl demonstrieren, dass er eigentlich gekränkt sein sollte, denn er meint bissig: „Aber für ein Abendprogramm scheinst du fit genug.“

Ich entziehe mich einer Antwort und eile zu den Diwanen. Eigentlich hatte ich ja geplant, mit dem Ferdinand ein nettes Café aufzusuchen, um ihm raffiniert etwas über den Mord zu entlocken. Diese Idee habe ich bei meinem Trip durch die einsame Betonwüste vorher schon verworfen und jetzt kann ich meinen Michael auch schlecht abschieben. Insofern bietet diese unwirtliche Lokalität eine passable Alternative.

---

[24] Apfelschorle

[25] kleines Glas Bier

Die beiden Herren schlendern, eine engagierte Konversation vortäuschend, mir zu dem von mir ausgewählten Platz nach. Ich setze mich ans Ende eines der beiden ums Eck gestellten Sofas und klopfe als Beschwichtigungsgeste für meinen Freund auf den Platz neben mir. Der setzt sich aber demonstrativ auf den anderen Diwan und der schüchterne Fluger daneben. Es wird einer besonderen Diplomatie bedürfen, eine Konversation anzufachen, die auf Umwegen, aber doch meine Neugier den Mord betreffend befriedigt.

„Und", startet ich, „wie hat es euch gefallen?"

Michael saugt intensiv an seiner Bierflasche, dann, während er sie absetzt, seufzt er tief und kommentiert: „Harter Stoff, aber wahrhaftig. Der Faschismus lauert unmittelbar unter der Decke, nur um demnächst wieder aufzuerstehen. Ein wichtiges politisches Statement."

„Ich hab's nicht verstanden", stelle ich mich blöd, um die Diskussion anzustacheln.

„Scheint mir auch eine große Gefahr zu sein", gibt ihm Ferdinand recht.

„Was gibt's da nicht zu verstehen? Die Rechten sind im Vormarsch ..."

„Und die Grauen, waren das die Juden oder ...?"

„... auf heute bezogen, Rassismus, Fremdenfeindlichkeit."

„Siehst du das auch so?", frage ich den Fluger, denn irgendwie muss ich das Gespräch auf die Flüchtlinge im Heim lenken.

„Sicher, das stimmt sicher. Ich habe mich in der Flüchtlingsbetreuung engagiert, aber das darf gar nicht in meiner Dienststelle bekannt werden. Da gibt es Kollegen, die sind ganz auf Strache[26]."

Michael hakt ein: „Die Polizei war schon immer ein Hort des Faschismus."

Ich liebe meinen Freund, aber oft kann ich seine in der Künstlerszene generellen Ansichten nicht teilen. Bei seinen Freunden besteht die Welt aus Schwarz und Weiß. Schwarz ist die böse privilegierte Gesellschaft und Weiß sind die restlichen unterprivilegierten Menschen. Um zu verhindern, dass unsere Unterhaltung in einen politischen Disput abgleitet, hake ich erneut bei Ferdinand nach: „Was machst du für die Flüchtlinge?"

---

[26] österreichischer rechtspopulistischer Politiker

„Ich arbeite in dem Heim, in dem der Mord passiert ist. Unentgeltlich, Betreuung der schwangeren Frauen."

„Sind da so viele schwanger?"

Der Fluger nickt sichtlich betroffen: „Nach einer Massenvergewaltigung auf der Flucht. Grauenhaft. Kein Täter mehr zu eruieren. Die Frauen leiden alle an einem Trauma. Ich und andere Kolleginnen helfen ihnen bei der Bewältigung. Ich habe die Begleitung außer Haus übernommen – also Arztbesuch oder so. Viele von ihnen werden bedroht, Vater, Bruder oder vielleicht auch von den Tätern. Jedenfalls Männer."

Er schlägt die Hände vors Gesicht: „Und ich war nicht da, als es passiert ist."

Ich beuge mich nach vor und streichle über sein Knie: „Du kannst nichts dafür."

Er streckt seine Arme hilflos zur Seite: „Trotzdem, ich hätte wissen müssen, dass der Bruder …"

Michael klopft ihm auf die Schulter: „Das ist eben ihre Tradition. Scheiße. Magst wenigstens jetzt ein Bier?"

Der Ferdi nickt mit zusammengekniffenen Augenlidern: „Ja. Sie wird so oder so nicht mehr lebendig. Wenigstens das Kind lebt. So ein Glück, dass der Dr. Ehrenschweizer da war. Ohne den wäre das Baby auch tot."

Während Michael aufsteht, um für sich ein weiteres und den Fluger nun auch ein Bier zu holen, setze ich mein Interview fort: „Dr. Ehrenschweizer? Kommt mir bekannt vor."

Der Ferdinand lächelt: „Ist stinkreich. Hat das Sanatorium daneben, Ich meine, gleich neben dem Heim. Aber einer von den tollen Ärzten. Er sagt, er will was zurückgeben, darum betreut er die Schwangeren unentgeltlich. Sie dürfen sogar gratis bei ihm entbinden und sonst ist er auch immer für sie da – Tag und Nacht."

Es dämmert mir: Klar! Prim. Ehrenschweizer, der stand doch ganz oben auf der Informationstafel in der Klinik. Dann wird das auch der sein, den ich in der Nacht beobachtet habe. Der, der die Gebärende in Empfang genommen hat.

Ich denke mir meinen Teil, hüte mich aber, meine Meinung über die Tatsache zu äußern, dass bei diesem „tollen" Arzt im Hinterhof Frauen im Putzwagen angeliefert werden: „Das ist wirklich sehr lobenswert von dem Kollegen."

Als mein Freund, diesmal neben mir, Platz nimmt, reißt Ferdinand ihm das Bier aus der Hand und trinkt gierig. Während er noch hinunterschluckt, sprudelt es nur so aus ihm heraus: „Ich hätte wissen müssen, dass der Bruder was im Schilde führt. Er hat mich eingelullt. Hat mir versprochen, auf sie aufzupassen, damit ihr niemand was antut. Ich habe ihm geglaubt. Sie war so eine Liebe, Schöne, ein Reh … Rehaugen hatte sie."

„Hast du sie nie gefragt, wie sie zu ihrem Bruder steht?"

„Sowieso, aber sie konnte ja kein Deutsch. Alles nur mit Dolmetscher. Vielleicht hat der gelogen. Wie soll ich das wissen? Jedenfalls hat er übersetzt, dass ihr Bruder ihr Ein und Alles ist. Der letzte Verwandte, mit dem sie aus Syrien geflohen ist. Der, der sie aus der Bombenhölle gerettet hat."

Ferdinand ist nahe daran, in Tränen auszubrechen, was ich unbedingt verhindern möchte. Es ist sowieso schon so, dass die wenigen noch anwesenden Besucher uns begaffen, da die Halle jedes Wort verstärkt. Drum wechsle ich zum Platz an seiner Seite, um ihn mit einem dummen Gemeinplatz zu trösten: „Du brauchst dir keine Vorwürfe zu machen. Wie solltest du wissen …"

Michael unterbricht mich: „… bist du auf sie gestanden?"

Damit hat er den Nagel auf den Kopf getroffen und löst eine Weinattacke aus, die mir sehr peinlich ist. Ich nehme den Ferdi zur Beruhigung um die Schulter, worauf er erst recht hemmungslos zu schluchzen anhebt. Ein Theaterbesucher, der in der Nähe steht, fühlt sich bemüßigt, einen Kommentar abzugeben: „Es hat mich auch aus den Angeln gehoben. Ja, der Faschismus lebt wieder auf …"

Ich werfe ihm und meinem Liebhaber einen strafenden Blick zu und deute Michael, nicht weiter zu bohren, da wir schon ausreichend Publikum haben. *Diese* Performance dürfte die Theaterbesucher mehr interessieren als das Stück vorhin. Michael will nicht kapieren, denn er insistiert: „Hast was mit ihr gehabt?"

Ich blicke ihn strafend an: „Lass ihn bitte …"

Aber der Ferdinand will weiter über seine Liebe sprechen: „Sie war ein Engel", dabei zieht er sein Handy aus der Tasche, um uns ein Foto zu zeigen, „sanft, unschuldig. Schaut! Was für strahlende Augen!"

Ich werfe nur einen kurzen Blick auf das Foto, während Michael das Porträt eingehend betrachtet: „Schöne Frau", meint er sachkundig und gibt dem Fluger das Handy wieder zurück.

Ferdi drängt mich, das Bild ebenfalls genauer zu studieren. Die Frau hatte die gleichen Augen wie Samira und auch sonst eine große Ähnlichkeit. Ich verwerfe Spekulationen, die das Foto in mir auslöst. Wahrscheinlich ist es nur so, dass uns Europäern diese schwarzen, riesigen Augen der Araberinnen alle ähnlich vorkommen.

Immerhin hat Flugers Liebesgeständnis alle Verdächtigungen Michaels mich betreffend verscheucht. Er gesellt sich auf die andere Seite von Ferdinand, schlägt ihm kumpelhaft auf die Schulter – mir damit leider auch schmerzhaft auf die Hand – und meint ungelenk: „Was soll man da sagen? Du Armer. Tust mir leid."

In der Zwischenzeit hat sich der junge Polizist wieder etwas erfangen: „Das darf aber niemand wissen." Und zu mir: „Die Frau Oberinspektor schon gar nicht."

Manchmal kann ich mich über die naive Dreistigkeit meines Michaels nur wundern denn er lässt nicht locker. Wie kann man nur so indiskret sein?

„Und, war sie deine Freundin?"

„Hör auf", versuche ich ihn einzubremsen.

Offenbar stört Michaels Taktlosigkeit nur mich, denn Ferdinand nickt verschämt und flüstert: „Ja, ich habe es mir gewünscht … nach der Geburt – das Baby hatte ja schon Adoptiveltern – ganz neu anfangen, nur wir zwei."

„Traurig! Ich verstehe das." Dann deutet Michael mit seinem Zeigefinger zu mir: „Hm … wir haben auch gerade was Schlimmes durchmachen müssen."

Bevor Michael jetzt unsere Geschichte peinlich ausbreitet, unterbreche ich ihn streng und gebe ihm einen heftigen Tritt gegen sein Schienbein: „Bitte!!! Ich glaube, es ist besser, wir trinken aus und gehen nach Hause. Die sperren sowieso gleich zu."

Mein Freund verzieht zwar den Mund, lässt sich aber immerhin davon abhalten, weiter zu erzählen. Ich stehe auf, um meinem Wunsch Gewicht zu verleihen.

Ferdi hievt sich langsam aus dem Sofa hoch: „Ihr … ihr … Bitte schwört, dass ihr nichts erzählt."

Ich hebe die Hand zum Schwur: „Ich schwöre, kein Wort, Arztgeheimnis. Außerdem, wieso sollte ich Erika was davon erzählen, das ist doch deine Privatsache?"

Ferdinand seufzt erleichtert und umarmt Michael: „Du bist ein Freund, das spür ich. Danke!"

Mir ist zwar nicht einsichtig, warum die indiskret dreisten Fragen meines Liebhabers eine Freundschaftserklärung sein sollen, aber Fluger fühlt sich anscheinend verstanden und nur das zählt.

Vor dem Palais bläst uns der eisige Wind ins Gesicht und wir kämpfen uns, diesmal immerhin zu dritt, wieder durch die deprimierende Wohnlandschaft dieser Gegend bis zur U-Bahn-Station. Unaufgefordert begleitet mich Michael weiter zu mir nach Hause. Ich gestehe, erfreut zu sein, dass ich heute nicht allein schlafen muss. Eine Schulter zum Anlehnen ist eine Schulter zum Anlehnen, auch wenn diese Schulter zurzeit ein wenig instabil ist.

Ferdinand hat sich schon in der Station Längenfeldgasse verabschiedet. Nachdem er ausgestiegen ist, zieht mich Michael ganz nah zu sich und flüstert mir ins Ohr: „Wie wunderbar, dass du lebst …"

Frauenherzen sind nicht konsequent: Als Psychiaterin ist mir nicht fremd, dass alle Menschen angebetet werden wollen. Keiner kann genug der Liebesdroge bekommen. Die Sehnsucht danach verhindert vernünftige Entscheidungen, lässt uns blind sein, vor allem was das Objekt der Begierde betrifft. Diese Sehnsucht will alle Lügen glauben, die man uns ins Ohr flüstert. Nicht, dass ich Michael unterstelle, mich anzuschwindeln, aber etwas mehr Distanz meinerseits wäre angesichts seiner vorhergegangenen Vorwürfe schon angebracht. Mein Wollen drängt aber nach Zärtlichkeit und die werde ich mir heute Abend gönnen.

In meiner Wohnung angekommen ist die Heizung schon wieder ausgefallen. Erstaunlicherweise fühlt sich die Kälte jetzt aber gar nicht so schlimm an wie gestern. Anstatt meines Daunenmantels umhüllt mich mein Michelangelo mit Wärme.

Ich treibe in einem roten Meer, um mich geschlungen der Anenzephalus, der mich wie eine Boa constrictor einschnürt. Es gibt kein Entrinnen, das Monster hält noch immer das Messer zwischen den Lippen. Von Zeit zu Zeit wendet es mir seinen Kopf zu und starrt mich mit den Glupschaugen an. Plötzlich taucht es ab und ich mit ihm. Unten, in der roten Flüssigkeit, versuche ich, nach Luft zu schnappen, allein mein Brustkorb schafft es nicht, sich zu heben. Der Anenzephalus windet sich immer straffer um meinen Körper. Dann, spontan, lässt er mich frei, stürzt sich aber mit seinem Maul, in dem das Messer steckt, auf mich und rammt mir die Stichwaffe in meinen Unterleib. Mein austretendes Blut vermengt sich mit diesem roten Meer, bis es unsichtbar ist.

Trotz des Nebels während des Aufwachens spüre ich, dass ich tatsächlich in einer Flüssigkeitssuppe liege. Noch bevor ich die Decke hebe, um nachzusehen, vermute ich, dass ich eine Nachblutung bekommen habe. Nur das nicht, das darf nicht sein! Ich knipse die Nachtlampe an und ein Blick zwischen meine Beine bestätigt meine Diagnose. Es rinnt wie ein undichter Wasserhahn. Von meiner Unpässlichkeit abgesehen, verwünsche ich die Schweinerei, die ich angerichtet habe. Frau zu sein bedeutet, dass aus diesem unsäglichen Körper ständig irgendwelche Flüssigkeiten austreten. Der weibliche Organismus ist andauernd irgendwo leck. Kaum glaubt man, dicht zu sein, beginnt es schon wieder zu tröpfeln. Die Natur meint es mit den Frauen gar nicht gut. Sie beschränkt sie in ihrer Freiheit, indem sie ihnen das Los der regelmäßigen archaischen Blutorgie auferlegt hat.

Ich habe keine Schmerzen und auch keine Angst. Leider muss ich wieder zurück ins Sanatorium, wo mich Moni mit Tamponaden so lange vollstopfen wird, bis der Wasserhahn wieder dicht ist. Ich zupfe meinen Liebhaber an seinem gerade noch aus dem Kopfkissen hervorlugenden Haarschopf.

„Michael …", flüstere ich, „Michael" und ziehe etwas heftiger an seiner Locke, „*mir* ist da was passiert."

Falsch! *Mir* ist gar nichts passiert, *es* ist passiert. Frauen neigen dazu, Schuld sofort bei sich selber zu suchen. Endlich hebt er stöhnend seinen Kopf: „Hm? Was ist?"

Ich hebe wortlos meine Decke, worauf er zuerst die Augen aufreißt, um dann wortlos in Ohnmacht zu fallen. Diesmal rüttle ich ihn, so brutal ich kann. Es bleibt mir auch nichts anderes übrig, denn wenn ich in diesem Zustand bis ins Wohnzimmer zu meinem Handy laufe, werde ich sämtliche Teppiche für immer vernichten. Es reicht schon, dass ich mir eine neue Matratze werde kaufen müssen.

„Wach auf", schreie ich und schlage ihm rechts und links ins Gesicht. Das wirkt.

Er hebt seinen Kopf und meint: „Mir ist schlecht."

„Reiß dich zusammen und ruf die Rettung."

Selbst im Dämmerlicht der Nachtlampe sehe ich, dass er tatsächlich kreidebleich ist. Er rafft sich aus dem Bett hoch und rast aus dem Schlafzimmer. Ich höre, wie er sich im Badezimmer übergeben muss. Und wer ist schuld? Ich.

Immerhin kommt er mit einem Packen Handtücher zurück, die ich mir zwischen die Beine stopfe. In der Zwischenzeit hat er auch die Rettung angerufen und sich angezogen. Also retour ins Krankenhaus.

Ich werde selbstverständlich beim *Haupteingang* in Empfang genommen. Dann warte ich, diesmal allerdings in einem Zimmer am anderen Ende des Gangs, auf Dr. Altenfelder.

Michael hängt im Lehnstuhl und gähnt. Er versucht seine Unpässlichkeit zu kaschieren, indem er wie schon zuletzt in einer Frauenzeitschrift blättert. Unvermittelt klappt er diese zusammen, hüpft aus seinem Sessel, baut sich vor meinem Bett auf und meint mit verkniffenen Lippen: „Du bist selber schuld. Deine Selbstüberschätzung ist unerträglich. Ich halte das nicht mehr aus." Dann kippt sein Ton in ein hysterisches Schreien: „Glaubst du, du bist was Besonderes? Glaubst du, dass du, Göttin Alma, allen Regeln des menschlichen Körpers zuwiderhandeln kannst? Dass du damit deine Mitmenschen mit in den Abgrund stürzt? Dass ich … Wie komme ich dazu, dass …?"

Ich muss mich zusammenreißen, um ihn nicht auszulachen. Es ist zu komisch, wie er, mit sich überstürzender Stimme, rot angelaufen, mir die Verantwortung an seiner Schwäche zuschieben möchte.

„Beruhige dich! Das ist nicht schlimm, schaut nur für einen Laien dramatisch aus." Und dann, um ihn in seiner männlichen Ehre zu bestärken, meine ich großzügig: „Zum Glück bist du ja neben mir gelegen, sonst wäre es wohl schlimm ausgegangen."

Mit einem tiefen Seufzer bewegt er sich wieder zu seinem Lehnstuhl zurück. Da lässt er sich hineingefallen und flüstert heiser: „Ich mach mir halt Sorgen."

„Das weiß ich und es tut mir leid, dass ich dich so erschreckt habe. Mir wäre auch nicht wohl gewesen, wenn ich dich in einer Blutlache gefunden hätte. Entschuldige."

„Ich mein's ernst. Du bringst dich um, wenn du alles, was dir zustößt, ignorierst."

„Mach dir keine Sorgen, ich bin pumperlgesund[27]. Ich rauche nicht, ich bin nicht dick und ich laufe ständig. Was soll mir passieren?"

Das scheint ihn zu beruhigen. Außerdem kenne ich ihn gut genug, um zu wissen, dass er sich nicht allzu lange Sorgen machen möchte. Moni rettet mich vor einer weiteren Aussprache.

„Servus! Was machst du für Sachen?"

Ich zucke mit der Schulter: „Eh klar, Kollegin! Da passiert immer was."

„Gehen wir's an. Bringen wir es hinter uns. Weißt eh, lästig, aber in ein paar Stunden ist es vorbei."

Tatsächlich, nach ein paar lästigen Stunden war es vorbei. Am Abend darf ich das Krankenhaus schon wieder verlassen. Erika erklärte sich sofort bereit, mich abzuholen. Gerade als ich, zwar etwas wackelig, aber immerhin dicht, in Begleitung meiner Freundin die Treppe Richtung Ausgang hinuntersteige, kommt uns mein Lieblingsfeind, Dr. Würzl, entgegen. Er bleibt stehen, grinst und misst uns von Kopf bis Fuß.

„Servus, Frau Kollegin, Frau Oberinspektor! Was verschafft unserem Haus die Ehre?"

Erika nimmt mir, da sie meine Antipathie gegen den Würzl kennt, die Antwort ab: „Kontrolle, Herr Doktor!"

Würzl scheint „Kontrolle" gründlich missverstanden zu haben, denn seine saloppe Art ändert sich schlagartig, er wirkt plötzlich wie ertappt. Aggressiv erwidert er: „Was für eine Kontrolle? Mir ist nichts bekannt. Polizeilich?"

Sein angriffslustiges Verhalten lässt mich misstrauisch werden. Auch die Frau Inspektor ahnt da augenscheinlich Unregelmäßigkeiten: „Das werden Sie noch früh genug erfahren."

Dann spricht er mich an: „Und Sie, Frau Kollegin?"

„Ich … ich … hm, ich mache den gutachterlichen Teil."

Der Würzl fängt sich rasch und versucht, uns in seiner schleimigen Art aufgesetzt freundlich auszuhorchen: „Dann darf ich Sie auf einen Kaffee einladen, aufs Haus?"

---

27 sehr gesund

Frau Oberinspektor Sacherl und ich schauen uns an – Gedankenübertragung – und nicken: „Gern!"

Mit einer ausladenden Geste verweist er uns in Richtung seines Büros, das im Untergeschoss gleich neben dem Café liegt. Das Office ist luxuriös eingerichtet. Jugendstil, ich vermute Hoffmann, wenn nicht echt, dann gut kopiert. In der einen Hälfte des Raums verbirgt sich hinter einem Paravent ein Untersuchungsbett, in der anderen Hälfte stehen der Schreibtisch und daneben eine wunderschöne, wenn auch unbequeme Garnitur. Ich jongliere auf meinen Sitzbeinhöckern, da mich die harte Unterlage schmerzt. Aber niemals hätte ich zugegeben, dass ich gerade als Patientin stationär war und die „Kontrolle" meiner Gebärmutter gegolten hat. Vermutlich wird der Würzl das auch gar nicht mitbekommen, außer er kontrolliert die Aufnahmedokumente. Bevor er sich zu uns setzt, ordert er per Telefon und erkundigt sich bei uns: „Espresso oder Melange?"

Wir nicken beide bei „Espresso".

Dann stellt er uns noch eine Schüssel mit Konfekt vor die Nase, während er sich auf den Bauch greift: „Sie kennen das ja … Dankbare Patienten überhäufen einen mit fattening stuff[28]."

Dankbare Patienten? Der Würzl hat kaum Patienten und schon gar nicht dankbare. Die Alkoholiker, denen er den Führerschein zwielichtig wiederbesorgt, sind zwar dankbar, aber sicher keine Patienten, wenn schon Kunden.

Der Polizeiarzt serviert uns sogar eigenhändig die Espressos, die die Kellnerin aus der Cafeteria gebracht hat. Wenn ich daran denke, dass er mir bei unserem letzten Zusammentreffen[29] einen Kaffee verweigert hat, ist seine Aufmerksamkeit mehr als verdächtig. Dann sitzen wir zu dritt da und starren auf den Tisch. Jeder studiert visuell die Pralinen und gedanklich, wie er die gegnerische Partei aushorchen kann. Würzls übertriebene Höflichkeit, die sonst so gar nicht seine Art ist, lässt darauf schließen, dass er etwas vor uns verstecken möchte. Wie ich ihn kenne, deckt er entweder semilegale Machenschaften auf oder er beteiligt sich daran.

„Und?", meint er, nachdem er die Bonbons auf dem Tisch zwischen Erika und mir hin und her schiebt. „Und? Haben Sie etwas zu beanstanden gefunden?"

---

[28] dick machende Nahrungsmittel

[29] siehe Krimi „Abgetaucht"

„Amtsgeheimnis", erwidert Erika trocken.

Anbiedernd wendet er sich mir zu: „Frau Dr. Spanneck, liebe Alma, uns verbindet doch eine langjährige Zusammenarbeit. Wenn's was zu beanstanden gibt, dann wäre es doch zielführend, alle Probleme gemeinsam zu besprechen."

„Wär's! Aber wir sind uns noch nicht sicher und … man soll doch nicht unnötig schlafende Hunde wecken. Oder?"

„Da gebe ich Ihnen ganz recht, Frau Kollegin. Was könnten wir denn machen, dass die Hunde weiter fest schlafen?"

Hoppala, war das nicht ein Bestechungsversuch? Ich trete meiner Freundin vorsichtig gegen das Schienbein.

Die hat verstanden: „Ich glaube, die Hunde sollten ausreichend gefüttert werden. Soweit mir als große Tierfreundin bekannt ist, schlafen sie nach einer ausreichenden Mahlzeit am besten."

Spannend! Jedoch: Warum sollen wir bestochen werden? Um das herauszubekommen, versuche ich mal aufs Geratewohl: „Geschäftlich geht's der Klinik gut? Alles am letzten Stand, wie ich sehe. Trotzdem gilt es, auf seinen Ruf aufzupassen. Ihr seid nicht die Einzigen in Wien."

Würzl seufzt tief: „Tja, eine schwierige Branche. Wir konkurrieren mit dem Goldenen Herrn, der Alberstiftung, dem Merkor und und und … Was soll ich sagen? Ganz Wien ist voll mit Geburtskliniken. So viele Kinder gibt's gar nicht mehr. Da muss man sich ja was einfallen lassen."

Ich lüge auf gut Glück: „Das habt ihr getan! Ist ja nicht schlimm, tut keinem weh."

Tatsächlich! Er springt auf meinen Schnellschuss an: „Die einen haben zu viele, die anderen keine und hätten gern welche. Da helfen wir eben."

Schön langsam dämmert es mir. Man handelt hier mit Adoptivkindern und Würzl sorgt dafür, dass die angehenden Eltern gegen ein erkleckliches Honorar ganz oben gelistet[30] sind. Bei dem Baby der Toten wird es auch so gewesen sein.

Nach Erikas Gesichtsausdruck zu schließen, versteht sie gar nichts. Verständlich, denn sie kennt ja meine Beobachtungen nicht. Sie wird vermuten, dass es sich wieder einmal um rein medizinische

---

[30] Adoptivkinder werden nach dem Zeitpunkt der Anmeldung gereiht, die Wartezeiten sind sehr lange.

Machloikes[31] des Würzl handelt. In diesem Glauben werde ich sie vorläufig auch lassen. Jedenfalls hat sie sicher keine Ahnung, dass es möglicherweise eine Verbindung zwischen dem Flüchtlingsheim und dem Sanatorium gibt.

Ich wende mich wieder meiner Freundin zu: „Wir können drüber nachdenken, oder? Ich meine … wegen dem Hundefutter."

Erika nickt verständnislos, tritt mir aber gleichzeitig fragend gegen das Schienbein.

Während ich den Kaffee austrinke, trete ich die Frau Inspektor wieder retour – die kapiert: „Wir müssen Sie leider verlassen. Die Pflicht, Sie wissen. Danke, Herr Doktor."

Als ich mich verabschiede, setze ich mein scheinheiligstes Lächeln auf: „So nett, wieder einmal mit Ihnen geplaudert zu haben, Herr Kollege. Ich vermute, dass wir bald wieder das Vergnügen haben werden. Wir melden uns wegen des ‚Chappis'[32]."

Würzl erhebt sich aus seinem Sessel, nimmt gleichzeitig fahrig die Schüssel mit den Pralinen und hält sie uns patschert vor die Nase: „Möchten Sie nicht? Ich lasse sie Ihnen einpacken."

Ich schüttle den Kopf und flöte: „Diese Leckerli werden den Appetit des Hündchens nicht ausreichend stillen können."

Ich liiiiiiebe es, meinen Lieblingsfeind endlich einmal völlig aus der Fassung und bis zum Stottern gebracht zu haben! „Daaa … daas … meinte ich nicht so. Nur ich esse …"

„Geben Sie her", ich reiße ihm die Pralinen aus der Hand und wir verschwinden damit aus dem Zimmer. Draußen eile ich mit der Süßigkeit die Treppe wieder hoch und verschenke sie mitsamt der Silberschale an die Stationsschwestern.

Da ich zu müde bin, um mit Erika noch einen Absacker in einem Lokal zu machen, setzt sie mich vor meiner Haustüre ab. Ich entbinde mich von meiner Stiegensteigpflicht und nehme ausnahmsweise den Lift.

Als ich meinen Schlüssel in das Eingangsschloss stecke, reißt meine Mutter die Tür auf. Sie steht, in der einen Hand mit einem Küchenmesser bewaffnet, die andere Hand an der Klinke, vor mir.

---

[31] Jiddisch: kleine Betrügereien, Machenschaften, die gerne vertuscht werden

[32] Hundefuttermarke

Dieses archaische Monument ist die visuelle Untermauerung der folgenden Beschimpfungsszene:

„Du lebst noch? Sehr erfreulich", knurrt sie, „weniger erfreulich ist, dass du verabsäumt hast, mich über dein Verbluten zu verständigen. Glaubst du, ich mache mir keine Sorgen, wenn du nicht in der Ordination erscheinst? Wenn du das Telefon nicht abhebst, wenn du verschollen bist?"

Sie hat recht, ich habe völlig darauf vergessen, ihr Bescheid zu sagen. Zerknirscht winde ich mich an ihr vorbei ins Vorzimmer. Während ich meinen Mantel ablege, bitte ich um Vergebung. Es ist so, als würde ich im Beichtstuhl sitzen; allerdings würde ich diesen momentan vorziehen. Da wütet nämlich ein fiktiver Gott, der noch dazu durch sein Personal vertreten wird. Ich könnte mich bei ihm durch das Beten von einigen Vaterunsern freikaufen. Nicht so bei meiner Mutter!

„Tut mir leid! Ich … ich war so in Gedanken. Immerhin bin ich es nicht gewöhnt, in einer Blutlache aufzuwachen. Du musst entschuldigen. Ich weiß, dass ich …"

Sie unterbricht mich: „Es scheint so, als ob dir das Blut nicht nur aus der Gebärmutter, sondern auch aus deinem Hirn geronnen wäre. Rücksicht – ein Begriff, der dir fremd ist."

Mit einem tiefen Seufzer lasse ich mich im Wohnzimmer auf meine Couch fallen. „Tut mir leid, wie oft soll ich das noch wiederholen?" Dann schreie ich sie an: „… tuuuut mir leid, tuuut mir leid, entschuldige, entschuldige, entschuldige, entschuldige."

Noch immer mit dem Messer in der Hand, jetzt aber mit leidender Miene, arbeitet sie weiter an meinem schlechten Gewissen. Sie bringt mich mit ihrem Getue so sehr in Rage, dass ich, wenn *ich* jetzt das Messer hätte, es nach ihr würfe.

Sie aber dreht sich beleidigt um und kehrt in die Küche zurück. Ich atme tief durch, was normalerweise bei Mutters „Ich bin so arm, weil du auf mich vergisst"-Gehabe, hilft. Jetzt nicht! Wenn ich nicht Angst hätte, wieder im Operationssaal zu landen, würde ich jetzt in der Dunkelheit so schnell ich könnte den Donaukanal auf und ab rennen. Stattdessen eile ich ins Bad, wo ich meinen Kopf unter die kalte Wasserleitung halte, um meiner Stresshormone Herr zu werden. Das hilft mir immerhin, meine greise Mutter nicht zu meucheln. Es gibt keinen Menschen auf der Welt, der mich so bis zur Weißglut reizen kann wie sie!

Jedenfalls besinnt sich mein eiskalter Kopf und ich kehre – Letzteren eingewickelt in ein Handtuch – zurück ins Wohnzimmer. Da hat sie schon den Tisch gedeckt und das Essen serviert. Wortlos deutet sie mir, Platz zu nehmen, während sie mir einen Apfelschalentee einschenkt. „Trink", kommandiert sie, „iss!"

Mir wäre zwar ein Achtel Veltliner lieber, aber ich nippe gehorsam an meiner Tasse. Sie kippt mir eine riesige Portion Hühnerragout mit Reis auf den Teller.

„Schonkost …", meint sie zweideutig.

„Danke … ich …"

„Du brauchst dich nicht zu entschuldigen, wenn es dir gar so schwerfällt. Ein Mutterherz lebt auch ohne Anteilnahme weiter. Das Mutterherz verzeiht dem Kinde alles."

Bitte hör auf, sonst kippe ich dir noch das Hühnerragout auf dein Mutterherz!

Während wir schweigend essen – die Schonkost schmeckt übrigens hervorragend –, merke ich, dass sich ihre Miene entspannt. Meine auch. Als sie dann aufsteht, zwei Gläser holt und die mit einem Zweigelt[33] füllt, spätestens da ist alles wieder gut. Sie streckt mir ihr Glas zum Anstoßen entgegen: „Gute Besserung und bitte jag mir nie wieder so einen Schreck ein."

Mit einem Seufzer der Erleichterung proste ich ihr zu: „Wirklich, Mama, ich war so … irgendwie erschreckt." Dann hebe ich die rechte Hand zum Schwur, während ich die Linke über dem Glasstiel verschränke: „Ich schwöre, nie wieder."

„Dein Michael hebt übrigens nie ab. Ich habe ihn zig Mal angerufen, SMS, WhatsApp, Mailbox, keine Reaktion. Der Kerl hätte nie einen zuverlässigen Vater abgegeben."

Wir müssen beide bei „zuverlässiger Vater" lachen.

„Gibt's die überhaupt? Ich habe noch keinen kennengelernt." Und dann, mit einem Seitenhieb auf meinen Erzeuger: „Wie man sieht, wird man auch ohne Vater groß."

„Der war schon zuverlässig, allerdings nur, was seine Vergnügungen betraf!"

---

[33] Österreichische Rotweinsorte

„Irgendwann hat Michael anscheinend das Almahandy[34] doch abgehoben, oder? Wie wüsstest du sonst …?"

„Ja, irgendwann und dann bin ich …", sie tätschelt mir die Hand so heftig, dass mir die Gabel in den Teller fällt, „… sofort hierher geeilt, um meinem ausgebluteten Kind was zu essen zu kochen."

Während ich den Gabelgriff abschlecke und ihn anschließend mit der Serviette abtrockne, serviert sie schon die Nachspeise. Oh je, heute wird mir ein Diätwaterloo passieren! Reisauflauf mit Himbeersaft ist ein unbezwingbarer Feind! Alle disziplinäre Kampfeskraft löst sich im Duft dieser Mehlspeise in eine verführerische Niederlage auf. Das tut sie mir zufleiß! Sie weiß genau, dass ich dieses figürliche Verbrechen ab morgen durch den Genuss von mehrtägigen Krautsuppenorgien büßen muss. Dagegen helfen auch keine Vaterunser! Aber heute ist heute und der einlullende Einfluss des Rotweins lässt mich gleich zwei Doppelportionen verschlingen. Mutter betrachtet mein erbärmliches Diätversagen mit Wohlwollen und triumphiert als Siegerin einer Schlacht, die sie mit unlauteren Mitteln gewonnen hat.

„Übrigens, ich war schon da!"

„Und?", voller Neugierde würge ich den Bissen hinunter. „Und? Was hast du herausgefunden?"

„Ziemlich fruchtbar da. Mir kommt vor, da gibt es keine, die nicht gravid[35] ist. Allerdings … reden wollten die nicht mit mir. Die Kinder sind lieb. Viele von denen hatten noch nie einen Stift oder gar ein Buch in der Hand."

„Und die Kleine von mir, die Samira?"

„Ja! Nein, die wurde nicht in meine Gruppe eingeteilt. Morgen werde ich versuchen, dass sie zu mir kommt. Ich wollte heute noch nicht zu auffällig darauf drängen."

„Wer teilt die Kinder zu?"

„Es ist üblich, dass sie nach Geschlecht getrennt unterrichtet werden. Wenn möglich bekommen die Mädchen eine Leseoma und die Buben einen Opa. Mangels Opas brauchen die Buben gar nicht zu lesen. Außerdem interessiert man sich im Heim auch nicht dafür, ob sie lesen lernen oder nicht. Das erzählte mir ein Lehrer

---

[34] Almahandy: Alma hat Michael das Handy geschenkt, damit sie ihn immer erreicht.

[35] schwanger

aus der Sprengelschule, der die Kinder dort unterrichtet und im Heim die Leseomas verteilt."

„Bravo! Man arbeitet an einer verlorenen Männergeneration."

Mutter verdreht die Augen: „Das nennt man missverstandene Toleranz. Die Betreuer beugen sich dem Willen der islamischen Einflüsterer."

„Aber was! Das ist nur die Angst vor der Konfrontation. Unter dem Deckmantel der Toleranz für andere Kulturen sind die nur zu feig, unsere Werte zu verteidigen. Und dazu gehört nun mal eine ordentliche Ausbildung! Demokratie funktioniert nur, wenn die Menschen sich auch die Informationen von woanders als aus der Moschee beschaffen können."

„Tja, Integration wird in dem Heim retrograd betrieben. Die Betreuer passen sich an. Stell dir vor, man hat mich darauf aufmerksam gemacht, dass ich nicht darauf bestehen soll, dass man mir die Hand gibt. Ich könnte ihre Gefühle verletzen."

„Ich hoffe, du hast nicht protestiert. Wir wollen doch nicht, dass sie dich schon nach dem ersten Tag rauswerfen."

„Natürlich nicht. Ich habe Verständnis dafür gezeigt, dass es für einen Moslem eine Zumutung ist, einer alten Frau die Hand zu geben. Aber warte mal ab, wenn du morgen als Psychotante zugelassen werden willst. Die Einschulung wird dir einiges an Toleranz gegenüber Einfältigkeit abverlangen."

Nachdem ich den letzten Bissen dieses herrlichen Auflaufs hinuntergeschluckt habe, klopfe ich mir auf meinen hervorgewölbten Bauch: „Schau, dein Reisauflauf hat mich in null Komma nichts doch zu einer Schwangeren gemacht."

Mutter lacht schallend – manchmal haben wir dieselbe Art von Humor: „Tröste dich, entbinden wirst du das Reisbaby aber schon morgen."

Während sie den Tisch abräumt, das Geschirr versorgt und in der Küche klappert, liege ich geborgen auf meiner Couch und höre die Goldberg-Variationen, die sie zuvor aufgelegt hat. Die Kindheit sollte nie enden. Immer in einer Wolke der unaufdringlichen Anwesenheit der Mutter schweben, wo die böse Welt vor der Zimmertür ausgesperrt ist! Viel zu selten gönne ich mir dieses wohlige Gefühl.

Wie alle wohligen Gefühle ist auch dieses nicht von langer Dauer, denn es läutet an der Tür.

„Mach nicht auf …“, schreie ich nach draußen, denn mit der bösen Welt habe ich heute nichts mehr am Hut. Zu spät! Ich weigere mich aufzustehen. Wer immer jetzt meinen kontemplativen Bach stören möchte, ich werde nicht ihn nicht beachten.

Mutter öffnet die Tür und geleitet den Manfred herein. Da Prof. Marchel ihr Traumschwiegersohn wäre, turtelt sie dementsprechend mit ihm.

„Schau, wer da ist?“, zirpt sie. „So aufmerksam!“

Und zu ihm: „Das nenne ich eine echte Freundschaft! Visite noch am Abend …“

Ich bin gar nicht begeistert, will mir das aus Höflichkeit aber nicht allzu sehr anmerken lassen. Ich reiche dem Manfred huldig meine Hand hin, erhebe mich aber nicht aus meiner liegenden Position: „Lieb, dass du kommst. Du musst entschuldigen, aber ich bin noch nicht fit.“

Mutter steht unentschlossen in der Tür, entscheidet sich aber, wie erwartet, uns Gesellschaft zu leisten. Ausnahmsweise stört mich das gar nicht, da ich keine Lust auf eine Konversation habe.

Marchel dreht seinen Kopf, lauscht der Musik und kommentiert fragend in den Raum hinein: „Brahms? Brahms?“

Peinlich! Wenn man solche Schweinsohren hat, sollte man lieber den Mund halten! Mutter überhört sein Unwissen geflissentlich, denn sie möchte ihre Sympathie für Manfred auf keinen Fall durch seine Unmusikalität trüben lassen.

„Nicht ganz“, werfe ich ein, „nimm einen, der hundertfünfzig Jahre vorher gelebt hat.“

Dr. Marchel ist der gescheiteste Mensch in meinem Freundeskreis, aber all die Bildung nützt nichts, wenn man Melodien nicht richtig zuordnen kann.

„Oh! Klingt aber ähnlich?“

Ähnlich? Das ist so, als ob ich die Beatles mit Schostakowitsch verwechseln würde. Dann setzt er sich mit einem Dackelblick mir gegenüber in einen Fauteuil und Mutter versorgt ihn ebenfalls mit einem Glas Wein. Ich tue so, als ob ich total erschöpft wäre. Das erspart mir vielleicht einen anstrengenden Abend. So sehr ich Manfred gern habe, mir ist nicht nach Unterhaltung.

„Du schaust blass aus.“

„Wird schon wieder.“

„Erika hat mir …“

„Nicht so schlimm, gehört zu einem Frauenleben."
„Wieso hast du nicht … Ich hätte den Winkler …"
„Danke, ich bin versorgt. Die Altenfelder …"
„Aber der Winkler ist …"
„Kein Bedarf. Kein Mann. Der hat sich in den Spiegel geschaut und dann festgestellt, dass er Gynäkologe wird."
„Ist aber im Ranking …"
Mutter rettet mich vor einer Fortsetzung dieser deprimierenden Unterhaltung. Natürlich weiß ich, dass Manfred mir einfach nur übermitteln wollte, dass er sich Sorgen um mich macht und dass er für mich da sein möchte. Aber all seine überragende Intelligenz macht aus ihm noch immer kein Gefühlskommunikationsgenie.
„Wir lassen das Kind jetzt ins Bett gehen und trinken zusammen noch die Flasche aus. Gell, Herr Professor? Ein Hühnerragout und einen Reisauflauf hätte ich auch noch in der Küche. Sie schauen so aus, als ob Sie noch nichts gegessen hätten. Darf ich?"
Wenn etwas Manfred ablenkt, dann ist es eine gut gekochte Mahlzeit. Er nickt: „Ja, besser, du erholst dich."
Ich erhebe mich stöhnend von meinem angewärmten Platz, küsse meinen Freund auf beide Wangen, desgleichen Mutter.
„Gute Nacht, macht's euch noch gemütlich."

4. Kapitel

Aus einem totengleichen Schlaf weckt mich mein Handynachrichtenton. SMS von Mutter: „Dein Herr Professor ist naiv, aber ich habe ihm auf die Spur geholfen." Was immer das bedeuten mag, ich werde es erfahren. Mutter versucht sich nur wichtig zu machen, indem sie in Rätseln spricht.

Immerhin hat sich mein gesundheitlicher Zustand bedeutend verbessert und ich starte nach einem Marillenmarmeladebrot in einen hoffentlich erfolgreichen Tag. Meine erste Handlung nach den lästigen Morgenritualen (ich verabscheue diese zivilisatorischen Aufgaben, um sich arbeitsfein zu machen) ist es, den Herrn Mag. Mircuvic – also im Jargon der NGOs „Jo" – anzurufen.

Es meldet sich die Praktikantin von gestern: „Haalloo", haucht es von der anderen Seite der Leitung, „Haallo, hier ist die Babsi!"

„Guten Morgen, liebe Babsi. Wir kennen uns, ich war vorgestern bei Ihnen wegen der psychologischen Beratung. Sie erinnern sich?"

„OOOhhh … jaaa … aber wer?"

„Ich bin die Ärztin, die ehrenamtlich Therapie machen würde. Kann ich den Mag. Mircuvic, ähm, ich meine den Jo, sprechen?"

„Ahhh", die Information ist anscheinend durch ihre lange Leitung endlich bis ins Frontalhirn gedrungen, „ahhh, ja, der … Ich hol ihn."

Nach einer kurzen Pause, in der ich nur Sesselrücken vernehme, meldet sich eine forsche männliche Stimme: „Jo! Was kann ich für dich tun?"

Wenn ich etwas nicht leiden kann, dann ist es, von jemandem geduzt zu werden, dem ich nie das Du-Wort angetragen habe. Es ist eine unmögliche Sitte, die aus englischsprachigen Ländern zu uns vorgedrungen ist, wo die Bewohner mangels eines Sie jedermann als Freund ansprechen müssen. Ich enthalte mich allerdings eines Kommentars, den ich sonst sicher abgeben würde, da ich es mir mit „Jo" nicht von Anfang an verscherzen möchte.

„Mein Name ist Spanneck. Ich bin Psychiaterin und möchte mich bei Ihnen in der Traumanachsorge engagieren."

Der Herr Magister unterbricht mich unwirsch: „Wir können nichts zahlen. Kein Budget. Also?"

„Nein, nein, ehrenamtlich. Nur ehrenamtlich."

„Na dann, ohne Kohle kein Problem. Dolmetsch zahlen wir auch nicht. Macht einer von den anderen Flüchtlingen. Also, wenn das passt?“

Den „Jo“ habe ich mir anders vorgestellt. Ich dachte an so einen klerikal säuselnden Menschenversteher. Der klingt eher wie ein zackiger Inkassoeintreiber. Um mich selber nicht ebenfalls als zackige Ärztin zu outen, werde *ich* eben die säuselnde Menschenversteherin geben: „Die armen Menschen“, bete ich ins Telefon, „sie brauchen Hilfe. Ihre Seelen verwundet, verletzt, getreten. Eine Ärztin, die ihnen zuhört, die sie auffängt …“

Er unterbricht meinen Sermon ungeduldig: „Ich habe dir schon gesagt, dass du deine ‚Hilfe‘ ... “ – das Wort „Hilfe“ wiederholt er mich nachäffend, „… deine ‚Hilfe‘ bei uns leisten kannst. Also wann?“

Um seinen Eindruck von mir als weltfremdes Weibchen zu verstärken, beginne ich umständlich aufzuzählen: „Also am Montag kann ich nur am späten Nachmittag, Dienstag vormittags, oder besser doch erst um fünf, oder nein, dann doch nicht, lieber Vormittag und am Mittwoch, da …“

Jo wird ungeduldig: „Weißt was? Komm, wann du glaubst. Die haben immer Zeit.“

„Oh, danke, danke und ich will keine Umstände. Sie verstehen … nur keine Umstände.“

„Wenn du da bist, meldest dich bei der Babsi. Nicht bei mir, ich hab für so was keine Zeit. Jetzt schon gar nicht. Verstehst?“

Ich keuche unterwürfig ins Telefon: „Danke, sehr freundlich. Ich melde mich und keine Umstände.“

Dann legt er auf.

Ein „umgänglicher“ Zeitgenosse! Ich klopfe mir in Gedanken auf die Schulter: Das hast du raffiniert gelöst Alma, bei so einem Tschapperl[36] wird kein Verdacht der Spionage aufkommen.

In der Ordination ist der Bär los. Klar, ich war ja einen Tag nicht da. Als Arzt zum Patienten zu werden, ist so, wie wenn der liebe Gott zum Sünder würde. Wie soll man jemandem vertrauen, der sich selber gesundheitlich nicht im Griff hat? Schon als ich an Mutter vorbeieile, erkenne ich an ihren verdrehten Augen, dass mir

[36] unbeholfener Mensch

heute Schlimmes bevorsteht. Ich halte die Luft an und beschließe, meditativ an die Sache heranzugehen. Ich ignoriere meinen übervollen Schreibtisch und räume mir nur ein Plätzchen da frei, wo ich wenigstens meine Hände ablegen kann.

„Wenn du irgendwo angestellt wärest oder gar Beamter, dann würdest du jetzt vierzehn Tage in Krankenstand sein. Also betrachte deine heutige Tätigkeit als großzügige Zuwendung an deine Patienten. Damit steht dir auch ein gehöriges Maß an Nachsicht zu", versuche ich mir einzureden, um nicht sogleich einen neuerlichen Blutsturz auszulösen.

Gleich der erste Patient überfällt mich, bedingt durch seine Manie, mit einer Liebeserklärung, die ich sonst amüsiert über mich ergehen lassen würde: „Doktoressa, wie könnte man Sie vergessen, nie und nimmer …" Aber heute werde ich doch grantig, als er mir bei „mein Schatzi", auch noch versucht, an die Wäsche zu gehen. Zum Glück bildet der Schreibtisch eine Barriere, die mich davor bewahrt, mit einem nassen Kuss beglückt zu werden. Er allerdings gibt nicht auf und verfolgt mich auf die andere Seite der Front. Da bleibt mir nichts anderes übrig, als ihn mithilfe eines ungeöffneten Pakets abzuwehren.

„Lassen Sie das, Herr Brack, setzen Sie sich wieder. Sie sind doch verheiratet, was wird Ihre Frau dazu sagen, wenn ich sie anrufe?"

Diese Ansage auf gut Glück wirkt. Gehorsam dreht er wieder um und nimmt Platz. Von Bedauern allerdings keine Spur.

„Ich lasse mich scheiden. Für dich, mein Schatzi. Du brauchst nicht so zu tun, als ob du nicht auch …"

„Nein Herr Brack! Da liegen Sie ganz und gar falsch. Ich bin glücklich mit meinem Mann."

„Du hast ja gar keinen."

„Oh doch! Nur noch nicht verheiratet. Ich bin überzeugt, dass Ihre überschießenden Gefühle nur eine Übertragung auf mich anstelle Ihrer Frau sind. In Wirklichkeit stehen Sie doch nur auf Ihr *Schatzi* daheim, oder? Gehen Sie nach Hause und beglücken Sie sie!"

In der Zwischenzeit habe ich ein Rezept ausgedruckt, das ich ihm vor die Nase halte. Ich bin zwar sicher, dass er das Medikament nicht schlucken wird, aber zumindest einen Versuch für seine wahrscheinlich genervte Frau ist es wert.

„Wozu?", meint er jetzt gar nicht mehr so enthusiastisch, „wozu soll ich das nehmen?"

„Damit Sie ruhiger werden. Gelassen, nicht so aufgeregt. Wollen Sie einen Herzinfarkt? Sie schlafen doch auch sicher kaum, oder?"

„Brauch ich nicht, bin fit."

„Oh doch! Den Schlaf brauchen Sie schon, sonst verlieren Sie ja Ihre Energie und das wäre schlimm."

Ich merke, dass er versucht nachzudenken, was bei seinem chaotischen, beschleunigten Gedankenfluss kaum gelingt. Einen Maniker davon zu überzeugen, dass es günstig wäre, seinen Antrieb auf ein normales Maß zu beschränken, bedarf großer Raffinesse und List.

„Wenn Sie nicht schlafen, dann werden Sie impotent", schwindle ich. Das überzeugt ihn.

„Na gut, ich probiere es. Aber nur, damit ich mit dir …"

Ich lasse ihn – vor allem in seinem eigenen Interesse – nicht weitersprechen, denn wenn seine Stimmung über kurz oder lang auf depressiv umschlagen wird, werden ihn wegen dieser Anmache Schuldgefühle plagen. Solche Menschen muss man in diesem Zustand vor sich selber schützen.

„So!"

Ich krame im Kasten hinter mir, um ein Ärztemuster zu suchen, das ich ihm mitsamt dem Rezept vor die Nase lege: „So! Das nehmen Sie jetzt gleich!"

Er schiebt das Rezept mitsamt dem Medikament wieder zurück und beugt sich neuerlich zu mir vor.

„Schatzi! Doktoressa, den Trip nehmen wir aber nur gemeinsam."

Es gelingt mir gerade noch, den Telefonhörer abzuheben, der mich mit der Rezeption verbindet, und auf eins zu drücken als er mir quer über meinen Papierstoß liegend einen sabbernden Kuss auf den Hals drückt. Zum Glück kann ich mein Gesicht gerade noch rechtzeitig abwenden. Da dieser Liebesbeweis klarerweise nicht ohne Lärmentwicklung abläuft, hat Mutter meine missliche Situation durch das Telefon mitbekommen und steht schon in der Tür.

In seinem Liebeswahn hat Herr Brack sie freilich nicht rechtzeitig bemerkt. Als sie ihm von hinten ihren Schal um den Hals schnürt und ihn damit von mir wegzieht, reißt er verblüfft seinen Mund auf, aus dem dann nur ein staccatohaftes „Ähm, ähm, ähm" entweicht. Da Mutter ihn mit ihrem Seidentuch fest gefangen hält, habe ich die Gelegenheit, eine Tablette aus der Packung zu drücken und sie ihm auf die Zunge zu legen: „Schlucken Sie das!“

Das ist zwar Nötigung, aber für ihn immer noch günstiger als eine Einweisung auf die Geschlossene[37]. Der arme Kerl würgt das Beruhigungsmittel hinunter. Ich bin natürlich nicht erfreut über diese Zwangshandlung, aber in manchen Situationen weiß man sich eben nicht anders zu wehren.

Mutter lässt ihren Schal locker und packt ihn an seinem Ellenbogen: „So, Herr Brack, jetzt kommen Sie mit mir mit. Draußen gibt's ein ruhiges Zimmer, wo Sie sich hinlegen dürfen.“

Erstaunlicherweise folgt er ihr gehorsam ohne Protest.

Die Geschichte hätte natürlich auch unangenehmer ausgehen können, denn Menschen in ihrer manischen Phase können auch ordentlich ausrasten. Da es sich bei diesem Patienten aber um einen mir bekannten prinzipiell friedfertigen Mann handelt, bleibt uns ein Kampf erspart.

Erfreulicherweise verläuft der Rest dieses Ordinationstages ungewöhnlich ruhig. Als alle Klienten abgefertigt sind und auch Herr Brack niedergebeamt mit einem Taxi nach Hause geschafft wurde, treffen Mutter und ich uns noch in unserer kleinen Personalküche auf einen Tee zu ihrem selbst gebackenen Apfelstrudel.

„Danke, das war Rettung in letzter Sekunde.“

„Na ja, Rettung? Der ist ja eigentlich harmlos. Aber seine Zunge in meinem Mund … das hätte ich auch nicht so gern.“

„Eben! Rettung!“

Immerhin hat sie durch diesen Vormittagskick vorerst die Lust verloren, mich wegen des Gesprächs mit dem Marchel auf die Folter zu spannen.

„Schmeckt dir der Strudel? Äpfel sind von der Cilli, Lederäpfel! Die sind die besten für Strudel.“

„Hervorragend!“, quetsche ich zwischen zwei Bissen heraus. „Danke!“

„Und was dein Herr Professor gestern erzählt hat, das interessiert dich gar nicht?“

„Oh, doch, aber mit vollem Mund …“

---

[37] Abteilung der Psychiatrie, in der Patienten eingesperrt sind

„Dann schluck mal runter, bevor du dich verschluckst. Festina lente![38] Übrigens, seit wann brauchst *du* zum Zuhören einen leeren Mund?"

„Meine Aufmerksamkeit …"

„Also! Es war nicht einfach mit ihm und ich benötigte eine weitere Flasche Zweigelt, um ihn gesprächiger zu stimmen. Das Ragout und den Auflauf hat er übrigens, wie du wahrscheinlich gar nicht bemerkt hast, ratzeputz aufgegessen."

„Und?"

„Der Professor ist ein diskreter Mensch, der plaudert nicht gern aus der Schule."

„Uund?"

„Wir haben uns zuerst nur über ‚Der islamische Faschismus' unterhalten. Eine sehr interessante Diskussion, da wir beide das Buch von Hamed Abdel-Samad gelesen haben."

„Uuund?"

„Der Herr Professor vertritt eine viel optimistischere Position als ich. Scheint der Altersunterschied zu sein. Leider habe ich die Zeiten des Faschismus miterlebt und behaupte mit Fug und Recht, wehret den Anfängen. Eine Meinung, die ich anscheinend absurderweise nur mit den Rechten teile."

„Uuuund?"

„Jedenfalls ist er ein Integrationsillusionist."

„Uuuuund?"

„Eine Ansicht, die ich für gefährlich halte."

„Mama, bitte!"

Sie zuckt mit den Schultern, schließt ihre Lider und beglückt mich dann mit einem strafenden langen Blick von unten, um ihre Augen gleich wieder demonstrativ lange zuzumachen. Dann antwortet sie mit einem Seufzer: „Eine intelligente Diskussion über Politik ist nicht deins. Das ist dein Hang zur Oberflächlichkeit! Das hast du von deinem Vater."

Wie sie es schafft, mich dazu zu bringen, mich tatsächlich minder zu fühlen, ist große Kunst der Manipulation. Aber diesmal kontere ich: „Dessen Oberflächlichkeit für dich aber anscheinend anziehend war."

---

[38] Eile mit Weile!

Dieses Thema wischt sie ganz schnell weg: „Lassen wir das! Also! Das arme Mädel ist auf seinem Seziertisch gelandet. Zehn Stiche in den Thorax[39] und, man beachte (!), kein einziger in den Bauchraum. Der Gynäkologe muss ein genialer Chirurg sein, denn die Wunde durch den Kaiserschnitt ist sehr penibel und kunstgerecht durchgeführt worden. Erstaunlich, in der Hitze des Gefechtes. Die Polizei hat aber keine Zweifel an der Geschichte als Ehrenmord."

„Also, wenn ich richtig verstanden habe: Ermordete bekommt Wehen, besucht die Ambulanz im Flüchtlingsheim, wo der Gynäkologe gerade zufällig anwesend ist. Bruder stürmt in die Ordination, ersticht seine Schwester und der selbstlose Prof. Ehrenschweizer kann gerade noch das Kind retten."

„Genau so soll es geschehen sein."

„Und der Manfred findet kein Haar in der Suppe?"

„Um das zu diskutieren, war er leider schon zu betrunken. Außerdem wollte ich ihn nicht misstrauisch stimmen. War schon diffizil genug, ihm diese Informationen zu entlocken."

„Wie hast du ihn den rumgekriegt?"

„Meine alte Masche … mich als alte, neugierige, aber naive Oma verstellen. Ein grandioser Vorteil des Alters ist, dass einen niemand mehr ernst nimmt. Drum vertrauen sich alle Menschen den Greisen lieber an als den Jungen. Sie glauben, dass das Alter beim Gegenüber impliziert, zu dement zu sein, um jemandem noch schaden zu können. Die Unterstellung der geistigen Schwäche macht die Leute sicher, nicht ausgehorcht zu werden."

Mutter erwartet sich jetzt, für ihre umwerfende Spitzfindigkeit gelobt zu werden. Das kann sie haben: „Ich kenne niemanden, vor dem ich mehr Angst hätte als vor dir. Das nur zur geistigen Schwäche im Alter!"

Mutter streckt ihren Rücken durch und nickt, während sie demonstrativ beginnt, den Tisch abzuräumen.

„Jetzt muss ich aber weg! Mein Integrationsjob ruft!"

„Da können wir gemeinsam fahren, denn ich werde jetzt auch dort auftauchen."

„Halte ich für keine gute Idee, wenn man uns zusammen sieht."

„Nein, nein, nur zusammen in der U-Bahn."

---

[39] Brustkorb

„Mein Kind … Deine Mutter fährt sogleich und du räumst noch deinen Schreibtisch auf. Ich möchte morgen keine erbosten Anrufe über unerledigte Akten in Empfang nehmen müssen."

Gehorsam kehre ich zu meinem Schreibtisch zurück. Diese Geschichte geht mir nicht aus dem Kopf. Während ich Befunde durchlese und Stellungnahmen zu meinen Gutachten durchackere, komme ich auf eine Idee. Wie wäre es, wenn ich vom Würzl als Bestechungshundefutter verlangen würde, dass er dafür sorgt, dass ich den Mörder begutachten darf? Erika hat ja schon angekündigt, dass sie mich nicht haben möchte. Also muss ich einen neuen Kanal auftun. Darauf zu warten, dass die Staatsanwaltschaft gerade mich auswählt, ist sicher nicht zielführend.

Drum schreibe ich dem Würzl ein Mail:

„Sehr geehrter Herr Oberrat!

Herzlichen Dank für unser gestriges ausführliches Gespräch. Ich habe darüber nachgedacht und mir überlegt, dass ich gern als „wissenschaftliches Futter" das Gutachten im Fall Leila Khalili übernehmen würde. Ich arbeite gerade an einer Publikation über Ehrenmorde und da würde dieses Verbrechen gut dazupassen. Bitte könnten Sie die zuständige Behörde davon überzeugen, dass mir der Fall übertragen wird.

Mit freundlichen Grüßen
Dr. Alma Liebekind-Spanneck"

Das ist für den Würzl ein billiges Angebot. Ich glaube, dass ihm gar nichts anderes übrig bleibt, als mich da hinein zu intrigieren. Dass ich gerade diesen Fall übernehmen möchte, wird ihn zusätzlich nervös machen, da er annehmen kann, dass ich von einer Verbindung zwischen Sanatorium und Flüchtlingen weiß. Ihm persönlich kann es nicht schaden, wenn der Mörder von mir begutachtet wird. Für wie viele Jahre und wo der einsitzt, kann ihm egal sein.

Tatsächlich, ich habe meinen Schreibkram noch nicht ganz fertig, blinkt schon seine Antwort:

Sehr geehrte Frau Kollegin!

Ich werde mich drum kümmern. Denke schon, dass sich das organisieren lässt.

Mit herzlichen Grüßen
Oberrat Dr. Erwin Würzl
Chefarzt in der BPD Wien

Na schau, geht doch! Antwort retour:

Sehr geehrter Herr Oberrat!

Bis wann darf ich mit der Bekanntgabe rechnen? Möchte mich terminmäßig darauf einstellen. Honorar?

Mit freundlichen Grüßen
Dr. Alma Liebekind-Spanneck

Sehr geehrte Frau Kollegin!

Ich vermute, dass ich morgen Bescheid weiß. Honorar in diesem Fall frei verrechenbar, da eine unangenehme Geschichte.

Mit besonders herzlichen Grüßen
Ihr
Oberrat Dr. Erwin Würzl
Chefarzt in der BPD Wien

Bedeutet übersetzt – meine Bestechung bezahlt der Steuerzahler. Eine feine Sache für den feinen Herrn Polizeiarzt. Obwohl, es wird sich keiner meiner Kollegen um dieses Gutachten reißen, da man höchstwahrscheinlich mit sehr unangenehmen Attacken entweder aus der Islamisten- oder der rechten Szene zu rechnen hat. Das Attest ist jedenfalls ein sehr hohes Honorar wert.

Mit einem Hochgefühl verlasse ich meine Praxis und beschließe, noch einen Abstecher zu meinem Freund Manfred zu machen. Die Leiche muss ich sehen. Diesen Anblick kann er mir jetzt, wo ich die Begutachtung bekomme, auch gar nicht mehr verwehren. Ich hätte nicht gedacht, dass mir mein Lieblingsfeind Würzl einmal so hilfreich sein wird.

Obwohl es erst halb vier ist, dämmert es schon. Auf den Straßen noch die Weihnachtsdekoration, die immerhin ein wenig Licht ins graue Dunkel wirft. Wer immer sich Weihnachten und Chanukka[40] ausgedacht hat, der wollte diese düstere Jahreszeit durch Helligkeit erträglicher gestalten. Den Muslimen ist übrigens die Beteiligung am Weihnachtsfest verboten[41], die müssen die Finsternis ohne Lichtsterne ertragen.

Das Institut in der Sensengasse leuchtet wenig weihnachtlich, denn die Fenster bedürfen einer Reinigung. Dieses Faktum unterstreicht den wenig erfreulichen Zweck dieser Institution. Wenn auch der Zweck nicht ersprießlich ist, so sind es doch die Menschen, die sich mit der Aufklärung der Folgen der menschlichen Abgründe beschäftigen. Manfred und sein Gehilfe Ameling sind mithin die redlichsten Leute, die ich kenne. Trotz gruseliger Kälte sehe ich den Professor rauchend vor der Tür stehen. Es ist schon makaber, wenn bei uns anscheinend auch die Toten nach einem Rauchverbot in geschlossenen Räumen verlangen!

Als Marchel mich sieht, wirft er seine Zigarette auf den Boden und dämpft sie mit seinem Schuhabsatz aus. Er schenkt mir ein verlegenes Lächeln. „Du?", spricht er mich erstaunt an. „Was suchst du da?"

„Dich!", antworte ich ehrlich liebevoll.

„Glaub ich nicht …"

„Oh doch! Wollt mich nur für deinen fürsorglichen Besuch gestern bedanken."

„Ich sehe, dass meine Sorge unbegründet war, sonst wärst nicht schon wieder auf deinen flotten Beinen. Ich allerdings habe einen schweren Schädel von deinem schlechten Rotwein. Sag mal, verdient ihr Psychiater noch weniger als wir Leichenfledderer, dass du dir nur so einen Heckenklescher[42] leisten kannst?"

Ich drücke ihm ein Bussi auf die eine Wange, die andere tätschle ich beruhigend mit meiner rechten Hand.

„Vielleicht kommt es aber auch auf die Menge des konsumierten Heckenkleschers an, wenn man am nächsten Tag Kopfweh hat? Ich jedenfalls tippe auf die Menge, ist die wahrscheinlichere Variante,

---

[40] jüdisches Lichterfest

[41] Das Verbot der Teilnahme am Weihnachtsfest wird aus Quran, Sunna, Idschma und logischem Denken abgeleitet.

[42] schlechter Wein

auch wenn ich dir, was den Verdienst betrifft, recht geben muss. Hast einen Tee für mich?“

Manfred räuspert sich und hüstelt kurz, um mir gleichzeitig den Weg durch das Eingangstor zu weisen.

„Glaub schon, komm rein.“

Ich stapfe hinter ihm her in sein Büro im ersten Stock. Neben seinem Amtszimmer liegt der Arbeitsraum oder, besser gesagt, die Notunterkunft des Ameling, der die Räumlichkeit zumeist auch als Schlafstelle benützt. Die Tür ist einen Spalt geöffnet und er schaut sofort heraus, als er unsere Tritte in der Halle vernimmt. Scheint fad zu sein! Als er mich mit dem Manfred gemeinsam sieht, tut er allerdings so, als ob er uns nicht bemerkt hätte, und schließt sofort sein Zimmer. Wahrscheinlich plagt ihn sein schlechtes Gewissen wegen Ausplauderns eines Dienstgeheimnisses. Das Büro des Professors zeichnet sich ebenfalls nicht durch Ordnung und Gemütlichkeit aus. Der Schreibtisch vollgeräumt mit Akten, die Kästen daneben ebenfalls, sogar am Boden stapeln sich noch Ordner.

Manfred bemerkt, dass ich mir vorsichtig einen Weg durch die Papierberge suche und zuckt unglücklich mit den Schultern: „Weißt eh, kein Personal. Für die Mordsleichen bleibt eben nichts übrig und momentan kürzen sie uns noch mehr vom Budget. Wenn du die Absicht hast, zur Mörderin zu werden, dann ist jetzt der beste Zeitpunkt. Damit ein Verbrechen auffliegt, musst schon den Kopf abschneiden und am Stephansdom ausstellen. Sonst geht alles als Herzversagen durch.“

„Ist es ja letztendlich auch immer … Herzversagen.“

Er räumt vom Sofa, das eigentlich für Besprechungen neben einem Couchtisch und Fauteuils steht, einen Laptop und eine angebrochene Schachtel mit Weihnachtsgebäck weg. Bevor er die Kekse auf den ebenfalls vollgeräumten Tisch stellt, bietet er mir davon an. Ich lehne dankend ab, da sie schon optisch versprechen, wie gezuckerte Sägespäne zu schmecken.

Er selber steckt allerdings tapfer einen davon in den Mund und bemerkt kauend: „Ich mag die, auch wenn sie trocken sind …“

„Kekse schmecken nur vor Weihnachten, und dann auch nur welche mit Schokolade.“

Ich lasse mich auf der beinahe leeren Ottomane nieder, während Manfred Wasser aus der Leitung in einen Kocher laufen lässt.

„Muss alles selber machen, meine Sekretärin ist auf Urlaub", jammert er, „und den Ameling will ich nicht unnötig sehen."

Ich hüpfe auf: „Soll ich?"

Beschwichtigend deutet er mir, dass ich wieder Platz nehmen soll: „War nicht so gemeint! Es ist nur ein Jammer! Ein Vorstand, der sich selber den Tee aufgießt."

„In sozialdemokratischen Zeiten kann man sich keine feudale Bedienung erwarten. Da geht's dir nicht besser als mir."

Als das Wasser endlich kocht, macht er sich auf die Suche nach einem Teebeutel. Er kramt im Eiskasten, auf dem die Tassen und der Zucker platziert sind. Fündig wird er allerdings nur mit einer Flasche Wein, mehreren Bieren und einem Jausenbrot, das auch schon bessere Tage gesehen hat. Tja, die weibliche Assistenz ist auf Urlaub!

Ich stehe auf und schiebe ihn vom Kühlschrank weg. Eine Frau würde Kaffee und Tee erwartungsgemäß irgendwo neben den Tassen hinräumen. Und tatsächlich werde ich in einer Blechdose fündig. Triumphierend halte ich dem Vorstand der Gerichtsmedizin die Teebeutel vor die Nase: „Da!"

„Siehst, sie verräumen mir alles ..."

Ich lasse diese Aussage unkommentiert. Manfred gießt zwei Tassen, in die ich vorher die Beutel geworfen habe, mit Wasser auf.

„Hast Milch?"

Diese Frage überfordert ihn nun wahrlich. Hilflos öffnet er wiederum den Kühlschrank, wo sich tatsächlich ein angebrauchtes Tetrapack findet. Ich lange unvorsichtigerweise zu und erzeuge eine braune Brühe mit geronnenen Eiweißflocken. Resigniert leere ich den Tee in den Abfluss.

„Macht nichts, lassen wir's beim gut gemeinten Versuch."

„Entschuldige, aber die Spatzeck ist nicht da ..."

„Spatzeck?"

„Mein Spatz ... meine Sekretärin."

Sehr intim der Herr Professor – mein Spatz! Aber da war ja auch mal was mit dem Spatzi. Nicht so ganz offiziell, gerüchteweise ist mir das schon zu Ohren gekommen. Seit er allerdings mit der Erika zusammen ist, habe ich keine pikanten Details mehr vernommen. Egal, er soll seinen Spaß haben mit wem auch immer, nur nicht mit mir.

Manfred streckt mir seine Teetasse hin, die ich gern annehme, noch dazu, wo ich weiß, dass ich ihm damit einen Gefallen erweise, da er ihn dann nicht selber trinken muss.

Ich krame in meiner Handtasche und ziehe eine Aspirinbrause heraus: „Das wird dir besser tun als der Tee."

Nachdem er sich die Antikopfschmerzmischung angerichtet hat, setzen wir uns.

„Dein Besuch gilt doch nicht nur meinem betörenden Männerkörper oder?"

„In erster Linie deinem betörenden Gerichtsmedizinerhirn und in zweiter Linie dem warmherzigen Manfred. Ehrlich, ich habe mich sehr gefreut, dass du gestern aus Sorge zu mir auf Besuch gekommen bist."

„Dein pubertärer Kindesvater kümmert sich ja nicht. Da dachte ich, vielleicht kommst du zur Vernunft und wechselst zu einem vernünftigen Mann, der dich auf Händen tragen und auf dich aufpassen wird."

Aufpassen? Das klingt wie zu Zeiten der Steinzeitmenschen, wo das Weibchen auf die Kräfte des Männchens bei der Abwehr des Bären angewiesen war. Und wo Horden von gegnerischen Stammesmännchen nichts anderes beabsichtigten, als das Weibchen zu vergewaltigen und zu entführen.

„Das klingt so selbstlos. Ich sag dir Bescheid, wenn ich mich für einen „vernünftigen" Mann entscheide. Und ...", ich hebe meine Rechte zum Schwur, die Zeige- und Ringfinger der Linken verschränke ich in meinem Schoß, „... du bist die erste Wahl."

„Wenn deine Mutter nicht doch schon ein bisserl außerhalb meines Altershorizonts liegen würde, dann würde ich mich ja ihr anbieten. Diese Frau hat wirklich Format, Charme und Raffinesse. Wenn ich mir's so überlege, fast mehr als du. Jedenfalls ist sie bedeutend gebildeter. Es ist ein Vergnügen, mit ihr zu diskutieren. Hab noch selten jemanden getroffen, der mir da Paroli bieten kann."

„Danke! Soll das ein Kompliment an meine Gene sein oder ein Tadel meines minderen intellektuellen Ehrgeizes?"

„Du bist aber leicht zu kränken! Freu dich doch über so eine großartige Mama."

„Sie schätzt dich auch sehr. Ihr wäret ein wunderbares Paar, wenn da nicht die Jahre dazwischenfunken würden ... Stiefpapa!"

Der Herr Professor muss nach meiner libidinösen Abfuhr zumindest den Klugmann herausstreichen: „Hast du ‚Der islamische Faschismus‘ das Buch von Hamed Abdel-Samad gelesen? Natürlich nicht! Du vegetierst ja nur in deinem eigenen engstirnigen Universum. Die gesellschaftlichen Veränderungen lassen dich kalt. Hauptsache Sex mit dem Jüngling und … joggen.“

„Apropos Islamismus! Du als Alleswisser wirst ja den Koran so weit kennen, dass du mich insofern weiterbilden wirst, als du mich aufklärst, wie diese Religion zum Ehrenmord steht.“

„Oh, daher weht der Wind! Das arme Mädel, das vom Bruder erstochen wurde. Drum bist da.“

„Auch! Aber es würde mich ehrlich interessieren, was darüber im Koran steht.“

Marchel beugt sich von seinem Stuhl Richtung Fußboden, durchwühlt einen Aktenstoß, ohne aufzustehen und zieht ein zerfleddertes Skriptum heraus. Er blättert darin, bis er eine mit einem Lesezeichen versehene Seite gefunden hat.

„Es gibt einige Suren, die unpräzise verschiedene Auslegungen ermöglichen, also …“, dozierend liest er vor, „also da wäre Sure 4, 33: ‚Die Männer sind den Frauen überlegen wegen dessen, was Allah den einen vor den anderen gegeben hat, und weil sie von ihrem Vermögen für die Frauen auslegen. Die rechtschaffenen Frauen sind gehorsam und sorgsam in der Abwesenheit ihrer Gatten, wie Allah für sie sorgte. Diejenigen aber, für deren Widerspenstigkeit ihr fürchtet – warnet sie, verbannt sie aus den Schlafgemächern und schlagt sie. Und so sie euch gehorchen, so suchet keinen Weg wider sie; siehe Allah ist hoch und groß.‘“

Dann blättert er weiter: „Und in Sure 2, 228 heißt es: ‚Und die Männer stehen bei alledem eine Stufe über ihnen den Frauen.‘“ Er legt das Skriptum beiseite und kommentiert: „Somit ist Gewalt gegen Frauen, vor allem wenn sie die Familienehre beschmutzen, gestattet. Wie weit diese Gewalt laut Koran ausgedehnt werden darf, ob sie Mord impliziert, weiß ich allerdings nicht.“

„Das bedeutet, dass diese Aussage in der Scharia einen Freibrief für körperliche Züchtigung unbestimmten Ausmaßes erlaubt?“

„Genauso ist es. Es kam sogar schon vor, dass in Prozessen in Deutschland aufgrund dessen ein milderndes Urteil bei ‚sogenannten‘ Ehrenmorden gesprochen wurde.“

Ich merke, wie mir die Galle hochsteigt: „Die Bezeichnung ‚Ehrenmord' ist an und für sich schon eine Bezeichnung, die aus unserem Vokabular gestrichen werden sollte. Ein Mord ist ein Mord und keine Ehre für niemanden."

„Da gebe ich dir recht. Tja, verbale Diskriminierung jeglicher menschlichen Spezies ist politisch korrekt verpönt, aber nicht, wenn zur Ehre gemordet wird. Dann scheint es ein Ausdruck kultureller Vielfalt zu sein."

Auch wenn für mich bisher immer „Leben und leben lassen" galt, so merke ich, dass meine „Toleranzschwelle" bei diesem Thema merklich sinkt. Um uns nicht in eine endlose Debatte über religiösen Schwachsinn zu verwickeln, gehe ich in medias res meines Begehrens.

„Darf ich sie sehen?"

„Nein, du kannst Leila Khalilis Leiche ganz sicher nicht sehen!"

„Ich mache das Gutachten über den Tatverdächtigen."

„Tatsächlich, davon weiß ich aber nichts."

„Hab ich auch erst gerade erfahren. Meine Kollegen reißen sich nicht darum."

„Alma! Du willst von mir nicht beschützt werden, aber ich warne dich. Du setzt dich damit in ein Brennnesselnest. Lehne es ab. Bitte!"

„Ich habe noch nicht fix zugesagt, drum wollte ich dich ja um Rat fragen."

„Du willst keinen Rat von mir. Du willst nur die Bestätigung dafür, dass du wieder einmal die gutachterliche Richterin spielen darfst. Lass die anderen ihren Kopf in diese Schlinge stecken. Diese Sache ist zu heiß für dich. Möchtest du in der nächsten Zeit mit polizeilichem Personenschutz leben?"

In Manfreds Plädoyer schwingt ehrliche Sorge mit und ich gebe ihm insgeheim recht. Diese Aufgabe ist heiß. Damit begebe ich mich auf ein Terrain, dem ich möglicherweise nicht gewachsen bin. Nichtsdestotrotz werde ich diesem Adrenalinkick nicht widerstehen können. Und ich habe mich ja noch nicht entschieden! Noch kann ich eine Zusage überschlafen, kann den Auftrag ablehnen. Ich stehe auf.

„Zeigst du sie mir jetzt endlich?"

Seufzend erhebt sich mein Freund von seinem Sessel und zeigt auf die Tür: „Na gut, nicht gern, aber was soll ich tun? Irgendwann kommst sowieso mit einem Berechtigungsschein. Bringen wir es hinter uns."

Diesmal habe ich in weiser Voraussicht einen Kaugummi eingesteckt, den ich, während wir zu den Obduktionsräumlichkeiten spazieren, aus meiner Handtasche ziehe und in den Mund stecke. Leichengeruch ruft bei mir immer noch eine undefinierte Übelkeit und einen schalen Geschmack im Mund hervor. Wenn man ständig mit diesen toten Körpern zu tun hat, sollte man Raucher sein! Ich kann mich erinnern, dass ich während meines Studiums wegen dieses Odeurs zu meiner ersten Zigarette gegriffen habe. Es hilft tatsächlich! Allerdings zahlt es sich für meine gelegentlichen Besuche auf der Gerichtsmedizin nicht aus, rückfällig zu werden. Stattdessen bearbeite ich den Chewinggum heftig mit meinen Kiefern, bis sich der scharfe Minzgeschmack über meine Geschmackspapillen legt.

Marchel zieht Leilas Leiche aus der Kühlbox. Zuerst hebt er das Tuch von ihrem Kopf weg, dann stülpt er es ordentlich bis zu ihren Fußgelenken zurück. Eine wunderschöne Frau! Und wieder schießt mir die Erinnerung an das kleine Mädchen Samira durch den Kopf. Die Ähnlichkeit ist verblüffend.

„Hatte sie noch andere Verwandte hier?"

„Nein, nur den Bruder. Mit dem ist sie aus Syrien geflüchtet."

„Ist das erwiesen?"

„Aussage des Bruders. Papiere hatten sie beide keine. Vermutlich wie bei vielen Flüchtlingen: weggeworfen. Es ist nicht einmal sicher, ob sie wirklich aus Syrien sind. Momentan geht man davon aus, dass seine Angaben stimmen. Ob er allerdings noch nicht einmal sechzehn ist, wie er behauptet, wird momentan untersucht."

Leilas Brustkorb ist makellos, am Unterbauch sieht man die etwa zehn Zentimeter lange Narbe oberhalb des Schambeins, die jetzt ordentlich vernäht ist. „Dann hat er sie rücklings erstochen?"

Manfred dreht den Körper leicht auf die Seite, damit ich die Einstiche sehen kann.

„Zehn Mal hat er zugestochen. Zwei davon direkt in den Herzbeutel, die anderen in die beiden oberen Lungenflügel. Der hat drauf geachtet, dass er nicht den Embryo erwischt."

„Schaut so aus. Vielleicht wollte er das Baby nicht töten, weil das die Scharia nicht gestattet? Oder er hat es absichtlich so angelegt, dass das Kind gerettet werden kann?"

„Ich habe mich auch gewundert, wieso er sie erst im Rahmen der Niederkunft umbringt. Logisch wäre doch, dass er, sobald bekannt wird, dass sie die Ehre der Familie beschmutzt hat, zur Tat schreitet."

„Der Gynäkologe hat sauber gearbeitet. Eine Sectio mit Bikinischnitt, erstaunlich in der Hitze des Gefechts, oder?"

„Na ja, zum Zeitpunkt des Kaiserschnitts hat sie noch gelebt, vielleicht wollte er keinen zusätzlichen Blutverlust verursachen."

„Wenn ich rekapitulieren darf: Sie hat Wehen und sucht die ärztliche Ambulanz im Flüchtlingsheim auf, wo Dr. Ehrenschweizer gerade ordiniert. Der untersucht sie, der Bruder stürzt in die Aufnahme, sticht von hinten auf sie ein. Sie droht zu sterben und der Kollege handelt unmittelbar und macht eine Notsectio. Was ist eigentlich unternommen worden, um *ihr* Leben zu retten?"

„Man hat sofort den Notarzt gerufen, die Krankenschwester hat beatmet, Herzmassage, Defibrillator, Flüssigkeitsersatz etc. In so einer Situation muss man sich wohl entscheiden, ob man das Leben des Kindes retten möchte, wenn die Chancen der Mutter sowieso schlecht stehen."

„Und der Bruder?"

„Der ist zwar geflüchtet, wurde aber von den Security-Leuten aufgehalten und in Gewahrsam genommen, bis die Polizei da war."

„Und die echte Identität der beiden?"

„Kannst ja die Erika fragen, die Ermittler müssten es eigentlich schon herausbekommen haben."

„Apropos Erika! Wie geht's euch so … ähm … beziehungstechnisch miteinander?"

„Ein ewiges Auf und Ab. Sie ist eine starrköpfige und launische Person. Ich kenne mich nicht aus mit ihr. Lieb und kuschelig, abweisend und kalt. Kneippkur als Liebesleben. Ich weiß nicht, ob ich da noch lange mitmache."

Als unfreiwillige Kupplerin dieses Paares fühle ich mich irgendwie für deren Beziehung verantwortlich und wünsche mir insgeheim, dass sie sich nicht trennen. Auch ein Selbstschutz, denn wenn jeder wieder Single ist, habe ich die beiden trosttechnisch am Hals.

„Das ist doch ganz normal, es gibt kein Liebeshigh ohne Liebeswaterloo", kommentiere ich abgeklärt. Ich klopfe Manfred aufmunternd auf die Schulter: „Die Erika braucht viel Freiraum.

Den musst ihr lassen. Nicht umsonst kann sie jeden Herkules aufs Kreuz legen."

Mein Freund Marchel stößt einen tiefen Seufzer aus: „Weißt, als Muslime hätten wir europäischen Männer es auch viel leichter. Muss ja nicht gerade die empfohlene körperliche Züchtigung sein, aber so ein bisserl der Herr im Haus sein, das stelle ich mir schon angenehmer vor. Und wenn die eine nicht passt, dann langst bei einer anderen zu."

Mir bietet sich gerade ein Bild der kulturellen Groteske: Der honorige Herr Professor, über eine wunderschöne nackte Frauenleiche gebeugt, die gerade einem Ehrenmord zum Opfer gefallen ist, wünscht sich diese Gegenkultur herbei, die schuld am Tod dieses Mädchens ist. Wenn wir Frauen nicht dagegenhalten, dann werden sich unsere Männer sehr wohl mit dem Islam anfreunden, der ihnen wieder die jahrhundertelange Vormacht schenkt. Und ehrlich, wenn ich ein Mann wäre, dann wäre ich sicher auch dabei!

„Wen würdest du dir denn für deinen Harem auswählen?"

„Na du … als Erstfrau, die Erika als Zweitfrau und die Spatzi …"

Ich küsse den Manfred zum Abschied auf beide Wangen.

„Träum schön weiter! Aber vielleicht geht dein Wunsch ja sowieso über kurz oder lang bald in Erfüllung! Ich muss … Danke noch mal."

Bevor er mich noch zurückhalten kann, bin ich schon bei der Tür draußen und eile die Stiegen hinauf Richtung Ausgang. Dort hetze ich in Richtung Währingerstraße und dann die Nußdorferstraße hinunter bis zur Straßenbahnstation des „D-Wagens" beim Franz-Josefs-Bahnhof.

Der „D-Wagen" ist mir am liebsten. Diese Linie gondelt quer durch Wien, von Nussdorf bis zum Hauptbahnhof. Wenn man die ganze Strecke fährt, kann man sich als Tourist eine Sightseeingtour sparen, denn diese Linie präsentiert einem wie im Film einen Querschnitt der Stadt mit den Ringstraßenpalais, den Biedermeierhäusern in Nussdorf, dem Belvedere und sogar dem sozialistischen Wien mit dem Karl-Marx-Hof. Es gibt immer wieder was Neues zu entdecken, seien es die eleganten Viadukte der Stadtbahn von Otto Wagner, sei es der hässliche Franz-Josefs-Bahnhof mitsamt der anschließenden ehemaligen Wirtschaftsuni aus 1978, die wie eine Riesenwarze den neunten Bezirk verschandeln.

Ich steige kurz vor Nussdorf bei der Station Sickenberggasse aus und laufe die paar Hundert Meter bis zum Flüchtlingsheim. Die Dämmerung ist schon in Dunkelheit übergegangen.

Vor dem Gebäude wieder dasselbe Bild mit den rauchenden Jungs. Was soll aus diesen gelangweilten, nicht beschäftigten, aber vor Kraft strotzenden Kerlen werden? Eine Zukunft als Sozialhilfeempfänger oder gar als Angehörige einer Terrororganisation? Junge Menschen brauchen eine Herausforderung und keine kuschelige staatliche Fürsorge, die sie entmündigt und zu psychotraumatisierten Patienten deklariert. Wer sich Tausende Kilometer quer durch Feindesland durchgeschlagen hat, gehört zu den biologisch Fittesten! Wieso nicht diese Qualität nutzen und von diesen jetzt gelangweilten Herrschaften verlangen, dass sie ihren Beitrag für das Gastland leisten?

Ich winde mich zwischen den jungen Herren durch und starte in den ersten Stock, um mich als Psychotante anzumelden. Als ich ins Büro eintreten möchte, trifft mich beinahe der Schlag. Das kann doch nicht wahr sein! Im ersten Schreck schlage ich die Tür sofort wieder zu. Eine Fata Morgana? Eine visuelle Halluzination?

Aus dem Office eine verbindliche Stimme: „Kommen Sie doch herein! Nur zu, wir beißen nicht."

Oh doch, denke ich, kehre am Absatz wieder um und hetze die Stufen die Treppe hinunter. Unten wartet Samira. Sie nimmt mich an der Hand, zieht mich in eine ruhigere Ecke und zeigt mir eine Zeichnung.

„Du nehmen, danke!", ordert sie bestimmt.

Ich nehme das Geschenk erfreut entgegen: „Sehr schön! Was für ein schönes Bild."

Bevor wir uns noch in ein längeres Gespräch vertiefen können, rennt die Kleine wie von der Tarantel gestochen plötzlich von mir weg. Ich schaue um mich, was die Ursache sein könnte, aber außer den gelangweilten Jungs, die uns sehr wohl im Visier haben, kann ich keinen Auslöser für diese Panik entdecken. Kann es sein, dass der Kleinen der Kontakt mit jemandem von draußen verboten wird? Ich stecke die Zeichnung in meine Tasche, um sie zu Hause ausführlich zu begutachten, und begebe mich Richtung Ausgang. Diesmal will mich der Pulk von Youngstern nicht durchlassen. Wie eine Mauer bauen sie sich vor mir auf, während einer mit der Hand auf mein Bag deutet: „Gib her!"

Die wollen mein Handy oder meine Geldbörse haben, denke ich und umkrampfe die Henkel. Das Alphatier gibt einem anderen einen Wink und der entreißt mir die Tasche. Er durchwühlt sie, entnimmt die Zeichnung, reicht sie dem Anführer und gibt mir meinen restlichen Besitz wieder zurück. Die Gang schenkt mir noch ein kollektives schadenfrohes Grinsen und die Mauer löst sich auf.

Als ich draußen bin, versuche ich mich verzweifelt daran zu erinnern, was auf dem Bild dargestellt war. Bis auf eine Blume fällt mir nichts ein. Diesmal werde ich aber die U- Bahn nach Hause nehmen, denn die Tristesse von U-Bahnen entspricht momentan mehr meiner Stimmung als die harmonische Atmosphäre meiner Lieblingslinie. Auf dem Weg zur Endstation Heiligenstadt rufe ich Mutter an, da ich wissen möchte, ob sie noch im Heim und ihr ebenfalls meine Fata Morgana begegnet ist. Sie hebt nicht ab, schickt mir aber sogleich ein SMS: „Kann jetzt nicht reden. Ruf dich später an."

Ich antworte: „Hast du ihn gesehen?"

„Wen?"

Also ist er ihr noch nicht begegnet. Ich muss sie rechtzeitig warnen.

5. Kapitel

Zu Hause angekommen, überfällt mich angesichts der finsteren Wohnung der „Ich bin so einsam"-Blues. Es muss Gedankenübertragung sein, denn die Glocke reißt mich aus meiner beginnenden Tristesse. Als ich die Tür öffne, stürzt sich ein aufgelöster Michelangelo auf mich und umarmt mich, dass mir die Luft wegbleibt.

„Nie wieder, nie wieder", stößt er atemlos heraus, „nie wieder werde ich dich verlassen."

Ich drücke ihn ein klein wenig von mir weg, denn ich habe Angst, dass angesichts dieser verzweifelten Leidenschaft eine Rippe dran glauben muss.

„Ich verstehe nicht, ist doch alles gut? Mir geht's gut. Alles bestens."

„Du hast dich nicht gemeldet."

„Hm? Und du? Du hättest dich doch auch erkundigen können, wie es mir geht, oder?"

„Hab ich mich nicht getraut, deine Mutter …"

Oh je, was hat ihm Mutter erzählt? Wahrscheinlich hat sie ihn absichtlich verschreckt, um ihn als meinen Liebhaber loszuwerden.

„Was hat sie dir erzählt?"

„Sie hat gemeint, dass ich nicht mehr mit dir rechnen soll. Eine Frau würde keinem Mann verzeihen, wenn er sie in so einer Situation allein lässt, und du schon gar nicht."

„Wieso gerade ich?"

„Weil du stur und nachtragend bist."

„Wer hat das gesagt? Sie?"

Michael zieht mich wieder an sich, streicht mir über meine Haare, küsst mich auf meinen Nacken, hebt mich hoch und schleppt mich ins Wohnzimmer, wo er mich sanft aufs Sofa fallen lässt. Dann holt er eine Decke, die am Fauteuil hingeworfen liegt, und bedeckt mich damit bis zum Kinn.

„Ich werde dich jetzt pflegen", stellt er diktatorisch fest.

„Ich bin aber gar nicht krank", erwidere ich und schiebe das Plaid von meinen Beinen, „du kannst mir aber ein Achtel Veltliner bringen, dich zu mir setzen und einfach nur liebevoll sein, das reicht."

Und Michelangelo gehorcht. Ich liege, meinen Kopf an seine Schulter gelehnt, mit einem Glas Wein in der Hand entspannt und genieße unsere Zweisamkeit. Mein Liebhaber streicht mir gefühlvoll über den Pullover bis zu meinen Brüsten, was in mir ein wärmendes Gefühl zwischen den Beinen erzeugt. Eine Reaktion, die ich angesichts meiner gerade stattgefundenen Operation gar nicht gebrauchen kann. Was hat Moni gesagt? Ein Monat Schonung für meinen Unterleib? Das meinte sie nicht ernst, war wohl nur so hingesagt, um mir den Spaß zu verderben. Aber nicht nur mir. Mein junger Liebhaber wechselt mit seinen Streicheleinheiten auf ein unverfänglicheres Areal meines Körpers, was mich einerseits erleichtert, andererseits betrübt.

„Wie lange dürfen wir nicht?", meint er schüchtern.

„Sie hat behauptet ein Monat, aber …", dabei greife ich ihm zwischen die Beine, was bewirkt, dass er sie sofort zusammenzwickt, „… aber ich denke, das geht schon in vierzehn Tagen. Spürst du auch, was ich spüre?"

Michelangelo schluckt und nickt schuldbewusst: „Müssen wir halt darben, bis du …"

„Sei froh, dass du keine Frau bist. Wenn ich noch einmal auf die Welt komme und rechtzeitig bemerke, dass ich weiblich bin, dann rutsche ich sofort wieder zurück."

„Wäre aber schade! Gott sei Dank, hast du dein Geschlecht bei deiner Geburt nicht gekannt, denn sonst würde ich jetzt nicht mit meiner erotischen, wunderschönen, erregenden, antörnenden, immer scharfen Kurtisane dasitzen und warten dürfen, bis ich sie wieder beglücken darf."

Ich ziehe seinen Kopf zu mir hinunter und verschlinge seinen Mund, als ob ich mich so „anstatt" mit ihm vereinigen könnte. Therapie gegen unser Begehren ist das allerdings nicht, denn die Wärme in mir hat sich nicht abgekühlt, sondern gar noch erhitzt.

Immerhin kann die Libido alle anderen Gefühle übertünchen, denn die zur Ehre ermordeten Frauenbilder schwinden aus meinem Kopf. Gerade als ich mich in meiner Wohlfühlatmosphäre eingerichtet habe, ruft Mutter an. Vorerst tendiere ich dazu, nicht abzuheben, aber dann sage ich mir: Du musst sie warnen. Wir wollen keinen Rückfall in ein kindisches Liebesleben.

„Was gibt's?", schallt es forsch aus meinem Handy. „Wen soll ich gesehen haben?"

Ich druckse herum, denn es geht um unser heikelstes gemeinsames Thema, das seit über vierzig Jahren unser Leben überschattet und das wir geflissentlich – wenn möglich – aus unserer Kommunikation aussparen.

„Also … also ich habe … Wie soll ich dir das erklären?"

Sie unterbricht ungeduldig: „Hast du in die Hose gemacht, oder was? Ich hab's eilig, ich schau mir heute in der Josefstadt ‚Kunst' an. Und ich muss mich noch herrichten."

„Ah ‚Kunst', das wollte ich auch sehen. Ich glaube, das ist unser Stück. Genial."

Inzwischen ist selbst Michael aufgewacht und neugierig geworden, er zischt: „Wen hast gesehen? Sag schon …"

Ich halte mit einer Hand mein Telefon, mit der anderen seinen Mund zu. „Ist das dein Liebhaber neben dir? Ich dachte, ich habe ihn mit unserem Telefonat abgeschreckt, dich wieder zu belästigen. Eines muss man ihm lassen, hartnäckig ist er. Also, wen soll ich gesehen haben?"

„Jemanden, den du gut kennst. Ich trau mir gar nicht, daran zu denken, was passiert, wenn er wieder da ist."

Stille, keine Antwort.

„Hallo, hallo, Mama, was ist? Bist du noch da?"

Aus dem Apparat klingt es verhalten zurück: „Bitte nicht, was ich vermute. Du hast dich geirrt, oder?"

„Ich fürchte, nein. Er darf uns nicht sehen. Verstehst du, sonst geht alles von vorne los. Du gehst da nicht mehr hin! Und ich lass es auch bleiben. Ich will keinen Kontakt mehr. Bitte! Und du, du kannst deine soziale Ader auch in einer anderen Institution ausleben."

„Von wegen sozial, du hast mich da hingeschickt. Ich handle in deinem Auftrag. Glaubst du, es ist lustig, zu unterrichten? Dann wäre ich Lehrerin geworden, wenn es meinem Amüsement dienen würde."

Mutter atmet schwer und versucht, wieder mit sich klarzukommen. „Versprich mir, dass du nicht wieder hingehst."

„Bin ich wahnsinnig? Natürlich nicht. Dem noch einmal zu begegnen, ist schlimmer als ein Herzinfarkt."

Michael mischt sich weiter ein, indem er sich immer mehr an mich und damit auch an mein Handy schmiegt: „Wer? Sag schon, wer?"

Ich schubse ihn so fest weg, dass er rücklings auf die Lehne des Sofas fällt.

„Sofort …“, wehre ich ihn ab, während ich gleichzeitig ins Telefon beruhigend auf Mutter einwirke: „Wir ignorieren ihn einfach. Was ich mich aber frage, ist, was macht der da?“

„Mein Hallodri hat sich einen Job aufgetan, gerissen wie er ist.“

„Mein Hallodri“ – diesen liebevollen Ton möchte ich gar nicht gehört haben. Sie wird doch nicht wieder?

„Muuuuutterrrr!“, drohe ich, „Muuutter … Wenn du …, dann, dann sind wir geschiedene Leute. Er oder ich. Merk dir das!“

„Ach, Kind, war doch nur eine Floskel. Was glaubst du denn? Lieber ein Herzinfarkt als er.“

„Schwöre!“

„Beim heiligen Lazarus!“

„Also kein Schwur, denn Lazarus ist kein Heiliger und du Atheistin.“

„Lazarus ist ein Heiliger. Siehe Johannesevangelium.“

Mein Liebhaber platzt vor Neugierde: „Lazarus heißt der?“

Ich schüttle den Kopf und drücke ihn wiederum weg: „Gleich!“

„Mama, bitte! Beherrsche deine geriatrische Libido und lass ihn einfach sein.“

Ich merke, dass sie mich abwimmeln möchte.

„Keine Sorge, aber ich muss mich jetzt wirklich herrichten. Soll ich das rote Brokat …?“

„Ja, ja, ja, das rote Brokatkleid oder das grüne, blaue, goldene, nur nicht mit ihm.“

„Liebes Kind, reg dich nicht so auf. Ich bin eine alte, einsame Frau und gehe jetzt ins Theater. Gute Nacht.“

Als ich das Handy erschöpft mit einem Seufzer zur Seite lege, kniet mein Liebhaber beinahe auf mir und bedrängt mich: „Wer?“

„Herr von Spanneck.“

„Das freut mich aber. Ich hätte ihn gern wieder einmal getroffen. Wollte mich mit ihm noch unbedingt über den … den … na, den Maler, egal, unterhalten.“

„Den Lüpertz? Du hast ihm doch nicht wirklich geglaubt, dass er den kennt? Jedes Wort aus seinem Mund ist gelogen.“

Michael wiegt seinen Kopf: „Ich habe ihn irgendwie gemocht. Ein Idealist.“

Jetzt reißt mir aber der Geduldsfaden: „Ein Idealist? Ein rücksichtsloser Egomane ist er, ein Tunichtgut, ein … ein … Klar, du findest in ihm einen Geistesverwandten."

Das mit dem Geistesverwandten gefällt meinem Liebhaber nicht: „Na, na, na … Reg dich nicht so auf. Ich kann doch nichts dafür, dass er dich als Kind im Stich gelassen hat."

Schon tut es mir leid, dass ich ihn so angefahren habe, auch wenn er tatsächlich ein Geistesverwandter meines Erzeugers ist. Wieso suchen sich Frauen als Geliebten immer wieder das Double ihres Vaters?

„Ist eben ein wunder Punkt, der nie mehr verheilen wird. *Du* hast ja deinen Vater."

„So toll ist der aber auch wieder nicht. War zwar als Körper vorhanden, sein Geist war aber bei irgendeinem Geschäft."

„Das hat dir immerhin eine finanziell gesicherte Kindheit verschafft. Bei uns musste Mutter auch noch die Schulden abdienen, die er ihr hinterlassen hat. Außer einem in Österreich ungültigen Adelstitel hat er uns nichts gegeben."

Michael umschlingt mich: „Ist schon gut, hast ja jetzt mich, der sich um dich kümmert."

Wenn die Situation nicht so crazy wäre, würde ich jetzt richtig auszucken. Mein Liebhaber, der beinahe ohnmächtig wird, wenn er Blut sieht, der nicht einmal genug Finanzen zusammenbringt, um sich allein zu ernähren, der jeglicher terminlichen Störung seines Müßiggangs aus dem Weg geht, der mit der Idee, einen Roman zu schreiben, seine Existenz als Schriftsteller legitimiert und für den das Wort „Verantwortung" ein esoterisches Vokabel ist, der fantasiert sich als meinen Beschützer und Kümmerer! Süß! Immerhin ist er selber davon überzeugt und seine Qualität als mein Lüstling wiegt alle seine Mankos auf.

Ich sage mir: Alma, besser ein entspannter Lover als ein angespannter Betreuer! Und zusammengekuschelt, wenn auch durch einen medizinischen Keuschheitsgürtel gehandikapt, einschlafen, das hat was.

Eingehüllt in eine schwarze Burka marschiere ich unsicher durch einen Ozean von Wassermelonen mit Anenzephalusgesichtern, die sich wie ein Tsunami vor mir zu einer Riesenwelle auftürmen. Ich will davonrennen, doch meine Beine verheddern sich in den wallenden

Stofffetzen, die wie ein Zelt von meinem Kopf bis zu den Knöcheln reichen. Schon trifft mich die erste Kugel am Fuß, dann die nächste, die nächste, die nächste… so lange, bis sich diese Wand als Ganzes über mich stülpt und mich unter ihr begräbt.

Beim Aufwachen stelle ich fest, dass der Melonentsunami nur das Bein von Michael war, der sich im Schlaf über mich gewälzt hat. Erleichtert schiebe ich diesen Körperteil wieder zurück zu seinem Zwillingsschenkel. Da das Morgenlicht mir schon streng das Aufstehen gebietet, raffe ich mich hoch und starte mein ungeliebtes Reinigungsritual. Dieser zivilisatorische Zwang gleicht einer Sisyphusarbeit, denn er wiederholt sich morgens und abends ohne ersichtlichen Fortschritt. Auch wenn man während des Zähneputzens sinnvolle Tätigkeiten wie Blumen gießen, kurz die zerstreuten Zeitungen beseitigen oder das Frühstücksgeschirr in den Spüler einräumen erledigen kann, so erlebe ich meinen Tagesbeginn als wenig befriedigend. Heute checke ich, während ich meine Mundhygiene absolviere, meine Mails. Tatsächlich eines von Würzl:

Sehr geehrte Frau Doktor, liebe Alma, so ein Schleimer, der muss wirklich Dreck am Stecken haben, wenn er sich so herablässt, *habe erreicht, dass Sie den Auftrag bekommen. Sie können den Verdächtigen ab sofort in der Untersuchungshaft besuchen. Ich habe bereits alles arrangiert. Ein Dolmetscher wird Ihnen zur Seite gestellt.*
Mit ganz lieben Grüßen
Oberrat Dr. Erwin Würzl
Chefarzt in der BPD Wien

Schau, schau, die „herzlichen Grüße" haben sich schon zu „ganz lieben Grüßen" ausgewachsen. Bald sind wir bei „Bussi, Bussi" gelandet. Dann wird mir aber schlecht.

Da meine Ordination erst um halb elf startet, kann ich ja noch einen Abstecher in die Justizanstalt Josefstadt machen. Meinem Liebsten lege ich einen Guten-Morgen-Gruß in Form von zwei eingefrorenen Mohnflesserln[43] auf den Tisch. Bis der aufsteht, ist das Gebäck längst aufgetaut.

---

[43] geflochtene, mit Mohn betreute Hefeteigstriezel

In der Justizanstalt das übliche Prozedere: Kontrolle von Leib und Taschen. Erst beim Eingang fällt mir ein, dass ich den Namen des angeblichen Mörders noch gar nicht erfragt habe. Da er aber der Bruder des Opfers ist, wird er wohl auch Khalili heißen. Drum versuche ich es beim Portier auf gut Glück mit Mohamed Khalili. Und? Klappt! Dann durch endlose Gänge bis zum Häftlingstrakt. Zum Glück scheint man tatsächlich darüber informiert zu sein, dass ich als Gutachterin zum Gefangenen gelassen werden darf. Erstaunlich, denn sonst muss ich immer einen Stapel von Papieren vorweisen, die dann endlos geprüft und hinterfragt werden. Würzl hat alles schon geregelt. Bravo! Erstaunlich, was man mit einer getürkten Erpressung erreichen kann. In Wirklichkeit habe ich ja keine Ahnung, was der Herr Oberpolizeiarzt tatsächlich für Betrügereien tätigt.

In der Vernehmungszelle warte ich ebenfalls nur kurz auf den Häftling mitsamt dem Dolmetscher. Khalili, falls er wirklich so heißt, ist ein schmächtiger dunkelhaariger Mann, der allerdings nicht – wie behauptet – sechzehn Jahre ist, sondern sicherlich die zwanzig weit überschritten hat. Anscheinend hat es sich noch nicht herumgesprochen, dass es ziemlich sinnlos ist, sich, um unter das Jugendgerichtsgesetz zu fallen, als unter achtzehn Jahre auszugeben, da es medizinisch einfach ist, das richtige Alter festzustellen. Er, in Handschellen mit gesenktem Blick, wird mir am Tisch gegenübergesetzt, der Dolmetscher an seine Seite. Rechts und links von beiden die Justizwachebeamten, die ungerührt auf dieses Arrangement starren.

Ich begrüße mein Gegenüber mit: „Guten Tag." Grüß Gott, verkneife ich mir, um nicht provokant zu wirken. Als Gutachter sollte man immer versuchen, ein Vertrauensverhältnis zu seinem Mandanten aufzubauen. „Guten Tag, ich bin Frau Dr. Liebekind-Spanneck, Ihre Begutachterin. Meine Aufgabe ist es, festzustellen, ob bei Ihnen laut § 11 StGB Zurechnungsunfähigkeit zum Zeitpunkt der Tat vorgelegen ist. Nur zu Ihrer Information …" Ich lese vor: „Der Gesetzestext lautet: ‚Wer zur Zeit der Tat wegen einer Geisteskrankheit, wegen einer geistigen Behinderung, wegen einer tiefgreifenden Bewusstseinsstörung oder wegen einer anderen schweren, einem dieser Zustände gleichwertigen seelischen Störung unfähig ist, das Unrecht seiner Tat einzusehen oder nach dieser Einsicht zu handeln, handelt nicht schuldhaft.' Ich ersuche Sie deshalb um größtmögliche Zusammenarbeit, da es in Ihrem Interesse ist, wie die Geschworenen Sie im Prozess wahrnehmen."

Der Dolmetscher übersetzt so ausschweifend, dass bei mir der Eindruck entsteht, dass er sich keineswegs an meine Worte hält, sondern den Inhalt nach seinem Gutdünken interpretiert.

Nach etwa drei Minuten meint er, obwohl der Beschuldigte gar nichts geäußert hat: „Herr Khalili bekennt sich nicht schuldig im Sinne des österreichischen Gesetzes. Für ihn gilt ausschließlich islamisches Recht."

„Aber er hat doch ... er hat doch gar nichts gesagt?"

„Herr Khalili hat mit mir schon vorher gesprochen."

„Aber ...? Bedeutet das, dass Herr Khalili nicht mit *mir* sprechen möchte?"

„Das bedeutet es."

Ich hüte mich – versucht vorurteilsfrei – davor, die Kommunikationsverweigerung mit mir auf mein Geschlecht zurückzuführen, auch wenn momentan alles dafürspricht. Der junge Mann hat mir bisher auch noch nicht einmal ins Gesicht geschaut.

„Sagen Sie ihm noch einmal, wenn er nicht kooperativ ist, wird sich das negativ auf den Eindruck vor Gericht auswirken."

Sofort kommt wie aus der Pistole geschossen: „Herr Khalili anerkennt dieses Gericht nicht. Er hat im Sinne des islamischen Rechts, der Scharia, halal – also rechtskonform – gehandelt."

„Wir sind hier aber in Österreich und da gilt österreichisches Recht, sagen Sie ihm das."

Der Dolmetscher zuckt mit den Schultern: „Von mir aus, das wird aber nichts bringen."

Diesmal spricht er nur kurz mit dem Angeklagten, der sich wiederum nicht äußert. Schön langsam reißt mir der Geduldsfaden, aber ich hüte mich, laut zu werden, stattdessen setze ich auf Freundlichkeit: „Bitten Sie ihn."

Der Dolmetscher verdreht die Augen, er vermittelt mir mit seinem ganzen Gehabe, wie unendlich ich ihn langweile, da er mich ebenfalls nicht als Autorität anerkennt. Der eine Wachebeamte jedoch blickt mich solidarisch an, zuckt aber mit den Schultern und nickt, um mir offensichtlich zu signalisieren, dass es vergebliche Mühe ist, aus dem Beschuldigten etwas herauszubekommen. Anscheinend ist ihm diese Situation nicht fremd.

Um mir nicht vorwerfen zu müssen, dass ich nicht engagiert genug versucht hätte, für eine zielführende Aussage zu sorgen, starte ich neuerlich, diesmal mit einem Angebot: „Es ist für Sie vor Gericht wichtig, welchen Eindruck ich als Gutachterin von Ihnen als Angeklagten habe. Deshalb würde ich Ihnen empfehlen, mit mir zu sprechen. Geschworene schätzen es gar nicht, wenn ich ihnen mitteilen muss, dass Sie sich geweigert haben, mit mir zu reden. Ich kann Ihnen helfen, sich positiv zu präsentieren."

Selbstverständlich ist es so, dass ich bei Gutachten immer meine Sym- oder Antipathien außen vor lasse, das versuche ich momentan ebenfalls, wenn es mir auch schwerfällt. Diese jugendliche Krätze soll endlich ihren Mund öffnen.

Das tut er denn auch: „Eahira!"

Ich kann mir in etwa vorstellen, was das bedeutet, frage aber nach: „Was heißt das?"

Der Dolmetscher setzt ein freches Lächeln auf: „Hure!"

„Danke", erwidere ich und, als er das nicht übersetzt, „danke für diese schmeichelhafte Einschätzung. Bitte sagen Sie ihm: ‚Danke!'"

Ich bekomme vom Wachebeamten ein anerkennendes Heben des rechten Daumens als Zustimmung dafür, dass ich nicht auf den Mund gefallen bin.

Was ihm der Übersetzer letztendlich erzählt, verstehe ich natürlich nicht, aber mir reicht es auch so. Bevor ich meinen Ärger laut hinausposaunen muss, breche ich die Sitzung lieber ab.

Ich wende mich an den netten Beamten: „Ich denke, wir sind fertig. Heute kommt da nichts mehr raus."

Perlustriert von beiden Wächtern, verlässt Khalili das Verhörzimmer und ich bleibe frustriert zurück. Der Dolmetscher schenkt mir noch ein herablassendes „Wiedersehen" und ist dann auch draußen.

Kaum habe ich die Justizanstalt verlassen, rufe ich Erika an. Ich werde einen anderen Dolmetscher verlangen.

„Eckerl, du?", kommt es genervt aus dem Telefon.

„Was ist? Bist du grantig?"

„Viel zu tun."

„Ich meine auf mich?"

„Ja! Hab erfahren, dass du dir beim Würzl das Gutachten erschwindelt hat. Glaubst, dass ich deswegen in einen Freudentanz ausbrechen soll?"

„Ist mein Beruf."

„Beruf, Beruf …", äfft sie mich nach, „auffällig nur, dass der ‚Beruf' ausgerechnet immer bei meinen Fällen ausgeübt wird. Mach doch deine Gutachten bei irgendwelchen Besoffenen, die ihre Autos zuschanden fahren, aber lass meine Mörder in Ruhe."

Ich habe keine Lust, mit Erika zu streiten, deshalb versuche ich es mit Ehrlichkeit: „Du hast recht, ich habe Würzl erpresst, dass er mich *hinein*presst. Aber nur weil ich an dieser Geschichte so interessiert bin und glaube, dass ich helfen kann."

„Alma, du überschätzt dich. Es gibt auch noch andere Menschen, die nicht blöd sind. Ich brauche deine Hilfe nicht."

Ich beschwichtige: „Das weiß ich doch! Du bist eine erstklassige Kommissarin. Mir geht's auch nur um den psychologischen Hintergrund."

Gerade als ich dieses heuchlerische Kompliment ausspreche, straft mich das Schicksal mit einem Sturz. Abgelenkt, habe ich nicht bemerkt, dass der gestreute Gehsteig in ein unbehandeltes Stück Weg mündet. Ich falle hart auf mein Steißbein, was zur Folge hat, dass ich minutenlang nach Luft schnappe. Aus dem Telefon, das ich trotz meines Falls umklammert halte, erklingt Erikas Stimme, der ich aus Atemnot nicht antworten kann.

„Du brauchst mir nicht schmeicheln, Eckerl, ich kenne dich zu gut. Was willst?"

„Hhhhhh, Hhhhhh", schnaufe ich in mein Handy. „Hhhh, iiiich, gggleich, Hhhhh, gleich …"

„Alma, Alma?", Erika klingt alarmiert. „Alma, was hast du?"

„Hhhhh, gestürzt … hhhhh, aber …"

„Hast was gebrochen?"

„Wowww", stöhne ich, „gleieeich besser."

Ich bewege meine Extremitäten, es scheint nichts gebrochen zu sein, nur das Steißbein schmerzt. Langsam bekomme ich auch wieder Luft.

Ein Passant bleibt vor mir stehen, reicht mir seine Hand und meint: „Klagen Sie den Hausbesitzer, es gibt ein Streugebot." Dieser Tipp ist mir eine große Hilfe, während ich mich hochrapple.

„Danke, sehr nett", erwidere ich ihm.

„Sie müssen den Gehsteig fotografieren und den Hauseingang. Ich stehe als Zeuge für Sie zur Verfügung. Da können Sie sicher Schmerzensgeld kriegen, sagen wir dreitausend mindestens."

Ich seufze ins Telefon: „Gleich …" und zu ihm: „Danke!"

Er zückt noch seine Karte und drückt sie mir in die Hand, während er begierig auf die meine wartet.

„Ich habe leider keine. Ich denke drüber nach … Ich meine wegen der Anzeige."

Das sage ich nur, um ihn loszuwerden. Nichts liegt mir momentan ferner, als mich an einem Hausbesitzer dafür zu rächen, dass ich selber nicht aufgepasst habe.

„Gegen ein kleines Entgelt erledige ich diese Sache für Sie. Wenn Sie wollen …"

Daher weht der Wind, der Herr scheint Erfahrung als Prozesshansel[44] zu haben. Als ich einen Blick auf seine Visitenkarte werfe, ist mir klar, weshalb: Anwalt. Ich verabschiede mich schleunigst, indem ich ihm mit meiner freien Hand zuwinke: „Danke schön noch mal", während ich mit der anderen mein Handy umklammere, in das ich Erika wiederum „Gleich …" zurufe.

Ich spute mich, aus dem Blickwinkel meines Helfers zu gelangen, denn ich fürchte, dass er mich als potenzielle Klientin nicht so leicht aus seinen Fängen entfliehen lassen möchte. Mit einem scheußlich schmerzenden Sacrum[45] rennt es sich mühsam, aber ich schaffe es bis in den Ostarrichipark vor der Nationalbank. Da ist übrigens auch nicht gestreut. Ich lasse mich mit meiner Pokante vorsichtig auf eine vereiste Parkbank fallen und kann endlich mein Gespräch mit Erika, wenn auch schnaufend, fortsetzen:

„Bin gestürzt und so ein Typ hat mir hochgeholfen, allerdings musste ich vor ihm fliehen und jetzt …"

„Alma bist auf den Kopf gefallen?"

„Nein", stoße ich heraus, „auf den Hintern."

„Und wieso bist dann so verwirrt, denkst du mit dem Gesäß?"

„Ach geh, lass! Tut ordentlich weh."

„Wo waren wir?"

„Du bist eine erstklassige Kommissarin."

Da ich ja sitze, kann mich das Schicksal ob dieser Schleimerei diesmal nicht mit einem Sturz bestrafen. Ich könnte mich aber an meinem Kaugummi verschlucken und deshalb spucke ich ihn rechtzeitig aus.

---

[44] jemand, der schnell vor Gericht zieht

[45] Steißbein

„Für falsche Komplimente hab ich jetzt keine Zeit. Treffen wir uns auf ein schnelles Mittagessen? Heute hast ja nur bis Mittag Ordi, oder?"

„Gute Idee!"

„Viertel nach eins im ‚La Mercerie'"?

„Kenn ich nicht."

„Neu, Ecke Servitengasse/Berggasse, französisch, super."

„Gut, dann bis dann."

Als ich mich von der Parkbank erhebe, schießt der Schmerz wieder in mein Gesäß ein. Wird wohl tatsächlich gebrochen sein. Kann man sowieso nicht behandeln, also Zähne zusammenbeißen und so tun, als ob nichts wäre. Bevor ich mich in meine Ordination begebe, mache ich noch einen Abstecher in die Frankgasse, wo ich einen Bandagisten erinnere. Ich erwerbe einen aufblasbaren Reifen, der für die nächsten Wochen, so lange, bis mein beleidigtes Sacrum nicht mehr bei jeder Belastung „Au" schreit, meine Sitzfläche sein wird. Irgendwie meint es die Vorhersehung momentan nicht gut mit meinem Unterleib.

Mutter möchte reden. Sie überfällt mich sofort, als ich meine Arbeitsstätte betrete, folgt mir in mein Sprechzimmer, wirft einen scheelen Blick auf das Plastiksackerl mit dem Werbeaufdruck des Bandagisten und lässt sich in den Stuhl plumpsen, der eigentlich für die Patienten gedacht ist.

„Wie gehen wir weiter vor?" und mit dem Finger Richtung meiner Tüte: „Was ist da drin?"

Da es sinnlos ist, ihr mein Pech zu verschweigen, ziehe ich den peinlichen Schwimmreifen heraus und blase ihn auf. Dann positioniere ich ihn auf meinem Schreibtischsessel.

„Sturz, Steißbein, weh!", erläutere ich kurz und bündig.

„Eis, Winter, Alma Schussel, recht geschieht ihr!", kommentiert sie meine Notlage.

Nachdem ich ihr meinen Mantel auf den Schoß geworfen habe, lasse ich mich vorsichtig auf meinem Reifen nieder. Es funktioniert, der Schmerz verhält sich rücksichtsvoll.

„Was meinst du?"

Sie steht auf, verlässt den Raum mit meinem Mantel und kehrt mit einem – ich vermute türkisch – beschrifteten Sackerl zurück. Aus dem zieht sie einen Berg schwarzgrauer Stofffetzen. Einen davon stülpt sie sich über den Kopf, sodass nur mehr die Augen rausschauen. Einen anderen schupft sie mir zu.

„Hab uns Kostüme besorgt. Ein frisches Mausgrau für dich und ein morbides Schwarz für mich. In meinem Alter soll man nicht mehr zu sexy rüberkommen."

Eine geniale Idee, wenn nur unsere Augenfarbe nicht gar so blau wäre. „Und was machen wir mit den Augen?"

Auch dafür hat sie gesorgt, denn aus ihrem weißen Ärztemantel zaubert sie Kontaktlinsen in braun.

„Oh je, das wird schwer werden. Keine Ahnung, wie man die reinkriegt."

„Hab ich auch schon organisiert. Der Optiker in der Servitengasse hat es mir erklärt."

Um meine Anerkennung zu verdeutlichen, erhebe ich mich stöhnend von meinem Schwimmreifen, beuge mich über meinen Schreibtisch und sende ihr einen Luftkuss, da mein Kreuz keinen Wangenkuss aus der Nähe gestattet.

Mutter packt die Gewänder wieder in den Sack.

„Wie heißt das Zeug eigentlich?", werfe ich ein, während ich mich langsam wieder in meine Sitzposition zurückstemme.

„Das sind Tschadors und der Gesichtsschleier heißt Niqab."

„Wo hast du die her?"

„Na, gekauft natürlich, gibt genug Läden in Wien, die sich für die Vermummung der Frau bezahlen lassen. Übrigens, die Schleier waren ein Sonderangebot: nur je 15 Euro. Und die Tschadors je 45 Euro, ich habe die billigsten genommen, Geschäft in Meidling."

„Günstig eingekauft. Wer weiß, vielleicht finden wir daran Gefallen?"

„Für mein Alter ideal. Da stören die Falten nicht mehr. Wer weiß, vielleicht betöre ich deinen Vater mit den schwarzen Augen?"

„Maaaamaaa …", werfe ich streng ein und schicke ihr einen vernichtenden Blick.

Sie kichert: „Aber amüsant wäre es schon …"

„Du kannst dir einen von den gelangweilten Jungs aufreißen, aber ich verlange Abstand zu meinem Erzeuger, mit und ohne Verschleierung. Schwör's!"

„Keine Sorge, der ist für mich erledigt. Acta est fabula.[46]"

---

[46] Vorbei ist vorbei.

Ich wiege ungläubig den Kopf: „Schwöre!“

Sie hält die Rechte zum Schwur, aber ich bemerke, dass sie unter dem Tisch ihre Füße verschränkt. Genau so wie *ich* üblicherweise meine Meineide ablege. Bevor sie sich wieder an ihren Arbeitsplatz begibt und wir möglicherweise keine Zeit mehr finden, um – außer die Patienten betreffend – zu kommunizieren, muss ich ihr noch mein Kostüm abknöpfen.

„Lass meinen Tschador bitte da, ich werde versuchen, die Frau Oberinspektor davon zu überzeugen, dass sie uns ins Heim einschleust. Denn wie stellst du dir das vor, einfach reingehen und auf Wienerisch sagen, da bin ich?“

„Hab ich mir auch schon überlegt. Ich habe mir eine komplizierte Geschichte ausgedacht, um im Asyl aufgenommen zu werden, aber du hast recht, wenn deine Freundin das macht, wäre es schon besser.“

„Was ausgedacht?“

„Na ja, auf der Straße vor dem Heim ausrutschen, dann nichts sagen können, bewusstlos oder so irgendwie. Eben Improtheater.“

„Du warst auch schon mal fantasievoller im Tricksen. Aber ich gebe zu, das wird nicht einfach werden. Ich versuche es bei der Erika.“

Mutter holt das jugendliche mausgraue Gewand aus dem Sack, legt es umständlich zusammen und meint: „Schön aufpassen! Noch einmal fahr ich nicht mehr bis nach Meidling in das Geschäft und behaupte bei der Verkäuferin, ich wolle konvertieren.“

„Ich werde die Robe hüten wie meinen Augapfel. Versprochen!“

Kichernd wendet sie sich zur Tür: „Mit rehbraunen Augen bricht man jedes Männerherz …“

„Maaaama …“

Wenn ich mich nicht bewege, funktioniert es schmerztechnisch auf meinem Luftpolster ganz gut. Wehe aber, ich beginne zu wetzen, weil ich einen Augenblick auf meinen verwundeten Unterleib vergesse, dann schießt ein Pfeil durch mein Gesäß. Immerhin vermittelt diese meine absolut ruhige Stellung meinen Patienten das Gefühl, dass ich wie gebannt und vor Interesse erstarrt ihren Problemen lausche. Wenn die wüssten, dass ich die Minuten zähle, bis ich sie wieder hinauskomplimentieren kann, um vorsichtig vom rechten Sitzbeinhöcker auf den linken zu wechseln. Irgendwann aber ist auch der Letzte draußen und ich kann die Luft aus meinem

Schwimmreifen auslassen, um mich mit Erika zu treffen. Als ich an Mutter vorbei zum Ausgang strebe, zupft sie mich am Ellenbogen und reißt ihre Augen auf. Die sind plötzlich braunschwarz.

„Bravo, ganz allein geschafft?"

„Gar nicht so schwer, man braucht nur eine ruhige Hand und die richtige Technik. *Du* wirst es sicher *nicht* allein zusammenbringen, du als Schussel und so patschert. Ich komme morgen in der Früh und helfe dir."

Mit einem Stoßseufzer verlasse ich meine Ordination. Zum Glück bin ich schon spät dran, sonst hätte unsere Unterhaltung wie üblich in einer unerquicklichen Auseinandersetzung gemündet. Immer muss sie über mich sticheln!

„Du hast geübt, gib es zu! Ciao."

Sie schreit mir noch durchs Stiegenhaus nach: „Logik und richtige Technik sind eben hilfreich."

Das „La Mercerie" ist mir noch als Laden, in dem man altmodische Handtaschen und Strickwaren erwerben konnte, in Erinnerung. Ich habe schon immer befürchtet, dass, wenn die alten Besitzer das Geschäft einmal zusperren, die wunderschöne Inneneinrichtung der Spitzhacke zum Opfer fallen wird. Das Gegenteil ist geschehen. Ein Franzose hat das Juwel entdeckt und daraus ein kaum verändertes, aber wunderbar herausgeputztes Lokal gemacht. Qualität setzt sich durch, das ist auch daran zu bemerken, dass die Lokalität getreten voll ist. Es scheint, als ob die gesamte Anrainerschaft ihren Kaffee nur mehr beim Franzosen trinken möchte.

Meine Freundin, die unerwartet gut gelaunt, ja beschwingt wirkt, hat gerade noch zwei Stühle an einem Tisch ergattert, an dem sonst noch zwei mittelalterliche Damen ihren Prosecco und Eclairs konsumieren. Auf den ersten Blick weiß ich schon, dass ich deren Gegackere nur schwer ertragen werde. Als mich dann auch noch die mit den haarspraystarren grauen Löckchen begeistert mit „Frau Dr. Liebekind, so ein Zufall" begrüßt, fühle ich mich in meiner Befürchtung bestätigt. Es wird hier unmöglich sein, mit der Frau Inspektor über meine Idee zu verhandeln.

Nachdem ich der Gelockten ein verhaltenes „Guten Tag" erwidert habe, drehe ich den einen Sessel schräg von ihr weg und lasse mich auf der Stuhlkante auf meinem Sack mit dem Tschador nieder. Den Luftreifen aufzublasen traue ich mich nicht, da dies wieder ein Anlass für ein länger andauerndes Gespräch mit meiner Ex-Patientin sein könnte. Als die Frau Oberinspektor meine eigenartige Position bemerkt, runzelt sie zuerst die Stirne, um dann kopfschüttelnd zu kommentieren: „Hast du heute was gegen Gemütlichkeit, weil du so am Abdruck hockst? Oder ist doch was gebrochen?“

Zu spät! Obwohl ich Erika mittels Augenrollen klarzumachen versuchte, dass ich nicht möchte, dass die Dame schräg neben mir irgendwas von meinem Leiden mitbekommt, hat diese Äußerung bereits das Ohr meiner unmittelbaren Umgebung erreicht. Man zupft mich an meiner Daunenjacke, die ich aus sitztechnischen Gründen (weich!) angelassen habe, und bringt sich lautstark in mein Leben ein: „Oh Frau Doktor, was ist denn gebrochen? Der Arm? Sie Bemitleidenswerte! Sie waren hoffentlich nicht im Böhler, denn da … Also vor fünf Jahren, im Winter, wie jetzt glatt und nicht gestreut. Also da hat es begonnen …“

Mir schwant, dass, falls ich jetzt nicht sofort verschwinde, mir eine unbezahlte und unerwünschte Psychotherapiestunde bevorsteht, aus der ich nur entweder mit einer schlechten Nachrede oder mit schlechter Laune aussteigen kann. Also erhebe ich mich und wende mich grüßend von Erika und den beiden Damen ab.

„Wiedersehen, eine dringende Besprechung, Sie verstehen?“

Zum Glück hat Erika kapiert und folgt mir aus dem Café. Draußen bleibe ich stehen und blase die aufgestaute Luft aus, bevor ich eiligen Schritts gleich das nächste Lokal in der Servitengasse ansteuere. Im „Porzellan“ ist nicht so viel los, das gibt's ja auch schon jahrelang und das muss deshalb nicht mehr die Neugierde der Anwohner befriedigen. Hier traue ich mich auch, meinen Schwimmreifen auszupacken und mich angenehm gebettet niederzusetzen.

„Puh, irgendwann kriege ich einen Verfolgungswahn. Überall wimmelt es von Patienten.“

„Dann müssen wir uns eben einen anderen Bezirk zum Weggehen aussuchen. Wie wäre es mit Favoriten[47], da kennt dich sicher niemand.“

Ich ziehe meinen Tschador aus dem Sack und halte ihn vor mein Gesicht, was nicht nur bei Erika, sondern auch bei der Kellnerin ein amüsiertes Kichern auslöst.

---

[47] Arbeiterbezirk in Wien

„Gehst damit auf ein Gschnas[48]? Ich komme mit."

Ich schüttle den Kopf: „Nein, ich konvertiere."

Frau Inspektor Sacherl reißt ihre Augen auf und legt den Kopf schief: „Eckerl, ich warne dich, mach keinen Blödsinn."

„Den habe ich von Mutter. 15 Euro, eine Mezzie[49]. Gefällt er dir? Magst auch einen haben?"

„Also was willst wirklich? Ich kenn dich doch, was ist los?"

„Erika, wir wollen dir helfen! Uneigennützig! Ich, also eigentlich Mutter und ich … gemeinsam. Und da hatte sie die Idee, also du … du schleust uns ein. Im Ehrenmordfall. Man muss unbedingt Hintergrundinformationen beschaffen, denn aus dem Mörder ist nichts herauszuholen. War gerade da zur Begutachtung, also bevor ich mir vermutlich das Steißbein gebrochen habe."

Wie erwartet, reagiert meine Freundin keineswegs erfreut und schon gar nicht zustimmend.

„Keine Chance, Alma, vergiss es."

Aus langjähriger Erfahrung weiß ich, dass bei Frau Oberinspektor Sacherl ein Glaserl Tür und Tor zu einer anderen Sichtweise öffnen kann. Prinzipien wie „Ich lasse mir nicht ins Handwerk pfuschen" sind immer nur so streng, wie es ihr Über-Ich erlaubt. Nicht umsonst gibt es einen Paragrafen, der Verbrechen unter Alkoholeinfluss unter die Unzurechnungsfähigkeit stellt! Gerade jetzt ist es vonnöten, bei Erika einen, wenn schon nicht komplett unzurechnungsfähigen, dann zumindest beschränkt zurechnungsfähigen Zustand herbeizuführen. Daran arbeite ich, indem ich die Kellnerin herbeiwinke und bei ihr zwei „Pisco sour" bestelle. Ich selber mag ja Cocktails gar nicht, aber ich bin bereit, diese Unbill auf mich zu nehmen, um bei der Kommissarin schneller voranzukommen.

Erika blickt mich verwundert an: „Seit wann magst Cocktails? Und gar schon zu Mittag?"

Ich zucke mit den Schultern: „Fasching ist. Und zur Schmerzlinderung."

„Na gut, hab eh schon dienstfrei. ‚Pisco sour' macht ein sonniges Gemüt und das könnten wir bei der Kälte jetzt brauchen."

„Du wirkst irgendwie so … na, gut aufgelegt eben. Ein Mann? Manfred? Beförderung?"

---

[48] Faschingsveranstaltung

[49] jiddisch: Sonderangebot

Erika tut unbeteiligt: „Wieso? Darf ich nicht auch einmal unbeschwert wirken? Ohne den Rucksack der Bürden meines Amtes? Ohne einen Mord im Gepäck, einfach gelassen das Leben gernhaben?“

Ich schicke ihr ein Luftbussi: „Finde ich ja gut. Fällt nur auf.“

Als die Kellnerin mit den Cocktails kommt, stoßen wir an und ich bereite innerlich meine Überredungsrede vor.

„Um noch einmal auf deinen ungewöhnlich entspannten Zustand zurückzukommen: Was hat den ausgelöst? Yoga, Tai-Chi, Reiki, Ayurveda?“

„Eckerl, jetzt willst mich aber häkerln[50] … Yoga und ich?“

„Meinte ich doch nicht ernst. Ehrlich, was ist los mit dir? So ganz ohne Grant bist mir irgendwie ungeheuer, zumindest solange ich nicht weiß, *wer* er ist.“

Erika windet sich auf ihrem Stuhl, verdreht die Augen, rührt in ihrem Glas, seufzt, nimmt einen großen Schluck durch den Strohhalm, stellt den Cocktail wieder auf den Tisch und pustet den Namen des Neuen mit einem tiefen Atemzug heraus: „Reinhard!“

„Oh là, là, là! Pikant! Weiß es der Manfred?”

„Bist blöd? Solange ich mir nicht im Klaren bin, ob das was Gescheites wird, doch nicht. Man soll die bösen Geister nicht unnötig wecken.“

„Und was macht er?“

„Anwalt! Hab ihn bei der Einvernahme des Khalili kennengelernt. Er ist der Pflichtverteidiger des Beschuldigten. Unambitionierter Verteidiger übrigens. Hat sich mehr für meine schönen Augen interessiert als für seinen Pflichtmandanten“, sie zuckt entschuldigend mit den Schultern, „na und dann nach der Verhandlung sind wir gleich zu mir. Zur Besprechung! Und aus der Besprechung ist eine tolle Nacht geworden. Das habe ich gebraucht! Nach meinem lahmen, die Erotik im Schnitzel suchenden Liebhaber war das endlich wieder einmal eine ekstatische Veranstaltung. Hab beinahe schon vergessen gehabt, dass ich Nerven zwischen den Beinen hab. Du kannst dir das mit deinem Teenager ja nicht vorstellen!“

„Bravo! Und jetzt? Der ist sicher verheiratet, pass auf.“

---

[50] zum Narren halten, necken

Erikas Gesicht verzieht sich ärgerlich: „Musst du mir alles vermiesen? Nur weil du gerade unterhalb des Nabels komplett behindert bist?"

Ich greife ihren Arm und streichle drüber: „Ganz im Gegenteil, ich vergönne dir jede Lustbarkeit der Welt. Ich mag nur nicht, dass du unglücklich wirst, verstehst?"

„Nehmen wir noch einen, der geht auf mich?"

Wie erwartet, reduziert der „Pisco sour" die kommissarielle Rechtschaffenheit. Ich werde jedenfalls noch ein wenig bei der Liebschaft verweilen und dann schlagartig mit meinem Anliegen vorpreschen.

„Wie schaut er aus? Und sein Nachname, vielleicht kenn ich ihn auch von einer Verhandlung?"

Erika gerät ins Schwärmen: „Mitte vierzig, vielleicht fünfzig, graue Schläfen, nicht ganz Clooney, aber fast. Eben ein österreichischer Clooney und ich sag dir, der bringt's voll. So was von Kommen hab ich noch nie erlebt. Allein wenn ich nur davon rede, könnt ich explodieren."

„Und wie heißt er?"

„Pinko! Hat was Italienisches. Findest nicht?

Ich schüttle den Kopf: „Kenn ich nicht."

Obwohl: Irgendwie kommt mir der Name doch bekannt vor.

„Musst ihn mir bei Gelegenheit vorstellen", dabei ziehe ich meinen Schleier vors Gesicht, „und damit keine Eifersucht aufkommt, trage ich den Niqab."

„Eckerl, rück schon raus! Wie stellst dir das vor, ich meine ..., dass ich euch einschleuse?"

„Du vermutest doch genauso wie ich, dass an der Ehrenmordgeschichte was nicht stimmt, oder? Bringt sie erst um, als sie gebiert. Der hatte doch schon Monate vorher Zeit dazu. Da steckt was anderes dahinter. Außerdem sind in dem Heim alle gebärfähigen Frauen schwanger. Das hab ich mit eigenen Augen gesehen. Und was ich noch beobachtet habe, als ich im Sanatorium war, ist, dass die Frauen dort entbinden. Wurde gerade eine eingeliefert, als ich zufällig im Café am Klo war, aber heimlich, durch den Hintereingang, im Lieferwagen der Reinigungsfirma. Der Würzl hat mir nicht aus Freundschaft als ‚Leckerli' das Gutachten verschafft. Der steckt sicher bei dieser Sache mit drin."

Die Frau Kommissar switcht von ihrem Liebeswahn in die polizeiliche Realität: „Wir haben den Verdacht, dass die Schleppermafia die Frauen als Leihmütter verkauft. Obwohl ich gar keine Freude damit habe, wenn ihr beide euch da einmischt, denke ich, dass uns das vielleicht einen Schritt weiterbringen könnte. Herausbekommen tut man nämlich aus denen kein Wort, eine schweigende Wand. Ich werde euch den Fluger zur Seite stellen, der arbeitet ja, wie ich weiß – auch wenn er versucht hat, es geheim zu halten – für so eine Flüchtlingsorganisation. Aber: Maximal einen Tag und keine Stunde mehr!"

„Ich dachte mir, du erklärst denen, dass wir stumm und taub sind – Mutter und Tochter. Dann würde es auch plausibel sein, wenn wir nur für kurze Zeit da wohnen und dann in eine spezielle Institution verlegt werden. Sozusagen, bis dort ein Behindertenbett frei wird."

„Ich habe zwar Bauchweh dabei, aber ich überleg es mir. Eine Polizistin wäre mir zwar lieber, aber bei unserem Personalmangel ..."

„Was soll schon passieren? Sie werden uns schon nicht vergenusszwergeln[51]."

„Bei deiner Mutter mach ich mir da weniger Sorgen, aber bei dir schon."

„So ein glutäugiger Araber, oh là, là, là! Spaß beiseite, der Fluger ist ja auch noch da. Und ich schwöre, wir werden uns sehr unauffällig benehmen. Noch ein ‚Pisco sour'?"

Erika strahlt: „Sorry, aber ich habe noch ein wichtiges Date und davor muss ich mich um zehn Jahre jünger trimmen."

---

[51] vergewaltigen

6. Kapitel

Draußen dämmert es schon, als wir beschwingt das „Porzellan" verlassen. Irgendwie bin ich von Erikas guter Laune angesteckt und außerdem reizt mich der Gedanke, morgen in eine mir völlig fremde Rolle schlüpfen zu dürfen. Ich habe mich schon immer gefragt, wie es sich anfühlt, wenn man zwar allen Menschen ins Gesicht blicken und ihre Mimik ablesen kann, selber aber anonym hinter einer Maske versteckt und damit unfassbar ist. Ich stelle mir diese privilegierte Position als undurchschaubarer Mensch, wenn schon nicht erstrebenswert, so doch zumindest interessant vor. Gut, morgen werde ich diese Erkenntnis mal erleben dürfen. Wir verabschieden uns herzlich und versöhnt.

„Lass es krachen! ", ermuntere ich meine Freundin, was eine völlig unnötige Aufforderung ist, denn Erika ist bekanntlich eine, die jedes Amüsement voll auskostet.

Als ich nach unserer Umarmung meine Handschuhe aus der Manteltasche ziehe, fällt dabei gleichzeitig die Visitenkarte des Anwalts heraus. Ich schnappe sie – schmerzbedingt mühselig – vom Boden und werfe einen Blick darauf: „Dr. Reinhard Pinko, Verteidiger in Strafsachen usw."

Der? Mein Helfer ein George Clooney? Das wäre mir aufgefallen, auch wenn mein Blick zu diesem Zeitpunkt – durch die Pein sicherlich getrübt – kurzsichtig für männliche Schönheit war. In meiner Erinnerung hat mich, am Boden hingestreckt, ein langweiliges Durchschnittsgesicht angeblickt. Na ja, Attraktivität ist zum Glück individuell verschieden erlebbar.

In meiner Handtasche piept es, WhatsApp von Erika: „Wir haben morgen noch gar nicht besprochen. Ich schicke dir ein Mail mit dem gesamten Ablauf, bitte halte dich daran und dein militantes Muttertier auch."

Ich antworte: „Selbstverständlich! Sonst noch viel Vergnügen …"

Behindert mache ich mich auf den Weg nach Hause. Bei jedem Schritt schießt ein Pfeil durch mein Gesäß. Als ich bei einer Auslagenscheibe vorbeikomme, sehe ich im Schein der Straßenbeleuchtung eine humpelnde Greisin, die laut Blickdiagnose dringend einer Hüftprothese bedürfte. Das bin ich. Meine gute Laune ist schon wieder aufgebraucht, kein Wunder, wenn man sich wie ein leidender hundertjähriger Krüppel fühlt.

Am Augartensteg läutet mein Handy – Michael!

„Meine Liebste, ich komme“, schreit er ins Telefon, wie wenn ich tatsächlich hundertjährig und deshalb taub wäre.

„Ich höre dich, du brauchst nicht so zu schreien.“

„U-Bahn! Ist sehr laut. Bringe Essen. Was?“

Schau, schau! Mein Liebster denkt an mich, oder doch nur, weil er selber Magenknurren hat? Egal, ich bin trotzdem in fröhlicher Erwartung eines chinesischen süß-sauren Schweinefleisches.

„Chinesisch, süß-sauer Schwein“, schreie auch ich jetzt zurück, „und gebackene Bananen, nein, Ananas, nein, lieber Apfel.“

„Ich nehme alles! Aber ... da fällt mir ein, ich habe kein Geld mit. Weißt du, was, ich bestelle und wir lassen es liefern.“

Dachte ich doch, dass diese Essenseinladung einen Haken haben muss. Schon bin ich sauer. Was soll diese angebliche Fürsorge, wenn ich sie bezahlen muss? Einen Essensdienst hätte ich auch selber bestellen können. Was für eine Segnung des Schicksals, dass mir Michael als Kindesvater erspart geblieben ist! Mutter hat schon recht, wenn sie Manfred als Familiengründer forciert. Vielleicht sollte ich doch mit ihm? Aber da müsste ich ja Sex und so? Künstliche Befruchtung, nur seine Spermien? Das würde den Manfred zwar kränken, wobei er aber möglicherweise auch dazu bereit wäre. Wieso habe ich meinen Liebhaber nicht gleich ausgeladen? Heute Abend ist er sowieso, mangels erotischer Möglichkeiten, zu nichts zu gebrauchen und füttern mag ich ihn auch nicht. Als Resümee kann ich nur feststellen, dass Michaels Sinn und Zweck für mich anscheinend nur in der Horizontalen liegt. Das ist eindeutig zu wenig.

Als ich zu Hause ankomme, steht er schon mitsamt einem Mann, vermutlich dem Essensdienst – erkenntlich an den duftenden Sackerln –, vor der Haustüre.

„Das ist aber schnell gegangen“, bemerke ich.

„Ja, da staunst du, was? Denn Michael regelt alles in Windeseile.“ Dann schnappt er mich und kommandiert: „Sag danke! Kuss!“

Auch wenn mir gar nicht nach „Kuss“ ist, eher nach „Adieu“, lasse ich ihn gewähren, da der Lieferant seine Fracht, natürlich erst nach Bezahlung, so schnell wie nur möglich übergeben möchte. Ich wende mich an ihn: „Was macht‘s aus?“

Er drückt mir zwei Bons in die Hand. Bravo! Da hätten wir ja gleich in ein Haubenlokal essen gehen können: insgesamt 80 Euro.

Ich wende mich Michael zu: „Um Himmels Willen, was hast du da alles bestellt?"

„Ich dachte, ich mache dir eine Freude, wenn ich von der ‚Kiang Winebar'[52] holen lasse. Die haben aber kein Zustellservice, also musste ich ein Taxi nehmen, hin und zurück und dann …"

Jetzt werde ich langsam wütend: „Sag ja nicht, dass da kein süß-saures Schweinefleisch drin ist?"

Michael windet sich: „Haben die nicht, zu profan, aber dafür …"

Ich drücke dem Fahrer 85 Euro in die Hand. Es ist sowieso ein Wunder, dass ich so viel Bares eingesteckt habe. Danach verschwinde ich hinter dem Eingangstor, das ich vor der Nase meines pubertären Liebhabers zuschlage. Hinter mir höre ich noch, wie er an die Tür hämmert. Als ich oben in meiner Wohnung bin, läutet gleichzeitig mein Handy und auch die Türklingel Sturm. Ich beschließe, dass ich ihn erst einmal ein wenig dunsten lassen werde. Zu lange allerdings nicht, da mein Magen militant Signale sendet, dass er keinerlei Interesse an einer Bestrafung des Liebhabers hat, sondern selber schnell befriedigt werden möchte. Nach fünf Minuten, das ist der Zeitraum, wo er wenigstens zur Strafe kalte Zehen bekommt, betätige ich den Türöffner. Kurz danach steht Michael mit dem Essenspaket vor der Tür.

„Spinnst du? Ich will dir eine Freude machen und du machst alles kaputt. Ich habe extra einen Umweg in die Grünentorgasse gemacht, um das beste chinesische Essen von Wien zu holen, ich habe eine Strafe wegen Schwarzfahrens in der U-Bahn riskiert, ich habe erfrorene Zehen, die man wahrscheinlich amputieren muss, ich …"

„Du hast *mir* gar keine Freude gemacht, du hast *dir* eine Freude auf *meine* Kosten gemacht. Umweg sowieso nicht, denn ich nehme an, dass du mit dem Taxi mitgefahren bist, was bedeutet, dass du einen kürzeren Weg hattest, als wärest du gleich von der U-Bahn-Station hierher gegangen. Was das Schwarzfahren betrifft, die U-Bahn-Karte hast du durch meine Gratisverköstigung x-Mal herinnen. Das würde mich alles nicht stören, wenn ich jetzt wenigstens Schweinefleisch süß-sauer zum Essen hätte. Apropos: und die gebackenen Äpfel?"

---

[52] exklusives chinesisches Restaurant in Wien

Michael verdreht die Augen und seufzt: „Die hatten sie auch nicht, das ist nicht chinesisch, sondern amerikanisch."

Ich ziehe ihn vom Vorhaus in die Wohnung, damit meine Nachbarn die laute Szene nicht mitanhören: „Was bist du für ein Ignorant?", schreie ich und reiße ihm die Schachtel mit dem Essen aus der Hand, die ich wütend auf den Boden werfe, was zur Folge hat, dass der Reis aus der Alufolie herausfällt und meinen Vorzimmerboden bedeckt. Als ich versuche mich zu bücken, schießt mir der Schmerz so heftig ein, dass ich mein Steißbein mit beiden Händen in eine Position drücken möchte, die zumindest gestattet, dass ich wieder gerade stehen kann.

„Wisch das weg", winsele ich.

Michael schaltet auf Trotz: „Wieso ich? Habe ich den Reis auf den Boden geworfen? Was gehen mich deine hysterischen Ausbrüche an?"

„Weil ich ein gebrochenes Steißbein habe …"

„Nicht wahr, das sagst nur so."

„Bitte, räum das weg, bevor ich sterbe", jammere ich mit Tränen in den Augen. Endlich glaubt er mir, aber statt dass er zu Schaufel und Fetzen greift, schnappt er mich um die Taille und trägt mich vorsichtig zum Sofa, wo er mich absetzt.

„Meinen Schwimmreifen bitte, der ist in der Tasche!"

Mein schon wieder etwas mehr in Gunsten stehender Liebhaber schüttelt den Kopf: „Was? Wieso?"

„Bring einfach", stöhne ich, „das Sackerl, nein, die Tasche."

Er kommt sowohl mit dem Sack, in dem sich der Tschador befindet, als auch meiner Handtasche zurück. Entgeistert zieht er zuerst den Schleier aus der Tüte, hält ihn sich vors Gesicht, dann stülpt er sich den Schwimmreifen als Kette um den Hals.

Sanft streicht er mir über den Kopf: „Brauchst du einen Psychiater? Hörst du Stimmen?" Bestimmt erkläre ich: „Ja, ich höre eine Stimme und die sagt mir, dass mein Liebhaber den Schwimmreifen aufblasen, das Vorzimmer reinigen, den Esstisch decken und das wahrscheinlich gewöhnungsbedürftige chinesische Essen in der Mikrowelle wieder aufwärmen soll. Außerdem sagt mir die Stimme, dass ich dringend ein Achtel Veltliner brauche, um meine Schmerzen erträglicher zu gestalten."

Da Michael ja niemals Interesse an energieraubenden Psychodebatten hat, die seine „Wohlfühllebensphilosophie" beeinträchtigen, steigt er sofort auf mein verschleiertes Friedensangebot ein. Nachdem er mir den Schwimmreifen aufgeblasen hat, werde ich mit meiner Decke, die noch immer vom Vortag am Boden liegt, zugedeckt – anscheinend ist Zudecken Michaels kindliches Symbol für Fürsorge –, dann rauscht er ab und tut wie geheißen.

Endlich Zeit, um mich mit meiner neu erworbenen Kleidung zu beschäftigen. Gar nicht so einfach herauszufinden, wie man diese Stoffbahnen richtig arrangiert. Ich schnappe mein Smartphone und beschäftige Mr. Google. Ich gebe ein: „Wie zieht man einen Niqap an?"

Angeboten werden mir diverse Blog-Seiten von Musliminnen, die davon schwärmen, wie sicher sie sich in der Vollverschleierung fühlen, da sie keinen Mann reizen können. Es ist unglaublich, wie solcher Nonsens in diesen Blog-Gemeinschaften breite Zustimmung findet. Anleitung für die Handhabung dieser Vermummung finde ich keine. Ich stülpe den Stofffetzen über meinen Kopf, aber irgendwie hält das Zeug nie. Dann probiere ich den Tschador. Es ist schon einfacher, dieses Zelt als Ganzes drüberziehen, und schon ist man in kleidsame graue Tücher gehüllt. Ein Problem gibt's nur beim Aufstehen, als Michael mich zum Essen ruft. Das Zeug wickelt sich um meine Beine, klebt zwischen meinen Oberschenkeln und verhaspelt sich am Sofabein. Um einen neuerlichen Sturz zu vermeiden, lege ich, bevor ich aufstehe, das Zelt wieder ab. Der Niqab hängt allerdings noch immer wie eine übergroße Serviette um meinen Hals.

Als ich auf meinem Reifen bei Tisch Platz nehme, wo das Essen liebevoll im Alugeschirr hingepfeffert steht, fasst Michael nach meinem Schleier, zieht ihn mir bis unter die Augenlider und meint: „Das hat was! Lass es so, das törnt mich an!"

War nicht Mohammed auch ein Mann? Hat ihn die Verschleierung seiner Damen auch angetörnt? Ist Verschleierung womöglich sexy? Reizt es die Fantasie der Männer? Die Jagd nach dem verborgenen Schatz, nach der unerlaubten Erotik? Ist es nicht so, dass alles Verbotene besonders reizvoll ist? Dann wäre allerdings der Sinn und Zweck dieser Kleidungsvorschrift gerade das Gegenteil dessen, wofür es angeblich gut ist, nämlich die Reduktion der sexuellen Stimulation.

Ich versuche, mit meiner Gesichtsbedeckung zu essen. Keine Chance, dies ohne gröbere Verstöße gegen die Etikette durchzuführen. Der Reis vom Vorzimmerboden klebt statt am Parkett dafür jetzt innen und außen an meinem Schleier. Die Stäbchen verhaken sich im Stoff und die Sauce hat bereits farblich unterschiedliche Spuren an meinem neuen Kleidungsstück hinterlassen.

Mein Liebhaber findet es amüsant, mich zu beobachten: „Ohne zu essen törnst du mich an, ich finde dich sehr unterhaltsam. Ich bin begeistert, du hast dir für mich ein ...", dabei fasst er mir unter dem Schleier auf den Busen, „... Kostüm als Liebeselixier einfallen lassen. Nur schade, dass ich es dir heute noch nicht ausziehen darf."

Erstaunlich, wie einfach so ein Mann gestrickt ist! Wie kann man nur auf die Idee kommen, dass gerade so ein Fetzen der erotischen Anregung dient?

„Das werde ich ab morgen täglich anziehen", provoziere ich ihn.

„Schön! Ich bin dabei, ich träume schon, wie ich unter all den Hindernissen deine Pforte finden werde."

Diese Kluft scheint meinen Liebhaber dichterisch ebenfalls anzuregen, denn so lyrisch – von einer *Pforte* – hat er bisher noch nie gesprochen. Dann legt er die Stäbchen beiseite, holt den Tschador vom Diwan, stülpt ihn mir zusätzlich zum Schleier über den Kopf, kniet nieder und umfasst mit seinen Händen meine Fesseln.

„Meine Scheherazade", flötet er und versucht, sich von unten immer weiter nach oben zu arbeiten. Ich drücke seine Finger von meinen Schenkeln weg. Mich stimuliert dieses Symbol der Unterjochung nämlich gar nicht. Ganz im Gegenteil, ich finde es erniedrigend, wenn ich meine Nacktheit auswickeln lassen müsste. Wenn ich – wie ein Geschenk ausgepackt – dann begutachtet, für gut befunden und dann vom Beschenkten nach Lust und Laune konsumiert werde.

„Lass das! Das habe ich nicht für dich gekauft. Das ist für ein Experiment."

„Du bist eine Spaßverderberin. Ich finde es geil."

Dann ziehe ich meinen Schleier vom Kopf und verspeise meine chinesischen Hühnerfüße – ohne zu patzen – fertig.

„Dir schmeckt's? Siehst du, es muss nicht immer süß-sauer sein. Und statt der gebackenen Äpfel können wir das restliche Eis vom Sommer aufessen. Das wird sonst sowieso schlecht."

Eine interessante Option, für viel Geld letztendlich altes Gefrorenes zu konsumieren. Diese Variante erledigt sich allerdings von selber, da irgendwer – Michael? – das Eis nicht verschlossen hat und es deshalb ungenießbar ist. Ein wahrlich antörnender Abend! Um meinen Appetit auf Süßes zu befriedigen, hole ich mir noch die restlichen Rosinen, die von Mutters Weihnachtsbäckerei übrig geblieben sind. Mein Liebhaber bekommt aber aus Rache nichts davon ab!

Nach diesem fulminanten Mahl kündige ich meinen Abgang ins Bett an, da Mutter, wie ich sie kenne, wahrscheinlich schon um acht Uhr antanzen wird, um uns salonfähig zu machen.

Bevor ich mein ungeliebtes Ritual der abendlichen Säuberung angehe, überprüfe ich meine Mails. Eigentlich erwarte ich mir nicht, dass Erika im Liebestaumel schon jetzt Anleitungen bezüglich unserer morgigen Aktion bekannt gegeben hat. Offensichtlich überragt aber bei meiner Freundin das polizeiliche Pflichtbewusstsein ihre Libido doch noch, denn ich finde eine Nachricht vor:

„Also:

1) Ich hole euch um halb zehn ab.

2) Ihr seid taubstumm, eure Papiere habe ich mit. Ihr heißt Mansour mit Nachnamen, mit Vornamen du Mayla, deine Mutter Yara.

3) Ihr könnt schreiben, sogar ein wenig Englisch.

4) Weitere Instruktionen morgen im Wagen.

5) Gute Nacht. Bussl“

Ich antworte: „Wir gehorchen!“

Mutter teile ich noch kurz per SMS mit, dass sie um halb neun bei mir erscheinen soll.

Sie antwortet: „Habe unsere Kommissarin schon angerufen, sie hat mich instruiert. Habe schon alles organisiert. Gute Nacht!“

Bedeutet, ich bin wieder einmal nur die Ausführende der Anordnungen der beiden anderen Damen. Wie immer: Meine Idee zu der ihren gemacht!

Bekanntlich schweißt ein neuer Gegner alte Bande wieder zusammen. Angesichts der weiblichen Übermacht, die mich morgen erwartet, vergebe ich meinem zumindest momentan ergebenen Liebhaber und fordere von ihm seine Schulter zum Einschlafen für meinen Kopf sowie meinen Schwimmreifen für mein Becken.

Unter einem Baldachin, beleuchtet von Kandelabern mit Hunderten Kerzen, liege ich eingehüllt in bestickte Seidentücher auf weichen Kissen und warte. Orientalische Musik umschmeichelt meine Ohren.

Neben mir Erika, die allerdings aufreizend nur eine Pluderhose sowie ein Bustier anhat. Zwischen unseren Diwanen steht ein reich verziertes Tischchen mit einer Schale mit gebackenen Früchten. Wir sprechen nicht miteinander. Ich bin mir bewusst, dass wir warten. Auf was allerdings weiß ich nicht. Obwohl die Umgebung so friedlich und angenehm scheint, habe ich Angst. Um mich zu beruhigen, ergreife ich die Hand meiner Freundin, aber sie entzieht sie mir.

Plötzlich springt sie auf und rennt davon. Noch im Laufen dreht sie sich um und deutet mir, ihr zu folgen. Ich versuche, mich aus meinem Kissengebirge zu erheben, aber meine Extremitäten gehorchen nicht. Ich bin gelähmt. Panik! Vor mir öffnet sich eine Pforte, aus der ein Riese in orientalischen Kleidern tritt.

Schweißgebadet wache ich auf und brauche einige Zeit – gefühlt endlos –, bis ich mich wieder orientieren kann. Erst als ich mich aufsetze und mir zum Glück mein Steißbein schmerzhafte Grüße schickt, weicht die Panik einem Gefühl der Erleichterung. Ich nehme davon Abstand, diesen eigenartigen Traum zu interpretieren, denn meine Zeiten als Anhängerin der Psychoanalyse liegen schon lange zurück. Bei mir hat Freud als lieber, allwissender Gott genauso ausgedient wie jeder andere überirdische Mann, der vor allem uns Frauen mitteilt, wo es langgeht.

Mühsam entsteige ich meinem realen Polstergebirge, um rechtzeitig bevor Mutter auftaucht mit meinem Morgenritual fertig zu sein. Als ich die Schlafzimmertüre öffne, kommt mir schon ein erfreulicher Kaffeegeruch entgegen. Auch wenn ich mich wieder einmal von Mutter überrumpelt vorkomme, kann ich dieser olfaktorischen Tatsache momentan viel Positives abgewinnen. Ich schwanke in die Küche. Da steht sie und bereitet Frühstück.

„Guten Morgen, mein liebes Kind!“, flötet sie übertrieben vergnügt, „Beeil dich, wir frühstücken gleich.“

Ich küsse sie noch schläfrig auf die Wange. Da fällt mir ein, dass ich mich ja gar nicht darüber informiert habe, was ich unter dem Tschador tragen soll.

„Was soll ich anziehen?“, murmele ich, „Was zieht man da so drunter an?“

„Nimm Jeans und einen warmen Pullover. Ich fürchte, in dem Heim ist es schlecht geheizt. Zumindest war es so, als ich da war.“

„Und muss ich was einpacken?“

„Lieber nicht! Alles, was wir an persönlichen Dingen mitnehmen, könnte uns verraten. Also für heute keine Kosmetik und dieses Zeug. Zahnbürsten bekommen wir dort."

Sofort fällt mir mein Steißbein ein: „Und mein Reifen?"

„Geht gar nicht. Schadet nicht, wenn du schmerzverkrümmt daherkommst, das wirkt umso authentischer."

„Du leidest ja nicht!"

„Beschwer dich nicht, wessen Idee war das?"

„Deine!" und damit gehe ich ins Bad ab.

Immerhin katapultiert Mutters Frühstück – mit frischen Marillenmarmeladesemmeln – meine Laune in sozial verträgliche Höhen. Ohne diese kulinarische Unterlage hätte ich wohl das folgende Gemetzel nicht überlebt: die Kontaktlinsenanpassung. Mutter hat schon alles im Bad vorbereitet: Vergrößerungsspiegel, Pinzette, sogar so einen kleinen Vakuumgummisauger, mit dem man die Linse aus ihrem Flüssigkeitsbad hebt und damit ins Auge manövriert.

„Schau mir zu", kommandiert sie, „du nimmst mit der Pinzette die Linse aus dem Behälter, legst sie auf den Stöpsel, führst diesen mit der rechten Hand Richtung Auge, welches du mit der Linken aufspreizt, und dann hinein damit. Ist ganz einfach." Sie führt mir das an sich so gekonnt vor, als ob sie ein Leben lang Kontaktlinsen getragen hätte.

Dann bin ich dran. Da ich schon am Herausfischen dieser winzigen Dinger scheitere und mir die Linse auf die Ablage fällt, wo ich sie kaum mehr finde, entreißt mir meine Instrukteurin die Pinzette und übernimmt zumindest den Part des Platzierens dieser Miniatur auf dem Stöpsel. Diesen versuche ich ängstlich in mein Auge zu dirigieren. Keine Chance! Immer wenn ich den Sauger meinem Lid nähere, zuckt es zusammen und gestattet diesem Fremdkörper keinen Eintritt. Nach viermaligem Versuch gebe ich auf.

„Es gibt doch auch blauäugige Syrerinnen, oder?", werfe ich ermattet ein.

„Möglicherweise, aber die flüchten nicht, sondern werden mit einem reichen Saudi verheiratet."

„Ich kann das nicht."

„Du musst. Wir nehmen Michael. Er soll deine Lider fixieren und ich gebe die Linsen rein."

Widerwillig, aber mangels anderer Optionen wecke ich meinen Freund, der sich mürrisch aus den Federn bewegt.

„Was ist da los?", raunzt er mich an. Aber als er Mutter bemerkt, reißt er sich zusammen und begrüßt sie freundlich und mit einem höflichen Händedruck: „Oh, die Frau Spanneck! Guten Morgen, was für ein herrlicher Kaffeegeruch!"

„Wir brauchen Ihre Hilfe! Tun Sie einfach, was ich sage, danach können Sie wieder zurück ins Bett."

Michael scheint verwirrt: „Ich dachte Frühstück?"

„Nachher, wenn alles erledigt ist. So!", dabei dirigiert sie ihn neben mich, die ich auf einem Hocker mit schon tränenden Augen warte, und demonstriert, was zu tun ist.

„Sie halten Almas Lider offen, bis ich die Linse drin habe!"

Ich bin schon genauso panisch wie in meinem Traum. Was gibt es Schlimmeres als die Angst, sein Augenlicht zu verlieren, weil einem jemand einen tiefen Kratzer in der Hornhaut verpasst? Trotzdem mache ich diesen Zirkus geduldig mit. Wie würde das denn ausschauen, wenn ich jetzt den Schwanz einziehe und die gesamte Aktion ohne mich stattfinden müsste? Ich sage mir: Alma, Millionen Menschen tragen Kontaktlinsen und werden auch nicht blind, also reg dich ab. Und tatsächlich: Mit Michaels Hilfe und Mutters Geschick bekomme ich schwarzbraune Augen, die zwar entzündlich gerötet, aber trotzdem sehr realistisch aussehen.

Mein Liebhaber versteht gar nichts mehr. Da noch im morgendlichen Trancezustand, gibt er sich mit der Erklärung zufrieden, dass Mutter und ich in eine Gegenwelt eintauchen werden, weil ich beabsichtige, eine Arbeit über „PTSD in Refugees[53]" zu schreiben und dafür vor Ort forschen möchte.

Als Erika an der Tür läutet, sind wir beide zumindest optisch schon perfekte Muslimas.

„Super schaut's aus. Ehrlich, Eckerl, steht dir gut. Direkt verführerisch, wenn nicht die Bindehautentzündung wäre."

„Vielleicht sollst dir auch so ein Kostüm zulegen?", entgegne ich zweideutig. „Ich meine, wenn man so sexy darin …"

Frau Kommissar geht nicht auf meine Anspielung ein, sondern wendet sich Mutter zu: „Herzlichen Dank für Ihre Mitarbeit. Trotzdem! Ich bitte darum: Keine Alleingänge!"

Mangels Einblicks kann ich nicht beurteilen, wie diese Anordnung bei Mutter ankommt. So ein Schleier macht, dass man sich

[53] Post traumatic stress disorder bei Flüchtlingen

denken kann, was man will. Man ist undurchschaubar. Wäre eine wunderbare Möglichkeit, um Pokerprofi zu sein oder Schwarzfahrer oder Bankräuber oder Taschendieb, aber auch Manager oder Psychotherapeut. Ehrlich, ich finde Gefallen an meiner Verkleidung.

Der Polizeiwagen wartet schon auf uns. Außer dem Fahrer, dem Nevadal, sitzt noch der Ferdinand Fluger drin, der zuerst gar nicht weiß, wen er als wen begrüßen soll. Er stottert: „Fffrau ähm, Liebekind", streckt seine Hand aber mir hin.

„Alma", kläre ich ihn auf und erwidere seinen Gruß. „Ferdinand, die Graue bin ich, die Schwarze ist Mama. Damit du uns nicht verwechselst."

Dann begrüßt er gut erzogen meine Mutter, die ihm das Händeschütteln verweigert.

„Sie haben wohl vergessen, dass ich keinem Mann die Hand geben darf …" Erschreckt zieht er die seine auch zurück.

„War nur Spaß", meint Mutter, „ist nur zum Eingewöhnen."

Erika mischt sich ein und rasselt ihre Anweisungen herunter: „So! Eine kurze Betriebsanleitung. Ich werde euch zuerst im Büro abliefern. Die wissen schon Bescheid. Ihr seid Mutter und Tochter. Ihr beide seid angeboren taubstumm, eine seltene genetische Erkrankung. Es ist für euch ein Platz in einer Gehörlosenanstalt reserviert, der aber erst morgen frei wird, deshalb müsst ihr eine Nacht im Heim bleiben. Zum Glück sieht man euer Gesicht nicht, so könnt ihr euch nicht verraten, wenn ihr zuhört. Bitte den Schleier immer anbehalten, auch wenn die anderen Frauen in der Frauenabteilung ihn ablegen. Und! Immer wenn ihr angesprochen werdet, deuten, dass ihr nichts versteht. Alle weiteren Informationen bekommt ihr von Inspektor Fluger, der unser Kontaktmann ist. Ich werde mir heute Nachmittag den Heimleiter, Herrn Mag. Mircuvic, samt seiner Mannschaft vorknöpfen. Das werde ich *nicht* in seinem Büro machen. Das bedeutet, der Empfang und das Büro werden zwischenzeitlich *nicht* besetzt sein", dabei zwinkert mir Erika doppeldeutig zu, „… *nicht* besetzt sein … *nicht* besetzt sein. Also ohne Personal, kein Mensch da …"

Ich unterbreche sie: „Hab schon verstanden! Aber wie soll ich da rein? Die werden doch zusperren."

„Was hab ich gerade betont? Wir organisieren alles. Was ich dir soeben mitgeteilt habe, kannst du deuten, wie du willst."

Mutter hat zuerst ruhig zugehört, aber ab dem Satz „im Büro abliefern“ merke ich, dass sie offenbar angespannt ist, da sie an ihrem Tschador nestelt. Da ich nicht annehme, dass sie sich vor ihren muslimischen Kolleginnen fürchtet, vermute ich, dass sie die Aussicht, Herrn Vau Punkt Spanneck[54] zu treffen, unruhig macht. Vielleicht ist es gescheiter, die Frau Kommissar über diese Komplikation einzuweihen.

„Da ist noch was“, werfe ich ein und bekomme einen strengen Blick von meiner Freundin. „Also da gibt es … Ich hab ihn gesehen, er mich aber nicht. Also …“

„Was sind das schon wieder für Tricksereien? Wenn du mir was verschweigst, dann lass ich dich für immer dort, verstanden?“

Ich schüttle den Kopf: „Nicht, was du vermutest. Es ist nur so … egal! Also, mein Vater arbeitet da im Büro. Frag mich nicht, wie er dazu kommt, was er da zu suchen hat, was für Machloikes er schon wieder plant. Tatsache ist, ich habe ihn gesehen. Er mich aber nicht.“

Erika schlägt ihre Hände vors Gesicht.

„Ich wusste es! Lass dich nie wieder mit Alma ein! Mit dir kann einfach nichts glattgehen.“

„Mach dir keine Sorgen, der erkennt uns schon nicht. Wir sind ja praktisch unsichtbar. Hab ich dir nur erzählt, weil du doch die absolute Transparenz gefordert hast.“

„Am liebsten tät ich die ganze Sache abblasen. Was meinen Sie, Herr Kollege?“, dabei zupft sie an unseren Niqabs, „glauben Sie, dass man die Damen identifizieren könnte?“

Ferdinand windet sich, entschließt sich dann aber doch zu einem schulterzuckenden „Also ich nicht., aber vielleicht …“

Mutter unterbricht ihn abrupt: „Na, also! Wer soll uns hinter dieser Verhüllung denn schon erkennen? Und meinen Verlobungsring, das einzige Schmuckstück, das ich je von ihm bekommen habe, gebe ich auch runter“ und zieht ihre Handschuhe aus, um den Ring dem Fluger in die Hand zu drücken.

„Sie passen gut drauf auf und morgen nehme ich ihn wieder an mich, sobald wir da wieder abgeholt werden.“

Zu Erika meint sie noch beruhigend: „Sehen Sie, ich denke an alles, selbst wenn ich niemals einem Mann – und schon gar nicht

54 Almas Vater nennt sich: Herr Kajetan v. Spanneck

ohne Handschuhe – die Hände schütteln würde. Aber falls mein Ex-Gatte einen Handkuss … und … Man muss eben gegen alles gewappnet sein."

Irgendwie scheint Mutters Resolutheit die Frau Kommissar überzeugt zu haben, denn wir treffen ohne weitere Einwände ihrerseits beim Asyl ein.

Angesichts eines Polizeiwagens löst sich die rauchende Gruppe von jungen Männern sofort auf. Diesmal haben wir freien Weg ins Haus. Ich nehme mit Genugtuung wahr, dass wir aus respektvollem Abstand beobachtet werden. Es scheint mir allerdings so, als ob keineswegs Mutter und ich das Objekt der Neugierde wären, sondern ausschließlich die Herrschaften in Uniform. Zwischen der Frau Oberinspektor und dem Herr Unterinspektor steigen wir die Stiegen zum Büro hoch. Ich muss höllisch aufpassen, nicht über meine Stoffmassen zu stolpern, nirgendwo hängen zu bleiben und den letzten Zipfel nicht allzu sehr in Pfützen zu baden. Schon allein die paar Meter vom Wagen bis zur Eingangstür haben sich mein und Mutters Tschador mit Schneematschbrühe besudelt. Und in diesem Kleidungsstück sollen wir heute nächtigen? Zumindest werden wir nicht – wie gewiss im Sommer – darin schwitzen!

Im Büro angekommen, erwartet uns Babsi am Schreibtisch. Sie scheint genauso zugedröhnt zu sein wie bei unserer ersten Begegnung.

„Haaallllloooo", begrüßt sie uns und hebt ihre müden Augendeckel, um sie gleich wieder uninteressiert zu senken.

Erika legt einen polizeilichen Kommandoton vor: „Wir haben eine Verabredung mit Mag. Josef Mircuvic. Holen Sie ihn!"

Die Kleine windet sich aus ihrem Stuhl und schleicht ins Nebenzimmer, worauf sofort der Chef mit ihr erscheint. Überfreundlich stürzt er auf die Kommissarin zu und begrüßt sie, während er für sie einen Sessel richtet.

„Schönen Tag, nehmen Sie doch Platz! Man hat mich schon vom Innenministerium informiert …" Und mit seinem Zeigefinger in Richtung Mutter und mich: „Eine Nacht ist kein Problem. Wir sind zwar komplett voll, aber eine flexible Institution wie die unsere wird auch mit einer Überbelegung fertig." Dann zur Praktikantin: „Sag denen von O2, sie sollen zwei Notbetten im 3er-Zimmer aufstellen!"

Babsi schleicht zur Tür, öffnet sie gehorsam, aber langsam und verschwindet dahinter.

Bummelwitzig erklärend fügt ihr Chef, an die Frau Kommissar gerichtet, hinzu: „O2 ist nicht die Abteilung mit Sauerstoff! Ha, ha, nein, das heißt nur Obergeschoss zwei bei uns."

Frau Oberinspektor Sacherl nimmt nicht, wie aufgefordert, am bereitgestellten Stuhl Platz, sondern deutet Richtung Ausgang.

„Kann ich vorerst Sie allein sprechen? Anschließend hätte ich noch gern die anderen Mitarbeiter interviewt." Und mit einem bedeutungsvollen Blick auf mich und den Fluger: „Herr Inspektor, Sie bleiben mit den beiden Damen hier, während ich den Herr Magister befrage und ihm die Personalien der Asylwerberinnen übergebe."

Dienstbeflissen wendet sich Mircuvic in Richtung seines Office und weist Erika den Weg. Diese allerdings schreitet akkurat zum Ausgang und kommandiert: „Danke, aber wir machen das im Polizeiwagen." Der Chef zieht einen Schlüssel aus seinem Sakko, um sein Büro abzusperren, aber Frau Oberinspektor Sacherl winkt ab: „Nicht nötig! Sie sehen ja, dass für eine ausreichende Bewachung gesorgt ist." Dann verzieht sie sich mit ihm im Schlepptau.

Kaum sind die beiden draußen, stellt sich der Fluger vor den Eingang, hält die Türschnalle fest, dass keiner rein kann, und ich husche ich ins Büro des Mircuvic.

Der Raum ist erstaunlich stylisch-elegant möbliert, gar nicht so, wie man es in einer karitativen Einrichtung erwarten würde. Neben einem imposanten Schreibtisch mit Glasplatte und Rollcontainern darunter ist eine Sitzgarnitur mit zwei Ledercouchen und einem Fauteuil von Mies van der Rohe platziert. Schau, schau, der Verein scheint über ausreichende finanzielle Ressourcen zu verfügen, oder ist das Inventar gar aus einem Secondhand-Depot, in dem russische Oligarchen ihre Altmöbel entsorgen?

Was untersuche ich zuerst? Rollcontainer? Aktenschrank? Da ich mir von allen Behältnissen, die nicht versperrbar sind, keine brisanten Unterlagen erwarte, lasse ich diese links liegen. Dann ein Blick auf die kahlen Wände, an denen ein abstraktes Bild schief hängt. Ich starte auf das Gemälde zu, schiebe es, in der Hoffnung, dahinter einen Safe zu finden, zur Seite und tatsächlich, dahinter befindet sich ein Tresor. Glücklicherweise ist das Bild sehr leicht und ich kann es ohne Mühe herunternehmen. Als ich, mehr reflexhaft, weil ich mir eigentlich nicht erwarte, dass der Safe offen ist, an seinem Knopf drehe, bewegt sich das Türl. Da hat jemand wahrscheinlich in Eile, vermutlich durch unsere Ankunft gestört, den Geldschrank nicht richtig verschlossen. Ich durchwühle hastig den Inhalt: Papiere, Banknoten und ein österreichischer Reisepass. Als ich auf das Foto schaue, blickt mir Bruder Khalili entgegen. Allerdings lautet sein Name im Ausweis Achmed Ehrenschweizer! Der heißt so wie der Primarius des Sanatoriums? Erstaunlich! Adoptiert?

So ein Tschador hat auch was Positives, denn man kann dahinter eine Bauchtasche verbergen, in der sich zufällig ein Handy befindet, mit dem man dann zufällig so einen Reisepass fotografieren kann! Was ich auch bewerkstellige.

Ich höre von draußen Klopfen an der Eingangstür zum Büro. Babsi scheint wieder zurück zu sein. Drum werfe ich den Ausweis hastig wieder retour in den Tresor, schließe die Tür, hänge das Bild wieder drüber und bin gerade rechtzeitig zurück, als der Fluger die Babsi endlich hereinlassen muss.

„Entschuldigung“, murmelt er verlegen, „ich habe mich mit meinem Gürtel in der Türschnalle verhakt. Drum hat es so lange gedauert.“

Es wäre gar nicht nötig gewesen, sich bei ihr zu erklären, denn die Praktikantin schlurft unbeteiligt wieder zu ihrem Schreibtisch, wo sie ihr Handy rauszieht, die Ohrstöpsel rein gibt und langsam wippend irgendeine Musik hört. Der Wippbewegung nach zu schließen, muss es wohl ein ziemlich eintöniger Rhythmus sein, denn ihr Oberkörper bewegt sich wie von einem Metronom gesteuert bedrohlich Richtung Schreibtischoberfläche, um kurz vor einem Zusammenstoß mit dieser ruckartig zu stoppen und sich wie von unsichtbarer Hand geführt wieder in die Senkrechte zu bewegen.

Ihr Desinteresse an uns erweist sich als Glück, denn bei mir hat sich unbemerkt der Tschador im Gurt meiner Bauchtasche verfangen. Mutter langt gerade noch zeitgerecht nach meiner Stofffalte, um die Sache wieder in Ordnung zu bringen, als Erika mit dem Mircuvic erscheint. Der verschwindet kopfüber in seinem Büro, nachdem er der Praktikantin unwirsch die Order: „Bring sie auf O2“,und „Nachher redest noch mit der Frau Kommissar. Sie hat ein paar Fragen“ gegeben hat.

Bevor wir mitsamt dem Fluger hinter Babsi hertrotten, schaffe ich es noch, Erika durch ein Kopfnicken zu vermitteln, dass ich wichtige Informationen herausgefunden habe. Sie nickt zurück und deutet mit dem Kinn auf den Ferdinand, was wohl so viel heißen soll, dass ich mit ihm kommunizieren soll.

Auf der Abteilung O2 schlägt uns ein Dunstgemisch aus Windelduft, feuchter Wäsche und unidentifizierbarem Essensgeruch entgegen. Ein Wirrwarr aus weiblichen und kindlichen Gestalten, die kreuz und quer über den breiten Gang eilen, sich Unverständliches zuschreien und irgendwelche Gegenstände und Kleinkinder hin und her transportieren, bestückt diese mir so ungewohnte Umgebung. Eine dieser Gestalten ist auch die kleine Samira, die allerdings unbeweglich dahockt, den Rücken an einen Heizkörper gelehnt, und auf den Boden starrt. Zu gern wäre ich zu ihr hingeeilt und hätte mich zu ihr gesetzt. So aber muss ich so tun, als würde ich sie nicht kennen.

Babsi weist uns je ein Klappbett in einem Raum zu, in dem sechs weitere Betten stehen. Auf das provisorische Lager hat man uns noch ein Kopfkissen und eine dünne Decke hingelegt. Das wird eine schlaflose Nacht! Ich denke ob dieses spartanischen Betts schon mit Schaudern an Mutters Bandscheiben, die hoffentlich nicht allzu sehr rebellieren werden. Ein Einsatz des Notarztes würde uns wohl verraten. Angesichts dieser Befürchtung versuche ich, Mutter gestisch verständlich zu machen, dass sie prophylaktisch ein Schmerzmittel einnehmen soll, welches ich vorsorglich – eigentlich für mich – in meiner Bauchtasche verborgen mit mir führe. Ich deute auf meinen Unterleib, werde jedoch von ihr missverstanden, denn sie vermutet offenbar, dass ich da Schmerzen hätte, was tatsächlich der Wahrheit entspricht. Mein Steißbein tut ja tatsächlich wieder höllisch weh und weit und breit keine Hoffnung auf einen Schwimmreifen zur Entlastung. Sie zieht mich Richtung Toilette, um da allein zu sein und sich miteinander verständigen zu können.

Von wegen allein! Auf dem Klo stehen unsere Kolleginnen Schlange und wir werden sofort von einer älteren Frau mit Kopftuch angesprochen. Höchstwahrscheinlich versucht sie es zuerst auf Arabisch, dann in einer anderen Sprache. Wir bemühen uns, keine Regung zu zeigen, aber wenn ich nicht verschleiert wäre, würde man sicher an meinem Gesichtsausdruck bemerken, dass ich sehr wohl höre. So aber starren wir beide nur unbeteiligt Richtung Toilettentür, so lange, bis die Frau an unserem Tschador zupft. Ich wische ihre Hand sofort weg. Unsere beabsichtigte Distanzierung von der Gruppe scheint für Aufruhr zu sorgen, denn es entsteht hysterisches Gekicher und Gelächter unter den Frauen. Jede scheint ihren Senf bezüglich uns zwei seltsamen Gestalten abzugeben. Irgendwann bin ich dann endlich im Klo, Mutter ist hinter mir dran. Ich wickle zwei Schmerztabletten in Toilettenpapier und schmuggle sie ihr, nachdem sie hinter mir die Kabine betritt, in die Hand. Das scheint allerdings die aufgeregte Frau von vorhinein bemerkt zu haben, denn sie langt nach Mutters Faust und entreißt ihr den Papierfetzen. Triumphierend hält sie die Tabletten, untermalt von lauten Kommentaren der anderen, in die Höhe. Dann rauscht sie in Begleitung von drei anderen Frauen damit ab. Zu blöd, möglicherweise überbringt sie, in der Annahme einen Drogenfund gemacht zu haben, ihre Beute dem Mircuvic.

Und genauso ist es. Wäre nicht der Fluger vom Heimleiter zugezogen und wir von Ferdinand in den noch immer vorm Haus stationierten Polizeiwagen gebracht worden, wäre die Sache wohl blöd ausgegangen. So aber ergibt sich dadurch die Möglichkeit, Erika über meine Entdeckung zu informieren. Da der Wagen neugierig von den halbstarken männlichen Heimbewohnern beobachtet wird, artikuliere ich mich natürlich nicht, sondern reiche meiner Freundin nur diskret mein Handy mit dem Foto des Reisepasses. Sie zeigt mir mittels erhobenen Daumens, dass sie von meiner Entdeckung begeistert ist. Nach mittels gestisch gespielt inszeniertem Verhör werden wir wieder vom Fluger in unser Zimmer rückgeführt.

Beim Verlassen des Polizeiautos bekomme ich gerade noch ein paar Wortfetzen von Frau Oberinspektor an den Mircuvic mit: „Herr Inspektor Fluger wird heute aus Sicherheitsgründen zur Bewachung von Mayla und Yara Mansour abgestellt. Solange wir nicht wissen, um welche Substanzen es sich bei der Schmuggelware handelt …“

Die arabische Petze hat uns eine wunderbare Ausrede für Ferdinands Anwesenheit beschert, die ich sehr beruhigend empfinde.

Unsere Zimmergenossinnen sind bis auf eine, die das Alter der Fruchtbarkeit überschritten hat, offensichtlich alle schwanger.

Das kann ich selbst bei denen, welche einen weiten Kaftan tragen, feststellen. Die Frauen in O2 scheinen keineswegs einer homogenen Gruppe anzugehören. Da gibt es welche, die sich ohne Kopftuch bewegen und westlich – meist in Jeans – gekleidet sind. Andere sind zwar vermummt, aber nur Mutter und ich tragen einen Niqab. Neben unseren Betten befindet sich das Lager einer auffällig hübschen, mit einem weiten, den Bauch kaschierenden T-Shirt und einer modernen Hose bekleideten jungen Frau, die uns als Begrüßung je eine kleine Tafel Schokolade auf den Kopfpolster legt. Auf ihrem Nachttisch liegt ein Roman von Siri Hustvedt, „*The Enchantment of Lily Dahl*“[55]. Der Literatur nach zu schließen, scheint es sich nicht nur um eine gebildete, sondern auch um eine Englisch beherrschende Frau zu handeln. Mutter bedankt sich gestisch bei der Frau, indem sie die Hände wie zum Gebet vors Gesicht schlägt und dabei ihren Kopf neigt.

„Djamila[56]“, deutet die schwangere, aufgeweckte Frau auf sich und dann auf uns, „„ant[57]?“

Mutter zuckt mit den Schultern und versucht ihr durch Gesten zu vermitteln, dass sie nicht antworten kann. Ich mische mich ein und nehme einen Zettel, der neben dem Buch am Nachttisch liegt, und deute, dass ich etwas schreiben möchte. Nachdem niemand über unsere Staatszugehörigkeit Bescheid weiß, kann ich doch so tun, als ob nicht Arabisch unsere Muttersprache wäre, sondern vielleicht Persisch, Jemenitisch oder irgendein anderer Dialekt, und ich mich deshalb auf Englisch mit ihr austauschen möchte. Sie sucht nach einem Stift und drückt ihn mir in die Hand. Ich schreibe: „Mayla and Yara” und deute dabei auf Mutter und mich, „we are deaf and dumb“.

Die nette Person wirkt ehrlich betroffen. Sie schlägt ihre Hände auf ihre Wangen und antwortet mittels schriftlicher Botschaft: „Terrible …“

Ich schreibe zurück: „No. If you do not know how it feels to hear you do not miss it.”

---

[55] „Die Verzauberung der Lily Dahl“

[56] arabischer Frauenname

[57] arabisch: Du

Sie lacht und drückt mich an sich. Dann macht sie sich an ihrem Nachttisch zu schaffen und befördert ein Tavli[58] aus der Lade. Dieses baut sie auf ihrem Bett auf und fordert uns auf, mit ihr zu spielen. Ich winke ab, denn es wäre für mich unmöglich, so lange auf der Bettkante zu sitzen, bis die Partie zu Ende ist. Mutter aber steigt begeistert tuend auf das Angebot ein. Sie gesellt sich zu unserer Nachbarin, während die anderen Mitbewohnerinnen diese Freundschaftsanbahnung argwöhnisch beobachten. Ich lege mich auf mein Klappbett, den Polster unter meinem Gesäß. Eine Erleichterung!

Ich ahne, wie schwer es Mutter fällt, keinen Laut von sich zu geben, vor allem, weil sie eigentlich alle Brettspiele außer Schach hasst. Als Kind habe ich deshalb mit ihr – um mein Gehirn zu trainieren – Schach spielen müssen und habe deshalb meine Abneigung auch auf „Mensch ärgere dich“, oder wie auch immer diese nutzlosen Freizeitbeschäftigungen heißen, übertragen. Jetzt wird Mutters Abscheu gegenüber so niveaulosem Zeitvertreib auf eine schwere Probe gestellt. Ich hoffe, dass sie verlieren wird. Einmal beobachten zu können, wie sie ihren Ärger hinunterschlucken muss, wäre eine Genugtuung für mich!

Sie verliert leider nicht, ganz im Gegenteil, sie schlägt Djamila haushoch. Aber zumindest ihrem Triumph darf sie ebenfalls nicht Ausdruck verleihen. Das gemeinsame Spiel hat die beiden jedenfalls zusammengeschweißt und sie setzen ihre Kommunikation mittels Bleistifts weiter fort.

„When?“, schreibt Mutter und deutet auf den Bauch der jungen Frau.

„Eight month …“

„Oh, soon …“

„Yes!“

„And where father?“

„No father, alone.“

„And where live then?“

„Baby adopted, I away from here. In apartment, work as teacher, study German.”

„Why not baby stay with you?”

Djamilas Mimik erstarrt, emotionslos schreibt sie: „No money, no father, no baby love.” Dann klopft sie sich auf den Bauch und flucht irgendwas auf Arabisch.

---

[58] beliebtes Brettspiel im Mittelmeerraum, Backgammon

7. Kapitel

Vor unserem Zimmer ist der bedauernswerte Ferdinand als Wache positioniert. Er hockt auf einem Sessel, umringt und bestaunt von Buben, die sich die Zeit damit vertreiben, ihn zu necken. Immer wieder werfen ein paar vorwitzige Knaben Papierknäuel, auf die sie vorher ein Gesicht mit Pickeln gekritzelt haben, auf den armen Fluger. Der schreit zwar: „Lasst das", aber erfolglos. Indes bestaunen die Mädchen ihre mutigen Brüder und kichern verlegen. Schon jetzt scheint sich die weitere Anpassung an gesellschaftliche Denk- und Gefühlsmuster dieser Kinder abzuzeichnen. Männer kämpfen und Frauen haben sie dafür zu bewundern. Dem hilflosen, tatsächlich pickeligen Inspektor sind die Hände gebunden, denn jede wirkungsvollere Zurechtweisung der unerzogenen Knaben ist ihm als Polizist ja untersagt. Aber wie sollen diese Kinder lernen, dass man sich mit so einer Verhaltensweise unbeliebt macht und einem das im weiteren sozialen Zusammenleben schaden wird?

Mutter, die wie ich diese Situation durch die offene Zimmertür beobachtet hat, steht irgendwann abrupt von ihrem Brettspiel auf, startet Richtung Gang, schnappt sich den vorwitzigsten Bengel und zieht ihn am Ohr bis vor den Fluger. Da zieht sie seinen Kopf Richtung Boden, wie wenn er sich vor dem Polizisten verbeugen würde. Der kleine Junge flucht zwar, wagt es aber nicht, dieser vermummten Gestalt körperlichen Widerstand entgegenzusetzen. Ich kann mir lebhaft vorstellen, wie sie den Bengel eigentlich lautstark ausschimpfen möchte, aber sie beherrscht sich. Als das Bürschchen schon beinahe den Boden küsst, lässt sie sein Ohr los, erhebt streng ihren rechten Zeigefinger und verschwindet unter dem Staunen der anderen Kinder wieder in unserem Zimmer. Unter meinem Gesichtsschutz muss ich laut lachen, detto unsere Bettnachbarin. Sie klopft Mutter sogar belobigend auf die Schulter, im Gegensatz zu unseren anderen Mitbewohnerinnen, die ihren Missmut über Mamas Erziehungsmaßnahme durch bösartige Blicke und unverständliche Beschimpfungen ausdrücken.

Es vergehen keine zwei Minuten und im Türstock erscheint die Migrantin, die uns bei Mircuvic verpetzt hat. Sie scheint auf O2 die heimliche Chefin zu sein. Mit in die Hüften gestemmten Armen startet sie eine Schimpfkanonade und dirigiert drei andere

Bewohnerinnen zu Mutter, die sich kämpferisch vor ihr positionieren. Obwohl Mama vor Wut platzen muss, gibt sie keinen Laut von sich. Als die drei Frauen Mutter dann auch noch am Tschador festhalten, komme ich ihr zu Hilfe. Ich hake mich in den kleinen Finger einer der Angreiferinnen ein und spreize ihn weg: eine Technik, die sehr schmerzt und die ich in einem Selbstverteidigungskurs gelernt habe. Sie schreit laut auf, stürzt sich auf mich und trommelt mit ihren Fäusten auf mich ein. In der Zwischenzeit hat Djamila den Ferdinand zu Hilfe geholt. Der ist zwar, wie nicht anders zu erwarten, ob dieser Situation total hilflos, aber allein seine Anwesenheit macht, dass die militanten Frauen aus unserem Zimmer verschwinden.

Sie verschwinden aber gewiss nur vorläufig. Sie werden sicher die nächste Gelegenheit nutzen, um uns die Rangordnung in diesem weiblichen Biotop spüren zu lassen. Der Tumult scheint weitere Wellen geschlagen zu haben, denn es erscheint – Vau Punkt Spanneck mit Babsi im Schlepptau! Mir scheint sich der Boden unter den Füßen zu öffnen! Mutter scheint es ähnlich zu ergehen, denn sie lässt sich auf ihr Bett fallen, zieht den Kopf ein und starrt auf das Linoleum.

Wie gut, dass ich Erika in Anwesenheit des Fluger eingeweiht habe, dass sich mein Vater in diesem Heim wichtigmacht! Spanneck startet zuerst zielstrebig auf uns beide zu, wird aber zwischenzeitlich durch den Polizisten, den er noch von unserem Kanalinselabenteuer kennt[59], abgelenkt.

„Oh, wir kennen uns!", begrüßt mein Vater den Ferdinand und streckt ihm die Hand hin, „Wie geht's? Alles gut überstanden?"

Der Fluger stammelt schüchtern: „Jaaa. Alles gut überstanden. Und wie geht es Ihnen?"

Mein Zeuger kapiert sofort, dass es sich bei dem Inspektor keineswegs um eine Autorität handelt, deshalb fragt er statt Ferdinand in polizeilichem Ton: „Was ist da los?"

Seine Frage ist nicht an uns – anscheinend hat man ihn vorher informiert, dass die beiden voll verschleierten Neuzugänge taub und stumm sind –, sondern sowohl an den Polizisten als auch an die anderen anwesenden Frauen gerichtet. Eine unverständliche Quasselwolke der Weiber als Antwort ist wenig aufschlussreich, weshalb er sich mit: „Englisch? Who?" Gehör verschafft.

[59] siehe Krimi „Barmherzige Samariter"

Djamila tritt vor: „I!"

Angesichts dieser hübschen Frau verzieht sich reflexartig sein Mund zu einem charmanten Lächeln. Er streckt ihr begeistert seine Hand hin und radebrecht: „I, Kajetan von Spanneck, you?"

Unsere Nachbarin erwidert seinen Gruß: „Djamila, Djamila Hossein."

Dann winkt er Babsi zu sich, die im Hintergrund mit ihrem Handy spielt: „Babserl", flötet er, „Babserl, willst übersetzen, mein Englisch ist schon lange her."

Ich habe mir bisher nicht vorstellen können, dass ich einmal darüber erleichtert sein könnte, nicht sprechen zu dürfen, aber momentan ist das ein Segen. Wenn ich mir meine zusammengekauerte Mutter anschaue, scheint es ihr nicht anders zu gehen. Ob unserer Behinderung widmet sich mein Vater uns zum Glück gar nicht, sondern ist ganz für die schöne Djamila entbrannt.

„Sag Djamila", befiehlt er der Praktikantin, „sie soll erzählen, was sich da vorher abgespielt hat."

Babsi übersetzt langsam: „You tell us. What has happened?"

Anscheinend hat unsere neue Freundin bereits mitbekommen, dass man mit westlichen Männern ganz im Gegensatz zu denen in ihrer muslimischen Heimat nicht mit niedergeschlagenen Augen kommunizieren sollte, sondern dass hier ein Augenaufschlag jede Lage verbessern kann. Jedenfalls schenkt sie dem Spanneck einen bezirzenden Blick.

Dabei deutet sie auf uns: „They did nothing", dann auf die Tür, „but Vega came inside and attacked them. I don't know why. Everything is ok."

Mein Vater ergreift Djamilas Hände, die er ein wenig zu lange festhält, während er in ihren Augen versinkt und gurrt: „Thank you, I understand. Everything ok. Thank you."

Dann wendet er sich wieder der Praktikantin zu: „Bitte übersetze ihr, dass ich sie noch im Büro brauche … für ein Protokoll."

Nach einem „Wiederschauen" an den Ferdinand schreitet er, ohne uns eines weiteren Blickes zu würdigen, gemeinsam mit Djamila und dem Babserl aus dem Zimmer.

Immerhin, diese Feuerprobe hätten wir überstanden! Kaum ist er mit seiner Entourage draußen, lugen schon wieder unsere Feindinnen bei der Tür herein. Diesmal ist der Ferdinand allerdings Manns genug, sie zu verscheuchen.

Irgendwann meldet sich bei jedem Menschen ein physiologisches Bedürfnis. Auch wenn ich den Zeitpunkt des Aufsuchens der Toilette hinauszögere, bleibt mir der Spießrutenlauf dahin nicht erspart. Außerdem möchte ich Mutter nicht allein zurücklassen. Darum fordere ich sie gestisch auf, mich zu begleiten. Fluger folgt uns glücklicherweise auf dem Fuß, dahinter wie eine Schattenwand die Alphamigrantin Vega mitsamt ihrer Mannschaft. Immerhin lässt uns Ferdinand nicht, wie von mir befürchtet, allein auf dem Klo zurück, sondern er begleitet uns bis vor die Tür und verscheucht die bereits wartenden Frauen.

So ganz unbeobachtet wagen es Mutter und ich sogar, ein paar Worte zu flüstern: „Huu … das war lästig. Hoffentlich lassen sie uns des Nachts in Frieden."

„Hast du weh, mein armes Kind?"

„Wenn ich liege, geht's, aber ich bin sehr froh, wenn wir morgen wieder raus können."

„Wir müssen noch mehr über die Schwangeren erfahren. Folgen einer Massenvergewaltigung oder doch eher Leihmüttergeschäft?"

„Glaube ich auch. Aber das wird keine zugeben. Nicht einmal die Djamila. Ich vermute, die werden ordentlich honoriert. Vielleicht wollte die Ermordete nicht mehr mitspielen und alles ausplaudern. Immerhin können wir jetzt den Ehrenmord ausschließen."

Da wir bereits einen Tumult draußen vor der Tür vernehmen, sputen wir uns und kehren eilig aus der Toilette wieder zurück. Der arme Ferdinand hatte alle Hände voll zu tun, um zu verhindern, dass der wartende Pulk das Klo stürmt.

Dann heißt es warten bis zum Abendessen. In so einem Heim kann ein Tag ganz schön lang werden. Beschäftigungsmöglichkeiten gibt es kaum welche und die, die vorhanden sind, wie Tischfußball oder Fernseher, werden von den männlichen Bewohnern okkupiert. Den Frauen bleiben zur Unterhaltung nur Tratsch und die Beaufsichtigung der Kinder. Selbst die Küchenarbeit ist ihnen verwehrt, denn die Mahlzeiten werden von einer Großküche vorbeigebracht. Mangels geistiger Auseinandersetzung ist der Zank ein probates Mittel, sich die Zeit totzuschlagen.

Was noch dazu beiträgt, dass die Atmosphäre angespannt ist, scheint die inhomogene gesellschaftliche Zugehörigkeit der Asylwerberinnen zu sein. Da gibt es gebildete Frauen wie Djamila, die sicher bald jede Gelegenheit ergreifen werden, um die Vorteile der westlichen Freiheit zu nutzen, aber auch die Masse der ungebildeten Muslimas, die, aus ihrer gewohnten Kultur herausgerissen, wenig mit den Chancen anfangen können, die ihnen bei uns geboten werden. Diese Unterschiede erzeugen schwelenden Neid und Aggression.

Allein die paar Stunden in dieser Umgebung reichen schon, um mir die Privilegien meines Seins bewusst zu machen. Wie soll sich ein Mensch, der bildungsfern und deshalb ohne Zugang zu vielfältigen Informationen ist, ein Bild von einem Leben machen, in dem die Regeln nicht aus einem Buch stammen, das über eintausenddreihundert Jahre alt ist? Und selbst dieses Buch könnten die wenigsten Muslime selber interpretieren, da der Koran auf Arabisch geschrieben wurde und Übersetzungen als nicht autorisiert gelten. Selbst Mohammed hätte seine erzählten Lehren nicht überprüfen können, da er angeblich Analphabet war. Vor allem die Frauen leiden unter einer unzureichenden Bildung, da sie über keine außerordentliche körperliche Kraft verfügen, die ein Defizit an Wissen immerhin durch muskuläre Überlegenheit ausgleichen kann. Wenn ich diese Anhäufung von Schwangerschaftsbäuchen betrachte, dann fällt es schwer, den Lebenssinn einer Frau nicht als Gebärmaschine zu sehen. Was bleibt vom Menschen? Die Biologie!

Als die Glocke zum Abendessen ruft, freuen sich Mutter und ich, das Zimmer verlassen zu dürfen. Einerseits weil wir schon sehr gelangweilt sind, andererseits weil wir die Zeit nutzen möchten, um zu recherchieren. Als wir hinter Djamila zum Speisesaal wollen, hält uns der Ferdinand zurück. Er versperrt den Durchgang und deutet, dass wir hierbleiben müssen. Wie sollen wir denn Informationen sammeln, wenn wir eingesperrt sind?

Wohl oder übel bleiben wir zurück. Als niemand mehr außer uns im Raum ist, nehme ich das Nachtkästchen unserer Nachbarin unter die Lupe. Möglicherweise findet sich da ein Hinweis auf eine Leihmutterschaft? In der Lade: Pass, verschiedene andere Papiere, Fotos der Familie und … tatsächlich, eine goldene Kreditkarte, ausgestellt von einer österreichischen Bank. Die fotografiere ich und verstaue sie rechtzeitig wieder im Kästchen, bevor eine Kollegin Essen für uns bringt. Hungrig nehmen wir am einzigen Tisch im Zimmer Platz und inspizieren den Inhalt der Plastikschüsseln. Die rote dickliche Suppe scheint ein Erdäpfelgulasch zu sein, zumindest weisen die Kartoffelstückchen darauf hin. Fleisch ist jedenfalls nicht drin, so hat zumindest auch kein Schwein sein Leben für dieses Mahl gelassen. Als arme Flüchtlingsfrauen steht es uns nicht zu, heikel zu sein. Also würgen wir schweigend, aber in gegenseitigem Einverständnis die Mahlzeit hinunter. Ohne ausreichende Verständigungsmöglichkeit sind Mutter und ich dazu verurteilt, heute nicht zu streiten. Ohne Zoff, das habe ich bisher noch nie mit ihr zusammen erlebt. Stelle aber fest, das ist sehr langweilig!

Irgendwie vergeht auch dieser Tag und auch die Nacht.

Schon im Gymnasium waren mir Schikurse nicht nur wegen des Schifahrens verhasst, sondern weil ich gezwungen war, mit übel riechenden Mädchen, die außerdem im Schlaf noch störende Geräusche von sich geben, in einem Zimmer zu sein. Nur unter Aufwendung all meiner Fantasie war es mir möglich, mich in Gedanken aus dieser Umgebung weg und zu lieblicheren Gestaden hin zu beamen. Tja, erzwungenes Zusammensein mit gleichaltrigen Aliens war mir ein Gräuel. Jetzt ist mir das erzwungene Zusammensein mit Geschlechtsgenossinnen verschiedenen Alters derselbe Gräuel. Auch das Wegbeamen im Bett klappt nicht, daran hindert mich mein Steißbein, das die Aufmerksamkeit immer wieder durch einen Stich weg von der Fantasie lenkt, was ich mit Michelangelo treiben werde, wenn meine Schonzeit vorbei ist. Auf diesem Klappbett gibt es keine Lage, dem Schmerz zu entkommen. Mutter muss es ähnlich ergehen, denn die ganze Zeit habe ich nicht ein noch so leises Schnarchgeräusch von ihr vernommen. Das weist darauf hin, dass sie auch nie fest geschlafen hat.

Kurzweilig gestaltet sich die Nacht aber dadurch, dass man unfreiwillig die Körperfunktionen der anderen Hausgenossen mitbekommt. Da rülpst, furzt, schnarcht, spricht, ja sogar singt es! Die Geräuschkulisse ist beeindruckend und abwechslungsreich. So liegt im zweiten Bett neben der Tür eine massige (nicht schwangerschaftsbedingt) mittelalterliche ungepflegte Frau, die sich nicht nur durch einen penetranten Geruch, sondern auch das Erzeugen von lauten gutturalen Tönen auszeichnet. Mehrmals des Nachts höre ich, wie ihre unmittelbare Bettnachbarin aufsteht, sie rüttelt und ihr „Salam, salam …“ ins Ohr schreit. Vergeblich! Auch als die ihren Kopfpolster schnappt und ihn der Nachbarin auf Nase und Mund drückt, ist das nur von kurzem Nutzen.

Was für ein Segen, dass wir dieses Fegefeuer der Nächstenliebe nur kurz ertragen müssen! Mehrmals des Nachts ertappe ich mich, dass ich „Ruhe“ schreien möchte. Gerade im letzten Augenblick beiße ich mir auf die Zunge, sonst hätte ich uns verraten. Da Mutter offenbar auch nicht schlafen kann, kann sie uns auch nicht durch *ihre* Schnarchgeräusche rächen. Ich hätte gute Lust, ein lautes Grunzen zu simulieren, nur um diejenige zu sein, die hier den durchdringendsten Ton angibt.

Als der Morgen graut, winde ich mich schmerzgeplagt aus meinem gefühlten Nagelbrett, um wieder einmal das Klo aufzusuchen, in der Hoffnung, die Erste zu sein. Vor der Tür noch immer der Ferdinand, diesmal mit offenem Mund, weil eingeschlafen. Wenn wir wieder abgeholt werden, muss ich Erika fragen, ob mein lieber junger Beschützer auf eigenen Wunsch so lange aushält. Es ist unvorstellbar, dass man von einem österreichischen Beamten einen Vierundzwanzig-Stunden-Dienst verlangt. Nicht einmal mehr bei den Ärzten sind so viele Überstunden erlaubt. Die EU hat auch denen einen kürzeren Dienst verordnet. Nicht so wie in meiner Krankenhauszeit, wo niemand etwas dabei gefunden hat, wenn wir drei Tage durchgehend gearbeitet haben.

Jedenfalls werde ich mich bei ihm erkenntlich zeigen und ihm sowohl eine Pickelcreme als auch einen Apfelstrudel von Mutter zukommen lassen. Vielleicht könnte man ihn auch zum Trost mit Djamila verkuppeln? Die hat auch wunderschöne schwarze Augen und mit der könnte er sich wenigstens verständigen.

Als ich den Ferdinand an der Schulter berühre, um ihn zu wecken, reißt er die Augen erschreckt auf und springt wie von der Tarantel gestochen hoch. Dann schüttelt er den Kopf, als ob er sein Gehirn zuerst zurechtrütteln müsste. Ich strecke meinen Daumen Richtung Toilette aus – er kapiert. Ich schreite voran, er hinter mir her. Nachdem er nachgesehen hat, ob die Luft im Waschraum rein ist, darf auch ich hinein. Drinnen schiebe ich den Schleier zur Seite, halte mein Gesicht unter die Wasserleitung und spüle meinen schalen Mund aus. Als ich anschließend in den Spiegel blicke, starrt mir ein Antlitz mit grauen Rändern um die Augen entgegen. Ich würde mich auf gute sechzig schätzen. In einer Nacht um rund zwanzig Jahre gealtert! Wie wird dann erst Mutter heute Morgen ausschauen? Wie hundert?

Als ich den Niqab wieder fallen lasse, bemerke ich zu meinem Schrecken, dass ich keineswegs allein war. Die aggressive Vega hat sich offenbar in einer Kabine versteckt und auf mich gelauert.

Als sie mich ohne Vorwarnung mit einem Messer attackiert, kann ich gerade noch zur Seite springen und ihr den Seifenspender, der am Waschbeckenrand steht, ins Gesicht schleudern. Diese ihre Schrecksekunde nutze ich, um Ferdinand der draußen wartet, zu Hilfe zu holen. Als ich ihn in den Toilettenvorraum ziehe, ist von der Frau nichts mehr zu sehen. Verdammt, wo ist die hin verschwunden? Wir reißen alle Kabinentüren auf, doch da ist sie jedenfalls nicht. Dann kommt nur mehr das Fenster als Fluchtweg infrage. Es lässt sich nicht öffnen und die Milchglasscheibe ist undurchsichtig. Habe ich Gespenster gesehen? Oder eine heimliche Verriegelung? Tatsächlich, der Griff muss gleichzeitig mit Druck auf einen Knopf auf der Rückseite bewegt werden, um aufzugehen. Mit dieser Sperre hat man offenbar zu verhindern versucht, dass sich Schüler in den ehemaligen Schulhof stürzen. Als ich meinen Kopf durch die Luke stecke, ist von der Frau nichts mehr zu entdecken. Da aber eine Feuerleiter direkt am Klofenster vorbei in den Garten führt, kann Vega nur hier geflohen sein.

Ferdinand ist wegen meiner hektischen Aktivitäten offensichtlich verstört, denn er folgt mir mit aufgerissenen Augen hilflos auf dem Fuß. Angesichts der ersten Migrantinnen, die zur morgendlichen Toilette angerückt sind, traue ich mich allerdings nicht, ihn verbal aufzuklären.

Nach unserem Frühstück – Muckefuck-Kaffee[60] mit einer Semmel – taucht endlich Frau Oberinspektor Sacherl in Begleitung von Inspektor Nevadal bei uns auf. Ohne Kommentar legt uns Erikas Kollege Handschellen an. Mutter kann es nicht lassen, sich in Szene zu setzen, und spielt, als ob sie sich wehren würde. Sie versteckt die Arme hinter ihrem Rücken, was den armen Nevadal dazu zwingt, diese mit simulierter Gewalt nach vorne zu ziehen.

So verschafft man der Polizei unschuldig den Ruf, brutal und übergriffig zu sein! Deshalb strecke ich dem Inspektor demonstrativ willfährig meine Hände hin. Dann werden wir von den Polizisten zum Abschiedsrapport ins Büro des Heims gebracht. Da wartet schon der Mircuvic, um die uns betreffenden bürokratischen Details zu erledigen. Wir werden von Erika gemeinsam mit dem Nevadal in der Mitte des Raums hinten an die Wand platziert, während sie sich selber breitbeinig vor den Schreibtisch stellt. Die

---

[60] wässriger Kaffee

Frau Kommissar möchte die Angelegenheit im Eiltempo erledigt wissen!

„So, Herr Magister, das wär's. Danke für ihr Entgegenkommen, die Damen müssen wir mit aufs Kommissariat nehmen. Der Verdacht des unerlaubten Drogenbesitzes ist noch nicht ausgeräumt."

Der Jo wuselt beflissen um seinen Schreibtisch, um der Frau Kommissar neuerlich fruchtlos einen Stuhl anzubieten.

„Frau Oberinspektor, Sie müssen einen völlig falschen Eindruck von unserem Heim bekommen haben. Zuerst der Mord und jetzt das. Glauben Sie mir, diese Häufung von Delikten, das ist ein schrecklicher Zufall. Statistisch gesehen gibt es nicht mehr Verbrechen unter Asylsuchenden als in der Normalbevölkerung."

„Erzählen Sie mir bitte nichts über Ihre Statistik …"

„Also … ich wollte nur bitten, dass … Sie wissen schon … die Presse, unser Ruf …, wenn das nicht publik würde. Wir sind auf Spenden angewiesen und so wie das alles rüberkommt, das lässt die Leute … – wie soll ich sagen? Na dann spenden die für eine andere Organisation. Und wir können zusperren und unsere Arbeitsplätze …"

„*Wir* verständigen die Presse sicher nicht. Auch im Fall Khalili hat die Zeitung nichts von uns erfahren. Da müssen Sie den Informanten schon unter Ihren Leuten suchen. Übrigens hat dieser Zeitungsartikel unsere Arbeit ebenfalls sehr behindert."

Der Heimleiter setzt seine Betroffenheitsmiene auf: „Es war für mich erschreckend, wie man über uns hergefallen ist. Sie können sich nicht vorstellen, was sich in den sozialen Medien für ein Shitstorm über unsere Organisation ergossen hat! Und das, wo unsere NGOs ihre Freizeit, ihre Ersparnisse ja ihr Herz für die Flüchtlinge opfern. Die Nächstenliebe wird mit Füßen getreten."

„Sie tun ihr Bestes …", erwidert Erika zweideutig und mit hochgezogenen Augenbrauen, „… und so ganz selbstlos ... oder, Herr Magister?"

Der Mircuvic antwortet darauf nicht, aber sein serviles Verhalten ändert sich jäh und er äußert ein mürrisches „Da", während er ihr schleunigst unsere Papiere ausfolgt.

Dem unwirtlichen Heim entkommen, entpuppt sich so ein Polizeiwagen als Wohlfühlumgebung, vor allem nachdem wir der Handschellen entledigt sind. Um nicht die Aufmerksamkeit meiner Nachbarn zu wecken, lassen uns die Polizisten schon an der

Ecke Obere Augartenstraße/Rembrandtstraße, des Schleiers und Tschadors entledigt, aus dem Wagen. Erika ruft uns noch „Ich komme gleich nach" zu, als wir erleichtert Richtung meiner Wohnung stapfen.

Kaum ist die Tür hinter uns zugeschlagen, stoßen Mutter und ich gleichzeitig einen tiefen Seufzer der Erleichterung aus, was sie aber nicht daran hindert, ätzend zu sein: „Du schaust wie sechzig aus", kommentiert sie brutal mein Aussehen, „angesichts dessen hat so ein Schleier schon was. Schade, dass er nicht auch die roten Augen verdeckt. Wie wäre es gleich mit einer Burka?"

„Und du wie hundert", kontere ich und renne ins Badezimmer, um mich der störenden Kontaktlinsen zu entledigen. Mutter folgt mir auf dem Fuß, um, wie vorhersehbar, mein Scheitern an der Beseitigung dieser Dinger zu genießen. Nach mehrmaligen frustrierenden Versuchen, es allein zu schaffen, gebe ich mich geschlagen: „Bitte, tu sie raus. Ich könnte mir die Augen auskratzen. Ich verstehe nicht, wie andere Leute sowas aushalten."

„Meine Prinzessin auf der Erbsensuppe! Mich stören sie nicht. Nur schade, dass ich gar keinen Aufriss damit machen konnte."

„Gib nicht so an! Dein Augenaufschlag hat nur das Linoleum bezirzt."

Kaum ist diese schreckliche Prozedur erledigt und mir schauen aus dem Spiegel ein Paar zwar gerötete, aber wieder blaue Augen entgegen, läutet es Sturm. Diesen Ton kennen wir, das kann nur Michael sein.

„Lass ihn nicht rein", meint Mutter, „was sollen wir ihm erzählen?"

„Kann ich nicht, der ist sicher sowieso schon ganz aus dem Häusel, weil ich mich nicht gemeldet habe." Als Beweis halte ich ihr mein Handy hin, auf dem fünf SMS und drei Anrufe von Michael aufscheinen.

„Gut, dann erzählen wir ihm, dass dein Telefon keinen Akku mehr hatte und deshalb …"

„Meinst nicht, wir sollten ihn einweihen?"

„Apropos, wieso hat er keinen Schlüssel?"

„Hatte er! Aber wahrscheinlich vergessen, du kennst ihn ja, oder verloren, keine Ahnung."

Da das Läuten impertinent weitergeht, bleibt mir nichts anderes übrig, als ihn hereinzulassen. Bevor er jedoch noch vor meinem Eingang steht, schiebe ich Mutter anstatt mir zum Öffnen hin.

„Lass dir was einfallen, ich mag mir seine Vorwürfe nicht anhören. Bei dir traut er sich sicher nicht."

Unwillig, aber doch macht sie ihm auf. Aus der Küche bekomme ich nur mit, dass mein Liebhaber darüber besorgt ist, nicht von mir empfangen worden zu sein. Nachdem er Mutter extra höflich begrüßt hat, eilt er ins Wohnzimmer, blickt sich um, schnappt sich meinen Schwimmreifen und meint fürsorglich: „Ist sie noch krank?", um sich in Richtung Schlafzimmer zu bewegen.

Mutter hält ihn davon ab, weiter nach mir zu suchen: „Nein, nein, alles bestens" und ruft zweideutig in die Küche: „Almaaa, dein Liebling ist daaa."

Um mir keine Auseinandersetzungen aufzuhalsen, versuche ich mir, als ich im Salon erscheine, eine gute Ausrede einfallen zu lassen, aber leider absolute Gedankensperre.

Mutter rettet mich, als sie Michael zuflötet: „Was für eine gute Idee vorbeizuschauen, ich wollte gerade Spaghetti kochen. Sie mögen doch auch Spaghetti? Soweit ich festgestellt habe, gibt es in diesem ärmlichen Haushalt zwar gar nichts Gescheites zu essen, aber ein paar Kapern, Sardellen und Parmesan habe ich erspäht. Daraus zaubere ich uns was. Und anschließend Marillenpalatschinken, passt das?"

Mein Freund ist entwaffnet. Essen funktioniert bei ihm immer als Problemlöser. Er eilt zum Speisetisch und lässt dort meinen Schwimmreifen auf einen Sessel fallen. Bevor er sich daneben hinsetzen kann und um ihn erst gar nicht auf blöde Gedanken meine gestrige Abwesenheit betreffend zu bringen, erteile ich ihm den Auftrag, Wein zu holen, während ich den Tisch für vier Personen, auch für Erika, decke. Danke Mama!

„Prost auf das christliche Abendland", erhebt Mutter, zufrieden über die duftenden Spaghetti gelehnt, ihr Glas Rotwein, „und auf die der westlichen Zivilisation ausdrücklich gestatteten Segnungen wie dieses göttliche Geschenk der Natur!"

Michael scheint not amused über dieses Statement, denn er schließt sich als Einziger dem Trinkspruch nicht an, äußert sich aber aus Furcht vor Mutter nicht dazu. Diese Anspielung auf muslimische Verbote fördert seine Ambivalenz gegenüber kulturellen Unterschieden zutage.

„Da bin ich dabei!“, meint Erika begeistert. „Sehr dabei! Nach so einem Tag wie gestern könnt ihr unsere Lebensart erst so richtig schätzen, oder?“

Oh je, da bringt mich meine Freundin gerade in einen Erklärungsnotstand von wegen Tag wie gestern! Die Frau Inspektor bekommt von mir unterm Tisch einen kräftigen Tritt gegen ihr Schienbein, was mir einen bösen Blick verschafft. Aber sie kapiert, als ich meine Augen Richtung Michael verdrehe.

„Wieso, was war?“, hakt er, wie erwartet, sogleich nach.

„Ich hab dir doch erzählt, dass ich diese Arbeit schreibe und da, da bin ich …“

Mutter unterbricht mich: „Dafür haben wir Feldforschung betrieben … mit Kostüm. Nur um zu sehen, wie die Leute auf der Straße reagieren. War interessant!“

Die dampfenden Nudeln, die sie meinem Liebhaber auflegt, hindern ihn daran, weiter nachzubohren. Bekanntlich kann ein Mann nicht gleichzeitig zwei Sachen machen, geschweige denn denken. Im Übrigen finde ich seine Anwesenheit momentan sehr störend, da sie eine aufschlussreiche Unterhaltung mit Erika verhindert. Als meine Freundin nach dem Essen aufsteht, um sich zur Nachspeiszigarette ins Freie zu begeben, leiste ich ihr daher gern Gesellschaft. Mutter zieht sich für die Zubereitung der Palatschinken in die Küche zurück und ich lagere meinen Liebhaber zwischenzeitlich vor den Fernseher: „Willst dir nicht ‚Games of Thrones‘ anschauen, bis die Palatschinken fertig sind?“

Er nimmt dieses Angebot sofort an, denn diese Serie gibt’s bei ihm zu Hause wegen zu bezahlendem Abonnement nicht.

Draußen heißt es trotz Jacke frieren. Arme Raucher, ihre Sucht verlangt ihnen große Unannehmlichkeiten ab! Wenn ich selber Zigaretten schätzen würde, dann ausschließlich im Sommer. Erika scheint die Kälte nicht wirklich zu stören, denn sie zieht genussvoll an ihrem Glimmstängel und bläst den Rauch in kunstvollen Ringen aus ihrer Lunge. Schaut jedenfalls hübsch aus.

„So!“, meint sie befriedigt, „jetzt erzähl mal genau, was da am Klo passiert ist. Die Kurzvariante im Auto macht mich neugierig.“

„Scheint ein gefährliches Pflaster da zu sein, wenn man sich nicht in die Heimhierarchie einfügt. Eine, die Vega heißt, ist die Chefin. Jede, die nicht spurt, bekommt ihren Zorn zu spüren. Inwieweit sie was mit den vielen Schwangeren zu tun hat, kann ich nicht beurteilen. Die Messerattacke und ihre Flucht weisen aber darauf hin. Jedenfalls muss sie sich gut im Haus auskennen, denn sonst hätte sie den Fluchtweg nicht gekannt."

Dann zeige ich Erika das Foto mit der Kreditkarte von Djamila: „Das ist die Master Card unserer Bettnachbarin – übrigens sehr nett und auch schwanger. Erstaunlich für eine Flüchtlingsfrau: eine goldene!"

„Da scheint es einen großzügigen Gönner zu geben oder ein nicht ganz legales Einkommen."

„Ich vergönne es ihr ja, möchte aber trotzdem herausbekommen, woher die Renumerationen stammen."

„Da bist du nicht allein ..."

„Sag mal, hast du eine Ahnung, wer das Kind der Ermordeten bekommen hat?"

„An und für sich ist so eine Adoption ja geheim, aber eben nur *an und für sich.*"

„Wenn du es rausfinden könntest, dann könnten wir mal bei der neuen Mutter nachschauen. So *an und für sich,* inoffiziell."

„Ist *an und für sich* keine schlechte Idee. Ich denk drüber nach, *an und für sich* machbar."

„Schau doch einfach mal auf typisch österreichische Beamtenart und -weise nach! Wenn du zufällig über den entsprechenden Akt stolperst, dann kannst ja nicht einfach die Äuglein schließen, sonst tust dir womöglich noch weh."

„Eckerl, tatsächlich ein guter österreichischer Rat!"

„Man soll immer schauen, wohin man geht. Apropos geht, wie geht's mit dem Neuen?"

Erikas Blick verliert sich verträumt in der Unendlichkeit, dann schmachtet sie: „Was heißt, geht? Wir verlieren uns in Lichtgeschwindigkeit."

„Na, dann pass mal auf, dass du nicht über ihn stolperst."

Mein Kommentar verschafft mir eine Rauchschwade, die mir Erika ungehalten mitten ins Gesicht bläst: „Frau Doktor sind mir nur neidisch auf meinen Herrn Doktor! Nicht so ein literarisches Armutschgerl[61] wie dein Michael!"

---

[61] armseliger Mensch

„Bitte, bitte! Ich gönne dir den Herrn Anwalt ja, aber ich wäre sehr böse, wenn du den Manfred kränkst. Mach's wenigstens diskret, wenn schon! Das hat der arme Mandi nicht verdient!"

Erika dämpft ihre Zigarette betreten in einem Balkonblumenkistel aus.

„Hast ja recht! Aber zur Abwechslung und – das musst auch du zugeben – der Manfred ist halt nicht gerade ein erotisches Highlight. Lieb sein allein, turnt eben nicht wirklich."

„Was habe ich gesagt? Diskretion! Was du in deinem angeblichen Nachdienst treibst, macht ihn nicht heiß. Manchmal ist Tarnen und Täuschen aus Liebe ehrlicher als die Wahrheit. Du darfst da nichts übereilen, kennst den Mann ja gar nicht."

„Ich kenne ihn gut genug, um zu wissen, dass er ein großartiger Mensch ist. Das sehe ich schon, wie er mit dem Angeklagten umgeht. Zwar nicht sehr engagiert, aber höflich und nicht von oben herab. Was, glaubst du, wie andere Pflichtverteidiger mit ihren Klienten umspringen?"

„Frag ihn mal, ob er weiß, dass sein Mandant ein Österreicher ist, in Wirklichkeit Ehrenschweizer heißt und sich wohl auch einen teuren Anwalt leisten könnte."

„Übrigens Ehrenschweizer! Der junge Mann ist tatsächlich adoptiert. Eben von Primarius Ehrenschweizer, ist ursprünglich aus dem Jemen. Der Primar hat dort vor zwanzig Jahren für ‚Ärzte ohne Grenzen' als Gynäkologe gearbeitet und ihn gemeinsam mit seiner Ex-Frau, die keine Kinder haben konnte, als Neugeborenen adoptiert. Er und seine damalige Gattin haben sich allerdings bald danach getrennt. Der Bub ist bei der Mutter aufgewachsen. Hat sich wohl nicht ganz so entwickelt wie erwünscht, denn er ist schon als Kind auffällig geworden. Kein Schulabschluss, Aggressions- und Drogendelikte als Jugendlicher. Angeblich hatte er keinen Kontakt mehr zum Vater, der nur für ihn bezahlt hat. Wieso der die Khalili umgebracht, hat wissen wir nicht."

„Auftragsmord? Schön blöd zu glauben, dass man seine richtige Identität nicht herausfindet. Spätestens beim Vergleich der Fingerabdrücke hätte man gewusst, wer er ist. Ich verstehe das nicht."

Die Frau Kommissar nickt überlegen und streicht mir über den Kopf: „Mein naives Eckerl! Alle Verbrecher glauben, dass sie gescheiter sind als der Rest der Welt. Er oder die haben sich für sehr schlau gehalten! Haben sich gedacht, die österreichische Polizei und Justiz sind so blöd, dass sie sich mit einem Ehrenmord zufriedengeben. Und manchmal funktioniert sowas ja tatsächlich. Wir haben genug Inhaftierte, von denen wir die wahre Identität niemals herausfinden werden. Wie denn auch? Von den Ländern, aus denen sie angeblich stammen, wirst nie eine Information bekommen."

„Hast den Vater schon kontaktiert?"

„Ja! Aber der gibt keine Auskunft, mit der Begründung, dass er den Burschen schon seit Jahren nicht mehr gesehen hätte und im Übrigen mit ihm nichts mehr zu tun haben wolle."

Ich zupfe demonstrativ Erikas Zigarettenstummel aus meinem Balkonkistel, was die ehemalige Besitzerin veranlasst, ihn mir sofort aus der Hand zu reißen. Wenn ich etwas nicht leiden kann, dann sind es lässig entsorgte Tschikstummel und Hundstrümmerl[62]. Befriedigt über meine erzieherische Maßnahme darf ich meine laienhafte Meinung einwerfen: „Mein Bauchgefühl sagt mir, dass da sehr wohl ein Zusammenhang zwischen den beiden besteht."

Erika greift zu einer neuen Zigarette, steckt diese aber, bevor sie sie anzündet, wieder in die Schachtel zurück: „Genug geraucht, mir ist kalt, gehen wir wieder rein. Vom Beschuldigten gab es übrigens bisher keine Fingerabdrücke zum Vergleich, ... wegen strafunmündig! Tja, bei uns ist es eben easy, Delikte ohne Konsequenz anzuhäufen. Aber sicher hat ihm ein Sozialarbeiter anschließend pädagogische Hilfestellung geleistet und ihn …", dabei hebt Erika hilflos die Arme hoch und lässt sie wieder fallen, „… bestens psychologisch betreut."

Mich fröstelt ebenfalls. Deshalb genieße ich umso mehr die Wärme meines Wohnzimmers, die uns drinnen, noch dazu vom heimeligen Duft der Marillenmarmeladepalatschinken angereichert, erwartet. Bevor Mutter und Michael am Tisch aufkreuzen, fällt mir noch eine Frage zum Sohn des Ehrenschweizers ein: „Und IS? Hat er mit denen was zu tun?"

„Da gibt es momentan keine Hinweise, aber das wird klarerweise überprüft. Das macht aber der BVT[63]."

Mutter schreit aus der Küche: „Hilft mir jemand beim Servieren?"

---

[62] Zigarettenstummel und Hundekot

[63] Bundesamt für Verfassungsschutz und Terrorismusbekämpfung

Sofort eilt Erika Richtung Küche und schlägt am Weg dorthin meinem faulenzenden Liebhaber herrisch auf die Schulter: „Was ist? Willst nicht auch was tun? Wer nicht arbeitet, soll auch nicht essen, das gilt vor allem für dich."

Michael ist perplex, weiß nicht, wie ihm geschieht: „Was ist? John Snow[64] … gerade …"

„Nix John irgendwas, aufstehen, helfen!"

Mein Freund erhebt sich tatsächlich, hat aber keine Ahnung von wegen „helfen". Darum steht er so lange hilflos herum, bis ihn Erika an der Hand zur Küche zerrt. Währenddessen schaut sie mich vielsagend an, schüttelt den Kopf und deutet mit ihrem freien Zeigefinger auf Michael: „*Dein* literarisches Armutschgerl!"

Ich muss ihr innerlich recht geben, äußerlich jedoch kontere ich: „*Dein* George Clooney serviert auch keine Palatschinken, oder?"

„Der lässt servieren!"

Die österreichische Mehlspeisküche verwandelt alsdann alle Gemüter in zufriedene, gesättigte, in einhelligem Frieden kauende Lebewesen.

Der Abend klang noch sehr zufriedenstellend aus. Kein Streit, oh Wunder! Alle hatten sich lieb, was vor allem dadurch bedingt war, dass die Müdigkeit – noch verstärkt durch den vollen Bauch und den Wein – in jedem von uns diese Stimmung hervorrief.

Nachdem Erika Mutter und sich selbst nach Hause gebracht hatte, begrüßte mich mein eigenes Bett und lud mich ein, die vorige Nacht wiedergutzumachen. Da konnte ich auch auf Michelangelos Schulter verzichten, der es vorzog „Games of Thrones" weiterzuschauen.

Solchen Fantasieserien kann ich gar nichts abgewinnen, wobei Fernsehen sowieso nicht an erster Stelle meiner Freizeitbeschäftigungen steht. Auf TV-Genuss muss man anscheinend von Kindheit an gepolt sein. Da Mutter der Meinung war, dass die Television schädlichen Einfluss auf meine Entwicklung hin zur Nobelpreisträgerin nehmen würde, gab es keinen Apparat bei uns. Leider hat das aber nichts genützt, denn bisher scheint es nicht so, als ob mir der Medizin- oder sonst ein Nobelpreis winken würde. Immerhin weiß ich durch diese Entbehrung meine Freizeit anderwärtig zu

[64] Figur in „Games of Thrones"

gestalten. Ob sich das intellektuell besser auswirkt oder nicht, wäre eine wissenschaftliche Doppelblindstudie wert. Ob der Besuch von diversen Lokalen mit ausreichendem Alkoholkonsum oder die sexuelle Betätigung zu Hause das Hirn geistig mehr fordert, bezweifle ich allerdings. Aber selbst eine Gegnerin der Hausfrauenpsychologie wie ich muss zugeben, dass Angewohnheiten und auch der Geschmack in der Kindheit geprägt werden.

Sonntagmorgen bedeutet Ausdauertraining. Daran darf mich weder ein vermutlich gebrochenes Steißbein noch ein frisch operierter Unterleib hindern, denn sonst bekäme ich aufgrund meiner Schuldgefühle panikartige Zustände. Der Körper muss nämlich durch Wohlfühlschmerz gequält werden! Er soll nur ja nicht glauben, dass er sich – durch Erkrankungen entschuldigt – jeglichen Schlendrian erwirken kann!

Also raus aus dem Bett, den schnarchenden Liebhaber links liegen lassen, rein in das Laufgewand, Zähne geputzt, Wasser geschluckt und raus in die fröstelnde Welt. Ziel: das Sanatorium in der Sickenberggasse.

So ein trüber grauer Wintertag wird dann nach vier Kilometern, erwärmt durch die Fettverbrennung, begleitet von Schostakowitsch'schen Walzern und dadurch einen Serotoninausstoß[65] auslösend, in einen Sonnenscheintag verwandelt. Unsere Stimmung ist ja doch nur ein Produkt eines physiologischen Vorgangs, der manipulierbar und chemisch hervorrufbar ist.

Als ich auf der Höhe von Heiligenstadt vom Radweg am Donaukanal in Richtung Sickenberggasse abbiege, habe ich mir schon mein mentales High erschwitzt und das Leben beinahe euphorisch gestaltet. Menschen sind zur körperlichen Erschöpfung geschaffen. Nur dieser Zustand stellt sie zufrieden. Da mit unserer westlichen Zivilisation schwere anstrengende Tätigkeiten jedoch nicht mehr vereinbar sind, müssen wir Medikamente zur Erhöhung unseres Serotonin- und Noradrenalinspiegels[66] schlucken.

Vor dem Sanatorium angelangt, beschließe ich, die Rückseite des Krankenhauses zu überprüfen. Der Haupteingang liegt direkt an der Sickenberggasse. Wenn man sich dann von dort nach links

---

[65] Serotonin: Hirnbotenstoff

[66] Noradrenalin: Hirnbotenstoff

wendet, führt eine Mauer entlang der Eisenbahnstraße bis beinahe zur Bachofenstraße. Ums Eck nach circa zwanzig Metern wird die Mauer von einer Einfahrt unterbrochen. Leider kann man nicht durchschauen. Es handelt sich um das Tor, durch das der Lieferwagen die Patientinnen gebracht hat. Am Ende der Mauer gibt es einen schmalen Durchgang, der das Sanatoriumsgelände vom angrenzenden Zinshaus trennt. Im Sommer würden auf diesem schmalen Streifen wohl Brennnesseln wachsen, jetzt ist das Gestrüpp verdorrt.

Zum Glück ist an so einem unwirtlichen Sonntagvormittag kaum jemand auf der Eisenbahnstraße, drum kann ich unbemerkt in diesen engen Weg abbiegen. Die Feuermauer des Nachbarzinshauses ist ungefähr einen Meter vom Zaun getrennt, der den Garten des Krankenhauses einschließt, Ich stapfe – leider ist der Boden feucht, matschig und mit Hundekot bedeckt – das Gitter entlang auf der Suche nach einem Schlupfloch, das es mir ermöglicht, das Gelände zu betreten. Als ich schon beinahe am Ende angelangt bin, entdecke ich eine Stelle, wo es möglich ist, den Zaun so weit nach oben zu biegen, dass ich zusammengekrümmt durchschlüpfen kann. Der wohlbekannte einschießende Schmerz in mein Steißbein hindert mich nicht daran weiter vorzudringen.

Ich schleiche geduckt hinter leider zurzeit unbelaubten Büschen bis zu einem beleuchteten Nebentrakt des Hauptgebäudes. Das ist anscheinend der rückwärtige Teil des Hauses, in dem die Migrantinnen in Empfang genommen wurden. Dieser Trakt ist sogar ausladender als das Hauptgebäude. Auf der anderen Seite des Gartens steht noch eine imposante Jahrhundertwendevilla, die, von einer Buchsbaumhecke abgetrennt, nach privater Benutzung aussieht. Ist das das Wohnhaus des Herrn Primarius? Vom äußerlichen Eindruck her stecken dahinter sicher imposante repräsentative Räumlichkeiten, die, weil steuerlich als Ordination abschreibbar, ein kostengünstiges Eigenheim ermöglichen. Dieses Gebäude interessiert mich jedoch momentan nicht so sehr, denn was meine Aufmerksamkeit fesselt, ist das Nebengebäude und da insbesondere die beleuchteten, aber vergitterten Kellerräume. Da möchte ich reinschauen.

Ich ducke mich hinter drei Mistkübeln für Altpapier, die hinter einem Sichtschutz stehen. Um den Abfall zu kontrollieren, reicht ein schneller Blick, um festzustellen, dass unter den entsorgten Papieren keine interessanten Unterlagen sind. Nur schmutzige Papierleintücher, wie man sie auf Untersuchungsliegen verwendet.

Spannend ist erst der Restmüllcontainer!

8. Kapitel

Den Begriff „Restmüll“ scheint man hier sehr großzügig auszulegen, denn der Container ist voll mit medizinischem Unrat, der eigentlich einer speziellen sicheren Entsorgung zugeführt werden muss. Es scheint sich bei diesem Mistkübel um ein Zwischenlager für kontaminierten Abfall zu handeln, der aber vermutlich nicht in den Sondermüll soll. Will man so einer Kontrolle entgehen?

Obwohl es ja Tag ist, erkenne ich den Inhalt wegen des trüben Winterlichts nur unscharf. Deshalb setze ich meine Stirnlampe, die ich wegen meiner abendlichen Läufe immer mit mir führe, auf. Im Licht kann ich gebrauchte Pipetten, Petrischalen[67], Injektionsnadeln, chemische Ingredienzien, Schläuche, aber auch Bestandteile von kleinteiligem organischem Material, vermutlich menschliches oder tierisches Gewebe, sowie Mäusekadaver differenzieren. Behandschuht entnehme ich mit Papiertaschentüchern jeweils einen Fetzen des organischen Materials sowie auch eine Injektionsnadel, eine Pipette, eine tote Maus und eine Petrischale. Die umwickelten Funde stecke ich in meine Jackentaschen. Vielleicht lässt sich analysieren, um was für Relikte von Proben es sich handelt? Möglicherweise sind es nur harmlose Reste der IVF-Behandlungen oder aber es sind brisante Rückstände von illegalen Genmanipulationen. Jedenfalls spricht die Art der Entsorgung dafür, dass man etwas verbergen möchte. Es gibt sonst keinen Anlass, medizinischen Abfall so zu lagern.

Unentdeckt schleiche ich wieder zu meiner Lücke im Zaun und entkomme mit meiner Beute. Meinen Rückweg wage ich nicht mehr laufend, sondern wähle die U-Bahn, denn ich bin durch mein gebrochenes Steißbein ein gebranntes Kind und deshalb besorgt, mich bei einem Sturz auf dem eisigen Boden neuerlich an der Nadel oder am zerbrochenen Glas zu verletzen.

Zu Hause angekommen, erwartet mich schon der Duft von Kaffee. Um nicht Michaels Verdacht wegen meiner vorgewölbten Jackentaschen zu wecken, entledige ich mich meiner Oberbekleidung schon im Stiegenhaus und marschiere schnurstracks damit ins Badezimmer, um den Anorak in der Schmutzwäschekiste

[67] Gefäße, um Bakterienkulturen anzulegen

zwischenzulagern. Gerade schaffe ich es noch, den Kübel zuzumachen, als beim Verlassen des Waschraums mein Liebhaber auf mich zustürzt, mich in die Höhe hebt, mich herzt und mit mir als Gepäck wieder ins Wohnzimmer schwankt. Dort erwartet mich am Tisch eine Überraschung in Form einer Torte, halb verwelkten Tulpen und eines kleinen Geschenkpäckchens. Er setzt mich ab, nimmt die Blumen und die kleine Schachtel, kniet vor mir nieder und: „Willst du meine Frau werden?"

Mein Herz bleibt sofort und auf der Stelle stehen, am liebsten würde ich mich in Luft auflösen. Ich blicke von oben in zwei erwartungsvolle Augen, die, nachdem ich nicht sogleich antworte, ins Flehentliche wechseln. Ich bin überwältigt, allerdings nicht vor Glück, sondern vor Panik.

Was soll ich tun? Für eine klare Abfuhr bin ich zu feige und wohl auch zu ambivalent, vor einem Ja allerdings habe ich zu große Furcht. Drum beuge ich mich zu ihm hinunter und verschließe seinen Mund mit einem intensiven, langen Kuss. Soll er das auslegen wie er will!

Er deutet diese linguale Geste jedenfalls als „Ja", denn er strahlt mich begeistert an. Egal, ich habe nicht gelogen und bis zum Traualtar fließt noch viel Wasser die Donau hinunter. Als ich die Schachtel, in der sich wohl ein Verlobungsring befindet, nicht aus seiner entgegengestreckten Hand nehme, öffnet er das Behältnis selber, entnimmt einen wirklich bezaubernden schlichten, altmodischen Brillantring und steckt ihn mir an den Ringfinger: „Der ist von meiner Oma und jetzt gehört er dir!"

Wie rührend! Fast hätte er mich im wahrsten Sinne um den Finger gewickelt und ich hätte noch ein „Ja" herausgewürgt, aber im selben Augenblick schaue ich auf den Tisch, wo die Torte noch immer in der Verpackung des Konditors steht. Dieser Anblick schreit mir zu: „Möchtest du die nächsten Jahre in einer Instantumgebung leben? Aus Pappbechern trinken, von Papptellern essen, täglich die Brösel vom Boden aufsaugen, den Kühlschrank füllen und schlicht und einfach für ein erwachsenes Kind sorgen müssen?"

Die Antwort ist schlicht und einfach: Nein!

Ich heuchle deshalb gar nicht erst Begeisterung, sondern lasse den Ring zwar angesteckt, werde aber irgendwann einmal entscheiden, ob ich ihn behalten werde oder dem edlen Spender bei Gelegenheit wieder zurückgebe. Michael interpretiert meine gebremste

Stimmung als Zustimmung, weil ich von seinem Antrag überwältigt bin.

„Du hättest dir nicht solche Mühe geben sollen", meine ich verlegen während ich den Ring betrachte und auf die Torte deute. „Na, dann schneiden wir sie mal an!"

Da er selbstverständlich sowohl auf Teller, Tassen als auch auf Messer und Gabeln vergessen hat, setze ich mich in die Küche ab, um seine Inszenierung zu vervollständigen. Als ich mit einem Tablett zurückkomme, sitzt er – mit seiner Performance glücklich und höchst zufrieden – schon am Tisch und winkt mir huldvoll zu, mich zu ihm zu gesellen. Ich schneide die Mehlspeise auf und lege jedem von uns ein Stück auf den Dessertteller. Dann setze ich mich ebenfalls und schiebe mir einen Bissen in den Mund. „Superb!", kommentiere ich kauend, obwohl ich Buttercreme verabscheue.

Allein die Buttercreme bestätigt mich in meiner Entscheidung, Michael niemals zu ehelichen. Wie oft habe ich neben ihm gesagt, dass ich solche Torten nicht mag. Anscheinend ist er für meine Vorlieben und Abneigungen taub. Ich sehe uns schon als gelangweiltes Ehepaar zwanzig Jahre lang zu jedem feierlichen Anlass Buttercremetorte essen. Aber heute möchte ich ihm die Freude nicht verderben. Wer weiß, vielleicht erledigt sich dieses Problem von selber. Ich könnte ein geplatztes Aneurysma im Gehirn bekommen und im Wachkoma an seiner Seite unsere Zukunft verleben. Oder es begegnet ihm eine bezaubernde Zwanzigjährige, in die er sich verliebt und mich deshalb verlässt. Nein! Diese Möglichkeit kommt nicht infrage, denn schlicht nicht zum Standesamt zu gehen. Dann bleibt alles, wie es ist.

Nach Konsumation der Verlobungsspeise erinnert sich Michael plötzlich, dass ich weg war, als er aufwachte: „Wo warst du?"

„Ach, ich habe nur einen kleinen Lauf gemacht" und dann schwindle ich: „Augarten."

Diese Antwort stellt ihn nicht zufrieden: „Du sollst noch nicht rennen. Das weißt du doch. Mit solchen Aktionen gefährdest du dich. Ich verstehe nicht, wie man so unvernünftig sein kann."

Anstatt zu erwidern, räume ich die Essensreste auf das Tablett und will damit in die Küche. Nur bitte jetzt keine Diskussionen und kein Streit!

Er aber lässt nicht locker: „Sag was! Was sagst du dazu? Wieso muss ich mir Sorgen machen? Wie komme ich dazu, dass ich mir Sorgen machen muss?“

„Du musst dir keine Sorgen machen. Alles ist gut. Ich bin erwachsen, ich bin Ärztin und ich weiß, was ich riskieren kann oder nicht! Kapiert?“

Das „kapiert“ war zu scharf. Mein Liebhaber ist gekränkt und wendet sich beleidigt von mir ab.

„Na dann! Dann brauchst mich ja sowieso nicht. Du bist unfair. Ich bin lieb und du …“

Sofort habe ich ein schlechtes Gewissen und stelle das Tablett wieder zurück auf den Tisch, um mich auf seinen Schoß zu kuscheln und ihn zu umarmen. Unsere Beziehung funktioniert eben körperlich besser als durch Worte. Wenn wir uns jetzt auf den Boden oder ins Bett werfen könnten, dann …, dann wäre dieser Konflikt wohl erledigt!

„Es ist alles bestens“, flüstere ich ihm ins Ohr, „und bald wirst du dich davon auch überzeugen können. Mein einziger, mein geilster, mein liebster, liebster Liebhaber!“

Das funktioniert. Zwischen Mann und Frau ist Erotik noch immer die geeignetste Kommunikationsform. Jedenfalls sehe ich das so, denn reden kann ich auch mit meiner Freundin und manchmal sogar mit meiner Mutter.

Als ich in der Küche die Tortenreste deponiert habe, fallen mir die anderen brisanten Abfälle wieder ein. Wohin damit? Am besten in die Tiefkühltruhe!

Michael hat anscheinend beschlossen, mich nicht mehr aus den Augen zu lassen, denn er macht keine Anstalten, in seine Wohnung zurückzukehren. Darum heißt es, ihn abzulenken.

„Hast du die Staffel ‚Games of Thrones‘ schon fertig?“, frage ich ihn, um ihn nur ja wieder sicher vor dem Fernseher zu deponieren.

„Ich dachte wir gehen in die Stadt? Ins ‚Kleine Café‘[68] oder ins Kunsthistorische Museum oder zu den Schmetterlingen oder einfach nur bummeln?“

„Gern. Aber später, jetzt habe ich noch was zu tun.“

„Die Staffel ist aus“, jammert er, „und die nächste muss extra bezahlt werden.“

„Dann zahle eben …“

[68] Kaffeehaus in Wiens Innenstadt

„Wie soll ich? Ist ja dein Account."

„Gib einfach 1, 2, 3, 4 als Code ein und du kriegst deine Serie."

„Eiiins, zweeeei, dreiii, vieeeer?", wiederholt er erbost, „wie kannst du nur solche Pins verwenden? Hast du noch alle?"

„Gib einfach 1, 2, 3, 4 ein. Wenn jemand meinen Fernseher hackt, dann gönne ich ihm den ganzen Schrott, der da gezeigt wird."

Michael lässt nicht locker: „Ich verstehe das nicht. Du bist doch diejenige, die sich darüber aufregt, wenn ich zu sorglos einfach vergesse, die Tür abzuschließen oder das Handy wo liegen lasse. Bei so wichtigen Dingen wie den Pins bist *du* aber verantwortungslos."

„Lassen wir diese Debatte, bitte! Der Fernseher ist mir sowas von egal, in den dürfen sich alle einloggen. Und meine Patientendaten sind sicher, also?"

Fein, wieder einmal Stimmung versaut! Egal, mein Liebhaber wirft sich schmollend vor den Bildschirm und bald danach erklingt die martialische Tonuntermalung dieser Kultserie. Immerhin ist er beschäftigt und ich kann meine Beute einfrieren. Welch ein Segen, dass ich durch Mutters Speisenfürsorge ausreichend Plastikbehältnisse vorrätig habe, um den medizinischen Abfall jeweils extra einzupacken. Die Schachteln packe ich unauffällig unter die restlichen Vorräte im Gefrierschrank.

Nachdem ich mich stadtfein gemacht habe, winke ich Michael, um ihn vom Fernsehapparat wegzulocken: „Jetzt bin ich fertig, wir können gehen!"

Keine Reaktion, mein Liebhaber starrt weiter gebannt in den Bildschirm, auf dem sich kindische Monster tummeln.

„Hallo! Ich bin fertig!"

Da er noch immer keine Anstalten macht, die Sendung zu beenden, nehme ich die Fernbedienung und stelle mich vor den Bildschirm.

Das erregt seinen Unmut: „Was soll das?", schreit er. „Zuerst lässt du mich warten und jetzt soll ich stante pede habt acht stehen. Du bist sowas von egoistisch!"

„Wer wollte in die Stadt? Soweit ich mich erinnere, warst das du."

„Jetzt habe ich keine Lust mehr. Mit dir schon gar nicht. Du machst alles kaputt. Ich bin lieb und du … du … du ..."

Er springt vom Sofa auf, rennt ins Vorzimmer, schnappt sich seine Jacke, kommt zurück in den Salon und schreit mich an: „Du verstehst gar nichts. Ich liebe dich und du machst mich nieder. Das ist unerträglich."

Mein „Beruhige dich!" geht im Lärm des Türenschlagens unter. Als er weg ist, fühle ich mich schuldig. Aber wofür? Weil ich nicht mit klein Michael gemeinsam heile Welt gespielt habe? Er wird sich spätestens dann beruhigen, wenn er die weiteren Folgen von „Games of thrones" schauen möchte.

Meine unerwartete Freizeit nutze ich, um Manfred zu bezirzen, dass er mal meinen Restmüll unter die Lupe nimmt. Selbstverständlich hätte ich den Abfall auch Erika übergeben können, aber dann wäre ich tatsächlich zu ihrer Handlangerin geworden und könnte mich nicht auf eigene Faust profilieren.

Ich rufe an: „Hallo, die Alma."

„Sehe ich am Display, was willst?", tönt es mürrisch aus dem Apparat.

„Dich treffen!"

„Was liegt an? Verblutest du schon wieder und soll ich dich retten? Wie du weißt, nähe ich aber nur Tote zu. Zum Spaß willst du mich sicher nicht treffen und schon gar nicht aus Sehnsucht zu deinem alten Freund, der traditionell als Lückenbüßer gebraucht wird."

„Sag mal, sind wir grantig? Freuen wir uns nicht über ein freundliches Angebot einer alten Freundin, die keineswegs mit einem Lückenbüßer ins ‚Landtmann' gehen würde? Niemals! Denn ein Lückenbüßer wäre unter ihrer Ehre."

Mit niemandem kann man so witzig kommunizieren wie mit Manfred. Dazu braucht es nämlich Verstand und die Fähigkeit, über sich selber zu lachen. Und die hat er!

„Gut, der Lückenbüßer hat eine Lücke in seinem mit Damentreffs überfüllten Terminkalender gefunden. Wann soll die Lücke stattfinden?"

„Jetzt! Ich könnte in einer halben Stunde da sein."

„Wenn ich auf meinen Timer blicke, dann tut sich auf dieselbe Lücke."

„Passt, bis dann."

„Und wenn man sitzt sich gegenüber, redet man gewiss nicht über Häfenbrüder."

„Versprochen."

Während meines Telefonats habe ich ein WhatsApp von Erika mit den Daten der Adoptiveltern bekommen, das ich sofort an

Mutter weiterleite. Ich denke, dass sie die Bessere von uns beiden im Vorspielen von Kinderliebe ist.

Die Antwort folgt unmittelbar: „Wunderbar, die wohnen in meiner Gegend, da wird man wohl regelmäßig mit dem Baby in den Alois-Drasche-Park gehen."

Ich möchte mich nicht mit langwieriger Hin- und Her-Simmserei abgeben, sondern antworte nur: „Danke! Verkühl dich nicht im Park."

Um mich selber nicht zu verkühlen, mumme ich mich in einen Mantel mit Daunen und packe die Abfälle, um sie nicht zu überhitzen, mit Kühlelementen in einen Reiserucksack ein. So ausgestattet wandere ich zu Fuß über die Augartenbrücke den Ring entlang bis zum „Café Landtmann", was mir bei meinem eiligen Tempo Schweißausbrüche beschert.

Das „Landtmann" ist ein Wiener Traditionscafé, in dem sich für die Touristen Wiener Prominente oder solche, die sich dafür halten, zur Schau stellen. Wer kennt schon aus Wanne-Eickel kommend unseren Ex-Sozialminister oder unseren pensionierten Burgschauspieler, der schon von Peymann aus dem Ensemble geworfen wurde, sich aber noch immer als Burgstar fühlt? Dies tut der k. & k. Atmosphäre aber keinen Abbruch. Die Kellner fühlen sich in ihren schwarzen Smoking-liken Anzügen genauso als Hauptdarsteller wie die Kollegen von nebenan aus dem Burgtheater. Allerdings wurde der Umgangston dieser Herren in den letzten Jahren deutlich weniger überheblich, was ich als Anbiederung an die Gäste gar nicht billige. Ein Wiener Ober hat nicht bewusst umgänglich, sondern streng zu sein. Was für Privilegien hätte denn sonst noch der Stammgast, der als Einziger im Café seinen Platz wählen darf? Das kann doch nicht sein, dass auch im Altwiener Kaffeehaus Gleichheit unter den Gastmenschen herrscht!

Zum Glück gibt es im „Landtmann" noch eine gebührliche Hierarchie, die dem Manfred, der als Junggeselle viele Nachmittage und Abende hier verbringt, einen nur für heimische Gäste reservierten Tisch garantiert. Da kann das Kaffeehaus vor Kundschaft platzen – der Stammgast bleibt die Nummer eins.

Ich steuere mitsamt meiner Reisetasche einen Fensterplatz an, wo Prof. Marchel mit einem Ober, der noch die „Reserviert"-Karte in der Hand hält, in ein anregendes Gespräch vertieft ist. Als ich die beiden beinahe erreicht habe, dringen noch ein paar Wortfetzen an mein Ohr: „Die Krautfleckerl, Herr Professor, die würde ich nehmen. Die haben Sie schon lange nicht mehr gehabt."

„Stimmt, Herr Alois, gut beobachtet! Dann bringen S' mir die und dazu ein Budweiser."

Als Manfred mich wahrnimmt, winkt er mir beiläufig zu, ohne jedoch seine Aufmerksamkeit von Herrn Alois abzuwenden. Mit einem „Landtmann"-Kellner darf man es sich eben keinesfalls verscherzen. Als der Ober wieder seinen anderwärtigen Diensten nachgeht, zieht mich Manfred zu sich und küsst mich rechts und links auf die Wange, wobei er ein bisschen gar zu nahe an meine Lippen rutscht.

„Magst auch was essen?"

Ich schüttle den Kopf, denn die Buttercreme liegt mir noch immer im Magen.

„Aber trinken?"

„Ich nehme eine Melange[69] und ein Mineral."

„Dass ihr Weiber immer auf Diät seid! Die Erika ist auch so fad. Stochert in einem Salat, damit ich ein schlechtes Gewissen hab, wenn ich ein Schnitzel esse. Mir kommt vor, das ist eine Taktik, um unsereins den Appetit zu verderben."

Ich klopfe Manfred auf die Hand: „Wie sagte schon die Tante Jolesch[70]: ‚Was ein Mann schöner is' wie ein Aff', is' ein Luxus.' Das habe ich über eine Frau noch nie sagen gehört. Drum darfst du einen Bauch haben, die Erika und ich aber nicht."

„Ehrlich, mich tät's nicht stören, solange ich das Baucherl betätscheln darf. Lasst mich aber nicht."

„Wieso, erlaubt dir die Erika das Baucherl-Streicheln nicht mehr?"

Manfred wiegt sein Haupt: „Irgendwas ist mit der. Ich spüre das. Hat immer Nachtdienst! So viel zu tun, als ob sie der einzige Inspektor in Wien wäre. Weißt du was, hat die jemanden anderen?"

Ich tue entrüstet: „Aber nein, das hätte sie mir sicher erzählt. Momentan gibt's eben viele Verbrechen, das wirst du ja auch spüren."

---

[69] Bezeichnung für einen typischen Wiener Kaffee

[70] Figur aus „Die Tante Jolesch oder Der Untergang des Abendlandes" von Friedrich Torberg

„Keine Rede von mehr Leichen. Wir haben immer dieselbe Frequenz. Was noch nichts bedeutet, denn wenn sie uns mehr zuteilen, dann müssen sie auch das Budget aufstocken. Manchmal denke ich mir, es gibt eine Anordnung, weniger zu obduzieren, um weniger eines unnatürlichen Todes sterben zu lassen."

„Statistisch gibt es ja angeblich wirklich weniger Verbrechen. Das glaube ich aber nicht so recht."

„Jeder Statistik, die ich nicht selber gefälscht habe, traue ich nicht, das sagte schon Churchill. So schaut's aus. Politisch gesehen darf es einfach nicht mehr Delikte geben, sonst wählen alle nur noch Blau."

„Gut für dich, dann hast mehr Zeit für das ‚Landtmann'. Aber weil du gerade über Langeweile klagst: Ich habe da was für dich", dabei ziehe meinen Rucksack unter dem Tisch hervor.

Manfred hebt abwehrend beide Hände in die Höhe.

„Nein, nein, nein! Erstens leide ich nicht unter Langeweile und zweitens habe ich mir geschworen, dass ich dir nie wieder einen …", dabei macht er mit seinen Zeigefingern die Gänsefüßchengeste, „… ‚Gefallen' tun werde. Glaubst, ich bewege mich freiwillig am Rande des Kriminals? War schon das letzte Mal schwer genug, eine Disziplinaruntersuchung abzuwenden. Wie stellst dir das eigentlich immer vor? Man ruft den Trottel Professor an und der erledigt dann die Dreckarbeit. Nicht mit mir. Basta."

Selbst mein bezirzendstes Lächeln scheint ihn nicht umzustimmen, deshalb appelliere ich an seine fachliche Kompetenz.

„Das, was da drinnen ist, das kannst nur du. Genmanipulation."

„Alma, bitte bleib am Boden. Deine Fantasie in Ehren, aber wir leben nicht in einem Science-Fiction-Film."

Ich hebe meine rechte Hand zum Schwur, an der linken verschränke ich Zeige- mit Ringfinger, um meinen Meineid aufzuheben: „Ich schwöre. Ich bin menschlichen Hybriden[71] auf der Spur und da drinnen ist der Beweis. Bitte, schau nach. Du kannst doch mit CRISPR[72] umgehen?"

„Wie du dir das vorstellst? Glaubst, das ist wie ein Blutbild, oder was?"

„Aber ihr verwendet das doch sicher schon?"

---

[71] Wesen, gekreuzt aus Mensch und Tier

[72] Methode, um ins Erbgut einzugreifen

Manfred hat Blut geleckt, sein wissenschaftlicher Ehrgeiz beginnt in ihm zu arbeiten. Und seine Neugierde scheint auch geweckt.

„Nicht, dass ich mich nicht interessiere, aber wer soll das Cas[73] bezahlen? Glaubst, wir haben das einfach so bei uns im Labor herumliegen?"

Ich strahle ihn an: „Ich bin sicher, du findest eine Lösung."

„Und was geschieht, wenn tatsächlich was dabei rauskommt? Dann gehe ich her und verständige meinen Dekan und sage: ‚Herr Dekan, ich habe zufällig menschliche Erklärung gefunden, sollen wir die auswachsen lassen?'"

„Keine Sorge, die Gewebsteile sind sicher abgetötet. Wenn sie das nicht schon waren, dann hat ihnen mein Tiefkühlschrank den Rest gegeben."

„Woher hast du das eigentlich?"

„Das möchte ich dir nicht sagen, denn ich möchte dich nicht mit hineinziehen. Und Stillschweigen der Erika gegenüber, bitte!"

„Na ja, vielleicht ist es sowieso besser, ich weiß von nichts. Ist auch nicht meine Angelegenheit."

„Eben, du mach die Wissenschaft und ich mach den aufklärerischen Krempel."

Manfred lehnt sich genießerisch mit einem zweideutigen Grinsen zurück, das sowohl den angelieferten Krautfleckerl als auch mir gelten kann.

„Und was bekomme ich als Belohnung?"

Ich tue entrüstet: „Du meinst doch nicht etwa, dass ich mich für diese Dienste sexuell revanchieren soll? Also das … also das hätte ich nie von dir vermutet. Das ist ja unerhört. Dann lassen wir das eben." Ich packe meinen Rucksack und tue so, als ob ich empört das Lokal verlassen würde.

Mit dem Besteck in der Hand fordert er mich auf, mich wieder zu setzen: „Für wen hältst du mich eigentlich? Für so einen?" Er schüttelt den Kopf: „Du verstehst gar keinen Spaß mehr. Wo ist nur die alte Alma hingekommen?"

Ich zucke mit den Schultern: „Hat aber so geklungen."

„Mir reicht ein Abendessen mit der alten Alma. Du zahlst und ich bestimme das Lokal. Keine von euren Salatbars und auch keiner von euren Smoothie-Läden."

---

[73] Enzym, mit dem die Gene zerschnitten werden

Jetzt ist es an mir, empört zu sein: „Smoothie und ich? Wie lange kennen wir uns, dass du mir unterstellst, Gemüse für Gebissträger zu mögen?"

„Dann bin ich beruhigt. Wir nehmen ‚Sven's Sohn'[74], das ist mein neuer Favorit."

„Wo immer du willst und was immer du willst."

„Und", dabei hebt er warnende seinen rechten Zeigfinger, „und ... ohne deinen pubertären Lover!"

Dann nimmt er den Rucksack und wirft einen Blick hinein.

„Typisch, so stellt sich ein Psychiater eine suffiziente Kühlung vor! Kein Wunder, wenn eure Patienten nie gesund werden."

„Erstens, meine Patienten beginnen nicht zu faulen. Ich wollte doch nur nicht, dass das Zeug zu stinken beginnt, und zweitens musste ich es ja irgendwo aufbewahren. Da dachte ich, wo verstauen Mörder ihre Leichen? Im Tiefkühler."

Manfred fasst in den Rucksack und öffnet den Deckel des obersten Plastikbehälters. Darin dürfte die Maus sein. Als echter Gerichtsmediziner fühlt sich mein Freund bemüßigt, einen bummelwitzigen Scherz zu machen: „Für einen Menschenklon ist die Memau aber sehr winzig geraten. Basteln deine Freunde an Miniaturindividuen? Keine schlechte Idee bei unserer Überbevölkerung, da hätten dann noch mehr Leute Platz auf der Erde. Allerdings hoffe ich, dass sie nicht verabsäumt haben, das Fruchtbarkeitsgen der Maus herauszuschneiden, sonst würden diese Klone die Größe durch Menge wettmachen."

„Was ist Memau?"

„Na, Menschenmaus. Irgendeine Nomenklatur muss man ihnen ja geben. Ich schlage vor Meschwei, Merin, Melöw, Mekatz. Solange es nur mit Säugern geschieht. Falls wir uns den Reptilien nähern, wird es schwierig. Mekro?"

Der Herr Professor kriegt sich vor Lachen aus lauter Begeisterung über seine Namensfindungen kaum mehr ein.

„Siehst, da habe ich dir vielleicht zum Nobelpreis verholfen. Du publizierst den Memau oder die Memau. In den anderen Dosen sind noch Weichteile, Pipetten etc. Wenn das nicht ausreichend ist, kann ich jederzeit Nachschub bringen."

---

[74] Restaurant in Wien

„Für meine Arbeit hätte auch ein Gramm gereicht, falls nicht verdorben. Die Menge an Material macht es nicht aus, sondern die Qualität. Ist ähnlich wie bei weiblichen Brüsten: Qualität vor Quantität."

Diesen Vergleich finde ich zwar geschmacklos, aber ich möchte dem Professor, wenn er heute schon gar so spaßig ist, die Laune nicht verderben. Drum lache ich gespielt zu diesem Scherz. Eine echte Feministin wäre ihm dafür an die Gurgel gesprungen. Da ich zwar im Sinne meiner Lebensweise emanzipiert, aber genervt von Binnen-Is bin, fehlt mir jeglicher Eifer zur Verteidigung der Frauenrechte, wenn sie nur verbal getreten werden. Solange gerade diese Leute, die so bedacht auf die Wahrung der korrekten Nomenklatur sind, nicht auch genauso bedacht darauf sind, dass in unseren Breiten keine kleinen Mädchen beschnitten, verheiratet, zum Tragen eines Kopftuchs verpflichtet und ihnen auch sonst alle üblichen Menschenrechte verwehrt werden, so lange weigere ich mich, für ein paar Buchstaben wie zum Beispiel das „I" zu kämpfen.

Während unseres Gesprächs sind die Krautfleckerl, wie von Zauberhand vom Teller gefegt, verschwunden. Manfred wischt sich befriedigt nach dem letzten Bissen den Mund mit der ausreichend großen (auch ein Merkmal eines traditionellen Wiener Gasthauses!) Stoffserviette ab. Dann ordert er die Nachspeisenkarte. Diese Lektüre erfordert schweigende Konzentration, obwohl ich sicher bin, dass er alle Kuchen auswendig kennt. Es ist eben schwierig, sich zwischen Apfelstrudel, Topfenstrudel, Gugelhupf, Palatschinken, Punschtorte, Kardinalschnitte, Esterházytorte und und und zu entscheiden. Wenn es einen Mehlspeishimmel gäbe, würde Manfred sofort Selbstmord begehen, um in diesen aufsteigen zu dürfen und dort ungehindert jedes Kalorientsunamis seinen Tod mit Süßigkeiten zu feiern. Möglicherweise würde er zwar das himmlische Buffet mit unzähligen anderen zuckersüchtigen Kollegen teilen müssen, aber ich bin sicher, er würde sich dort niemals anstellen, sondern einen Oberkellnerengel davon überzeugen, dass ihm als Stammgast ein eigener reservierter Tisch zusteht.

Während der Herr Professor orgiastisch die herrlich duftenden Palatschinken verdrückt, nuckle ich an meinem Mineralwasser und fühle mich als Entsagende und als Mensch, der seine Begierden im Griff hat, ihm gegenüber erhaben.

„Essen ist die Erotik des Alters“, mummelt er, während ihm die Marillenmarmelade aus den Mundwinkeln tropft, was seine Ansage geriatrisch bestätigt. „Sag da noch mal einer, dass so eine Mehlspeise nicht glücklicher macht als das schönste Weib.“

„Aber nur kurz, beim Blick in den Spiegel macht sie später unglücklich“, rechtfertige ich mich von oben herab.

„Ansichtssache! Immerhin war Rubens anderer Meinung und die Muslime halten es immer noch mit der Fülle. Nur ihr überkandidelten kopflastigen Damen habt ein Problem damit.“

Ich möchte mich auf keine Debatte die ernährungsbedingten Erkrankungen betreffend einlassen, da mein Gegenüber als Arzt ja ausreichend Bescheid wissen müsste, was seine Völlerei langfristig für Folgen haben wird. Wieder einmal sieht man, dass Wissen nicht vor Unvernunft schützt! Drum schenke ich ihm nur einen missbilligenden Blick, den er aber als Verständnis deutet. Mein geplanter Abgang wird mir durch einen Anruf von Mutter erleichtert.

„Ja? Was gibt’s?“

„Hab sie gefunden!“

„Oh, so schnell!“

„Interessiert dich gar nicht?“

„Doch, aber …“

Wieder einmal erweist es sich als günstig, dass Mutter meine unbeholfene Art zu telefonieren richtig interpretieren kann.

„Kannst nicht reden?“

„Ja, sag dir später Bescheid. Baba!“

Manfred ist meinem Gespräch interessiert gefolgt: „Erika?“

Ich schüttle den Kopf: „Nein, Mama. Sie lädt dich zum Essen ein. Also eigentlich mich, aber sie will wissen, wer mitkommt. Ich soll ihr Bescheid geben.“

„Hervorragende Köchin. Wenn sie meine Altersklasse oder von mir aus auch ein bisschen drüber wäre, ich tät sie nehmen.“

„Dann sage ich zu. Um sechs bei ihr!“

Manfred blickt an seinem Bauch hinunter: „Wenn ich das gewusst hätte, dann keine Palatschinken.“

„Kein Problem, ich teile ihr mit, dass ihr ‚liebster Schwiegersohn‘ heute keine Palatschinken essen möchte.“

„Liebster Schwiegersohn“ löst bei Manfred ein verträumtes Lächeln aus: „Deine Mutter ist eine großartige Frau mit viel Lebensweisheit. Kannst ihr nicht einmal ausnahmsweise gehorchen? Nur das eine Mal mit dem Schwiegersohn?“

„Soll das ein Antrag sein?“

„Wenn du so willst, jederzeit. Das Angebot gilt.“

Zwei Anträge innerhalb eines halben Tages, das ist zu viel. Ich stemme mich am Tisch hoch, da ich, durch die harte Sitzfläche verursacht, nicht mehr ohne unpassende Schmerzartikulationen aufstehen kann. Einmal in der Vertikalen, werfe ich dem Manfred eine Kusshand zu, da ich es nicht schaffe, mich zu ihm herunterzubeugen.

„Um sechs?“

„Adresse?“

„Ach ja, du warst ja noch nie da. Kolschitzkygasse 72.“

Hinter meinem Rücken höre ich noch: „Das gilt aber nicht als deine Einladung. Nicht dass du dir den Sven sparen kannst.“

Gerade als ich zum Ausgang hinke, bemerke ich zu meinem Schreck, dass Erika mit ihrem Anwalt, dem Reinhard Pinko, hereinkommt. Wie kann man nur so beschränkt sein und sich für ein Rendezvous gerade das Lieblingskaffeehaus des jetzigen Lebensgefährten aussuchen? Der Dopaminrausch[75] hat sie offensichtlich um den Verstand gebracht. Was tun? Ich muss unbedingt verhindern, dass Manfred sie mit dem Nebenbuhler entdeckt. Zum Glück sitzt er mit dem Rücken zum Eingang. Ich stürze auf Erika zu und umarme sie heftig, wobei ich ihr ins Ohr flüstere: „Da vorne sitzt der Manfred, Achtung!“

Diese Tatsache scheint sie nicht sehr zu beeindrucken, denn sie flüstert zurück: „Na und? Ich kann einen Prosecco trinken, wo ich will und mit wem ich will.“ Dann stellt sie uns laut vor: „Dr. Liebekind-Spanneck, Herr Dr. Pinko.“ George Clooney für Arme weiß anscheinend nicht, wo er mich hintun soll, denn er blickt mich erstaunt an: „Hatten wir schon mal die Ehre?“

Da ich nicht möchte, dass Erika von unserer peinlichen Begegnung erfährt, tue ich so, als ob ich ihn nicht kennen würde: „Nicht, dass ich wüsste“, und zu Erika noch mal ins Ohr: „Bitte sei so lieb und verschone den Manfred von eurem Anblick!“

Unsere Geheimniskrämerei bemüßigt den Anwalt zu einer „witzigen“ Bemerkung: „Ja, ich bin der Neue, ja, wir kennen uns erst

[75] Dopamin: Botenstoff im Gehirn, der Verliebtheit auslöst

seit Kurzem, ja, ich finde die Frau Kommissarin bezaubernd und nein, ich bin kein Heiratsschwindler.“

So, damit wäre alles gesagt und des Rechtsanwalts Selbstdarstellung befriedigt. Meine Freundin strahlt ob dieses Plädoyers und wirft mir einen stolzen Blick zu, der bedeuten soll: Schau mal was ich da für ein Prachtexemplar angeschleppt habe.

Noch einmal versuche ich, das Unheil abzuwenden: „Hier ist es sehr voll, sollen wir uns nicht hinten in den Wintergarten setzen?“ Hinten im Glashaus im letzten Eck würde man die beiden hoffentlich auch nicht beim Hinausgehen bemerken.

Erika seufzt, gibt sich aber geschlagen: „Wenn du unbedingt willst“ und dann mit Nachdruck: „Aber warst du nicht schon am Gehen?“

Ich tue so, als ob ich nichts verstehen würde. Falls Manfred die beiden doch entdeckt, dann möchte ich als Anstandswauwau dabei sein. Das würde sein Misstrauen mindern.

„Ja, eigentlich schon“, ich schaue auf die Uhr, „… aber ein Viertelstündchen hätte ich noch Zeit.“ Eigentlich habe ich gar kein Viertelstündchen mehr Zeit, denn ich wollte doch, dass mir Mutter noch vor dem Essen – von dem sie übrigens noch immer nichts weiß – ihre Neuigkeiten erzählt. Das Glück ist mir hold, denn tatsächlich wird im Wintergarten gerade ein Tisch frei, der ziemlich uneinsehbar liegt.

„Ist doch viel netter da?“, flöte ich befriedigt, während ich mir den Platz aussuche von dem aus ich, als zusätzliche undurchsichtige Abschirmung, eine Entdeckung durch Marchel vermutlich verhindern kann.

Erika macht allerdings den Eindruck, als ob ihr eine Begegnung mit ihrem Freund gelegen käme. Das würde ihr jedenfalls ein zukünftiges Geständnis, ihren Trennungswunsch betreffend, ersparen. Ich kenne meine Freundin nur zu gut, um zu wissen, dass sie in Beziehungsgeschichten dazu neigt, kopflos zu handeln. Bei ihr ist das Bauchgefühl, zumindest was die Liebe betrifft, immer stärker als der Verstand.

Obwohl mir der Pinko eigentlich sympathisch sein sollte – immerhin hat er mir geholfen –, finde ich sein Handeln berechnend. Wer bei einem selbst verschuldeten Ausrutscher wie dem meinen gleich an eine Klage des Hausbesitzers denkt, macht nichts ohne Hintergedanken. Vielleicht hat er sich an Erika auch nur aus eigennützigem Interesse herangemacht? Pflichtverteidiger des Achmed Ehrenschweizer? Ein Zufall? Und die Frau Kommissar, die den Fall untersucht? Die über alle Ermittlungen Bescheid weiß, die in ihrem Dopaminrausch möglicherweise Informationen preisgibt? Ein Viertelstündchen wird bedauerlicherweise nicht ausreichen, um das rauszufinden.

Der Herr Anwalt lässt sich im Gegensatz zu Erika nicht anmerken, dass ich unerwünscht bin, ganz im Gegenteil. Ich werde sofort auf ein Glas Prosecco eingeladen, was ich wider besseres Wissen annehme, denn Alkohol tagsüber tut mir gar nicht gut. Aber was macht man nicht alles, um die Freundin vor Bösem zu bewahren, und auch, um die eigene Neugierde zu befriedigen? Jedenfalls geht er es, indem er gleich auf „Du" anstoßen möchte, forsch an. Ich selber bin ja kein Freund des „Du" mit Leuten, die ich nicht schon lange kenne, aber Prinzipien muss man beiseiteschieben, wenn es die Situation erfordert. Also werde ich mit diesem Winkeladvokaten innerhalb eines Viertelstündchens in ein pseudofreundschaftliches Verhältnis gedrängt. Während dieses Verbrüderungsaktes lässt der Pinko Erikas Hand keine Sekunde aus. Der Mann hat wohl einen Grund zu klammern.

„Was für bezaubernde Freundinnen und ich dazwischen! So soll ein Sonntagnachmittag ausklingen. Auf Alma und Erika!", dann schmiert er meiner Freundin einen Kuss als Entschuldigung auf ihre Hand. „Nein! Sorry, natürlich zuerst auf Erika und dann auf Alma! Was Recht ist, ist Recht, meine Schöne!" Frau Inspektor Sacherl schmilzt dahin. Ich hingegen werde die kurze Zeit nutzen, um noch ein wenig mehr über ihn zu erfahren.

„Sie sind Anwalt?"

„Du …! Woher weißt du das?"

Oh je, das dürfte ich doch gar nicht wissen: „Ähm, ich dachte nur wegen … ja eigentlich wegen ‚Recht ist Recht'. Ähm, da war es für mich naheliegend und … Sie wirken wie ein Anwalt."

„Almaaa!", weist er mich streng zurecht. „Du!"

„Entschuldige, ich muss mich erst ans Du gewöhnen", stottere ich verlegen.

Er tätschelt mit seiner freien Hand meine Schulter: „Macht nichts, wir werden Freunde, so oder so" und zu Erika: „Gell mein Schatz! Deine Freundin ist meine Freundin."

Schleimer! „Und sind *Sie* … bist *Du* spezialisiert? Strafrecht?"

„Eigentlich Allrounder, falls du dich scheiden lassen möchtest, da ist meine Adresse."

Er drückt mir zum zweiten Mal seine Karte in die Hand, die ich genau betrachte, obwohl ich ja schon weiß, was da oben steht.

„Danke, aber ich bin nicht verheiratet. Aber gut zu wissen, einen Anwalt braucht man ja schnell einmal. Und Mörder?"

Erika verfolgt unsere Unterhaltung zunehmend ungehalten und wirft schroff ein: „Ja! Reinhard ist auch Strafverteidiger, aber …", und jetzt spitz, „… auch er unterliegt einem Schweigegebot, nicht nur ihr Ärzte."

Ja, meine Liebe, ich habe die Botschaft verstanden, die da lautet: „Verzieh dich!". Also werfe ich einen vorsichtigen Blick auf den Ausgang, ob nicht der Marchel unvermittelt auftaucht, und versuche, mich so unauffällig wie möglich aus meinem Stuhl zu erheben. Ich möchte nicht, dass meinem Steißbeinsamariter aufgrund meines schmerzverzerrten Gesichts meine damalige Visage wieder einfällt. Ich krame noch alibimäßig in meiner Handtasche, um Geld für den Sekt auf den Tisch zu legen, obwohl ich erwarte, dass er eine Bezahlung vehement ablehnen wird.

„Nicht doch Alma, du bist unser Gast. Was fällt dir ein? Musst du schon weg?"

„Das Viertelstündchen ist um, leider. Ich eile. Morgen ist Montag und vorher muss ich noch Büro und so. Macht's gut!"

Ich reiche dem Pinko die Hand, Erika bekommt wie Manfred einen Luftkuss zugeschickt.

Kaum bin ich beim „Landtmann" draußen, rufe ich Mutter an.

„Hallo, Mama, bitte nicht schimpfen, aber ich konnte nicht anders."

„Rück schon heraus, was hast du angestellt?"

„Nichts! Nur … ich habe dir einen Gast eingeladen: Manfred! Ehrlich, ich konnte nicht anders. Um sechs, zum Essen."

Stille aus dem Telefon, ich höre nur ihren schweren Atem, das bedeutet nichts Gutes.

„Ich kann auch am Weg … Ich kann beim Italiener oder was immer …, Ich kann was mitnehmen."

„Es ist fünf. Wie stellst du dir das vor?" Dann höre ich einen tiefen Seufzer: „Gut! Ich verzeihe dir ausnahmsweise, weil du selber nicht kochen kannst, weil du nie gelernt hast vorauszuplanen, weil du eine Chaotin bist, weil du das Kind deines Vaters bist und weil ich schon gekocht habe. Anstatt für zwei wird es auch für vier reichen."

„Zwei? Wieso? Hast du für mich vorgekocht oder ...?" Ein schrecklicher Gedanke beamt sich in mein Gehirn.

„Nein, sag, dass ich mir das Unvorstellbare nur einbilde?"

„Du bildest es dir nicht ein. Und übrigens, wieso unvorstellbar? Es ist meine Entscheidung und mein Leben, das er mir übrigens, bitte erinnere dich, erst vor Kurzem gerettet hat."[76]

Mein erster Impuls ist es, Manfred anzurufen und ihn unter einem Vorwand in das „Sven" umzuleiten. Nach ein paar Schritten im Freien kühlt der eiskalte Wind meinen Zorn zumindest so weit ab, dass ich meine Großhirnrinde begrenzt nützen kann. Sie erklärt mir, dass ich sowieso keine Möglichkeit habe, meinen Zeuger aus meinem Leben zu streichen, da ich dazu verurteilt bin, mich mit seinen Genen abzufinden. Da ich die bisher ja nicht so schlecht gemanagt habe, werde ich seine Anwesenheit auch schaffen. Nur, was reitet Mutter, diesem Mann so verfallen zu sein? Sie muss mit ihm wider besseres Wissen den Kontakt gesucht haben. Die Liebe ist ein archaisches Gefühl, platziert im Hirn als Relikt unserer evolutionären Vorfahren. Dagegen hilft keine Intelligenz. Na gut, wenn ich ihm schon nicht ausweichen kann, dann besser dieses neuerliche Zusammentreffen in Anwesenheit einer neutralen Person wie Manfred als allein.

Da ein intimer Informationsaustausch mit Mutter sowieso unmöglich ist, lasse ich mir Zeit, um zu ihrer Wohnung zu gelangen. Statt mit den öffentlichen Verkehrsmitteln zu fahren gehe ich zu Fuß. Das reinigt meinen Kopf und baut meine Stresshormone ab. Ich spaziere am Burgtheater vorbei, durch den Volksgarten zum Heldenplatz. Am Sacher hinter der Oper warte ich an einer Ampel, die immer rot ist – zumindest kommt es mir so vor –, um Richtung Ring zu gehen. Da ich die unterirdischen Passagen meide – ich mag keine Konfrontation mit den Existenzen der Suchtgiftszene und ihren Ausstülpungen –, quere ich den Ring oberirdisch zum Karlsplatz und wandere die Wiedner Hauptstraße stadtauswärts weiter. Der vierte Bezirk schließt mit einem hippen Viertel, dem Neuhausviertel, an den Ring an. Da haben die Bobos[77] ihre kleinen,

---

[76] siehe Krimi „Böse Samariter"

[77] Bobo ist eine Abkürzung aus den Wörtern bourgeois und bohémien.

überteuerten Ökoläden, die Smoothiebars, die Vintage Boutiquen, wo ein H&M T-Shirt, weil einmal getragen und in der Waschmaschine verfärbt, das Doppelte wie neu kostet, die Buchläden mit angeschlossener Biokitchen und natürlich auch die Bars, in denen man Getränke, die rein ökobio betrunken machen, konsumieren kann. Gott segne dieses ordentliche Pseudo-Berlin für kreative, reiche, begabte Erben der Döblinger Villen. Es ist charmant und man muss sich nicht fürchten, mit den Minderheiten, für die man sich via Facebook einsetzt, zusammenzutreffen. Hier leben die Ereiferer für Multikulti und für das Recht, ein Kopftuch tragen zu dürfen, die die Menschen aus anderen Kulturen nur aus romantischen Erzählungen kennen. Die kulturelle Bereicherung besteht denn auch darin, Speisen aus verschiedenen Kontinenten – oder was man dafür hält – selber zu kochen oder, noch besser, sie sich von einem österreichischen Bobo, der allerdings einen türkischen Abwäscher beschäftigt, servieren zu lassen.

Obwohl mir die Scheinheiligkeit dieser Gesellschaft auf die Nerven geht, kann ich der Aufbereitung unterschiedlicher Kulturgebräuche etwas abgewinnen. „Schweinefleisch süß-sauer" mag nicht original chinesisch sein, aber ich ziehe es gekochten Hühnerfüßen vor. Und so geht es mir auch mit den Geschichten aus „Tausendundeine Nacht", die romantisch verklärt bekömmlicher sind, als wenn man sich vor Augen führt, dass die arme Scheherezade sich prostituieren muss, um nicht abgeschlachtet zu werden. Jedenfalls boomt das Viertel vor lauter Völkerverständigung und deren kommerziellem Benefit.

Je weiter man sich die Wiedner Hauptstraße Richtung Gürtel bewegt, desto „älter" wird der Vierte. Sobald man in der Gegend meiner Mutter gelandet ist, herrscht die Distinguiertheit von Hofratswitwen und Botschaften kleinerer Staaten, die sich eine Villa in Hietzing oder Döbling als Sitz nicht leisten können.

Mutters Wohnung, also die Wohnung, in der ich aufgewachsen bin, liegt unmittelbar am Alois-Drasche-Park. Eine innerstädtische Idylle ohne Autoverkehr. Von unserem Balkon sieht man direkt auf diese grüne, jetzt im Jänner graue Insel. Das war mein Gefängnis, bis ich endlich den Mut gefunden habe, auszuziehen. Und jetzt stehe ich vor meiner alten Eingangstür und zittere. So eine Familienzusammenführung nach beinahe vier Jahrzehnten lässt einen eben nicht kalt!

9. Kapitel

Von wegen kalt, das Gegenteil ist der Fall! Obwohl ich selbstverständlich einen Schlüssel zu unserer alten Wohnung besitze, läute ich an. Ich möchte Mutter und *ihn* keinesfalls in einer womöglich verfänglichen Situation ertappen. Wer weiß, was die geriatrische Libido für Auswüchse tätigt? Bekanntlich finden die meisten sexuellen Übergriffe in Seniorenheimen statt, da die alten Herren, aller Beherrschung durch eine Schrumpfung des Frontalhirns beraubt, nicht davon lassen können, die Pflegerinnen zu begrapschen[78]. Als ich noch in der stationären Psychiatrie tätig war, bin ich auch selber bei der Visite des Öfteren in den Genuss von forschenden Fingern zwischen meinen Beinen gekommen. Leider ist es dem Krankenhauspersonal nicht gestattet, diesen Greisen durch einen kräftigen Klaps auf die Finger Einhalt zu gebieten. Verbale Zurechtweisung hilft leider gar nichts, da das Zielareal in so einem Gehirn eben abgestorben ist. Auch wenn man diese Annäherungen nicht ernst nimmt, so sind sie doch lästig und entwürdigen einen alten Mann, der als Gesunder ein derartiges Verhalten geächtet hätte.

Angesichts solcher medizinischen Betrachtungen ertappe ich mich dabei, mich Mutter gegenüber schuldig zu fühlen, da ich sie zumindest gedanklich in einen Topf mit dementen Patienten werfe. Ich versuche deshalb, meine Vorurteile das Sexualleben der Betagten betreffend zu revidieren. Wieso steht einem im Alter nicht dasselbe Recht auf Erotik zu wie mir? Weil die Körper nicht mehr ästhetisch genug sind, um dem allgemeinen Schönheitsideal gerecht zu werden? Aber sind zwei fettleibige junge Kopulierende attraktiver als zwei faltige Liebende? Oder hat das Gebot der Keuschheit am Lebensabend etwas damit zu tun, dass wir von der Generation 70+ sowieso Verzicht in jeder Hinsicht verlangen? Der Alte hat sich einzuschränken. Es steht ihm nur mehr eine *kleine* Wohnung, ein *kleines* oder *kein* Auto und ein bescheidenes Auskommen zu, denn mehr zahlt sich angesichts des baldigen Todes sowieso nicht mehr aus. Liegen nicht die Beschwernisse des Alters an den Einschränkungen, die sich Menschen aufgrund der unausgesprochenen sozialen Gesetze selber auferlegen müssen? Alt zu sein bedeutet, zu verzichten, da der körperliche Verfall vom

---

[78] angreifen

gesellschaftlichen Druck, sich immer weniger ernst zu nehmen, unterstützt wird.

Bevor ich die Klingel betätige, entscheide ich mich, Mutter dieses Aufflammen der echten oder auch nur herbeifantasierten Leidenschaft zu gönnen. Wem tut's weh? Ein Quäntchen weibliche Anerkennung wird die finanziellen Mehrkosten durch meinen Pleitevater wohl wert sein. Was soll schon passieren? Im schlimmsten Fall kann ich für Mutter sorgen und die Wohnung wird sie ihm schon nicht überschreiben!

Endlich bewege ich langsam meinen Zeigefinger auf den Klingelknopf und drücke drauf. Bin ich mental noch ganz gesund? Da stehe ich vor unserer Wohnung und habe Angst davor, eingelassen zu werden. Mein Blick auf den Fußabstreifer wird je unterbrochen, als sich die Türe schwungvoll öffnet und, ohne dass ich mich wehren könnte, Herr Vau Punkt Spanneck seine Arme um mich schlingt: „Mein Engel, mein kleiner Engel! Mein wunderbares Almakind. Wie habe ich dich vermisst!"

Was soll man auf so einen Schmonzes[79] antworten? Ich freue mich auch, mein heiß geliebter Papa? Wie habe ich dich vermisst? Nie im Leben würde ich ein nettes Wort an ihn richten! Es muss reichen, wenn ich es schaffe, höfliche Distanz zu ihm zu halten und ihn nicht endgültig aus dem Weg zu schaffen.

Also löse ich mich aus seiner Umklammerung und werfe ihm, während ich meinen Mantel ablege, ein „Servus!" zu. Dann eile ich in Richtung Küche, er hinter mir her. Eines muss man ihm lassen, angesichts seines Alters ist er wendig und flink. Na ja, das kurzweilige Leben und wahrscheinlich ausreichend Bewegung (welche auch immer) halten jung. Angeblich hat er sich einige Zeit als Eintänzer auf einem Kreuzfahrtschiff verdingt. Das erklärt seine Behändigkeit in allen Lebenslagen. Aber Hallodris wie er leben anregend komfortabel solange sie jung sind, in der Geriatrieperiode ohne Pensions- oder sonst eine Vorsorge wird es unanregend unkomfortabel. Da erinnert man sich gern mal an seine ursprüngliche Familie.

Aber möglicherweise war keineswegs er derjenige, der wieder den Kontakt zu *ihr* gesucht hat, sondern meine ihm noch immer verfallene Mutter zu *ihm*.

---

[79] jiddisch: Unsinn

Schon strömen mir verführerische Düfte von mediterranen Gewürzen entgegen. Sollte sie ihr weltberühmtes Ossobuco gemacht haben? Mit Polenta? Dieses Gericht hat mein Leben in Stunden des oftmaligen Liebeskummers als Trost begleitet. Anderen Kummer hatte ich zum Glück kaum.

War ich gerade noch bereit, der Alterslibido Toleranz entgegenzubringen, so überzeugt mich Mutters Anblick vom Gegenteil. Als sie sich mir zuwendet, blicken mich zwei schwarzbraune Augen, umgeben von einem Schleier, der sonst das restliche Gesicht bedeckt, an.

„Der Zauber des Orients …", zirpt sie gen meinen Zeuger. Zu mir dagegen spitz: „Übrigens: Schwarze Augen würden dir auch gut stehen."

In was für eine kranke Veranstaltung bin ich da geraten? Zwei über 80-Jährige spielen Tausendundeine Nacht? Da ich ernsthaft an Mutters Verstand zweifle, werde ich sie jedenfalls morgen unter irgendeinem fadenscheinigen Vorwand zu einer Schädel-MR schicken. Momentan bleibt mir nur, sachlich auf dieses Romantiktheater zu reagieren: „Keinesfalls! Ich ziehe das Abendland vor. Dasselbe würde ich dir übrigens auch empfehlen."

Mein Erzeuger indes fasst den „Zauber des Orients" als Aufforderung auf, sich zwischen mir und der Tür durchzuzwängen, um Mutters unbekochlöffelte Hand zu fassen und sie schmachtend zu küssen: „In diesen Augen möge ich versinken, in diesem Herz geborgen sein, der Liebe Kraft beflügelt meine Lenden, die inniglich zusammenfänden."

Gerade noch rechtzeitig kann Mutter ihm ihr Händchen entziehen, um das Nudelwasser, das, durch diese animalische Küchenenergie angestachelt, überkocht, von der Herdplatte zu ziehen. Das wirft sie wieder auf den Boden der Realität zurück, denn wie schon in meiner Kindheit schafft sie mir in schroffem Ton an aufzudecken.

Sogleich hebt Herr Vau Punkt Spanneck abwehrend seine Hände, um liebevoll zu seiner Scheherezade zu schmachten: „Nicht doch, das mache ich. Das Kind darf heute mal ausruhen" und zu mir: „Setz dich und lass es dir gut gehen."

Kaum ist er aus der Küche draußen, brüllt es schon aus dem Salon: „Wo sind die Teller?"

Um nicht aus lauter Zorn zu ersticken, presse ich einen tiefen Seufzer aus meiner Brust.

„Was hast du dir bei all dem gedacht?“, zische ich Mutter zu. „Bist du nicht mehr bei Sinnen, das Kostüm, der Mann?“

Mutter zuckt mit den Achseln: „Darf ich keinen Spaß haben? Gönnst du mir nicht ein klein wenig Alterserotik? Du darfst mit deinem Pubertierenden doch auch!“

„Mit jedem anderen, nur nicht mit ihm“, keife ich sie an.

Sie wendet sich von ihren Kopftöpfen mir zu: „Wie stellst du dir das vor? Glaubst du, dass in meinem Alter die Auswahl an nicht pflegebedürftigen, ausreichend potenten Herren noch so groß ist, dass man einen nicht pflegebedürftigen, sehr ausreichend potenten Herrn von der Bettkante werfen kann?“

Das ist allerdings ein Argument, das immerhin einsichtig ist.

„Aber nur Sex, keine Liebe, schwöre!“

Es gibt nichts Peinlicheres, als mit Eltern über Sexualität zu sprechen. Diese Tatsache endet auch nicht, wenn beide Seiten mehr als erwachsen sind. Nur, was macht man mit einer Mutter, die anscheinend gerade von Liebeshormonen überschwemmt wird?

Angesichts dessen, dass Manfred bald auftauchen wird, muss ich sie dazu bringen, das Kostüm abzulegen: „Glaubst du nicht, dass … Ich meine, der Schleier, kannst du den …?“

„Sag, wie es ist? Du genierst dich für mich vor deinem Freund?“

„Du musst zugeben, dass dieses Kostüm sehr befremdlich wirkt.“

„Er wird staunen …“

„Er wird nicht staunen, sondern er wird mich bitten, ihm dein Gehirn nach deinem Tod zur genauen Analyse deiner Geisteskrankheit zur Verfügung zu stellen. Und ich schwöre dir, ich werde es tun. Du bist nicht ganz bei Sinnen.“

Mutter wendet sich beleidigt ihren Töpfen zu und rührt alibimäßig in der Polenta, ohne mich weiter anzublicken.

„Kannst du deinem Vater zeigen, wo die Teller, das Silber und die gravierten Gläser sind?“, fordert sie mich auf, die Küche zu verlassen.

„Ist es nicht ein bisschen übertrieben, heute auf Festtag zu machen? Nur weil du diesem Filou *mein* Lieblingsessen servierst. Der bleibt so, da bin ich mir sicher.“

„Du hast auch einen Gast, vergiss das nicht. Auch für den! Und außerdem ist es auch *seiiin* Lieblingsessen.“

Nicht nur, dass er sich als Vater verweigert hat, jetzt nimmt er mir auch noch meine Leibspeise weg! Auf keinen Fall werde ich mein liebstes Gericht mit diesem Menschen teilen!

„Was mag er nicht?", frage ich sie deshalb.

„Kohlgemüse."

Das hasse ich zwar, aber justament: „Das ist ab heute mein Lieblingsessen!"

Widerwillig bewege ich mich in den Salon. Da steht mein Zeuger hilflos vor der Kredenz, wo er alle Laden und Türen geöffnet hat. Als er mich bemerkt, verzieht sich sein Mund zu einem einladenden Grinsen: „Mein Kleines, magst du mir helfen? Es ist schon zu lange her. Die Teller?"

Ich mag gar nicht, drum kontere ich: „Sie stehen noch immer am selben Platz wie damals, als du uns verlassen hast. Denk nach."

Demonstrativ lasse ich mich auf dem Sofa nieder und beobachte mit Häme, wie er sich auf die Knie fallen lässt, um einen besseren Einblick in die geöffneten Fächer zu haben. Endlich hat er Teller entdeckt. Voller Schadenfreude lasse ich ihn mal die falschen Teller ausräumen, um ihn dann, als er diese auf dem Tisch verteilt hat, darauf hinzuweisen: „Die will sie nicht, die sind nur für den Alltag. Heute ist das Festtagsservice dran", und deute dann boshaft auf einen Stapel, der ganz hinten im untersten Fach verstaut ist: „Da!"

Auch wenn Vau Punkt Spanneck noch sehr mobil ist, so macht ihm das Bücken doch Probleme. Mit Genugtuung beobachte ich, wie er sich schon beim Zurückräumen des gewöhnlichen Geschirrs, das doch praktischer in der mittleren Etage wohnt, schwertut, aber dann, beim Ausräumen des „schönen" Geschirrs ganz unten, wahrlich in Schwierigkeiten kommt.

Ich möchte, dass du vor Pein gekrümmt am Boden liegst, so wie ich es mit meinem Steißbein täte, denke ich, sagen tue ich aber scheinheilig: „Brauchst du Hilfe?"

Da er offensichtlich noch nicht ausreichend unter diversen Schmerzen leidet, lehnt er ab: „Nein, nein! Ich genieße es, nach so langer Zeit wieder einmal mit euch zusammen zu kochen, zu essen, zu leben. Da möchte ich auch einen kleinen Beitrag leisten … für meine Familie."

Meint er das ernst oder ist das auch schon wieder nur ein Bluff?

„Mutter möchte als Gläser die mit der Gravur, rechts oben", kommandiere ich ihn.

Man merkt, dass er erleichtert ist, dass er sich zur Entnahme des Kristalls nicht wieder auf den Boden knien muss. Aber so leicht möchte ich ihm diese Tätigkeit denn doch nicht machen, drum werfe ich ängstlich tuend ein: „Pass aber bitte auf! Die sind unersetzlich. Wenn du eines zerbrichst, wird sie dir das nie verzeihen. Man kann sie nicht nachkaufen."

Das sitzt, denn er nimmt jedes Glas einzeln aus dem Regal und zittert sich damit unsicher bis zum Tisch.

„Soll ich dir helfen? Ich denke, du musst dich beeilen", hetze ich ihn mit Vergnügen, „Professor Marchel wird bald da sein."

Tatsächlich geht er auf meine Bitte ein: „Gern, ich bin leider nicht mehr in Übung."

Ich entgegne spitz: „Warst du das eigentlich schon mal …in Übung?"

Noch bevor er antworten kann, hüpfe ich vom Sofa hoch und lasse ihn mit einem doppeldeutigen Grinsen stehen: „Da fällt mir ein, ich muss zurück in die Küche, Mutter braucht mich dringender."

Wieso schaffe ich es bei diesem alten Mann nicht, über den Dingen zu stehen? Es ist kindisch, ihn wie ein Pennäler zu ärgern. Ich bin eine erwachsene Frau mit einem akademischen Grad, möglicherweise sogar bald Dozentin, ich lebe davon, die Existenz von vielen Menschen zu verbessern, ihnen mit guten Ratschlägen und noch besseren Medikamenten zur Seite zu stehen, und finde Gefallen daran, einen mir fremden Greis zu quälen? Anscheinend haben sämtliche Psychotherapieausbildungen es nicht geschafft, mir meinen schwarzen Vater aus dem Hirn zu löschen.

Als ich in der Küche erscheine, ist diese leer. Das Essen schlummert warm gehalten im Rohr und alles ist so ordentlich aufgeräumt, als ob bereits eine Putzmannschaft alle Erinnerungen an die unansehnlichen Zubereitungsrelikte entfernt hätte. Mutter ist trotz ihrer libidinösen Verwirrtheit ein Koordinationsgenie. Wie man zugleich darauf achten kann, dass nichts anbrennt, und Töpfe reinigen kann, werde ich nie begreifen. Wenn ich koche, entscheide ich mich zumeist unfreiwillig fürs Anbrennen.

Während ich mich an unserem Küchentisch niederlasse, an dem ich in meiner Schulzeit oft genug Vokabel abgefragt wurde (sie konnte auch noch Hausaufgaben kontrollieren während des Kochens und Putzens!), und von da auf den Drasche-Park hinunterblicke, fühle ich Dankbarkeit dieser verrückten Person gegenüber, die immer versucht hat, mir einen Vater zu ersetzen. Tatsächlich denke ich, hat sie das besser gemacht, als er das anwesend je geschafft hätte.

Meine Sorge den Schleier betreffend war unbegründet, denn als sie wieder in der Küche erscheint, hat sie sämtliche Fetzen abgelegt, nur die braunen Kontaktlinsen trägt sie noch. Ja, mehr noch: Madame hat sich sorgfältig, mit einem Lidstrich, der die schwarzen Augen betont, hergerichtet. Das schillernde blaue Damastkleid aus den Sechzigern ist zwar ein wenig zu tief ausgeschnitten, aber mir ist statt des vorigen Kostüms jedes andere recht. Bevor ich dazu komme, mich dazu zu äußern, läutet es an der Tür. Wie erwartet ist es Manfred mit einem Blumenstrauß.

„Ist der für mich oder für sie?", begrüße ich ihn.

„Für sie, oder hast du gekocht?"

Während ich ihm seinen Mantel abnehme, überlege ich, wie ich ihm die Anwesenheit meines Vaters am besten erkläre. Soweit ich mich erinnere, hat ihm Manfred bei ihrem ersten und bisher einzigen Zusammentreffen ordentlich die Meinung gesagt, was er von ihm hält. Bevor er aus dem Vorzimmer weitergehen kann, halte ich ihn am Ärmel fest.

„Ich muss dich warnen, ich wusste es selber nicht. Ehrlich, sonst …"

„Gibt's nichts zu essen?"

Als er, um diesen Fakt zu überprüfen, schleunigst weiterwill, stelle ich mich in den Weg: „Nein, nein, ganz im Gegenteil. Dir wird es schmecken, ich mag es nicht."

„Was?"

„Ossobuco."

„Aber ist das nicht deine Lieblingsspeise? ich kann mich erinnern."

„Nicht mehr. Aus folgendem Grund: Es ist auch *seine* Lieblingsspeise, drum nicht mehr."

„Kapiere ich nicht."

„*Seiiiine, seiiine*, die vom Herrn von Spanneck, verstehst?"

Marchel schüttelt den Kopf und deutet mir einen Vogel: „Spinnst jetzt? Was hat der mit dem Essen zu tun?"

Ich schlage die Hände über meinem Kopf zusammen: „Verstehst du nicht? Er ist auch daaaaa."

Langsam begreift der Professor: „Ach so, drum die Aufregung. Soll ich ihn hinauswerfen?“

„Nein, bitte nicht. Tu so, als ob nichts wäre. Sie fährt nämlich total auf ihn ab. Sonst gibt es Zoff.“

„Ein geriatrischer Liebescocktail … süß. Soll ich sie ihm abspenstig machen?“

„Lass nur, sei einfach normal, bitte.“

„Wenn du glaubst. Hauptsache das Essen schmeckt.“

Herr Vau Punkt Spanneck hat es tatsächlich geschafft, rechtzeitig den Tisch zu decken, denn als Manfred und ich den Salon betreten, sitzen er und Mutter, während sie ihm und sich einen Sherry einschenkt, schon in trauter Zweisamkeit auf dem Sofa.

Mein Zeuger hüpft beflissen auf, um den Dr. Marchel zu begrüßen: „Hab schon viel von Ihnen gehört“ und mit Blick auf Mutter bedeutungsvoll: „Nur Gutes.“

Ich kann es mir nicht verbeißen, einen Kommentar Richtung Mutter abzugeben: „Manfred ist es hinlänglich bekannt, dass er der Traumschwiegersohn ist. Für heute können wir dieses Thema hoffentlich abhaken.“

Marchel ignoriert den Spanneck vorerst und schüttelt Mutter die Hand. Wie erfrischend ist ein Mann, der nicht mit diesem Handkussgetue herumfummelt!

„Da riecht‘s schon exzellent“, brummelt er, „hab mir aber auch nichts anderes erwartet. Danke für die Einladung und dass *Sie* und nicht Alma gekocht haben.“

Mutter schenkt ihm ein bezirzendes Lächeln, was mein Zeuger sofort bemerkt, der daraufhin neuerlich Manfreds Aufmerksamkeit auf sich ziehen möchte.

„Es ist *uns* eine Freude, dass wir Sie als *unseren* Gast willkommen heißen dürfen. Möchten Sie einen Aperitif?“

„Da sag ich nicht Nein“ und mit einem verächtlichen Blick auf den Sherry: „Aber, wie wäre es mit einem Bier? Ich bin da nicht so ein Süßer.“

Baron von Spanneck wirft einen hilflosen Blick auf seine Ex-Frau und dann, als die nicht reagiert, auf mich: „Das Bier?“

„Im Kühlschrank“, schnauze ich ihn an.

Mutter scheint nunmehr ihre weibliche Gunst dem jüngeren Objekt der Begierde widmen zu wollen, denn sie bringt sich darstellerisch in Position.

„So ein Glück, dass Sie heute Zeit haben. Viel zu lange her, dass wir uns das letzte Mal gesehen haben.“

Lange her? Soweit ich mich erinnern kann, war das vor vier Tagen.

„Viel zu lange“, bestätigt Manfred, „denn da gab's ein hervorragendes Hühnerragout von Ihnen bei der Alma zu Hause. Aber bei Ihrer Küche, liebe Frau Liebekind, ist jeder Tag, den man nicht mit Ihnen zusammen verbringt, ein verlorener Tag.“

Mutter schmilzt angesichts dieser Komplimente dahin: „Das war gar nichts Besonderes. Heute aber, da gibt's Almas Lieblingsspeise.“

„Waaar Almas Lieblingsspeise“, unterbreche ich sie.

Man beachtet mich aber gar nicht, denn man hat nur Augen für das ankommende Bier und für Frau Liebekinds Lippen, an denen man hängt, während sie sich über die richtige Zubereitung eines Ossobuco auslässt.

„Sollen wir nicht?“, versuche ich das Gespräch zu beschleunigen, indem ich darauf hinweise, dass man das Mahl starten könnte. Außer mir fühlt sich auch noch der Ex-Gatte von der Konversation ausgeschlossen, denn er wetzt in seinem Fauteuil hin und her und versucht hier und da einen wichtigtuerischen Einwurf: „In Cividale … Originalrezept …. in der Trattoria al Monasterio, der Koch ist mein Freund, sind keine Tomaten dabei …“, doch man beachtet ihn nicht.

Endlich scheint Marchels Appetit so angewachsen zu sein, dass er Mutter zum Servieren anstachelt: „Wenn Sie so reden, dann rinnt mir das Wasser im Mund zusammen!“

„Dann lass uns servieren!“

Da sie selber keine Anstalten macht, sich in Bewegung zu setzen, hüpfen Spanneck und ich auf, um in die Küche zu eilen. Sie schreit uns noch nach: „Alles im Rohr!“

Vor dampfenden Schüsseln wird zuerst einmal geschwiegen, was angesichts dieser berückenden Speisen auch berechtigt ist. Kauen und Schlucken sind die Anbetung der himmlischen Gaben einer Kochgöttin.

Ich habe zwar vorgehabt, mich zu beherrschen und die Annahme des vollen Tellers abzulehnen, aber schon die erste Silbe von „Mag ich nicht“ wird durch den aus den Drüsen herausspritzenden Speichel in den Magen hinuntergespült. Immerhin schließe ich mich den Lobeshymnen von Mutters Fanclub nicht an, sondern beschränke mich darauf, verborgen zu genießen.

Als der erste Hunger gestillt ist und man die dritte Runde Zuprosten hinter sich gebracht hat, steht Herr Vau Punkt Spanneck mit dem Weinglas in der Hand auf und setzt zu einer Rede an: „Meine liebe Elisabeth, meine liebe Alma! Vor euch steht ein geläuteter Mann, der nichts lieber möchte, als seinen Lebensabend im Kreise seiner Familie zu verbringen."

Da wird doch nicht jetzt der dritte Heiratsantrag für heute über mich schwappen? Noch dazu einer, den *ich* nicht ablehnen kann! Ein Nein, das aus einem anderen Munde kommen müsste! Es bleibt mir nichts anderes übrig, als zu handeln und mein graviertes Weinglas auf den Boden zu werfen, wo es, wie gewünscht, nicht nur eine Schweinerei verursacht, sondern auch zerbricht. Helle Aufregung folgt und mein Ziel, nämlich dieses familiäre Unglück vorerst zu verhindern, ist erreicht. Da nehme ich gern Mutters entsetzten und Spannecks missbilligenden Gesichtsausdruck in Kauf.

Der jedoch lässt sich nicht von seinem Vorhaben abbringen, denn unbeirrt setzt er erneut an: „Ich erhebe mein Glas …"

„Halt den Mund", schreie ich, „siehst du nicht, was ich angerichtet habe? Die gravierten Gläser" und zu Mutter: „Es tut mir ja so leid, ich werde schauen ob ich ein neues …"

„Die kann man nicht nachkaufen", unterbricht sie mich böse, „das war Absicht, oder?" Wenn ein Blick töten könnte, dann hätte sie mich jetzt gekillt.

Und weil es jetzt sowieso schon egal ist, antworte ich: „Ja! Ja, ja, ja! Irgendjemand muss dich vor dir selber beschützen."

„Dazu brauche ich aber kein eifersüchtiges, nachtragendes Kind. Ich hätte sowieso Nein gesagt – wenn du das meinst."

Spanneck ignoriert unsere Auseinandersetzung und wiederholt: „Ich erhebe mein Glas …", während sich Manfred, unbeteiligt tuend, noch intensiverer auf seine Nahrungsaufnahme konzentriert und, auf den Topf mit dem Ossobuco deutend, bittet: „Darf ich noch?"

Um vor Zorn nicht noch einmal ein Glas zu zerbrechen, flüchte ich trotz meiner Behinderung unter den Tisch. Dort beginne ich die Scherben aufzuklauben, was, wie nicht anders zu erwarten, ein zusätzliches Blutbad durch einen aufgeschnittenen kleinen Finger links verursacht. Um nicht zusätzlich zu den Rotweinflecken auch noch Blutflecken am Parkett zu hinterlassen, wickle ich mir meine Stoffserviette um den Finger und lege die Glassplitter auf meinen geleerten Teller. Mit diesem flüchte ich in die Küche, aus der ich mit Bartwisch, Schaufel, Küchenrolle und Putzschwamm wieder unter mein schützendes Dach zurückkehre.

Der Himmel hat mich erhört, denke ich, denn der Vau Punkt Spanneck sitzt wieder – ohne erhobenes Glas.

So unter dem Tisch putzend, kann ich der Unterhaltung oben unbehelligt folgen.

Mutter doziert, die beiden Männer horchen gebannt zu: „Eine bereichernde Erfahrung, so ein Niqab. Wenn man nicht so ungeschickt darin wäre, dann könnte ich diesem Kostüm etwas abgewinnen“ und weiter kokett: „Jedenfalls erotisch, eigentlich das Gegenteil dessen, wozu es dienen soll, nicht wahr, Kajetan?“

Leider kann ich seine Reaktion von hier unten nicht beobachten, aber ich vermute, dass er wieder zu seiner Handkussstrategie greift, denn er schmiert zu ihr: „Die Augen, ja, deine Augen, versprachen mir den Himmel auf Erden!“

Soweit ich es mitbekomme, erzählt sie Manfred über unser Abenteuer im Flüchtlingsheim: „Und da haben wir uns wieder getroffen, mein Ex-Mann und ich. Eine Fügung des Schicksals.“

Um mich in diesen Monolog einzubeziehen, steckt sie ihren Kopf zu mir unter den Tisch und keift: „Hörst du? Eine Fügung des Schicksals, hörst du?“

Jetzt kenne ich mich aber nicht mehr aus. Soll das bedeuten, dass diese wülstige Inszenierung nur unseren Recherchen dienen soll oder handelt es sich tatsächlich um eine aufgewärmte Leidenschaft?

„Kajetan arbeitet für die Organisation – für einen Apfel und ein Ei. Er hat mir erzählt, dass ihm gewisse Vorgänge ebenfalls sonderbar vorkommen, gell, mein Liebster?“

Der Liebste antwortet betreten: „Na ja, der Mord, das war schon eine schwierige Situation. Der Mag. Mircuvic hat es nicht auf die leichte Schulter genommen. Diese Untersuchungen! Man muss ja bedenken, dass so eine Organisation auf Spenden angewiesen ist. Man möchte da natürlich nicht, dass die für den guten Zweck gegebenen Beträge versteuert werden müssen. Dass das Finanzamt … ähm … Immerhin spart sich der Stadt durch unsere Hilfe, ich meine natürlich die Hilfe durch das ‚Haus der Menschenwürde‘, Millionen.“

Hm, anscheinend hat man die Mitarbeiter unter dem Vorwand der Steuer angehalten, nur ja nichts auszuplaudern.

„Er hat uns, also mich und Alma, gar nicht hinter dem Niqap erkannt. Stellen Sie sich das vor, seine Frau und seine Tochter nicht erkannt!"

Mein Zeuger klingt verlegen: „Das hätte ich wohl, aber die schwarzen Augen ... Wenn die Kontaktlinsen nicht gewesen wären, dann hätte ich euch sicher entdeckt. In deinen blauen Augen bin ich schon immer versunken … meine Schöne."

Manfred Stimme klingt unsicher: „Das verstehe ich jetzt nicht. Sie haben doch braune Augen, oder?"

Mutter ist verschnupft, bedeutet diese Frage doch, dass er sich nicht an ihre richtige Augenfarbe erinnern kann. Drum antwortet sie rüde: „Sagte er doch schon … Kontaktlinsen."

„Oh, Entschuldigung, natürlich, Alma doch auch blau!"

Herr Professor, denke ich, das, was Sie da gerade geäußert haben, war ganz und gar unpassend! Sie hätten bewundernd sagen müssen: „Drum dachte ich, dass Sie verehrte Frau Spanneck irgendwie verändert wirken. Aber mit braunen Augen sind Sie auch sehr attraktiv".

„Jedenfalls hatte ich Sehnsucht! Bin wieder zurück ins Heim und habe mich zu erkennen gegeben. Und nun ist alles gut! Gell, Kajetan?"

Mein Platz unter dem Tisch ist zwar unbequem, aber immerhin brauche ich die Unterhaltung nicht voranzutreiben, das erledigt schon Mutter.

„Herr Professor, Sie haben die Leiche ja obduziert. Was denken Sie? Könnte es sein, dass die Tote entbunden wurde, bevor sie erstochen wurde? Ich meine, ermordet nach dem Kaiserschnitt?"

Dr. Marchel klingt über diese Frage not amused: „Wie kommen Sie darauf? Es gibt Zeugen, dass der Gynäkologe, der …, ähm, mir fällt der Name gerade nicht ein …"

Vau Punkt Spanneck ergänzt wichtig: „Prof. Ehrenschweizer, ein sehr verdienstvoller Mann."

„… also der ‚verdienstvolle' Kollege zufällig anwesend war und eine Notcäsarea durchgeführt hat. Solange der Kreislauf der Ermordeten intakt war, kann man nicht feststellen, ob das Delikt vorher oder nachher passiert ist."

Mutter lässt nicht locker: „Aber es wäre möglich, dass sie per Kaiserschnitt entbunden und dann erst auf sie eingestochen wurde?"

„Das wäre möglich, aber bitte, wozu?"

„Um das Leben des Babys sicher zu retten? Weil das Baby schon an die Adoptiveltern verkauft worden ist? Weil man sonst viel Geld verloren hätte?"

Spanneck wetzt auf seinem Sessel hin und her, ihm behagt dieses Gespräch gar nicht: „Lass mein Engel, wir wollen doch den Abend genießen. Habe ich da nicht noch eine herrliche Nachspeise gesehen?"

Seine Exfrau ignoriert ihn. Vielleicht ist es mit der frisch entflammten Liebe doch nicht so weit her? Sie jedenfalls redet weiter auf Manfred ein: „Wir wissen, dass Asylwerberinnen dazu missbraucht werden, gegen Honorar Adoptivkinder zu produzieren. Man verspricht ihnen für ein Kind Wohnung, Geld und ein Aufenthaltsrecht in Österreich."

Meinem Vater wird es zusehends mulmig, drum steht er auf und verabschiedet sich in die Küche: „Soll ich den Strudel …?"

„Geh", meint sie trocken zu ihm und weiter zu Marchel: „Ich kann es beweisen."

Jetzt ist es an der Zeit für mich, unter dem Tisch hervorzukriechen: „Was heißt *ich*? *Wir* können es beweisen. Die Proben, die ich dir im ‚Landtmann' gegeben habe, sollten dabei hilfreich sein."

„Und ich hätte da auch noch was".

Mutter steht auf, geht zur Kredenz und zieht ein Stofftaschentuch aus einer Lade. „Vorsicht, da sind Haare drin."

Das Beweisstück legt sie Manfred vor die Nase. Der lehnt sich pikiert zurück, schiebt den Fetzen von sich weg, schüttelt den Kopf und keift mich an: „Das also war der Grund für diese Einladung. Alma, ich hab genug, du nutzt mich nur aus!"

Bevor er sich erheben und verschwinden kann, umarmt ihn Mutter und säuselt: „Herr Professor, ich hoffe, Sie wissen, wie sehr ich Sie schätze. Persönlich, aber auch aufgrund Ihrer außerordentlichen fachlichen Qualifikation. Das eine lässt sich vom anderen nicht trennen. Da müssen Sie mir recht geben, oder? Was wäre ich ohne meine Kochkünste? Doch eine andere?"

Manfred runzelt zwar die Stirn, scheint aber ein wenig besänftigt zu sein, denn er begutachtet das Taschentuch näher: „Was soll ich tun? Ich soll doch was tun, oder?"

„Mein lieber Professor. Sie sollen nicht! Ich bitte Sie. Das sind Speichelproben des Babys der ermordeten Leila Khalili. *Mich* …"

Ich unterbreche Mutter: „… *uns*".

„… von mir aus! Uns würde interessieren, ob das Kind genetisch mit Leila übereinstimmt?"

Marchel wendet sich mir nun mit mehr Aufmerksamkeit zu: „Ihr vermutet, dass es sich um eine Leihmutterschaft handeln könnte? Dass der Mord damit zusammenhängt? Weiß das die Erika?"

Mutter greift ihm liebevoll auf den Arm: „Sie ist eingeweiht … soweit nötig. Man sollte nicht unnütz aufregen, bevor man nicht ganz sicher ist. Und dazu brauchen wir Ihre Hilfe."

„Ja, genau! Wir brauchen deine Hilfe. Wenn es nämlich so ist, dass Leila nur eine Leihmutter ist, dann war es sicher auch kein Ehrenmord. Abgesehen davon, dass du auch Leilas Gene mit denen des angeblichen Bruders vergleichen solltest."

Jetzt ist Manfred tatsächlich neugierig geworden, denn er will von Mutter wissen: „Wie sind Sie zu der Speichelprobe und dem Haar gekommen?"

Endlich darf sich meine Mutter in ihrer Genialität sonnen!

„Das war ganz einfach", unterspielt sie bescheiden tuend, „ich habe mich im Drasche-Park so lange auf die Lauer gelegt, bis die Adoptivmama mit dem Kind spazieren gegangen ist. Schauen Sie, daaa!" Mutter zerrt den Marchel hinter den Vorhang, der unsere Balkontüre verbirgt. Diese öffnet sie und deutet mit dem Zeigefinger in den Park auf eine Gartenbank: „Da unten hat sie sich hingesetzt. Dann bin ich …"

Sie reißt sich von Manfred los, rast ins Vorzimmer, wo sie im Türrahmen beinahe mit ihrem Ex-Mann zusammenstößt, wirft sich in einen Mantel und kehrt ins Wohnzimmer zurück, um uns ihre Heldentat bühnengerecht vorzuführen. Als Requisite platziert sie einen Sessel vors Sofa, auf den sie einen Polster legt.

„Also sagen wir, da sitzt die Frau und der Sessel ist der Kinderwagen mit dem Baby. Ich rase jedenfalls die Stiege hinunter, damit ich sie nur ja nicht verpasse. Dann schlendere ich …" – sie demonstriert ihren aufgesetzt langsamen Schritt – „… dann schlendere ich also zu ihr und dem Kind hin."

Sie beugt sich zum Polsterbaby hinunter: „‚So ein süßer Bengel! Ein er oder eine sie?', spreche ich die Dame an, die sehr abweisend wirkt, doch ich lasse nicht locker."

Herr Vau Punkt Spanneck bewundert von der Tür aus seine schauspielernde Ex-Frau und möchte sich im Glauben, dass wir uns jetzt aufs Sofa zu Nachtisch und Kaffee niederlassen, anschließen. Drum nimmt er auf dem Polster des Kinderwagensessels Platz.

Sofort stürzt sich meine Mutter auf ihn und schreit: „Weg da, siehst du nicht das Kind? Du hast es beinahe erdrückt".

Perplex hüpft er auf, sie schiebt ihn zur Seite und setzt ihre Vorstellung fort.

„‚Ach, so ein süßes Kind', schmeichle ich mich bei der Frau ein, ‚man sieht die Ähnlichkeit, ganz die Mama, ein Bub, wie alt?' Tatsächlich sie antwortet: ‚Eine Woche, ja ein Bub.' ‚Und wie heißt er?', frage ich. ‚Valentin', sagt sie und ich: ‚Oh, das ist ja noch ein Winzling! Schläft er durch?' Mit der Durchschlafsache wollte ich ihr Vertrauen gewinnen. Ich weiß nämlich aus eigener bitterer Erfahrung …", sie blickt mich vorwurfsvoll an, „… dass brüllende Kinder bei jeder unerfahrenen Mutter eine Not erzeugen, die nach Rat und Hilfe schreit. Und tatsächlich, sie taut endlich auf."

Mutter schnappt einen anderen Polster, den sie auf die Ottomane als Parkbank legt, und nimmt daneben Platz: „Als ich merkte, dass sie Vertrauen geschöpft hatte, setzte ich mich neben sie. ‚Wenn man nicht schlafen kann, verzweifelt man', beruhigte ich sie. ‚Ich kenne das, meine Tochter hat ein ganzes Jahr durchgeschrien.' Daraufhin fragte sie mich: ‚Wirklich? Und was haben sie dagegen unternommen?' ‚Ich habe gebetet', log ich. ‚Nach einem Jahr war endlich Schluss mit Schreien. Aber ich habe damals auch abgestillt und ihr ein dickes Fläschchen am Abend gegeben. Ob es das Beten oder das Fläschchen war, keine Ahnung, jedenfalls von einem Tag auf den anderen …'"

Bevor Mutter uns jetzt ihre ganze Leidensgeschichte mit mir zu Gemüte führt, unterbreche ich sie: „Du warst ja auch eine arme Alleinerziehende" und mit verächtlichem Blick auf meinen Zeuger: „Alle Frauen werden ja nicht vom Kindesvater im Stich gelassen. Es gibt auch welche, die ihr Mann unterstützt. *Die* hat sicher einen liebevollen Ehemann."

Mutter kann sich eine spitze anzügliche Bemerkung meine Kinderlosigkeit betreffend nicht verkneifen: „Hat sie *und* eine Großmutter, so wie *du* eine hättest!"

Dann drückt sie mir das Polsterbaby an die Brust, schnappt sich eine Serviette, wischt damit über den fiktiven Kindermund und reißt mir ein Büschel Haare aus.

„Was soll das?“, wehre ich mich. Mutter lässt sich nicht in ihrer Vorstellung unterbrechen.

Sie doziert weiter: „Jedenfalls kommt mir das Schicksal in Form eines Bäuerchens des kleinen Valentin zu Hilfe. Der spuckt und kleckert sich an. Die Mama reißt das Baby panisch aus dem Wagen. Sofort ist mir klar, dass sie mit dieser Situation völlig überfordert ist. Deshalb ziehe ich ein Stofftaschentuch aus meiner Manteltasche und wische dem Kind das Gesichtchen ab, wobei ich gleich Haare der Mutter mit entwendet habe. Dazu muss ich bemerken, dass die Dame sicher schon Mitte vierzig ist – das hab ich an der blondierten Mähne mit grauem Ansatz gesehen. Jedenfalls eine Strähne hat sich mit dem Babysabber[80] verklebt, die habe ich gleich mitgereinigt und ihr dabei absichtlich ein paar Haare ausgerissen. Und wichtig! Der Sabber war keine Muttermilch, viel zu dickflüssig.“

Marchel ist beeindruckt: „Woher kannten Sie diese Frau?“

„Die Adresse hab ich von Frau Inspektor Sacherl bekommen. Ihr Gesicht habe ich dann gegoogelt. Sie ist eine Promi, ich sage aber nicht, wer. Alles Weitere war ein Kinderspiel.“

„Frau Spanneck! Chapeau! Nicht nur, dass Sie eine großartige Köchin sind, nein, Sie sind auch eine hervorragende Schauspielerin und Detektivin!“

Das sitzt, ein Kompliment ihres Wunschlieblingsschwiegersohns wiegt mehr als der schmachtende Blick ihres aufgewärmten Liebhabers.

„Aber nein“, wehrt sie kokett ab, „war kein Problem. Amat Victoria Curam.”[81]

„Ratio adiuvat.”[82]

Angeber, diese Lateiner unter sich!

Um sich ebenfalls in Szene zu setzen, macht der Spanneck durch ein insistierendes Räuspern auf sich aufmerksam: „Hm, hm, wenn ich die Herrschaften, wenn ich …“

---

[80] Speichel

[81] Der Sieg liebt die Vorbereitung.

[82] Verstand hilft.

„Du darfst, mein Liebster“, meint sie huldvoll, „du darfst den Strudel servieren.“

„Ich wollte nur …“

„Du wolltest vorher das Schlagobers mixen? Brauchst nicht, macht das Kind.“

„Ich wollte nur …“

„Keine Sorge, wir lassen Alma kein Glas mehr angreifen, nicht einmal eine Tasse. Lieb, dass du dich darum kümmerst. Sie ist ein wenig hektisch heute. Gell, mein Kind, und den Schlag sehr steif, ohne Zucker.“

Mein Zeuger gibt auf, denn sie wendet sich demonstrativ wieder dem Professor zu. Er schleicht gedemütigt gemeinsam mit mir in die Küche. Das hätte ich mir auch niemals vorstellen wollen, dass ich einmal solidarisch mit meinem Vater sein könnte, doch momentan bin ich es. Ihre impertinente Art uns beide abzukanzeln, zwingt mich – wenn auch nur vorübergehend –, so etwas wie Verständnis für seine seinerzeitige Flucht aufzubringen.

In der Küche komme ich nicht umhin, ihn zu fragen: „War sie schon immer so? Ich meine damals, als du abgehauen bist?“

Der alte Mann erweckt unbeabsichtigt mein Mitleid, als er geknickt bejaht: „Sie ist eine wunderbare Frau, aber ja, sie kann's und konnte es schon heftig.“

Während ich das Schlagobers aus dem Kühlschrank räume, den Mixer richte und die weiße Creme in eine Schüssel leere, steht mein Vater neben mir und starrt mich an.

„Du wirst mir nie verzeihen, oder?“

Eigentlich wollte ich ihn jetzt mit einem kalten „niemals“ abschmettern, aber irgendwie kommt es mir nicht über meine Lippen. Ist es nicht so, dass zu einer gescheiterten Beziehung immer zwei gehören? Kann es nicht sein, dass er vor ihrer Dominanz geflüchtet ist? Dass sie ihm keine Chance gegeben hat, neben ihr als Mann zu überleben? Bevor ich jedoch in allzu große Sentimentalität verfalle, gebe ich keine Antwort, die ich einmal bedauern könnte, sondern ordere: „Bitte schneide den Apfelstrudel auf, in der Lade links sind die Messer. Die Vorlegeplatte ist im Kastel rechts unten.“

Nachdem er ein Messer, natürlich das falsche, nämlich ein Gemüsemesser statt eines Brotmessers der Lade entnommen hat – Mutter hätte sich sicher heftig darüber empört, ich jedoch sehe großzügig darüber hinweg –, muss er sich, um den silbernen Teller hervorzuholen, wieder auf den Boden knien. Diesmal komme ich ihm zu Hilfe. Meine berufliche Empathie lässt es nicht zu, diesem Greis dabei zuzusehen, wie er sich mühsam an den Griffen der Küchenmöbel festhält, um dann langsam auf den Fliesenboden zu gleiten. Auch wenn er ein verantwortungsloser Vater war, so ist er jetzt doch nur mehr ein gebrechlicher alter Mann, der darüber auch mit all seiner angeberischen Vitalität nicht hinwegtäuschen kann. Dankbar fasst er nach meiner Hand, die ihm hilft aufzustehen.

„Ich weiß, es ist zu spät. Trotzdem danke."

Das Geräusch des Mixers entbindet mich einer weiteren Unterhaltung. Wir schweigen. Jeder gibt vor, konzentriert in seiner Tätigkeit aufzugehen, so lange, bis ich die Küchenmaschine abschalte. In die Stille wirft er ein: „Wenn du meine Hilfe in diesem Mordfall brauchst, ich mach's!"

Und ich antworte spontan: „Ja! Dann finde heraus, ob der Ehrenschweizer was damit zu tun hat?"

Als er den Strudel ins Wohnzimmer bringt, dreht er sich noch einmal zu mir um: „Ich mach's! Auch wenn der Walter mein Freund ist … dir zuliebe."

Als er wieder zurückkehrt, bin ich mit meinem Schlagobers fertig.

„Woher kennst du eigentlich den Ehrenschweizer?"

„Sein Vater war ein Schulkollege von mir. Ich bin sein Taufpate. Bin ihm allerdings nicht mehr begegnet, seit ich damals aus Wien weg bin. Erst als ich über die Amariterinnen[83] den Job im Flüchtlingsheim bekam, habe ich ihn wieder getroffen."

„AAAAmaaariterinnen? Das darf nicht wahr sein! Nach allem, was Mutter passiert ist, hast du tatsächlich weiter mit denen Kontakt gehalten? Mit diesen bigotten, falschen Menschen? Ich kann's nicht glauben, dass du mich gezeugt hast."

„Aber", stottert er, „aber die hatten doch gar nichts damit zu tun, die sind doch selber betrogen worden."

„Aber …! Aber …! Du bist einfach ein Opportunist, du drehst und wendest dich so, wie es für dich günstig ist. Du hast keine eigene Moral, kein Rückgrat. Ich verachte dich. Und: Du brauchst nicht für mich zu spionieren. Ganz anders als du will ich gar keine Hilfe

---

[83] siehe Krimi „Böse Samariter"

von jemandem, der sein Fähnchen nach dem Wind dreht. Außerdem, wie sollte ich dir vertrauen? Wer weiß, vielleicht lieferst du Mutter und mich ans Messer?“

„Alma! Kind!“

Mit mir geht mein Zorn durch und ich schleudere ihm das Schlagobers ins Gesicht. Als ihm die weiße Sauce übers Gesicht auf sein Hemd tropft, fühle ich mich befriedigt und lasse ihn stehen.

Im Salon sitzen Mutter und Manfred noch immer harmonisch beisammen und unterhalten sich friedlich neuerlich über den Islam. Bei dieser Materie sind sie zwar ausnahmsweise nicht einer Meinung, aber sie genießen die angeregte Unterhaltung.

Ich unterbreche diese Idylle: „Tut mir leid, aber ist nicht mein Tag heute! Das Schlagobers …“

Mutter verdreht die Augen: „Sag ja nicht, du hast Butter daraus fabriziert? Ich wusste es ja, dir kann man nichts anschaffen.“

„Dann lass es eben! Nicht Butter, ich habe den Boden damit eingelassen. Aber ist sowieso besser so“, und mit einem Hinweis auf Manfreds Bauch, „unnötige Kalorien.“

Der verzieht enttäuscht sein Gesicht und mümmelt in seinen nicht vorhandenen Bart: „Schade, mit Schlag, das wäre die Krönung gewesen.“

„Dann eben ohne Krone. Du bist sowieso nur bürgerlich.“

Mutter steht mit einem Seufzer auf, um kleine Teller aus der Kredenz zu holen: „Lass bitte, greif nichts mehr an. Für dich gibt’s heute nur mehr einen Plastikteller.“

Und tatsächlich, sie kramt meinen unzerbrechlichen Schneewittchenteller aus dem hintersten Eck der Kommode hervor und legt mir darauf ein Stück des Strudels, das sie, um mich besonders zu demütigen, auch noch in kleine Stücke zerteilt.

„Muss das Kindchen auch noch gefüttert werden? Das sollte aber der Vater erledigen. Er hat ja einiges von seinerzeit nachzuholen.“

„Danke, aber ich denke, dass ich seiner Hilfe jetzt auch nicht mehr bedarf.“

Der Vater erscheint ganz selbstverständlich gekleidet in Mutters Morgenmantel, als wenn nichts passiert wäre.

„Darf ich den ausborgen? Ich habe das Schlagobers fallen lassen und mein Hemd hat auch was abgekriegt.“

Mutters Blicke wandern von ihm zu mir, von mir zu ihm.

„Wer jetzt? Wer hat uns das Schlagobers vernichtet?“

Und Manfred ungehalten: „Das möchte ich auch gern wissen. Gerichtsmedizinisch gesehen, scheint mir der Herr als der Täter plausibler. Die Indizien entlasten die beschuldigte Liebekind, denn an ihr lassen sich keinerlei Schaumspuren feststellen. Beim beschuldigten Spanneck fanden sich jedoch Spuren des Corpus Delicti an der Kleidung. Das ist ein Indiz … mindestens so gut wie ein Geständnis.“

„Soll’s sein. Guten Appetit!“, beende ich die Debatte und befördere einen Strudelbissen vom Schneewittchenteller in meinen Mund.

10. Kapitel

Wohlige Wärme kriecht durch meine Haut und streichelt meine Muskeln. Mit geschlossenen Augen taste ich das Medium ab, in dem ich schwimme. Die sanften Blasen der geschmeidigen Flüssigkeit zerreibe ich zwischen meinen Fingern. Es fühlt sich an wie duftiger Schaum. Als ich die Augen öffne, blicke ich auf eine weiße, schaumige Oberfläche, die mich bis zum Hals bedeckt. Es ist ein herrliches Gefühl, nichts, das mich bedrängen würde, nur Leichtigkeit, befreit von den Mühsalen eines peinigenden Körpers. Wie selbstverständlich dann, dass dieser Schwebezustand noch versüßt wird durch ein Vibrieren an den Fußsohlen, welches sich gemächlich den Rist entlang bis zur Wade hinaufbewegt. An den Waden angelangt, fühlt es sich wie eine streichelnde Berührung an, die unaufdringlich, aber konstant Reize an meinen Unterleib sendet, die ihm vermitteln, dass er verdient dieses Signal genießen sollte. Als ich weiter in die weiße Sauce eintauche, dringen Spuren davon in meinen Mund. Schlagobers?

Ich liege in einer Wanne mit Schlagobers. Sollte ein Wesen da unten die Creme von meinen Beinen ablecken? Schamhaft schließe ich meine Beine, als sich das saugende Monster an der Innenseite meiner Oberschenkel zu schaffen macht. Doch ein Kopf zwängt sich dazwischen. Als ich hinuntergreife, um ihn wegzudrücken, erkenne ich Michael. Er soll sich laben, denke ich und lasse es geschehen.

Eine heftige, betörende Muskelkontraktion meines Beckens reißt mich aus dem Schlaf. So spektakulär würde ich immer gern geweckt! Genussvoll lasse ich noch ein paar Minuten verstreichen, bevor ich mich dazu entschließe aufzustehen. Was sagt mir dieser Traum?

Versöhnung mit Michelangelo ist angesagt. Anscheinend reicht meine Sehnsucht nach ihm bis in ein Schlagobersbad. Drum liebe Alma: Seine Vorteile wiegen seine Nachteile auf. Was sind schon ein schlampig gedeckter Tisch und prekäre berufliche und finanzielle Zustände gegen ein aufregend erotisches Liebesleben?

Deshalb, bevor ich mich noch meinem ungeliebten Morgenritual widme, schicke ich ihm eine SMS: „ILD mit oder ohne Heirat."

Ich erwarte mir keine prompte Antwort, schläft doch mein Liebhaber üblicherweise bis Mittag. Was mich sonst stört, toleriere ich momentan nach diesem fiktiven berauschenden Zusammensein großzügig. Immerhin hat mir seine Anwesenheit im Traum einen beschwingten Wochenanfang beschert und außerdem noch vermittelt, dass es außer Arbeit, Mord und Totschlag auch noch vergnügliche Dinge im Leben gibt. Michelangelo ist eben mein Vergnügungserinnerer! Wer sonst kann von sich behaupten, sich so einen Spaßvermittler zu leisten?

Als ich in der Ordination eintreffe, scheint Mutter ebenfalls von einem Vergnügungserinnerer beglückt worden zu sein, denn sie sprüht vor guter Laune.

„Ma chère, alles gut? Unser Leitspruch für diese Woche: Wir sind jung und wir lieben das Leben! Du stimmst mir zu?"

Ich nicke, antworte allerdings weniger euphorisch, denn der Anblick meiner misanthropischen Patienten hat mir schon wieder etwas von meinem Behagen gestohlen.

„Prinzipiell ja, man muss sich allerdings dazu aufraffen."

„Dann raff dich auf", dabei drückt sie mir den Terminplan für diesen Tag in die Hand, „und sage dir immer: ‚Was für ein Glück, dass ich zurzeit *keine* Depression habe.'"

„Was für ein Glück, dass ich keine Depression habe, was für ein Glück, dass ich keine Depression habe, was für ein Glück, dass ich keine Depression habe …", murmle ich am Weg in mein Sprechzimmer. Eigentlich hat sie recht!

Als ich dann auf meinem Handy sehe, dass mein Liebhaber geantwortet hat und ich sogleich wieder dieses warme Gefühl im Bauch abrufen kann, stellt sich die gute Laune sofort wieder ein.

„Verzeih, ich will dich doch nur behalten. So ein Ring ist wie eine Fessel, die dich an mich binden soll. Ich liebe dich."

Auf meinem Bildschirm erscheint „Paracelsus". Das ist Mutters und mein interner Code dafür, dass sie einen Kollegen in der Leitung hat und ob sie ihn durchstellen kann. Ich schreibe, um sie zu erfreuen, lateinisch zurück: „Certe."[84]

Aus dem Hörer ertönt Würzls schleimende Stimme: „Schönen guten Morgen, liebe Frau Dr. Liebekind. Alles gut? Darf ich mich erkundigen, ob es mit dem Gutachten geklappt hat?"

---

[84] Sicher.

Was will der von mir? Denn selbstverständlich weiß er, dass es „mit dem Gutachten geklappt hat".

„Alles wunderbar funktioniert, nur leider hat der junge Mann keine Silbe von sich gegeben. Dafür hat sein Dolmetscher für ihn gesprochen. Haben Sie den ebenfalls organisiert? Dann hätte ich gleich mit dem reden können und hätte mir den Weg in die Justizanstalt sparen können."

„Tut mir leid, ist eben immer so eine Sache mit den Beschuldigten mit Migrationshintergrund. Prinzipiell kann man dem Jungen aber mildernde Umstände zugestehen. Was der erlebt hat! Die Flucht, der Krieg, die Gewalt, der Verlust der Eltern. Da musste er ja ein PTSD[85] bekommen. Ich hoffe, dass Sie das berücksichtigen. Man kann dem Buben nicht übel nehmen, wenn er die Gepflogenheiten seiner Familie, die Ehre, das Letzte, das ihm geblieben ist, verteidigt. Haben Sie die Studie von Porter und Haslam[86] gelesen? Ich schlage vor, dass Sie nach deren Erkenntnissen vorgehen."

Schau, schau, Würzl versucht bei mir für den Mörder gute Stimmung zu machen. Scheint vom Kollegen Ehrenschweizer kontaktiert worden zu sein. Wahrscheinlich hat man sowieso damit spekuliert, dass der Beschuldigte mildernde Umstände bekommt, vielleicht auch auf Unzurechnungsfähigkeit plädiert, und man den Herrn in ein, zwei Jahren freibekommt. Das politische Herz schlägt ebenfalls, zumindest momentan, für größtmögliche Toleranz.

„Herr Kollege, es tut mir leid, aber solange ich mir kein ausreichendes Bild vom Beschuldigten machen kann, werde ich auch keine Stellungnahme abgeben. Das wäre unlauter und ich denke, Sie sind der Letzte, der das billigen würde. Sie als polizeiliche Instanz für Recht und Ordnung!"

Sogleich schwenkt er zurück: „Was glauben Sie? So war das doch nicht gemeint. Ich wäre tatsächlich der Letzte, der eine illegale Vorgangsweise gutheißen würde. Ganz im Gegenteil, wir als Sachverständige sind verpflichtet, alle Möglichkeiten auszuloten und dann zu entscheiden. Ich … ähm … ich wollte Sie nur auf diese interessante Studie … aber natürlich, die kennen Sie selbstverständlich. War dumm von mir, Sie darauf aufmerksam machen zu wollen."

---

[85] Post traumatic stress disorder

[86] Porter, M., & Haslam, N.: Forced displacement in Yugoslavia: A meta-analysis of psychological consequences and their moderators

Nicht, dass ich so eine Expertin in PTSD als Kriegsfolge wäre, aber diese Studie kenne ich tatsächlich. Nur schade, dass sie zu diesem Fall so gar nicht passt, denn die kulturellen Verhältnisse der Flüchtlinge aus dem Jugoslawienkrieg sind mit denen der syrischen Migranten nicht vergleichbar.

„Leider, ich muss hier weitermachen. Sie verstehen …ein volles Wartezimmer. Wäre sehr hilfreich, wenn Sie den Häftling davon überzeugen könnten, sich verbal zu äußern. Dann könnte ich tatsächlich ein Gutachten abliefern."

„Liebe Frau Kollegin, ich werde schauen, was ich tun kann."

Gerade noch rechtzeitig, bevor er auflegt, fällt mir ein, wie ich über ihn als Mittelsmann den Ehrenschweizer kennenlernen könnte.

„Und ... ähm … ich habe noch ein Anliegen, ähm ... Ich meine die Sache mit den ‚Leckerli'. Jedenfalls, ich möchte nicht um den heißen Brei herumreden. Ich würde die Hilfe des Kollegen Ehrenschweizer ebenfalls gern in Anspruch nehmen. Wie Sie richtig bemerkt haben: ‚Die einen haben zu viele, die anderen keine und hätten gern welche.' Ich hätte gern eines, mit einem Bauch dazu. Wäre es möglich, dass Sie das einfädeln?"

Schweigen in der Leitung. Bin ich zu weit gegangen? Durchschaut er mein Ansinnen, meinen Trick? Würzl ist zwar dumm, aber vielleicht bauernschlauer, als ich ihm zutraue.

Dann endlich die befreiende Antwort: „Verstehe! Ihr Alter! Da funktioniert es nicht mehr ohne nachzuhelfen. Beim Preis werden wir uns schon einigen. Für eine Kollegin gibt's natürlich Prozente. Das bleibt aber unter uns."

„Was denken Sie? Glauben Sie, ich möchte mich strafbar machen? Das ist eine private Sache, die geht niemanden etwas an. Und außerdem, warum dafür in die Ukraine reisen? Es ist doch besser, wenn die Wertschöpfung in Österreich bleibt. Manchmal ist unbürokratische Hilfe der einzige Weg."

„Ich bin erleichtert, dass Sie das auch so sehen, Frau Kollegin. Ich werde Sie beim Walter avisieren. Und den Rest erledigen wir dann, wenn es soweit ist."

„Was meinen Sie mit dem Rest?"

„Die Bürokratie eben! Aber machen Sie sich keine Sorgen, das erledige ich schon. Und wenn Sie zufrieden sind, empfehlen Sie uns weiter."

„Sie können sich nicht vorstellen, was für ein Stein mir vom Herzen fällt! Ich trage diesen Kummer schon so lange mit mir herum, Sie sind meine Retter. Unerfüllter Kinderwunsch ist wie ein Trauma, das sich auch mit Psychotherapie nicht beseitigen lässt. Aber was erzähle ich Ihnen? Danke!"

Dann, nach einer kurzen Antwortpause, meint er verbindlich: „Noch etwas: Kein Wort zu Inspektor Sacherl. Sie wollen sie doch nicht in einen Interessenkonflikt zwischen Freundin und Gesetz bringen?"

„Was denken Sie? Niemals! Auch Freundschaft hat ihre Grenzen."

„Gut, ich melde mich, wenn ich was Näheres weiß" und dann zweideutig: „Genießen Sie diesen Tag, der Ihr Leben verändern wird."

Ich seufze erleichtert ins Telefon: „Das werde ich! Ich warte sehnlichst auf diesen Termin. Vorerst herzlichen Dank!"

Als ich den Hörer aufgelegt habe, durchfährt es mich wie ein Blitz! Was bin ich für ein Trottel? Ich hätte doch nur die Aufnahmetaste drücken müssen und dieses Gespräch wäre ein Beweis für Würzls Machenschaften gewesen. Immerhin habe ich noch die Chance, den Ehrenschweizer aufzunehmen.

Gerade als ich den ersten Patienten hereinbitten will, meldet sich Mutter triumphierend über die Sprechanlage: „Du hast vergessen, ihn aufzunehmen! Eben Schussel! Ich aber nicht. Alles gespeichert, keine Sorge. Meine Hochachtung vor deiner Aufopferung zu Ermittlungszwecken. Um an Beweise zu kommen, gynäkologische Mittel einzusetzen, bedarf es überdurchschnittlichen Engagements. Meinen Segen hast du. Bekanntlich würde ich gern Oma werden ..., wenn ich den Vater aussuchen darf. Samenbank, Spender unbekannt nehmen wir auf keinen Fall. Ich schlage den Professor vor. Einwandfreie Gene, wäre ein hervorragender Vater."

„Zum Glück bedarf ich noch keiner gynäkologischen Intervention. Wie dir bekannt sein sollte, schaffe ich es noch *selber*, schwanger zu werden."

„Aber das Alter?"

Genug! Ich schalte die Gegensprechanlage aus. Muss ich mir von einer Greisin mein Alter vorhalten lassen? Soll sie sich doch ein Baby bestellen. Vielleicht gar noch einmal mit den Genen meines Zeugers oder gleich einen Klon von ihr selber. Mit dem täte sie sich wenigsten schwer, an ihm herumzunörgeln.

Trotzdem fällt mir ein Stein vom Herzen, dass ich das Telefonat gespeichert weiß. Wenn ich mich schon in die Höhle des Löwen begeben werde, dann wenigstens mit ausreichend Indizien.

Immerhin fühle ich mich noch immer so beschwingt von meinem anregenden Tagesbeginn, dass ich selbst die Kätzchenpatientin, die mich als Erste beglückt, gelassen, ohne sie zu unterbrechen, ihre endlosen Beschwerden herunterbeten lasse.

„Das ist ja großartig, wie Sie es schaffen, so ein lebhaftes Tier zu erziehen. Ich habe schon immer vermutet, dass in Ihnen eine verborgene Katzenflüsterin steckt."

Frau Weniger strahlt mich an und kramt in ihrer Handtasche.

„Das ist für Sie!" Sie streckt mir ein Päckchen zu, das ich mit etwas erzwungenem Lächeln entgegennehme.

„Danke sehr, was da wohl drin ist?"

„Machen Sie es auf."

Ich löse die Schleife und unter der Verpackung leuchtet mir das Gesicht der Patientin entgegen, die mit ihrem Kätzchen einen innigen Kuss tauscht.

„Das ist für Ihren Schreibtisch, als Erinnerung."

„Oh, danke ", stammle ich, „ist das süß!"

„Für Ihre Mutter habe ich auch ein Bild. Auch als Erinnerung."

„Da wird sie sich aber freuen. Sie hat das Kätzchen ja besorgt."

„Ich habe gemerkt, wie schwer sie sich tat, es herzugeben, drum habe ich ihr angeboten, dass sie meinen Liebling ausborgen darf, wenn ich auf Urlaub bin! Und Sie auch!"

Oh nein, da müssen wir uns in Zukunft aber gute Ausreden einfallen lassen! Hunde und Katzen mögen für einen Großteil der Bevölkerung eine Therapie gegen Einsamkeit sein, Mutter und ich ziehen allerdings die menschliche Gesellschaft vor, denn die beißt und kratzt nicht.

„Das ist ja sehr lieb und aufmerksam."

Das hätte ich lieber nicht sagen sollen, denn Frau Weniger hievt ihre Tasche auf den Schoß, öffnet sie, zieht schnaufend das Kätzchen heraus und drückt es mir in die Hand.

„Ich dachte, Minki darf jetzt mal zum Eingewöhnen eine Stunde bei euch verbringen, während ich Besorgungen mache. Ich will nämlich in vierzehn Tagen auf Kur gehen. Apropos Kur! Einen Antrag dafür müssen Sie mir auch noch ausstellen."

Mir bleibt die Spucke weg. Ich bin sprachlos. Selbst um ihr das Vieh wieder zurückzugeben, fehlt mir der Antrieb. Endlich fange ich mich wieder: „Können Sie Minki mal kurz wieder halten, denn wie soll ich Ihnen sonst den Kurantrag ausfüllen?" Dabei schiebe ich das Tier quer über den Schreibtisch zu ihr zurück, was bei der Katze ein ungehaltenes Miauen verursacht.

„Sie müssen schon ein wenig liebevoller mit ihr umgehen, das ist sie nicht gewöhnt. Aber ich dachte schon, dass Sie in Wirklichkeit eine Grausame sind. Das Nette ist nur gespielt. Das machen Sie nur uns Patienten vor."

Ich atme tief durch, denn sonst würde ich sie samt ihrem *Kätzchen* aus dem Zimmer werfen.

„Ich bin nett, aber kein Tierarzt. Ich bin Menschenarzt. Den Umgang mit Haustieren hab ich nicht studiert. Tut mir leid, aber vielleicht bringen Sie Minki in einer Tierpension unter, während Sie nicht da sind. Da würde sie sich sicher wohler fühlen als einsam in einer Wohnung."

„Was glauben Sie eigentlich? Zuerst drängen Sie mir die Katze auf und dann soll ich auch noch dafür zahlen, wenn ich keine Zeit habe. Wie stellen Sie sich das vor? Sie haben dem Tier gegenüber eine Verantwortung. *Sie* haben Minki ohne meine Erlaubnis aus dem Tierheim geholt."

„Frau Weniger! Wir haben zwei Möglichkeiten: Entweder ich fülle Ihnen einen Kurantrag aus und Sie suchen sich eine andere Bleibe für Miniki oder ich fülle Ihnen keinen Kurantrag aus und Sie bleiben bei Ihrem Kätzchen zu Hause. Was wollen Sie?"

Während meiner kleinen Ansprache hüpft sie schon entrüstet auf, packt die arme Katze wieder in die Tasche, reißt das Bild an sich und brüllt: „Ich werde Sie anzeigen. Sie, Sie, Sie Tierquälerin … bei der Ärztekammer. Und im Internet können Sie sicher sein, werde ich Sie derartig vernadern[87], dass nie mehr ein Patient diese Ordination betreten wird."

Verschwinde einfach, denke ich, sagen tu ich aber freundlich: „Tut mir leid! Brauchen Sie noch ein Rezept?"

Sie stoppt kurz – man will ja als Gegenleistung was für seinen Krankenschein mit nach Hause nehmen –, reißt mir die Verordnung aus der Hand: „Geben Sie schon her!" und entschwindet.

---

[87] verunglimpfen

Kaum ist sie draußen, bekomme ich als interne Mitteilung auf den Bildschirm: „Bei mir war sie ganz zahm. Du musst lernen, dir bei deinen Patienten mehr Respekt zu verschaffen.“

Ich antworte intern zurück: „Brauche ich nicht mit so einem Zerberus im Vorzimmer.“

Noch bevor der nächste Patient eintrifft, überprüfe ich meine Mails. Frau Oberinspektor Sacherl von ihrer privaten Mailadresse. Hat wohl Sorge, dass man ihr draufkommt, dass sie die Daten der Adoptivmutter weitergegeben hat.

„Hat deine Mutter die Kindesmutter schon getroffen? Und? Bussi.“

Wenn Erika erfährt, dass wir das genetische Material, ohne sie zu verständigen, an Manfred weitergegeben haben, wird sie böse sein. Besser, ich lasse mir was einfallen. Drum antworte ich: „Noch nicht, aber bald. Bussi“

Ich muss Zeit gewinnen, damit ich mir eine Ausrede ausdenken kann. Das erledigt sich von selber, denn: „Du *warst* meine Freundin! Ich will mich mit deinen Lügen nicht mehr auseinandersetzen müssen. Du glaubst wohl, dass mich Manfred auch betakelt? Der ist so wie ich ein treuer Diener des Staates und kein dilettantischer Hobbydetektiv. Ruf mich ja nicht an. Du bist für mich mitsamt deiner überkandidelten[88] Mutter gestorben.“

Was soll ich darauf antworten? Also begnüge ich mich mit: „Entschuldige, wollte dich nur schützen.“

Sie darauf: „Vor wem, vor dir?“

Mit der Kätzchenepisode und nun auch noch den Mails meiner Freundin hat sich meine gute Laune zerschlagen. Wie sagte schon Goethe: „Ich bin ein Teil von jener Kraft, die stets das Böse will und stets das Gute schafft.“ Bei mir ist es gerade umgekehrt: „Ich bin ein Teil von jener Kraft, die stets das Gute will und stets das Böse schafft.“ Im Übrigen denke ich, hat es Goethe wahrscheinlich in meinem Sinne gemeint und durch einen Druckfehler hat man das Böse vorne hingesetzt. Jedenfalls tritt zweiter Fall eindeutig häufiger auf als Ersterer.

War es denn nicht nur gut gemeint mit dem Kätzchen? Und wollte ich Erika nicht tatsächlich davor schützen, unredlich zu handeln, indem ich sie erst informieren wollte, wenn auch ein Beweismittel vorliegen würde?

---

[88] exaltiert

Den restlichen Vormittag bleibt mir nichts anderes übrig, als meine professionell freundliche Miene aufzusetzen, während ich in meinem Inneren wegen Erikas Drohungen durchaus betrübt bin. Als Psychiater muss man immer so tun, als ob man selber keine Probleme hätte. Als ob man souverän alles Unbill und Leiden des Alltags gewachsen wäre. Ja, dass man auch dann noch drübersteht, wenn einen Menschen kränken oder man unabsichtlich – was noch schlimmer ist – selbst andere gekränkt hat. Meine Freundin muss versöhnt werden! Und wie geschieht das am besten? Ein Geschenk! Ein modisches Geschenk! Frisch verliebt, wird sie ein Behübschungsteil sicher mir gegenüber wohlwollend stimmen. Also rufe ich ihre Freundin Erni Proga an. Die hat die Boutique „Clothes Antiques", das Lieblingsgeschäft von Erika.

„Hier ist die Alma Liebekind", flöte ich ins Telefon.

„Oh, meine Süße, wie schön dich zu hören", flötet es zurück, „was kann ich für dich tun, meine Süße?"

Das nenne ich Freundschaftsdienst, sich so einen Stuss anzuhören!

„Ich dachte, Sie kennen sich aus … Ich wollte Erika eine Freude … und da dachte ich an Sie."

„Richtig gedacht, meine Liebe. Ein Geschenk?"

„Ja, ein Geschenk, etwas, das sie sich sehnlichst wünscht, aber für sie zu teuer ist."

„Hi, hi, hi", kichert es aus dem Hörer, „da hat wohl jemand gestritten, denn der Geburtstag ist noch in weiter Ferne."

Blöde Gans! Schon ärgere ich mich, dass ich mein schwer verdientes Geld für eine Ware, die ich mir selber niemals kaufen würde, zu diesem Trampel transferieren werde. Die Kleidung in dieser Boutique ist nämlich kitschig und überladen, einfach gewöhnlich, aber leider der Geschmack von Frau Sacherl.

„Nein, nein, nur eine Überraschung für einen Gefallen."

Warum rechtfertige ich mich eigentlich bei dieser Tussi? Was geht es sie an, warum ich Erika was schenken möchte?

„So, so ", antwortet sie zweideutig, „da hätten wir was Exklusives, von Cavalli, ein Kleid. Bezaubernd, wie neu und es steht ihr so gut."

Keine Ahnung, wer Cavalli ist, aber bringen wir es hinter uns.

„Wie viel? Kann ich Ihnen das Geld überweisen und Sie schicken das Päckchen an ihre Adresse?"

„Für dich mache ich dreihundert. Ein Freundschaftspreis, neu kostet das Kleid dreitausend."

Ich schlucke. Dreihundert? Nie im Leben würde ich mir selber einen Fetzen für dreihundert kaufen. Und dann auch noch getragen! Wer weiß, hatte die Vorträgerin einen Hautpilz oder sonst was Ansteckendes und dann bezahle ich für eine dermatologische Erkrankung dreihundert?

„Das Kleid ist aber schon in der Putzerei gewesen? Ich meine wegen der Hygiene!"

Frau Proga ist entsetzt: „Was glaubst du eigentlich? Willst du mir unterstellen, dass ich ungewaschene Ware anbiete? Oder dass die Vorbesitzerin Wanzen und Flöhe hatte? Eine Dame der oberen Gesellschaft eine Hautkrankheit, oder wie?" und beleidigt: „Das ist nicht fein von dir, gar nicht fein. Eigentlich sollte ich dir das Kleid gar nicht verkaufen."

Von dem abgesehen, dass auch „VIP-Damen" ansteckende Krankheiten haben können, denn Keime gehorchen ausschließlich dem Grundsatz „Freiheit, Gleichheit, Brüderlichkeit" und sind somit die einzig wahren vorurteilslosen Lebewesen, bin ich heute anscheinend auf einen Zug aufgesprungen, der alle Leute, mit denen ich Kontakt habe, anfährt.

Wieder einmal entschuldigen! Wieder einmal unfreiwillig entschuldigen! Wieder einmal Entschuldigung schwindeln!

„Tut mir leid, so habe ich es nicht gemeint. Bitte das Kleid an die Erika mit einem Botendienst und mir die Rechnung schicken."

Knapp angebunden schmollt sie: „Ich hätte es lieber bar."

Oh, an der Steuer vorbei!

„Gut, ich sende das Geld per Boten bar, sobald ich beim Bankomaten war. Geht das in Ordnung?"

„Weil Sie es sind! Sonst mache ich sowas nicht, andere müssen sich schon herbemühen."

Schau, schau, immerhin habe ich sie dermaßen vor den Kopf gestoßen, dass ich zumindest nicht mehr geduzt werde. Ein teurer Spaß, dieses „Sie"!

„Wenn das Geld da ist, gebe ich das Päckchen auf. Mit der Transportgebühr sind es allerdings dreihundertzwanzig."

Bevor ich antworte, presse ich noch ungehört einen tiefen Seufzer aus meiner Brust: „Geht in Ordnung, Servus!"

Nachdem sie aufgelegt hat, google ich „Cavalli". Sofort erscheint eine Seite mit Unterhosen, Tangas in Tigermuster. Wie geschmacklos! Und dann die Seite mit den Kleidern. Da kosten die allerdings neu nur fünfhundert Euro, gebraucht gibt's die auf Ebay zwischen zwanzig und fünfzig Euro. Wieder einmal hineingelegt worden! Hoffentlich kann ich mir mit dem Kleid wenigstens Erikas Gunst wieder zurückkaufen.

Gerade als ich aus meiner Ordination aufbrechen möchte, erscheint am Display: „Paracelsus", also ein Anruf eines Kollegen, vermutlich Würzl. Es ist aber nicht Würzl, sondern die Ordination Dr. Ehrenschweizer.

„Ordination Prim. Ehrenschweizer, Schieferer. Ich rufe Sie im Auftrag des Herrn Primar an, Sie können selbstverständlich jederzeit vorbeischauen. Wann wäre es Ihnen recht?"

Irgendwie kommt mir diese Stimme bekannt vor und „Schieferer"? Jedenfalls scheint es jemand sehr eilig zu haben, sich mit mir gut zu stellen. Normalerweise wartet man Wochen auf so einen Termin. Selbst als Kollegin wäre ich nicht gleich drangekommen!

„Wenn es dem Herrn Primar passt, dann würde ich sofort in circa einer Stunde vorbeischauen."

„Wunderbar, wir warten auf Sie!"

Das ging aber schnell! So ganz wohl ist mir dabei allerdings nicht. Wenn ich mich im Dienste der guten Sache untersuchen lassen muss, wird er feststellen, dass ich gerade eine Fehlgeburt hatte, was meine angebliche Unfruchtbarkeit unglaubwürdig erscheinen ließe. Wenn ich mich *nicht* anschauen lasse, wird mein Besuch verdächtig wirken. Eine Zwickmühle!

Auf meinem Weg nach draußen bekomme ich noch ein spöttisches „Viel Vergnügen" von Mutter mit auf den Weg, das ich mit „Danke für deine Anteilnahme" beantworte. Im Stiegenhaus stoße ich dann auch noch beinahe mit meinem Liebhaber zusammen, der im Eilschritt die Stufen nimmt, mich erblickend auf mich zustürzt, mich umarmt und herzt.

„Meine Liebste, ich werde dich jetzt zu einem fulminanten Mahl, nämlich Schweinfleisch süß-sauer, entführen und als Nachspeise gibt es gebackenes Obst. Was sagst du dazu? Und! Ich zahle!" Dabei zieht er einen zerknüllten Hunderter aus seiner Hosentasche.

„Eine prächtige Idee! Aber vorher musst du mir noch einen Gefallen tun. Ich erkläre es dir am Weg ins Sanatorium."

Michael blickt mich skeptisch an: „Was ist das schon wieder? Ein Rückfall, blutest du?"

Ich schüttle den Kopf: „Keine Sorge, alles gut, ich will mich nur ein wenig in diesem Gebäude umsehen und den Chef abchecken, deshalb habe ich einen Termin beim Primar ausgemacht."

„Verstehe ich nicht."

„Komm, wir setzen uns in die U-Bahn und ich erzähle dir, wie du mir helfen kannst."

Michael tritt einen Schritt zurück: „Wieso helfen, was ist da schon wieder? Du brütest schon wieder was aus, das merke ich. Lass mich da draußen."

Um ihn zu beruhigen, ziehe ich ihn an mich, drücke mein Becken fest an das seine und küsse seine Ohrläppchen, eine von uns beiden ritualisierte Geste, die größere Vergnügungen verheißt. Das stimmt ihn wie erwartet freundlich. Bevor er allerdings dieses Bestreben nach Vergnügung weiterführen darf, entziehe ich mich, fasse ihn an der Hand und lotse ihn die Stiege hinunter.

„Wenn wir da sind, werde ich dich als meinen Lebensgefährten vorstellen. Wir wünschen uns sehnlichst ein Kind, aber es klappt nicht, deshalb haben wir uns für IVF entschieden. Kapierst du?"

Mein Liebhaber starrt mich entgeistert an: „Aber du wolltest doch kein Kind? Deshalb haben wir doch so gestritten. Das war doch erst vorgestern."

„Vorvorgestern und ich will auch gar kein Kind."

„Aber warum möchtest du dann im Glas befruchtet werden?"

Ich bleibe stehen, schließe meine Augen, atme tief durch und schüttle meinen Freund an den Schultern: „Verstehst du nicht, ich bin da vermutlich einem Verbrechen auf der Spur. Ich tue nur so als ob. Und du musst auch so tun als ob. Als Samenspender, kapiert?"

Michael trotzt: „Ich will aber nicht! Mit sowas scherzt man nicht. Du hast gerade unser Kind verloren und jetzt machst du dir einen Spaß draus, so zu tun, als ob du keines haben könntest. Du versündigst dich."

Jetzt bleibt mir aber die Spucke weg. Ein Salonkommunist, angeblich freidenkender Atheist, spricht von „Versündigung"? Gut, ich werde meinen Kommentar dazu hinunterschlucken. Um ihn nicht noch mehr zu vergrämen, drücke ich auf die Moraldrüse und die spritzt sogleich politisch korrekte Argumente hervor: „Ich mache das für all die Leihmütter, die von dieser geldgierigen Ärztemafia ausgebeutet werden. Kannst du da zuschauen, wie sie die hilflosen Asylwerberinnen schwängern und ihnen dann die Babys wegnehmen? Und wenn sie nicht spuren, werden sie einfach durch einen Auftragsmörder umgelegt?"

Das sitzt. Mein idealistischer Möchtegernantikapitalist nickt.

„Du hast recht. Da muss man was tun. Wir werden sie auffliegen lassen."

„Ich wusste, dass du immer auf der Seite der schwachen Opfer stehst."

Als wir bei der U-Bahnstation Rossauer Lände angekommen sind, hat sich Michael schon ganz in seine Rolle als Retter der missbrauchten Migrantinnen eingelebt.

Der Eingang zu Ehrenschweizers Ordination liegt neben dem Tor, durch welches der Lieferwagen, welcher die Gebärende gebracht hat, gekommen ist. Nachdem ich angeläutet habe, geht die Pforte mit einem Summerton auf. Gleich danach schreitet man einen Gang entlang, von dem rechts drei Türen weggehen, bis man an der Stirn zur Rezeption gelangt. Da thront die „Schieferer" hinter ihrem Schreibtisch. Jetzt wird mir klar, weshalb mir die Stimme und der Name bekannt vorkamen – die Psychotherapeutin aus dem Sanatorium. Als wir vor ihr stehen, erhebt sie sich: „Wir haben uns schon kennengelernt. Magister Schieferer", dann gibt sie uns überfreundlich die Hand und reicht uns ein Formular zum Ausfüllen der Stammdaten sowie eventueller Allergien, stattgefundener Operationen, Erbkrankheiten usw. Bisher alles wie bei einer üblichen Neuaufnahme in einer Ordination. Um nicht mit meinem Vater in Verbindung gebracht zu werden, der ja angeblich der Taufpate des Primars ist, fülle ich meinen Namen nur mit Liebekind ohne Spanneck aus.

Die Schieferer entspricht noch nicht dem Prototyp einer Ordinationsperle, sondern ist noch der zweite oder dritte Aufguss einer zukünftigen Frau Primarius. Solange dieses Ziel nicht erreicht ist, wird sie sich ausschließlich ihrem „Herrn", dem verehrten Gott in Weiß, widmen.

So eine Assistentin hätte ich mir auch immer gewünscht. Leider verdingen sich solche Exemplare ausschließlich bei distinguierten männlichen Kollegen, die kraft ihrer natürlichen Autorität die Bewunderung und die heimliche Liebe in ihnen hervorrufen.

Dann sind sie aufopfernd auf das Wohlbefinden und die gute Laune ihres Meisters bedacht. Sie tolerieren Liebschaften mit jüngeren Kolleginnen, besorgen das Weihnachtsgeschenk für die zurzeit Angetraute und leben immer in der Hoffnung, dass ihr Traummann eines Tages seine Augen öffnet und draufkommt, dass sie die einzige und wahre Liebe sind. So schwinden ihre fruchtbaren Jahre dahin und die Natur frisst ihre straffe Haut und den Glanz ihrer Jugend. In der Zwischenzeit hat er sich schon wieder ein anderes, jüngeres Modell geangelt und sie muss sich für das passende trendige Weihnachtsgeschenk in neueren zeitgeistigen Journalen weiterbilden. Aber: Seine Damen kommen und gehen, nur sie bleibt und wird zumindest nicht als Gehilfin entsorgt. Der Gedanke, dass er ohne sie aufgeschmissen, ja, hilflos wäre, lohnt die Mühe der entsagenden Liebe.

„Der Herr Primarius ist gleich da. Wünschen Sie in der Zwischenzeit einen Kaffee, Wasser?"

Wir lehnen dankend ab.

Beneidenswert, sich eine Praxis leisten zu können, in der man den Patienten den Komfort eines Cafés bieten kann. Wenn einer leugnet, dass bei uns schon lange die Zweiklassenmedizin herrscht, dann wird er in diesem gediegenen Ambiente eines Besseren belehrt. Da gibt es keine eng nebeneinander aufgereihten Sessel, keine abgegriffenen Lesezirkelzeitschriften, keine abgestandene Luft, die nach den aus den Mänteln der Klienten entweichenden Küchendünsten riecht, auch keine verwelkten Topfpflanzen, die, noch immer in ihrer Krepppapierblumenmanschette wohnend, lieblos im Wartezimmer entsorgt wurden. Hier herrscht die Atmosphäre einer Nonchalance des Reichtums. Wer betucht ist, ist hier richtig! Mit Geld kann man ein Kind nach Maß erwerben. Im Gegensatz zu anderen gynäkologischen Praxen leuchten von den Wänden keine Fotos von glücklich lächelnden Müttern mit ihren Neugeborenen, der Gast soll vielmehr durch teure moderne Ölgemälde beindruckt werden.

Beim näheren Hinsehen stellt sich heraus, dass Herr Vau Punkt Spanneck anscheinend auch hier geschäftlich tätig war, denn eines dieser überdimensional großen, ansonsten aber uninteressanten Bilder ist mit Mario Burzelt signiert. Als sich die Frau Magister gerade intensiv mit ihrem Laptop beschäftigt, stoße ich Michael unauffällig an und deute auf das Bild. Der nickt und vermittelt mir, dass er verstanden hat. Anscheinend hat dies aber auch die Sekretärin mitbekommen, denn sie wendet sich uns zu und meint: „Tolles Gemälde nicht wahr? Leider ist der Maler bereits verstorben. Wir konnten es aber aus seinem Nachlass ersteigern."

Ich lächle verlegen zurück und rechtfertige mich: „Ich glaube, ich hab schon mal was von dem in einer Galerie gesehen."

„Mag sein. Der Herr Primarius ist ein großer Sammler und Liebhaber von moderner Kunst. Bei so einer herausfordernden Arbeit braucht's einen Ausgleich."

Dann widmet sie sich wieder ihrer Tätigkeit. Eines ist klar, die Dame beobachtet alles und beurteilt die Vertrauenswürdigkeit der Klientel. Die weiß sicher über die Fragwürdigkeit der Tätigkeiten ihres Gebieters Bescheid, deshalb checkt sie vorab, wie weit man den Wünschen der zukünftigen Eltern Rechnung tragen darf. Kann sein, dass sie vorab eine erste Selektion trifft.

Dieser Vermutung entspricht auch die weitere Unterhaltung mit uns: „Tut mir leid, dass es so lange dauert, aber wenn man sich ein Kind wünscht, muss man eben Geduld haben. Ich möchte ja nicht indiskret sein, aber seit wie vielen Jahren probieren Sie es schon?"

Mein Liebhaber stellt sich erstaunlich geschickt an, denn wie aus der Pistole geschossen antwortet er für uns: „Das ist nicht unser Problem, aber die Frucht hält nicht."

Mitleidig blickt sie mich an: „Immer Abortus, schrecklich. Da kann Ihnen der Herr Primarius sicher helfen. Tja, was soll ich Ihnen sagen, Sie sind ja vom Fach, Sie kennen sich ja aus. Da gibt's eben nur eines: eine Leihgebärmutter."

Wie abgesprochen nicken wir beide zuversichtlich und Michael bekräftigt: „Unsere letzte Hoffnung …"

Dann erscheint der Retter! Herr Primarius Professor Dr. Ehrenschweizer wirft seiner Perle den Mantel zu, begrüßt uns mit einem professionellen Lächeln, nimmt meine Hand, zieht mich vom Sessel hoch und hinter ihm her ins Sprechzimmer.

Mir bleibt nur „… und mein Mann…" zu stammeln und schon schließt sich hinter uns die Türe. Da angekommen, drückt er mich sogleich auf den Stuhl, der vor seinem Schreibtisch steht.

„Unser Freund Würzl hat mir schon alles erzählt", beginnt er seinen Redeschwall, „ja, in einem gewissen Alter wird es immer schwieriger. Die Eizellen gehen aus, zu viele verbraucht. Aber wir kriegen das schon hin. Papa Ehrenschweizer wird's schon richten ..."

„Ich, ich ...“, versuche ich ihn zu unterbrechen, aber er setzt fort, ohne mich anzuhören.

„Dann kommen wir mal gleich zur Sache. Als einer Kollegin brauche ich Ihnen ja nicht zu erklären, dass wir mal schauen müssen, wo es hapert. Wenn ich bitten darf?“, dabei deutet er auf den gynäkologischen Stuhl hinter mir. Als er merkt, dass ich nicht die Absicht habe, sofort auf Kommando aufzustehen, zieht er verständnisvoll seine Lippen nach oben, legt den Kopf auf die Seite und meint: „Natürlich können Sie mir Ihr Herz ausschütten. Papa Ehrenschweizer hört zu.“

„Mein Problem ist nicht die Befruchtung. Der Fötus hält nicht.“

Ich springe auf den Wagen, den Michael gestartet hat, auf. War eine gute Idee von ihm, die Fehlgeburt ins Spiel zu bringen, denn umso authentischer erscheint mein Begehren. Auch wenn ich verständlicherweise keine Lust habe, mich von „Papa Ehrenschweizer“ anschauen zu lassen, würde eine gynäkologische Untersuchung immerhin jegliches Misstrauen seinerseits zerstreuen.

„Ja, das gibt es häufig. Wie viele Fehlgeburten hatten Sie denn schon?“

Allzu dick möchte ich nicht auftragen, aber mein Leidensdruck muss trotzdem plausibel sein. Also lüge ich: „Sechs ...“, denn diese Anzahl scheint mir als geburtshilflicher Laie glaubhaft.

„Wir haben eine Lösung. Ich nehme an, dass unser Kollege Würzl schon mit Ihnen darüber gesprochen hat.“

„Er hat was angedeutet und, ähm ... diese Möglichkeit wäre mir sehr willkommen. Außerdem bräuchte ich dann nicht, ähm ... Sie wissen ja, wie das ist ... Jedenfalls könnte ich dann auch ohne eine Vertretung weiter ordinieren.“

Ehrenschweizer nickt verständnisvoll, beugt sich über seinen Schreibtisch, langt nach meinen Händen, umfasst und drückt sie mitfühlend.

„Mir liegt das Wohl der Eltern am Herzen. Drum habe ich mich entschlossen, auch für österreichische Mütter eine Lösung anzubieten, die sie nicht dazu zwingt, in die Ukraine oder sonst wohin auszuweichen. Wir sind hier ein ultramodern ausgestattetes Institut und können jeglichen Wunsch erfüllen.“

„Meinen Sie damit, dass wir uns auch das Geschlecht aussuchen könnten? Natürlich mit entsprechender Honorierung?“

Ehrenschweizer windet sich, lehnt sich auf seinem Sessel wieder zurück und wiegt seinen Kopf: „Zuerst schauen wir mal, was bei Ihnen nicht stimmt. Dann können wir noch immer den Rest erörtern."

Oh je, ich dachte schon, die Untersuchung kann ich mir ersparen! Wird wohl unerlässlich sein, um mir sein Vertrauen zu erwirken.

Ich lächle ihn verkniffen an und nicke.

„Da hinter dem Paravent können Sie sich frei machen. Den Rest brauche ich Ihnen wohl nicht zu erklären."

„Ich hatte gerade einen Abortus vor neun Tagen."

„Keine Sorge, ich bin sehr vorsichtig."

Also wandere ich hinter die Abtrennung und mache mich „frei". Es ist lächerlich, dass meine Genitalien trotz meines Berufs noch immer schambehaftet sind. Weiß Gott, weshalb gerade diese Körperteile tabuisiert werden. Wenn der Zahnarzt in die Mundhöhle schaut, geniert man sich doch auch nicht. Das ist genauso ein Loch, nur eben am oberen Ende des Körpers!

Zumindest dieses Mal vergesse ich nicht darauf, die Aufnahmetaste meines Handys zu drücken. Sein Gesicht zwischen meinen Beinen setzen wir unsere Konversation fort.

„Auf den ersten Blick gibt es keinen Grund, weshalb Sie ein Kind nicht behalten können. Aber wahrscheinlich besteht bei Ihnen eine Abstoßungsreaktion des Uterus gegen das Fremdeiweiß. Das kommt öfter vor, als man denkt. Meistens ist ein Mangel an Progesteron, meist stressbedingt, daran schuld. Sie haben viel Stress?"

„Nicht mehr als andere Leute. Und wenn es so wäre, könnte ich auch nichts daran ändern. Ich liebe meinen Beruf. Allerdings ist man als Psychiater nicht gerade mit den ... ha, ha ... den glücklichen Patienten konfrontiert."

„Ich verstehe. Sie könnten es natürlich vor einer Leihmutterschaft noch mit Yoga, Autogenem Training, Psychotherapie oder dergleichen versuchen."

Wenn der Rat mit „Yoga oder dergleichen" aus meiner Sicht auch völlig sinnlos ist, so muss ich ihm immerhin anerkennend zugestehen, dass er mich nicht sofort zu seiner kostspieligen Intervention überreden will. Anscheinend wohnt noch ein Rest an Medizinerehre in ihm.

Während des anschließenden Ultraschalls werde ich unsere Unterhaltung in Richtung wissenschaftliche Erkenntnisse lenken.

„Erstaunlich, was reproduktionstechnisch schon alles möglich ist. Ich bin ja ein Laie, aber naturgemäß habe ich darüber gelesen. Nur … ich finde diesen ganzen moralischen Hickhack darüber erbärmlich. Soll doch mal jemand von der Ethikkommission selber in die Situation kommen, kein gesundes Kind bekommen zu können! Dann würden die anders urteilen."

„Das sehe ich genauso und das ist der Grund, warum ich dieses Institut gegründet habe. Wir helfen den Menschen!"

„Würden Sie auch gentechnisch veränderte Kinder befürworten?"

Ehrenschweizer stockt kurz, aber dann schwindet angesichts dieses hilflosen Weibes mit der Ultraschallsonde in ihrem Bauch, anscheinend das Misstrauen.

„Wieso nicht? Wieso kann man der Natur nicht ein wenig nachhelfen? Erbkrankheiten verhindern, die genetischen Möglichkeiten optimieren?"

„Richtig! Deshalb fühle ich mich bei Ihnen auch gut aufgehoben. Ich möchte ein Kind, dessen Gene vorab gecheckt sind. Können Sie das?"

„Falls der Verdacht auf eine Erbkrankheit von Ihrer Seite oder von der Ihres Mannes besteht, dann werden wir das screenen."

„Und eventuell beheben?"

„Auch das, wenn nötig."

„Großartig! Mich würde interessieren, was für eine Technik Sie dabei anwenden? CRISPR?"

Meine naive Frage belächelt der Primar: „So einfach ist es leider nicht! Ich habe mich Jahrzehnte mit dieser Sache beschäftigt und ich kann nun stolz behaupten, dass ich eine eigene ausgefeilte Technik entwickelt habe, in die Genstruktur einzugreifen. Aber ich gebe Ihnen recht, auch diese Technik beruht auf CRISPR. CRISPR war ein Quantensprung in der Gentechnologie. Dadurch ist alles möglich geworden."

„Na, dann werden wir ja bald auch menschliche Klone haben?" Und um nicht vorschnell vorzupreschen: „War nur ein Scherz!"

Wider Erwarten habe ich Ehrenschweizer mit dieser Frage total aus der Reserve gelockt. Mit funkelnden Augen und theatralisch aufgerichtetem Oberkörper hebt er seine Arme beschwörend in die Höhe und vergisst dabei ganz auf die Sonde in meiner Vagina.

„Das werden wir! Zum Wohle der Menschheit."

Mit dem Ding in mir drin möchte ich ihn nicht weiter anfeuern, sondern meine zustimmend: „Zukunftsmusik, aber eine vielversprechende."

„Zukunft? Nein, Gegenwart!"

Um ihn wieder aus seinem wissenschaftlichen Himmel auf den Boden der Realität zurückzubringen, wetze ich mit meinem Becken, um ihn dazu zu bewegen, die Sonde aus mir herauszuziehen, was er erschrocken auch sogleich mit einem Ruck erledigt.

Wieder voll bekleidet, investiere ich weiter in vertrauensbildende Maßnahmen.

„Sie sind ein außergewöhnlicher Wissenschaftler. Man spürt bei Ihnen die Leidenschaft für die Sache. Bewundernswert, ich wünschte, ich wäre auch so."

Bauchpinseln wirkt bei solchen Männern immer, vor allem um ihre Überlegenheit herauszustreichen.

„Aber, Frau Kollegin, ich bin sicher, Sie sind eine tüchtige Psychiaterin. Manchen liegt eben die Praxis mehr als die Theorie."

„Da haben Sie wohl recht. Darf ich noch einen Wunsch äußern?"

„Nur raus damit, wir versuchen unseren Patientinnen jeden Wunsch von den Augen abzulesen."

„Darf ich ....", dabei lächle ich ihn wie eine Primanerin an, „ich möchte so gern ...,Ich vermute, es ist unverschämt ... und keineswegs aus Misstrauen ... nur aus Wissensdurst ... meine Neugierde ... Ich möchte die Geburtsstätte meines zukünftigen Kindes sehen. Ihr Labor."

Der Primarius weicht einen Schritt zurück und blickt mich misstrauisch an.

„Oh nein! Ich will nicht in ihr Alchimiekämmerlein eindringen. Es ist nur das Interesse an und die Ehrfurcht vor diesem Metier."

Daraufhin entspannt sich seine Mimik und sein Gesicht überzieht wieder ein freundliches Lächeln.

„Kein Problem", meint er überlegen, „ich zeige Ihnen meine ...", und dabei wirkt er verklärt, „... meine Alchimistenstube."

11. Kapitel

Der Weg zur „Alchimistenstube" führt durchs Wartezimmer, wo Magister Schieferer in ein angeregtes Gespräch über Ethik mit Michael verwickelt ist. Dieses Thema beschäftigt meinen Freund auch außerhalb dieser Mission. Seine naiv idealistische Welteinstellung prädestiniert ihn als „Moralapostel" und damit Gentechnikgegner. Umso erstaunter bin ich, von ihm diese Meinungsäußerung zu vernehmen: „Gentechnologie ist ein Segen, wenn sie zum Wohle der Menschen eingesetzt wird. Da gebe ich Ihnen völlig Recht."

Da scheint er sich im Dienst der Sache aber ordentlich zu verstellen!

Als ich mitsamt Dr. Ehrenschweizer an ihm vorbeikomme, hüpft er auf, stellt sich uns in den Weg und fragt den Primar flehentlich: „Es wird doch klappen? Ein Kind?"

Der Professor klopft meinem Freund auf die Schulter: „Beruhigen Sie sich. Wir kriegen das schon hin" und dann zu mir mit einem Augenzwinkern: „Gell, Frau Kollegin?"

Anhimmelnd bestätigt die Psychologin das Versprechen ihres Chefs: „Das kriegt der Herr Professor schon hin. Habe ich Ihnen doch schon gesagt!"

Ich strahle Papa Ehrenschweizer an und deute auf Michael: „Darf mein Mann auch in die ‚Alchimistenstube' mit?"

Großmütig nickt der Gynäkologe und deutet seiner Assistentin: „Die Schlüssel, meine Liebe!"

Die springt auf und schießt zur ersten Tür links, um aufzusperren. Sie öffnet beflissen und wir dürfen eintreten. Drinnen deutet der Professor mit einer göttlichen Geste über den Raum und verkündet großartig: „Das ist mein Reich!"

Das „Reich" schaut auf den ersten Blick genauso aus wie ein übliches Labor. Mikroskope, Elektrophorese Apparaturen, Spektrometer, Chromatografen, Zentrifugen. An der Stirnseite führt eine Tür, auf der ein Schild mit dem Symbol Strahlung klebt, in einen weiteren Raum. Ehrenschweizer schiebt uns zu einem Mikroskop und fordert mich auf, auf dem Sessel davor Platz zu nehmen.

„Das ist ein „Nikon Eclipse Ni-U"-Mikroskop Mit seiner Hilfe implantiere ich die Spermie in die Eizelle. Schauen Sie mal durch!"

Er richtet einen Objektträger unter die Linse, dreht an der Einstellungsschraube und drückt meinen Kopf auf das Okular. Ich sehe nur verschwommen, traue mich aber nicht, das auch kundzutun. Drum blicke ich ihn von unten begeistert tuend an: „Toll, unglaublich."

„Ja, wir sind hier nach der letzten Technik ausgestattet. So können wir jeden Wunsch erfüllen. Wollen Sie einen blonden Buben oder ein schwarzhaariges Mädchen? Kein Problem, wir schaukeln das."

Michael presst seine Kiefer zusammen, was ein Zeichen dafür ist, dass er eigentlich ausrasten möchte. Doch er beherrscht sich tapfer.

Als ich auf die Tür mit dem Strahlungsschild deute und frage: „Und da drinnen? Wozu brauchen Sie radioaktive Substanzen?" wird Dr. Ehrenschweizer nervös.

Die Schieferer kommt ihm mit ihrer Antwort zuvor: „Rumpelkammer! Das Schild stammt noch aus der Zeit, als hier Schilddrüsenisotopenuntersuchungen[89] gemacht wurden."

Irgendwie erleichtert ergänzt der Primar: „Ach, mir fällt das gar nicht mehr auf. Klar, da war doch das Isotopenlabor."

Dann ist die Führung beendet und wir werden ziemlich hastig hinauskomplimentiert. Die Assistentin verschließt die Tür, nicht ohne – so kommt es mir zumindest vor – dem Ehrenschweizer einen strafenden Blick zuzuwerfen.

„Ich hoffe, wir haben Sie überzeugt, dass Sie bei uns in besten Händen sind."

„Mehr als überzeugt", lobe ich ihn. „Wie geht es mit uns weiter?"

„Wir geben Ihnen Bescheid, sobald wir ein geeignetes Bäuchlein gefunden haben. Dann erst können wir die parallele Hormonbehandlung einleiten."

Wieder auf der Straße zieht Michael triumphierend sein Almahandy aus der Hosentasche und hält es mir vor die Nase. Er wischt über das Display auf dem, zwar unscharf, aber doch erkennbar die Laboreinrichtung zu sehen ist.

„Da schaust", meint er stolz, „hab ich aus der Hosentasche heraus aufgenommen. Was sagst?"

---

[89] Untersuchung mit radioaktivem Jod

„Bravo, sag ich, mitgedacht! Aus dir wird ja doch noch ein richtiger Krimiautor."

„Und was machen wir damit?"

„Wir schicken die Bilder dem Manfred. Der soll uns sagen, ob da ein Apparat für die CRISPR/Cas-Methode dabei ist? Ich kann das nicht beurteilen."

Michael reicht mir das Smartphone und ich tippe die Nummer des Marchel ein. Dazu schreibe ich als Erläuterung: „Lieber Manfred kannst mir sagen ob da was für crispr/cas dabei ist? Ich meine ein gerät das für crispr geeignet ist?"

Stolz legt mein Liebhaber die Arme um mich und schiebt mich Richtung Straßenbahnstation.

„Was hattest du für einen Eindruck vom Ehrenschweizer?", frage ich ihn, während wir eng umschlungen am eisigen Gehsteig entlangschlittern.

„Weiß nicht. Irgendwie wirkt der auf mich nicht wie ein Verbrecher. Eher wie ein schrulliger Nerd. Die Chefin in diesem Betrieb ist seine Psychologin. Ich habe mich ja lange genug mit ihr unterhalten."

„Und? Was Interessantes erfahren?"

„Sie verehrt ihn, aber sie beschützt ihn auch. Sie hat ständig durchklingen lassen, dass der Laden ohne sie nicht laufen würde."

„Den Eindruck hatte ich auch. Hast mitbekommen, wie sie für ihn schnell die Ausrede mit dem Isotopenlabor parat hatte?"

„Das ist mir nicht aufgefallen. Aber als ich mit ihr allein war, hat sie ein Plädoyer für die Freiheit der Wissenschaft gehalten und wie ihr Chef ständig durch irgendwelche Reglementierungen in seiner Forschung behindert wird. Wie man ihm Prügel vor die Füße wirft, obwohl er doch eine krankheitsfreie Zukunft schaffen wird. Ihren Erzählungen nach müsste der Typ bald den Stein der Weisen geknackt haben und uns von allen Leiden erlösen."

„Ja, mir kam sein Sendungsbewusstsein auch ein bisserl größenwahnsinnig vor. Als er uns ein blondes oder schwarzhaariges Kind angeboten hat?"

Weitere Spekulationen werden durch einen Anruf von Mutter unterbrochen.

„Wo bist du? Noch beim Gynäkologen? Ich muss dir was Schlimmes berichten!"

„Bin am Weg nach Hause. Mit Michael. Was gibt's?"

„Die Kleine, die Samira, ist weg. Angeblich – jedenfalls erzählt das dein Vater – wurde sie von Verwandten abgeholt. Die haben sie mitgenommen. Wohin? Weiß er auch nicht. Der Mircuvic hat sie einem Paar – angeblich Onkel und Tante – einfach so mitgegeben."

„Ohne Ausweis, ohne Identifikation?"

„Schon! Aber wer kann schon ein arabisch ausgefülltes Papier lesen? Übersetzt hat es dann der Hausdolmetscher. Der Mircuvic hat die Papiere kopiert und das war's."

„Das schaut nicht gut aus. Darüber müssen wir die Erika informieren! Vielleicht kann sie eine Fahndung einleiten, falls die Ausweise nicht passen. Bist du noch vor Ort?"

„Ja! Meine Lesestunde ist vorbei, aber länger mag ich keinesfalls bleiben."

„Wir kehren um und holen dich an der Ecke Eisenbahnstraße/Sickenberggasse ab. Wir sind in fünf Minuten da."

„Erika" war das Stichwort, um mich daran zu erinnern, dass ich ja noch meinen textilen Ablass bei der Erni Proga einlösen muss.

Als wir am Flüchtlingsheim vorbeikommen, wartet Mutter tatsächlich schon am Eck, bewacht von Vau Punkt Spanneck. Was ist dieser Mensch für ein Trottel? Muss der in aller Öffentlichkeit ihre Bekanntschaft kundtun? Glaubt der tatsächlich, dass man sie beide nicht beobachten würde?

„Was machst du da?", herrsche ich ihn sofort an. „Willst du Mutter kompromittieren?"

„Beruhige dich", antwortet sie für ihn, „wir haben erzählt, dass er mich zur U-Bahnstation begleiten wird, da ich doch so gebrechlich bin."

„Ja, ja … nur als Altenbetreuer", bestätigt er geflissentlich. Mit dieser Ansage handelt er sich einen vernichtenden Blick von Mutter ein.

„Zeig her", kommandiert sie ihn scharf. Vau Punkt Spanneck zückt sein Handy und präsentiert die Fotos der Urkunden in arabischer Sprache.

„Ich dachte, es würde dich interessieren, was für Papiere die angeblichen Verwandten mit sich hatten", erklärt sie dazu eitel.

„Kannst du mir die Fotos schicken, damit ich sie an Erika weiterleiten kann?"

Mein Vater drückt sogleich hilflos, aber eifrig an seinem Handy herum, schafft die Weiterleitung aber nicht. Deshalb reißt ihm

Mutter das Telefon aus der Hand und schließt den Vorgang souverän ab.

„Technisch warst du schon immer ein Versager", kommentiert sie nicht gerade ermunternd sein Unvermögen. Bevor Vau Punkt Spanneck sich noch rechtfertigen kann, fährt sie ihm übers Maul: „Ist doch so! Aber immerhin hast du fotografiert."

Unsere exponierte Lage ist mir unangenehm, drum erinnere ich: „Können wir nicht ein Stückchen weitergehen, vor allem aus der Sichtweite des Heims?"

Mutter startet sofort los, wir hinter ihr her. Als wir an der nächsten Kreuzung angelangt sind, küsst sie ihren Ex-Mann rechts und links auf die Wange: „So! Du darfst wieder an deinen Arbeitsplatz zurück. Ich denke, mit meiner Gebrechlichkeit komme ich auch ohne *Altenbetreuer* zurande." Dann schiebt sie ihn weiter, nicht nicht ohne ihm dabei auf den Hintern zu klopfen. Geschmacklos!

Während wir weiter Richtung U-Bahn marschieren, hakt sie Michael unter, um ihm etwas von ihrer entbehrlichen Lebensweisheit mitzugeben.

„Um das Richtige zu tun, braucht ein Mann immer ein klein wenig Unterstützung. Das sollte ein Mann einer Frau nicht krummnehmen, ganz im Gegenteil, sie meint es ja nur gut für ihn."

Mein Liebhaber versteht zwar augenscheinlich nicht, was sie damit sagen will, aber immerhin ist er glücklich, dass sie zu ihm ausnahmsweise freundlich ist. Glaubt er doch, dass Mutters Einfluss schuld an unseren zwischenzeitlichen Beziehungsirritationen ist.

Beim Bankomaten, wo ich das Geld für die Proga herausdrücke, blickt sie mir über die Schulter.

„Wozu brauchst du so viel Geld?", fragt sie neugierig.

„Damit du einen wichtigen Auftrag erfüllen kannst."

„Ich nehme keine Aufträge an, ohne dass man mich schön darum bittet und! ohne dass *ich* diesen Auftrag sinnvoll und zweckmäßig finde."

„Biiiitte, biiiiitte …", jammere ich im Bettlerjargon.

„Also", meint sie trocken, „was ist zu tun?"

„Ich habe ein Problem …"

„Wann nicht?", unterbricht sie mich.

„Erika! Sie ist böse auf mich, wegen deiner Haarproben, die wir Manfred, ohne sie einzubinden, zukommen haben lassen. Und sie wird sicher ihr Handy nicht abheben, solange ich sie nicht versöhnt habe. Drum habe ich in ihrer Lieblingsboutique für horrendes Geld einen Fetzen erworben, der jetzt zu bezahlen ist und dann an sie geschickt wird. Damit erwerbe ich einen Ablass. Erst dann kann ich ihr die Fotos mit den Papieren weiterleiten. Verstehst?"

Mutter nickt: „Verstehe! Wieder einmal keine geeignete Ausrede eingefallen. Mein Tschapperl! Und was soll ich dabei?"

„Du ... bitte ... bitte, fahr hin und zahl. Die Frau Proga nimmt nämlich nur bar und außerdem habe ich es mir mit diesem Trampel sowieso schon verscherzt. Dich wird sie mögen, denn euch verbindet die Leidenschaft für Mode."

„Nur weil ich nicht in Sack und Asche daherkomme wie du, soll ich mit einem ‚Trampel' konferieren? Also das ist wahrlich eine minderwertige Aufgabe für deine Mutter. Hältst du mich nur für so niedrige Dienste wert?"

„Mama", schreie ich flehentlich, „Mama bitte!"

Michael mischt sich ein: „*Ich* würde es machen! Kein Problem! Ich überbringe das Geld und nachher gehen wir zum Chinesen essen."

Durch das freiwillige Angebot meines Beischläfers in ihrer Wichtigtuerei gestört, seufzt sie tief auf und meint dann großzügig: „Also dann, wo ist der Laden? Und anschließend, wo ist der Chinese?"

Ich verbeiße es mir, sie darauf hinzuweisen, dass die Einladung zum Essen nur mir gegolten hat.

„Du fährst mit uns mit der U4, steigst aber erst bei der Pilgramgasse aus. Ich schreibe dir die Adresse auf."

„Glaubst wohl, ich merk mir's nicht?"

„Natürlich würdest du sie dir merken, aber nur zur Sicherheit, wegen der Nummer."

Als wir bereits in der Station Rossauer Lände sind, wo Michael und ich aussteigen müssen, habe ich allerdings noch immer keine Adresse gefunden, um sie für Mutter zu notieren.

„Macht nichts ... Schussel ...", tröstet Mutter mich, „*ich* google sie."

Kurz bevor sich die Türe des Wagens hinter uns schließt, kann ich gerade noch zu ihr hineinschreien: „Das Geschäft heißt Clothes Antiques ..."

Eng umschlungen schlendern dann mein Liebhaber und ich in Richtung meiner Wohnung. Da wollen wir uns, zwar leider aus medizinischer Ursache eingeschränkt, aber doch gegenseitiges Vergnügen verschaffen. Erotik ist doch nur eine Frage der geistigen Kreativität, oder?

Wenn Michelangelo auch sonst des Öfteren den Eindruck erweckt, unter Kreativitätsblockaden zu leiden, so kann ich ihm dies in erotischer Hinsicht keineswegs vorwerfen. Kaum ist nämlich die Tür hinter uns zugefallen, so beschenkt er mich mit Streicheleinheiten, die mich in orgastische Höhen katapultieren. Und weil ich keine Egoistin bin, bekommt er meine Lippen dort zu spüren, wo Männer Küsse am liebsten haben.

Ist nicht Liebe zu machen die beste Therapie gegen Winterdepressionen? Bei mir wirkt es jedenfalls.

Versöhnt lümmeln wir auf der Ottomane, als mir ein Blick auf mein auf lautlos gestelltes Handy sagt, dass Erika angerufen hat. Mailbox: „Eckerl, es ist alles wieder gut. Das Kleid ist soooo schön. Ruf mich zurück, wann und wo ihr zum Chinesen geht. Bussi, Bussi, Bussi."

Und ein SMS von Mutter: „Wann und wo essen?"

Ich reiche mein Telefon an Michelangelo weiter: „Wann und wo?"

Der ist scheinbar wieder in seinen männlichen „Ich verstehe nichts"-Status zurückgefallen, denn er meint: „Was? Wann und wo?"

„Du hast mich doch zum Chinesen eingeladen. Leider in Anwesenheit von Mutter. Sie will mit, verstehst du nicht? Und übrigens Erika ebenfalls, zumindest laut Mailbox."

Meinen Freund scheint die ungebetene Gesellschaft keineswegs zu stören, denn er antwortet begeistert: „Schön! Das freut mich. Aber … weißt …", und dabei zieht er den zerknüllten Hunderter aus seiner Hosentasche, „weißt … vielleicht ist das dann zu wenig."

Großartig! Seine Einladung *an mich*, wird nun *für mich* kostspielig werden!

Ich schlucke tapfer meinen Geiz und auch mein Zweisamkeitsbedürfnis hinunter.

„Nehmen wir einen, der nicht zu teuer ist. Porzellangasse?"

„Toll, der ist doch super."

Ich schaue auf die Uhr, es ist halb sechs.

„Wann? Um sechs?"

„Ja, wie du willst, ich bin sowieso schon hungrig."

Also bestelle ich die beiden Damen um 18 Uhr zum „Goldenen Drachen".

Am Weg zum Gasthaus bekomme ich ein WhatsApp von Manfred: „Magst was essen gehen?" Und weil es schon egal ist, bestelle ich den auch noch zum Restaurant. Wenn der Abend schon nicht der Romantik dienen wird, dann soll er zumindest kriminaltechnisch erfolgreich werden!

Der „Goldene Drache" ist eines der ältesten chinesischen Lokale in Wien. Wenn der Besitzer auch Wiener Dialekt spricht, so schmecken die Speisen doch hervorragend authentisch oder zumindest so, wie ich mir die chinesische Küche vorstelle.

An dieser Gaststätte schätze ich außerdem, dass die Einrichtung noch aus den typischen Ingredienzien eines asiatischen Siebzigerjahre-Lokals besteht – also geschnitzte Drachen, viel Rot und Gold, die Beleuchtung mit Lampenschirmen in Pagodenform, mit Bildern von bärtigen Männern, die über der Schulter Körbe tragen – und damit nostalgisches Flair hat. Kaum haben Michael und ich einen Tisch ausgesucht und uns gesetzt, erscheint auch schon Prof. Marchel.

„Hast du dich hergebeamt?", frage ich ihn zum Begrüßungsbussi.

„Ich sterbe vor Hunger", seufzt er, „den ganzen Tag kaum was gegessen." Und mit einem vorwurfsvollen Blick auf mich: „Ständig Aufträge …"

„Na, na, na! Fotos anschauen kann doch nicht Stunden beanspruchen, oder?"

Er schnappt sich sofort die Speisekarte vom Tisch und reicht Michael, ohne ihn anzublicken, die andere Hand. Auch während er sich setzt, schenkt er seine Aufmerksamkeit nur der Auswahl seines Menüs.

„Die Wan Tan sind hier hervorragend. Was nehmt ihr?"

„Hast du die Fotos bekommen? Und?"

„Ich glaube, ich nehme die Wan Tan als Vorspeise und dann das Wildschwein auf Mandschurei-Art. Oder lieber Pekingente?"

„Hast du die Fotos bekommen?"

„Wenn ich Pekingente nehme und Wan Tan gebacken und gedämpft, dann muss mir jemand bei der Ente helfen."

„Ich habe dich was gefragt? Haaallooo!"

Doch Manfred ignoriert mich weiterhin.

„Isst du mit?“, wendet er sich an Michael.

Der, erfreut über die unerwartete Aufmerksamkeit, beschenkt den Marchel mit einem zustimmenden Nicken: „Klar! Und du hilfst mir bei den ‚Schätzen‘?“

„Ich haaabe dich was gefragt“, versuche ich noch lauter, endlich eine Antwort zu bekommen.

Manfred blickt mich strafend an: „Unterbrich uns nicht. Gleich! Das kann doch warten. Mein Magen aber nicht mehr.“

Währenddessen trudelt die Frau Inspektor – in offensichtlich neuem Outfit – zusammen mit Mutter ein. Als sie Marchel erblickt, verdreht sie die Augen, während Mutter begeistert auf ihn zustürzt. Gut erzogen, steht Manfred zur Begrüßung zwar auf, legt dabei aber nach wie vor die Speisekarte nicht aus der Hand. Während ihm meine Mutter ein inniges Busserl auf die Wange drückt, muss er sich mit eiskalten Luftküssen von Erika zufriedengeben. Dafür herzt diese meinen Liebhaber umso inniger, um mich dann anschließend zu umarmen.

„Was macht der denn da?“, flüstert sie mir vorwurfsvoll ins Ohr.

Zumindest für eine Weile eignet sich das intensive Studium der Speisekarte dann dazu, die angespannte Situation zu überspielen.

Das verlegene Schweigen wird erst durch Mutters geräuschvolles Zusammenklappen der Essensliteratur unterbrochen. Sie winkt die Kellnerin herbei und kommandiert: „Na? Die Herrschaften wissen, was sie wollen? Können wir bestellen?“

Da ich mich beim Essen sowieso nie entscheiden kann, ist für mich die Lektüre einer Speisekarte sinnlos. Ich bestelle dann eben immer das Gleiche (nämlich Schweinefleisch süß-sauer) oder warte ab, was die anderen nehmen, damit ich bei jemandem partizipieren kann.

Erika schlägt die Karte ebenfalls zu und verzieht das Gesicht: „Nicht meins, ich nehme nur einen Spritzer.“

„Und ich dachte, du teilst die Pekingente mit mir“, schlägt ihr Manfred etwas verunsichert vor.

„Wieso sie?“, Michael versteht nicht. „Ich dachte, *wir* nehmen die zusammen. Sonst kann ich meine ‚Schätze‘ nicht bestellen und eine Ente allein, das ist mir zu viel. Ich habe mich jetzt schon darauf eingestellt.“

Meine Freundin lächelt verbissen: „Du kannst gerne von ihm partizipieren, ich nehme … nix.“

Mit einem tiefen Seufzer schließt Marchel frustriert ebenfalls die Karte: „Also gut, lassen wir es wie vorher. Ich nehme die Ente und du die ‚Schätze'. Die Vorspeise darf ich ja Gott sei Dank *allein* essen."

Jetzt ist wiederum mein Liebhaber auf den Manfred beleidigt: „Iss doch, was du willst. Wenn du nicht mit *mir* teilen möchtest, dann lassen wir es eben und ich nehme nur die ‚Schätze'. Mir doch egal. Du wolltest doch …"

Ich komme mir vor wie im Kindergarten, deshalb versuche ich die Bestellungen zu verkürzen: „Aus! Ihr macht es wie vereinbart und Schluss."

„Aber lass sie doch", mischt sich Mutter auch noch ein, „sind doch erwachsene Menschen" und zu Marchel: „Wenn Sie wollen, dann teile *ich* mit Ihnen. Ente mag ich sowieso am liebsten."

In der Zwischenzeit bekomme ich von Erika einen schmerzhaften Tritt gegen mein Schienbein und gleichzeitig ein SMS von ihr: „weißt du jetzt wieso er nervt?"

Ja, ich weiß es, aber auch, wieso mich der Meine nervt. Als endlich die Kellnerin vor uns steht, bestellt Mutter für sich und den Manfred gemeinsam. Um den Michael bei Laune zu halten, nehme ich „einmal die Pekingente mit zwei Tellern" und erspare mir immerhin, *mich* zu entscheiden.

Während alle hungrig auf ihr Essen warten, folgt für mich Erikas Strafgericht, das ich so nicht mehr erwartet habe. Immerhin hat mich unsere Versöhnung einen Haufen Geld gekostet.

„Anscheinend laufen Ermittlungen im Pfusch. Da wird hinter dem Rücken der Exekutive Beweismaterial ausgetauscht. Hat man dazu was zu bemerken, Frau Doooktor?"

Manfred versteckt sich schon wieder hinter der Speisekarte und tut so, als ob er mit all dem nichts zu tun hätte, während mir meine mütterliche Schlange aktiv in den Rücken fällt. Mit einem freundlichen Augenzwinkern schlägt sie sich auf Erikas Seite: „Ich finde das sooowas von verwerflich …" und weiter erklärend in die Runde: „Die Frau Kommissar und ich haben uns in der wunderbaren Boutique getroffen … zufällig. *Wir* lieben nämlich Vintage!" Dabei zieht sie einen Hut mit Pfauenfeder aus ihrer Tasche, den sie theatralisch aufsetzt.

„Und?", dreht und wendet sie sich mit ihrer lächerlichen Kopfbedeckung kokett.

Geriatrisch eitle Pharisäerin!

„Na ja, zum Operettenkostüm taugt er“, räche ich mich an ihr, während ich mein Geschenk an Erika lobe, obwohl der Fetzen grauenhaft ist: „Steht dir gut.“

Meine Freundin bedankt sich mit einem verkniffenen Lächeln.

„Aber nicht, dass du glaubst, damit ist alles wieder paletti, Eckerl. Ich bin nicht bestechlich! Deine ‚Hinter-meinem-Rücken‘-Aktionen kosten mich die letzten Nerven.“

„Wir“, dabei deute ich auf Manfred, weil ich nicht einsehe, dass nur ich an den Pranger gestellt werde, „wir dachten, wenn was dabei rauskommt, dann hätten wir dich sofort, klar, sofort …“

Manfred hebt seinen Blick kurz aus der Speisekarte: „Aber ich war doch derjenige, der dich sofort über die Proben informiert hat und das mit den Fotos …“

Noch einer, der mir in den Rücken fällt! Ich versuche noch, ihn zu unterbrechen, indem ich „Wann ist das Essen endlich da?“ einwerfe – zu spät.

„Was für Fotos schon wieder?“, fragt die Frau Kommissar misstrauisch.

Der Professor tut auf unschuldig: „Die Bilder vom Labor! Ich dachte, die hast du gleichzeitig von Alma geschickt bekommen“ und vorwurfsvoll zu mir: „Hast du die nicht auch an Erika …?“

„Was für Fotos?“, empört sich Mutter. „Davon weiß ich auch nichts.“

„Also, ich dachte, dass ... natürlich … also, wenn ich geahnt hätte, dass Alma nicht …“

Mein Michelangelo schlägt sich auf meine Seite und nimmt die Schuld auf sich. Eben Liebe!

„Das war ich! Ich habe die Fotos gemacht und verschickt.“

Mutter und Erika wie aus einem Mund: „Was ist da drauf?“

„Das Labor des Ehrenschweizer …“

„Und?“

„Nachdem nur *ich* mich auskenne, hat man …“, Manfred deutet überlegen auf Michael und mich, „... *mich* zu Rate gezogen. Die Fragestellung der Laien war, ob der Kollege Ehrenschweizer über eine Ausstattung zur Durchführung der CRISP-Methode verfügt.“

„Und?“, kommt es wie aus einem Mund.

Dann nach einer Nachdenkpause von Erika: „Was ist das Crisp, klingt wie ein Snack?“

Marchel genießt seine professorale Überlegenheit, womit er vor allem seiner Freundin imponieren möchte: „Soweit auf diesen unscharfen Aufnahmen zu erkennen – Handyfotos –, verfügt er über die Möglichkeit, mittels Floureszenzmarkierung lipide Nanopartikel[90] an ein Transportmittel zu koppeln. Damit könnte er Gene manipulieren."

„Gene hin oder her", schneidet ihm Erika genervt das Wort ab. „Darf die Polizei, nachdem jetzt die Ermittlungen aufgedeckt wurden, auch mal was dazu bemerken?"

Darf sie nicht, denn der arme Manfred schnappt die polizeilichen Hände und platziert darauf einen patscherten Kuss: „Meine Liebste, du weißt doch, ich hätte nie … niemals … niemals hätte ich dich hintergangen. Ich wollte dich schon anrufen. Aber das Essen ist dazwischengekommen."

Tatsächlich kommt das Essen dazwischen, was Manfred zumindest eine Abfuhr seiner Freundin erspart, die seine Annäherung pikiert in Kauf nimmt. Während die Kellnerin die Speisen verteilt, ordert Erika plötzlich herrisch: „Darf ich auch bestellen?"

„Aber du wolltest doch nicht …", wirft der arme Marchel ein.

„Jetzt will ich … Aber für mich *allein.*"

„Das bedeutet, dass er auch genmanipulierte Embryos züchten kann?", lenkt Mutter vom offensichtlichen Partnerkonflikt ab.

Der Professor nickt: „Das könnte er."

„Und damit kann er Kinder nach Wunsch bauen?"

„Nicht einfach, aber es ginge."

„Ich denke mal laut. Kann es sein, dass er dazu ein Reservoir an Stammzellen braucht, sozusagen eine Vorratskammer?", hake ich nach.

„Simpel formuliert, könnte man das so bezeichnen."

„Interessant!", meint Mutter und schiebt dem Marchel seine anteiligen Teigfladen hin.

Erika deutet provokant auf Manfreds Pekingente und ordert mit einem süffisanten Lächeln: „Bringen Sie mir genau das Gleiche …!"

Anscheinend ist die Frau Kommissar auch sehr hungrig. Die Arme muss uns Essern wohl oder übel neidisch zusehen, wie wir genussvoll zulangen. Deshalb klopft sie ungeduldig mit ihren Stäbchen auf den Tisch.

---

[90] Technik, die in der Gentechnologie verwendet wird

Das nervt anscheinend nicht nur mich, denn Mutter beschwert sich höflich, aber bestimmt: „Dürfte ich Sie bitten …", dabei zeigt sie zuerst auf Erikas Hand, dann auf ihre Ohren, „… mein Hörgerät bekommt dadurch Schwingungen."

Aber sie hat gar ja kein Hörgerät! Sie hört wie ein Luchs.

Erika legt – Mutters Ausrede durchschauend – mit einem bitterbösen Blick die Stäbchen beiseite. Endlich werden wir dann durch das Servieren ihrer Ente von ihrer angespannten Stimmung erlöst.

Aggressionen kann man im wahrsten Sinne des Wortes hinunterschlucken. Füttern ist die beste Methode, um Streit zu schlichten. Wahrscheinlich könnte man kriegerische Auseinandersetzungen am einfachsten lösen, indem man Bomben gefüllt mit appetitlichen Speisen statt mit Sprengstoff abwirft. Allein der Geruch von Gebratenem löst instinktiv das Bedürfnis nach oraler Befriedigung aus und lässt die Wut in den Hintergrund treten. Nachdem alle gesättigt sind und einen Seufzer der Fülle ausgestoßen haben, schlägt Manfred mit der Gabel an sein Bierglas. Schon befürchte ich, dass er zu einem Heiratsantrag ansetzt. Aber glücklicherweise bleibt mir der diesmal erspart, ohne dass ich ein Glas zerbrechen muss. Offensichtlich schiebt der Professor die schlechte Laune seiner Freundin auf unsere Ermittlungstätigkeit hinter ihrem Rücken.

„Mir kommt vor, dass hier jeder seine eigene Suppe kocht. Ich habe es satt, wegen irgendeiner Leiche immer wieder ins private Kreuzfeuer zu kommen. Drum mein Vorschlag: Jeder legt seine Karten im Fall der Leila Khalili auf den Tisch." und an mich gewandt: „Mir gehen deine Hinterrücksaktionen auch auf die Nerven, nicht nur der Erika."

„Gute Idee", meint meine Freundin und blickt mich dabei ebenfalls an, „dann rückt mal raus."

Das ist die Gelegenheit für Mutter, sich in Szene zu setzen. Wichtigtuerisch sammelt sie diverse Essstäbchen ein und drapiert sie in der Mitte des Tisches.

„Sagen wir mal", dabei nimmt sie das erste Stäbchen in die Hand, „das ist Leila", dann das nächste, „das ihr Mörder, der Achmed" und das nächste, „das der Primarius Ehrenschweizer, hier der Mircovic, der Würzl, Samira und die Vega". Die Stäbchen stapelt sie wie bei einem Mikadospiel kunstvoll übereinander. Fertig gebaut, verkündet sie kryptisch: „Und was verbindet die allesamt miteinander?"

Das fragile Konstrukt fällt in sich zusammen, als Michael, der sich scheinbar schon lange aus der Unterhaltung ausgeklinkt hat, den hölzernen Achmed Ehrenschweizer aus dem Haufen zieht.

„Für mich ist das der Mörder! Der war's … aus Eifersucht. Da gibt's keine Hintermänner oder so."

Nur jetzt nicht den entflammten Fluger verraten!, beschwöre ich ihn gedanklich.

Doch Michael bleibt diskret: „Die war eine schöne Frau, die hatte sicher massenhaft Verehrer und dem sind halt die Nerven durchgegangen, weil er auch auf sie gestanden ist. That's it! Warum so kompliziert denken?"

Der hölzerne Achmed wird Michael von Mutter aus der Hand gerissen, um ihn wieder zu seinen Kollegen in den Haufen zu stecken. Dafür zieht sie die hölzerne Vega aus dem Stoß.

„Also ich vermute, dass die Vega was damit zu tun hat. Die hat in diesem Heim eine mafiöse Struktur aufgebaut und kassiert. Wir haben es …", dabei deutet sie auf mich, „… wir haben es selber erlebt. Ohne den jungen Polizisten läge mein Kind jetzt schwer verletzt in der Klinik oder gar …"

„Warum schwer verletzt? Das verstehe ich nicht", ist mein Liebhaber irritiert.

„Du weißt nichts davon?", rettet uns Erika mit einer Ausrede. „Ach, nur eine unangenehme Episode im Heim, da gibt's eben ein hohes Aggressionspotenzial."

„Was war da?" Die Frau Inspektor ignoriert Michaels besorgte Frage, um Mutter zuzustimmen.

„Mit der Heimmafia, da gebe ich Ihnen recht. Ich denke aber, dass die Vega nur eine Handlangerin des Mircuvic ist. Die machen ihre Geschäfte mit den Leihmüttern. Die Khalilli wird halt Probleme gemacht haben. Vielleicht wollte sie aussteigen?"

Weil ich sowieso irgendwann mit den Fotos herausrücken muss, lege ich mein Handy mit dem Pass des angeblichen Onkels von Samira auf den Tisch.

Frau Inspektor Sacherl schnappt sich das Telefon und schreit mich entrüstet an: „Wie viele Beweismittel hast du noch vor mir verborgen? Hm?"

„Das Telefon ist beschlagnahmt, das lasse ich durchsuchen. Dir ist zuzutrauen, dass du den Mord filmst und das auch noch vertuscht!"

Entrüstet versuche ich Erika das Handy zu entreißen.

„Aber, aber …", ringe ich nach Worten, „... aber ich habe ja gerade …"

Bevor unser Disput in eine handgreifliche Auseinandersetzung ausartet, schnappt Manfred nach Erikas Arm und Michael nach dem meinen. Peinlich, das halbe Lokal starrt gebannt auf uns beide.

„Seid ihr wieder bei Sinnen?", fragt Manfred.

Ich nicke schuldbewusst, während mir Erika einen giftigen Blick zuwirft, aber dann doch einlenkend meint: „Okay, was ist da drauf?"

„Das sind die Papiere der Leute, die heute ein Kind, von dem wir glauben, dass es für gentechnische Versuchszwecke missbraucht wird, aus dem Heim mitgenommen haben. Und zwar …"

Mutter unterbricht mich rüde: „Nicht wir! Das ist deine Theorie. Ich bin überzeugt, dass das Kind einfach an einen Pädophilenring verkauft wurde."

Jetzt bin wiederum ich perplex: „Wieso Pädophile? Das ist ganz was Neues."

„Eine Theorie deines Vaters. Der arbeitet immerhin vor Ort."

„Beweis?", wirft Manfred ein. „Mir scheint, die Geschichte wird immer konfuser. Was wissen wir tatsächlich? Eine Asylwerberin wird während der Geburt erstochen. Ob vor der Geburt oder nachher, das können wir nicht mehr feststellen. Der Mörder steht fest. Wir wissen aber nicht, ob er allein oder im Auftrag gehandelt hat. Als Auftraggeber kommen infrage …"

Die polizeiliche Autorität unterbricht ihn: „Ehrenschweizer, Vega, Mircuvic und, eher unwahrscheinlich, der Würzl. Wenn Letzterer auch ein bisserl ein Gauner ist, so traue ich ihm einen Mord niemals zu. Sachverhalt ist, dass wir es mit NGOs zu tun haben, die sich an diesen armseligen Leuten bereichern. Und der Kopf ist der Mircuvic! Das sagt mir mein *polizeilicher* Instinkt und die Tatsache, dass mit den Flüchtlingen im großen Rahmen dubiose Geschäfte gemacht werden. In diesem Umfeld werden inzwischen höhere Umsätze gemacht als in der Drogenszene. Nicht jeder ‚Helfer' hilft den Migranten, sondern vor allem seiner Brieftasche."

Erikas Besserwisserei kann ich so nicht stehen lassen: „Und mir sagt mein *medizinischer* Instinkt, dass der Ehrenschweizer in seinem wissenschaftlichen Wahn Menschenversuche macht, um den lieben Gott zu spielen. Es ist nämlich genauso Faktum, dass in der Gentechnikbranche ethische Grenzen keine Rolle spielen, um menschliche Chimären zu züchten. Derjenige, der den ersten Klon auf die Welt bringt, hat den Gen-Jackpot geknackt. Ich möchte daran erinnern, dass es noch nicht so lange her ist, dass menschliche Versuchskaninchen legitim waren. Was in der Wissenschaft möglich ist, wird auch gemacht."

Michael verdreht die Augen und seufzt: „Oh Gott, wie bist du kompliziert! Wie gesagt, es ist alles viel einfacher, der Achmed ist der alleinige Täter."

„Und die Schwangeren? Und die Leihmütter? Und die Klonkinder? Der adoptierte Sohn, der im Auftrag des Vaters gehandelt hat? Der die Vaterliebe mit einem Gefälligkeitsmord erwirken möchte, ein traumatisiertes Kind, das sich vom Vater verlassen fühlt? Das für den Vater sogar ins Gefängnis geht, damit dieser nicht auffliegt?", verteidige ich meine Ansicht.

„Da geht jemandem die Fantasie durch! Alma, ich möchte kein Allerweltspsychologe sein, aber ich glaube, dass du da ein wenig *dein* väterliches Trauma ins Spiel bringst."

„Du bist ein Allerweltspsychologe", kontere ich Manfred, „und außerdem wäre es bei mir sicher andersrum. Ich würde nicht *für* ihn, sondern gleich *ihn* ermorden".

„Entschuldige! Aber zurück zu den Fakten, die da wären: Erstens: Das Kind der Toten ist genetisch nicht ihr Kind. Es ist das Kind der Adoptivmutter. Zweitens: Der Kollege Ehrenschweizer könnte apparativ gesehen CRISPR-Experimente durchführen, ob er es tatsächlich macht, wissen wir nicht. Drittens: Für das Leihmüttergeschäft gibt es ausreichend Indizien, für irgendwelche Klongeschichten keine" und zu Erika: „Hast du Beweise dafür, dass der Mircuvic Geld aus illegalen Quellen rekrutiert?"

„Habe ich! Schau dir doch mal sein prunkvolles Büro im armseligen Heim an. Außerdem wissen wir inzwischen, dass er eine Eigentumswohnung in Döbling gekauft hat. Womit? Als Geschäftsführer mit einem Gehalt von 1800 netto? Hm? Ich lasse die alle auffliegen, keine Sorge."

Mutter kommt nicht zu Wort, drum klopft sie Erika mit der hölzernen Vega auf den Handrücken: „Bevor Sie *die* auffliegen lassen, könnten Sie nicht zumindest eine Fahndung nach dem Kind rausgeben? Ehrlich gesagt, ich mache mir große Sorgen um die kleine Samira."

„Kann ich nicht! Zuerst muss ich die Papiere überprüfen lassen, es könnten ja tatsächlich echte Verwandte sein. Was ich übrigens auch glaube. Diese obskuren Theorien mit Pädophilen oder gar Stammzellenlager kann ich keineswegs nachvollziehen."

„Und wieso lassen Sie den Pass dann nicht schnellstens kontrollieren?"

Die Frau Inspektor ist empört: „Nichts gegen Sie, Frau Liebekind! Aber da vorenthält man mir Beweise und dann drängeln." Und mit vorwurfsvoller Stimme zu mir: „Hast du mir das Bild denn schon geschickt?"

„Tut mir leid. Mach ich." Verlegen drücke ich auf weiterleiten.

„Ich wollte dich vorher nicht unterbrechen", spricht Manfred boshaft Michaels Theorie wieder an, „aaaber mittels *meiner* wissenschaftlichen Erkenntnis ist die Ermordete genetisch tatsächlich die Schwester des Mörders. Da staunst, hmm? Im Rahmen der Identitätsfeststellung des Achmed Ehrenschweizer wurden auch seine Gene überprüft. Es gibt keinen Zweifel. Nix mit Eifersucht oder so."

„Kein Problem! Dann hätte der Mörder ja genauso einen Grund gehabt, sie zu erstechen. Dann ist es so, wie es in der Zeitung stand. Er hat allein und ohne Auftrag gehandelt hat. Ein ganz simpler Ehrenmord."

Erika steht auf, schiebt mir zwanzig Euro hin, um ihre Zeche zu bezahlen, und winkt allen zu: „Gut, bevor wir da weiter theoretisieren, werde ich recherchieren, und zwar …", mit einem Seitenhieb auf Mutter und mich, „... allein."

Manfred nimmt das Geld, um es ihr zurückzugeben: „Aber ich lade dich ein …"

Als er seine Freundin liebevoll zum Abschied umarmen möchte, entwindet sich diese geschickt und lässt ihn mitsamt dem Zwanziger in der Hand stehen.

„Ciao, ciao …"

„Bitte, bitte Bescheid sagen, wenn Sie was Näheres erfahren", ruft Mutter ihr nach, „mir liegt das Kind am Herzen."

„Und mir auch", ergänze ich Mutters Wunsch.

Die Frau Inspektor dreht sich noch kurz nach uns um: „Mache ich! Aber keine Alleingänge mehr, Eckerl. Bitte!"

Als sie endgültig weg ist, sitzt der Manfred geknickt vor der Speisekarte, um sich mit einer Nachspeise zu trösten.

„Die Erika, die hat doch was, oder? Findest du nicht? Wenn sie einen anderen hat, dann sag's mir gleich, bevor ich mich lächerlich mache."

„Aber was!", beruhige ich ihn. „Kennst sie ja! Launisch! Genervt wegen mir."

„Frauen …", tröstet ihn mein Liebhaber weise.

Er lässt sich bereitwillig täuschen: „Ja, wenn du meinst, du kennst sie besser, so eben von Frau zu Frau. Die werde ich sowieso nie verstehen, die Frauen."

„Isst mit mir eine Portion gebackene Bananen?", lenke ich ihn ab, bevor er weiter über seine abtrünnige Freundin grübelt, die jetzt sicher zu ihrem Lover ermitteln geht. Ob sie bei dem allerdings recherchiert, ob er wirklich nur ein vom Staat gestellter Pflichtverteidiger oder gar ein von Professor Ehrenschweizer bezahlter Anwalt ist?

„Ja, dann teilen wir zumindest einen Teller miteinander, wenn schon nicht …"

Diese Andeutung missfällt Michael zwar, aber da ich meinem Liebhaber sogleich unterm Tisch zärtlich mit meinem Fuß zwischen seine Beine streichle, geht er zum Glück nicht weiter darauf ein.

Ein SMS von Erika vergällt mir den Appetit auf mein Dessert.

„Papiere der leute falsch. wir fahnden nach samira ist vermutlich ebenfalls schwester von Kallili zumindest verdacht."

Ich reiche das Telefon in die Runde. Betretenes Schweigen.

Mutter: „Stercore[91], Stercore!"

Michael: „Scheiße …!"

Manfred: „Verdammt!"

Ich: „Arschlöcher!"

Mutter: „Vega."

Michael: „IS."

Ich: „Ehrenschweizer."

Manfred: „Sie werden sie finden!"

Mutter: „*Wir* werden sie finden!"

Ich: „*Ich* werde sie finden!"

---

[91] Scheiße

Der chinesische Spruch auf dem Zettel des Glückskeks, das ich beim Bezahlen geschenkt bekomme, lautet: „Die Wahrheiten, die wir am wenigsten gern hören, sind diejenigen, die wir am nötigsten kennen sollten.“

12. Kapitel

Man kann zwar locker großspurige Ankündigungen machen, mit dem Einlösen schaut es dann aber schon schwieriger aus. So scheint es auch mit dem Auffinden der kleinen Samira zu sein. Wo suchen?

Damit ich meine Theorie ihres Verbleibens überprüfen kann, werde ich Michael nach dem Verlassen des Lokals überreden, gemeinsam mit mir noch einmal zum Sanatorium zu fahren. Wir verabschieden uns harmlos von Mutter und Manfred, marschieren dann in Richtung meiner Wohnung. Meinen Michelangelo muss ich aber gar nicht lange überzeugen: Wenn es um die Rettung eines Kindes geht, ist er sofort dabei. Wir sind gerade beim Augartensteg, gehen aber jetzt nicht über den Donaukanal nach Hause, sondern zur U-Bahn, um damit wieder nach Heiligenstadt zu fahren.

Bereits geübt im Überwinden der Hindernisse am Weg zur hinteren Front des Krankenhauses, dirigiere ich meinen Liebhaber in der nächtlichen Düsternis durch die Lücke im Zaun und lande ungesehen bei den mir bekannten Abfallkübeln. Michael folgt mir trotz seiner Skepsis, was die Entführung durch den klonierenden Ehrenschweizer betrifft, in blindem Gehorsam. Ich hoffe nämlich, Samira hinter der Tür mit dem Schild Radioaktivität zu finden. Weshalb sonst zeigten der Primar und seine Psychotante solch ein verdächtig verlegenes Verhalten auf meine Frage, was dahinter sei?

Da die Villa des Primars auf der gegenüberliegenden Seite des Parks unbeleuchtet ist, wiege ich mich in relativer Sicherheit, nicht beobachtet zu werden. Wir müssen leider von den Abfallkübeln weg rund ums Haus auf die leicht einsehbare Seite des Gebäudes wechseln. Nur schlecht durch die Finsternis getarnt, schleichen wir die Hauswand entlang bis zu einem Fenster, das von der Lage her zu diesem Raum gehören könnte. Leider kann man wegen der Milchglasscheiben nicht durchsehen, aber immerhin lassen sich im Inneren Stimmen vernehmen und Babygeschrei (!). Durch eine Oberlichte dringt der Schein der Beleuchtung, von da könnte man einen schnellen Blick in den Raum werfen, wenn man ein Goliath wäre. Aber wozu hat man seinen Liebhaber dabei?

Ich flüstere Michael ins Ohr: „Heb mich hoch! Räuberleiter" und deute dabei Richtung Oberlichte. Ein kurzer Blick, um mich zu überzeugen, dass uns niemand entdeckt, und schon steige ich auf Michaels gefaltete Handflächen. Es geht sich gerade so weit aus, dass ich die Unterkante der Oberlichte mit meinen Augen erreiche. Leider nicht genug, um auch etwas zu erkennen.

„Heb mich höher", kommandiere ich meinen Lastenträger, „auf eins, zwei, drei, hopp!"

Michael stöhnt zwar, aber nach dem dritten Versuch schaffen wir es. Drinnen steht der Ehrenschweizer am Krankenbett einer heulenden kopftuchtragenden Frau, die ihre Hände nach einem schreienden Baby ausstreckt, das in den Armen der Psychotherapeutin liegt. Von Samira ist jedenfalls zumindest auf den ersten Blick nichts zu sehen. Anscheinend dient der versteckte Raum tatsächlich nur als Krankenzimmer für die Leihmütter nach der Entbindung. Möglicherweise ist meine Annahme, dass der besessene Wissenschaftler das Kind als Stammzellenreservoir benutzt, doch meiner ausladenden Fantasie zuzuschreiben.

Kaum habe ich wieder Boden unter den Füssen, sputen wir uns, aus der Gefahrenzone zu flüchten.

Bei der Straße angelangt, drängt Michael: „Und? Was war?"

Ich hebe hilflos meine Arme: „Keine Samira. Nur eine Leihmutter, der anscheinend gerade das Kind abgenommen wird. Leere Kilometer, leider."

„Meine Rede, sag ich doch! Du hast fantasiert, bah, gestohlene Gene …Science Fiction. Glaub mir, das Kind ist sicher schon ins Ausland verschoben worden, IS. Die findet keiner mehr."

„Das mag ich nicht glauben! Sollen wir …"

Michael drückt mich fest an sich: „Komm! Wir gehen jetzt mal nach Hause. Was willst du mitten in der Nacht sonst noch tun?"

„Wir könnten im Heim."

„Sei nicht kindisch, das macht schon die Polizei. Wir gehen nach Hause, aus, basta."

Da ich schon müde bin und sich mein Steißbein auch wieder meldet, akzeptiere ich seinen Befehl, wenn auch mit schlechtem Gewissen.

In einem Kerkerverließ stehe ich hinter einem Gitter und versuche mit meiner Hand nach einem Stück Papier zu langen, das mir ein kleiner Mensch zu reichen versucht, dessen Gesicht ich nicht erkennen kann, da er einen Sack über den Kopf gestülpt hat. Ein Kind? Immer wenn ich den Zettel bereits zwischen den Fingern eingeklemmt habe, zieht dieses Wesen den Zettel geschickt zurück. Gleichzeitig vernehme ich ein höhnisches Lachen, das mir Angst einflößt. Sollte es sich möglicherweise gar nicht um ein Kind handeln? Egal, ich muss dieses Papier bekommen, denn ich bin gewiss, dass es meine Rettung bedeutet. Wovor ich gerettet werden muss, weiß ich allerdings nicht. Bevor ich diesen Zettel nicht in Händen halte, kann ich nicht fliehen. Plötzlich lässt das Wesen das Papier aus. Doch bevor ich erspähen kann, was darauf gezeichnet oder geschrieben steht, zieht es die Kapuze vom Kopf. Ich blicke in ein Gesicht mit einem blutigen Loch anstelle von Nase und Mund. Aus diesem Krater tritt siedend heißes Gas aus, das mir diese Fratze ins Gesicht pustet. Ich wende mich erschrocken ab, während die Hitze den Zettel, den ich ungeschickt vor mir halte, verbrennt.

Im ersten Moment des Aufwachens rüttle ich an den Gitterstäben des Kerkerverlieses, die sich aber als Michaels Decke herausstellen. Da ich ihm damit sein Federbett wegziehe, wird er zu seinem Missvergnügen ebenfalls geweckt.

„Spinnst du?"

Das nenne ich eine freundliche Begrüßung!

„Tut mir leid, aber ich habe geträumt, ein schrecklicher Traum, ich wollte …"

„Es ist", dabei blickt er auf *meine* Armbanduhr, die auf *meinem* Nachtkästchen liegt, „es ist vier Uhr, schlaf einfach. Und … du musst was gegen deine Albträume unternehmen, das ist ja pathologisch. Bist du nicht Psychiaterin? Verschreib dir was. Schlaf!"

So kenne ich ihn gar nicht. Bisher hat er mich nach meinen nächtlichen Abenteuern immer getröstet und beruhigt. Sollte er anfangen, sich wie ein alter Ehepartner zu verhalten? Die sind ja bekanntlich nicht mit allzu viel Geduld und Verständnis gesegnet. Hat sich in unsere Beziehung schon der Alltagswahnsinn eingeschlichen? Der Zustand, wo man den anderen so gut kennt, dass man seine Wehwehchen und Spinnereien nicht mehr ernst nimmt? Ich schiebe ihm seine Decke kommentarlos wieder auf seine Seite und drehe mich beleidigt um. Ein wenig Einfühlungsvermögen hätte er doch wenigstens spielen können.

Um vier Uhr nachts aufzuwachen bedeutet, dann nur mehr schlecht einschlafen zu können wegen – Grübeln. Mich beschäftigt der Verbleib der kleinen Samira. Sollte Michael doch recht haben und sie ist in die Hände einer terroristischen Verbindung gefallen? Gedanklich spiele ich alle Möglichkeiten durch: Vau Punkt Spannecks Pädophilenring scheint mir momentan genauso in den Bereich der Fantasie zu gehören wie meine Klonvariante. Oder ist es viel einfacher? Werden in diesem Heim nicht nur Leihmütter, sondern auch größere Kinder vermittelt? Doch wozu braucht man ein kleines Mädchen? Als Adoptivkind ist Samira kaum mehr vermittelbar, schon gar nicht gegen Bezahlung: zu alt. Und wenn, dann nur an Pädophile. Sollte es doch einen Zusammenhang zwischen ihr und dem Mörder geben? War auf der Zeichnung, die sie mir schenken wollte, eine Mitteilung, die man unbedingt geheim halten will? Musste sie verschwinden, weil sie Informationen hat? Weil sie eine mafiöse Gesellschaft auffliegen lassen könnte? Nach meinen nächtlichen Grübeleien scheint mir diese Theorie als die wahrscheinlichste. Ich beschließe, am Morgen den Pinko aufzusuchen. Der soll mir helfen, dem Achmed Ehrenschweizer den Mund zu öffnen.

Das Büro des Anwalts liegt an einer noblen Adresse – Tuchlauben –, ist aber sonst, zumindest auf den ersten Blick, gar nicht so nobel. Im Mezzanin eines alten Palais gelegen, macht die abgeblätterte, doppelflügelige Tür keinen einladenden Eindruck. Ganz im Gegenteil, man hat das Gefühl, das Office eines Winkeladvokaten zu betreten.

Im Vorraum abgewetzte Fauteuils vor einer schleißigen[92] Reprografie des Stephansdoms. Auf der Suche nach der Empfangsdame klopfe ich an eine der beiden Türen, die rechts und links eines großen Wiener Kastenfensters abgehen. Keine Reaktion. Erst die zweite Tür öffnet sich und der Herr Anwalt persönlich tritt heraus. Überrascht, mich zu sehen, schnappt er sich routiniert meine Hand und patzt mir einen Kuss darauf.

„Na so was! Was verschafft mir die Ehre! Ein Problem mit dem Ehemann?“

---

[92] schäbig, abgenützt

Der Pinko scheint ein schlechtes Gedächtnis zu haben, denn eine Scheidung habe ich ihm doch schon im „Landtmann" mangels eines Ehemanns verweigert.

„Ich bin nicht verheiratet. Aber ich habe ein anderes Problem und da dachte ich …"

„Nur hereinspaziert, hereinspaziert. Wir lösen alle Probleme sogleich, oder zumindest fast sogleich."

Während er mich in sein Büro geleitet, zermartere ich mein Gehirn, um mich an seinen Vornamen zu erinnern. War ein belangloser Name. Um ein Vertrauensverhältnis herzustellen, sollte ich ihn richtig benennen.

Das Office, wie schon das gesamte Entree, abgewohnt, wie aus einem Altwarenladen möbliert, Sekretär, Aktenschränke, Sessel. Alle Stühle wirken so, als ob man Sorge haben müsste, dass sie beim Benutzen zusammenbrechen. Doch ich werde keineswegs aufgefordert, auf einem dieser wackeligen Sitzgelegenheiten Platz zu nehmen, sondern werde um die Schulter genommen und weiter Richtung einer Tür hinter dem Schreibtisch dirigiert.

„Freunde in mein Privatbüro …", erklärt er mir.

Dieses *Privatbüro* präsentiert sich allerdings komplett anders als seine Berufskanzlei. Ein eleganter Raum, ausgestattet mit Designermöbeln, stylisch, exklusiv – eben das Office eines erfolgreichen Anwalts. Und? An der Wand ein modernes Bild mit der mir bekannten Signatur des Mario Burzelt. Mein Vater scheint auch hier geschäftlich umtriebig gewesen zu sein.

„Bitte nimm Platz, mein Liebe", schiebt er mir einen Eileen-Gray[93]-Stuhl unter mein wundes Steißbein. „Nicht wundern. Das vordere Büro ist für die Klienten als Pflichtverteidiger …zur Vertrauensbildung. Hier für die zahlenden Klienten, auch zur Vertrauensbildung. Ich nehme an, du gehörst zur zweiten Kategorie?"

Nachdem ich in den Fauteuil gefallen bin, strecke ich mich, so gut es geht, um gerade über die Schreibtischkante hinwegzusehen. Erikas Freund thront hinter seinem imposanten gläsernen Monstrum und lächelt mich erwartungsvoll an.

„Ich gehöre weder zur ersten noch zur zweiten Kategorie, lieber Georg …"

---

[93] Designerin des 20. Jahrhunderts

Oh je, Georg war falsch, das erkenne ich an dem pikiert krampfhaften Wechsel seiner Mimik.

„Reinhard, meine liebe Alma, Reinhard."

Wieso hast du blöde Gans den Vornamen, auch wenn du nicht sicher …? Egal, zu spät. Ich rette mich, indem ich Erika die Schuld für diesen Lapsus in die Schuhe schiebe.

„Aber Erika hat immer von ihrem wunderbaren George Clooney gesprochen, da dachte ich eben. Und da ja tatsächlich eine Ähnlichkeit …"

Er ist geschmeichelt, seine Mundwinkel entspannen sich. Bravo Alma, du hast gerade noch die Kurve gekratzt!

„Ach, wirklich? Das ist ja süß! Ja. Süß, von meiner süßen Frau Kommissar! Aber zu deinem Anliegen. Wenn nicht die erste und auch nicht die zweite Kategorie, womit kann ich dann dienen?"

Ich richte mich noch ein wenig mehr auf, um nicht gar so das Gefühl zu haben, mit dem obersten Gott zu sprechen, der auf mich herabschaut. Dazu muss ich aber in dem tiefen Fauteuil bis auf die Kante rutschen, was wiederum meinem Steißbein gar nicht guttut. Also doch lieber in halber Rückenlage von unten meine Fürbitte an den Herrscher richten.

„Anscheinend hat man dir nicht mitgeteilt, dass ich das psychiatrische Gutachten für deinen Klienten, den Achmed …, wie heißt er noch schnell? Ich merke mir diese arabischen Namen nie."

„Khalili, so wie seine Schwester natürlich. Das ist ja interessant, das wusste ich noch gar nicht, ich meine, dass du … Wird nicht viel dabei herauskommen. Die mit ihrem Ehrenkodex. Wird noch schlimmer mit der Scharia werden. Was soll man tun?", dabei blickt er mich schulterzuckend an, während er auf seinem Laptop scrollt. „Für mich eine lästige Geschichte. Eben eine Pflichtverteidigung. Du hast ja keine Ahnung, wie man sich da biegen muss, um für seinen Klienten das Beste herauszuholen, für ein Bettelhonorar. Ich halte mich an das Gesetz. Wenn es geht, dann wäre ich natürlich froh, wenn du … ich meine, wenn er, du weißt, was ich meine? Ein Elfer[94], für alle das Beste."

„Da gibt es nur ein Problem. Er redet nicht mit mir. Wie soll ich da ein Gutachten machen? Darum bin ich hier. Ich wollte dich bitten, auf ihn einzuwirken, dass er den Mund aufmacht. Und dass

---

[94] §11 StGB Zurechnungsunfähigkeit

er einen anderen Dolmetscher bekommt. Der hat mir nämlich erklärt, dass Herr Khalili gar nicht beabsichtigt, was zu sagen. Ich hatte sogar den Eindruck, dass der Übersetzer auch was mit der Geschichte zu tun hat."

„Hm, kann schon sein. Die stecken ja alle unter einer Decke mit ihrer wahnsinnigen Religion. Ehrlich gesagt, hab ich mich noch nicht so wirklich mit dem Fall beschäftigt. Da ja alles klar ist, was soll's? Je nachdem, was für politisch gefärbte Geschworene wir haben werden, wird er lebenslänglich oder auch nur Totschlag – von wegen Kultur – bekommen. Was soll ich machen? Mir ist alles recht. Am besten wäre aber der Elfer, sag ich. Für alle Beteiligten. Sie wird so und so nicht mehr lebendig. Als Frau darfst eben nicht im Nahen Osten oder, besser gesagt, mit dieser mittelalterlichen Religion geboren sein."

Pinkos flapsige Art, über seinen Job zu sprechen, vermittelt den Eindruck der Ehrlichkeit. Kann es sein, dass er tatsächlich noch nicht weiß, dass unser Mörder der Sohn eines vermögenden Primars ist und sich der Fall so zu einer finanziellen Melkkuh entwickeln könnte? Oder spielt er nur den gelangweilten Pflichtverteidiger, um für seinen Klienten nicht die Multikultischiene zu verspielen?

„Jedenfalls wollte ich dich bitten, mit dem Achmed zu sprechen. Vielleicht kannst du ihm klarmachen, dass es auf die Geschworenen keinen guten Eindruck macht, wenn man sich nicht deklariert."

„Du siehst das so! Für ihn ist es allerdings besser, er hält den Mund, vor allem, wenn wir auf nicht zurechnungsfähig plädieren."

„Dann hast du ihm auch geraten zu schweigen? Glaubst du, dass irgendein Gutachter ihm attestiert, das Unrecht seiner Tat nicht einsehen zu können, wenn er mit ihm nicht spricht? Also mit mir gibt es keine solchen Befunde. Drum sag ihm, dass er auspacken soll."

Der George Clooney für Arme beugt sich über seinen Schreibtisch mitleidig zu mir runter.

„Liebe Alma, wie lange bist du in diesem Geschäft? Anscheinend nicht lange genug, um zu kapieren, dass wir so viele Gutachten machen lassen, bis eines passt. Und umso easier, je weniger einer von sich gibt. Aber weil du … weil du gar so schöne blaue Augen hast, werde ich ihn betonieren."

Ich versuche, ihn mit meinen „gar so schönen blauen Augen“ anzustrahlen, was mir wohl nicht so zufriedenstellend wie erwünscht gelingt, denn er erhebt sich von seinem Thron, umrundet den Schreibtisch und stellt sich vor mich hin.

„Wie gesagt, das mache ich nur für dich, weil du Erikas Freundin bist. Wäre ja auch eine ungerechtfertigte Einflussnahme auf das Verfahren. Versuch's halt noch mal mit dem Blödmann. Meine Erfahrung mit denen lehrt mich aber, da ist Hopfen und Malz verloren. Mein Rat: Nimm das Honorar, schreib rein, dass er einen religiösen Wahn hat, und basta.“

Ich rapple mich mühselig aus dem tiefen Designerstuhl und reiche ihm die Hand zum Abschied. Diesmal bekomme ich keinen Handkuss. Ganz im Gegenteil, ich habe das Gefühl, dass er mich schnell loswerden möchte. Aber immerhin, ich werde durch den Ausgang für die A-Klienten hinauskomplimentiert. An der zweiten Eingangstür verabschiedet er mich dann wieder gespielt freundschaftlich mit: „Mach was aus mit der Erika, auf einen Spritzer, bis bald.“

Ich werde aus diesem Typen nicht klug. Zeigte dieser Auftritt da jetzt, dass er durch Anwaltsroutine abgebrüht ist, oder war das tatsächlich gut inszeniertes Theater?

Am Weg von den Tuchlauben zu meiner Ordination rufe ich Erika an. Ich möchte wissen, ob man Pinko bereits darüber informiert hat, wer der Mörder wirklich ist und wie er in Wahrheit heißt.

„Na, Eckerl, was gibt's? Neue Katastrophe? Hast du einen Alien in Verdacht, die Kleine ins Universum entführt zu haben, und verlangst jetzt von mir, dass wir uns in ein Ufo setzen, um sie aus der hundertsten Galaxie abzuholen?“

„Nix da. Ich vertraue darauf, dass ihr sie findet.“

Das tue ich zwar nicht wirklich, aber ich will es mir nicht schon wieder mit meiner Freundin verscherzen.

„Schau, schau! Hört, hört! Frau Doktor vertraut der österreichischen Polizei. Was soll ich dazu sagen? Wird man aus Fehlern klug?“

„Wird man. Drum liefere ich mein Gutachten ab und schließe den Fall für mich ab. Glaub mir, die Sache kotzt mich an. Also? Bin ich gescheiter geworden?“

„Ich glaub dir kein Wort! Aber egal, was verschafft mir die Ehre?“

„Ich war gerade bei deinem neuen George Clooney."

„Was? Willst du ihn jetzt aufreißen?"

„Keine Sorge, ich habe den himmlischen Michelangelo, der reicht. Nein, ich war da wegen des Gutachtens. Ich habe ihn gebeten, dass er seinen Klienten auffordert, mit mir zu kommunizieren. Wie soll ich sonst was schreiben?"

„Und? Wird er wohl machen."

„Da er angeblich nicht wusste, dass ich zur Gutachterin bestellt bin, habe ich mich gefragt, ob er von euch schon Berichte über den Stand der Ermittlungen bekommen hat. Stell dir vor, er hat auch nicht gewusst, dass der Mörder eigentlich Ehrenschweizer heißt."

Kurze Stille, bevor meine Freundin antwortet: „Hm, keine Ahnung. Ich rede darüber selbstverständlich nicht mit ihm, das musst den Staatsanwalt fragen. Der ist für die Informationsweitergabe zuständig. Keine Ahnung."

Erikas Stimme hört sich so an, als ob sie sehr wohl eine Ahnung hat, ihren Lover aber nicht anschwärzen will.

„Dachte ich mir schon. Ist ja auch kein Thema für eine heiße Liebesnacht."

Die Antwort fällt erwartungsgemäß erleichtert aus: „Wirklich nicht!" und kichernd: „Da reden wir schon über was Geileres. Das wirst verstehen?"

„Verstehe ich! Aber momentan ist ja bei mir unterleibsmäßig gar nichts möglich. Ich beneide dich. Aber auch diese Wunden heilen und dann kann ich mich auch wieder mit was Amüsanterem beschäftigen als mit depressiven klimakterischen Frauen und toten schwangeren Frauen."

„Ich tät dich gerne auf einen Spritzer treffen. Aber allein, ohne die ganze restliche Mischpoche."

„Heute Abend ‚Brioni'?"

„Sowieso, aber nicht zu lang", kicher, kicher, „weil … das Bett wartet."

„Okay, ‚Brioni' um sechs? Da komme ich nach der Ordi hin."

„Übrigens bezüglich der Kleinen gibt's eine Spur. Einer der angeblichen Verwandten ist ein Freund des Achmed Ehrenschweizer. Die kriegen wir! Bussl."

Tschak und aufgelegt. Da ich sicher bin, dass sie nicht mehr abheben wird, wenn ich sie jetzt noch mal anrufe, um den Namen des Freundes zu erfahren, schicke ich ein SMS: „Wie heißt der Freund?"

Zurück: „Geheim."

Durch Erikas vage Auskünfte bestätigt, nehme ich an, dass mich der Pinko angeschwindelt hat. Ich bin mir sicher, dass er sehr wohl über den Ehrenschweizer informiert ist. Vielleicht bezahlt ihn gar der Vater? Macht nur auf armen Pflichtverteidiger?

In der Praxis erwartet mich eine stille Mutter. Das bin ich gar nicht gewöhnt, ist doch das Wartezimmer ihre große Bühne und sie sonst der Star. Sie sitzt – ohne wie sonst auffällig gekleidet zu sein – über den Schreibtisch gebeugt und wirft mir nur ein achtloses „Servus" zu. Als ich ihr liebevoll über den Kopf streiche, bemerke ich, dass ihre Augen verheult aussehen.

„Samira?", frage ich.

Sie nickt: „Wenn der was passiert ist, das kann ich mir nicht verzeihen."

„Wieso? Du kannst doch nichts dafür."

Mutters Brustkorb beginnt lautlos zu beben, sie presst einzelne Silben stoßartig hervor: „Daaa …" und zieht aus der Schreibtischlade eine Kinderzeichnung. Auf dem Bild sieht man ein Mädchen, drunter steht ein arabisch geschriebener Name, daneben eine Frau mit Kinderbauch, ebenfalls arabisch benannt, darüber ein auch betitelter Mann, der wie drohend ein Schwert über den beiden schwingt.

„Hm? Weißt du, was das heißt?", deute ich auf die Schrift.

„Samira, Leila, Achmed …dein Vater hat es übersetzen lassen. Das Kind hat mir das Bild schon vor zwei Tagen gegeben, aber ich habe ihm keine große Bedeutung geschenkt. Der bedrohliche Mann hätte mich aufrütteln sollen, aber ich dachte, die Zeichnung ist nur eine Wiedergabe eines Erlebnisses auf der Flucht. Gestern habe ich dann noch einmal geschaut und sie deinem Vater gezeigt. Und der hat sie wiederum dem Dolmetscher gegeben, damit er die Worte übersetzt. Ein Fehler! Gleich drauf wurde das Kind abgeholt. Wohl weil man nicht wollte, dass das Mädchen noch mehr verrät."

Ich umfasse Mutter von hinten und drücke sie fest an mich: „Du hast keine Schuld. Wie hättest du das wissen können?"

Abrupt entzieht sie sich meiner Umarmung und schlägt wütend auf den Schreibtisch.

„Doch, doch, doch! Ich war unachtsam. Ich hätte sofort, als ich die Namen erfahren habe, kombinieren müssen, dass ihr dieses Bild gefährlich werden könnte. Wie kann man nur so blöd sein? Selbst als mich Kajetan informiert hat, dachte ich noch, dass die Drohgebärde des Mannes auf der Zeichnung etwas mit der Flucht zu tun hat oder dass dieser Achmed eben vorher schon aggressiv gegen Leila war. Ich bekomme Alzheimer, ich spüre es und das ist der Beweis."

„Wir müssen Erika informieren."

„Hab ich schon, drum hat sie sich im Umkreis der Freunde des Mörders umgesehen. Wenn du mich fragst, Samira wurde im Auftrag des Achmed entführt."

„Die Unaufmerksamkeit betrifft nicht nur dich. Mir hat Samira auch eine Zeichnung geschenkt, aber die wurde mir von der Horde männlicher Jugendlicher weggenommen, bevor ich sie genauer anschauen konnte. Spätestens da hätte ich ebenfalls reagieren müssen. Auch ich habe den Fehler begangen, das Kind nicht bewachen zu lassen! Also wir haben beide Alzheimer."

Immerhin entlocke ich ihr ein Schmunzeln: „Dann schlucken wir beide ab jetzt Donepezil[95]?"

„Ich leg uns schon ein Ärztemuster raus. Wir können uns dann gegenseitig erinnern, dass wir nicht auch noch aufs Schlucken vergessen. Aber: Laut einer neuen Studie hilft Sex auch."

„Dann leg mir ein Ärztemuster von Viagra für deinen Vater zum Donepezil dazu."

„Maaaama! Sex wirkt nur bei Leuten unter sechzig … nur prophylaktisch! Bei Älteren – vor allem mit dem Ex-Mann – schadet er sogar."

„Schön langsam bist du kindisch, was Kajetan betrifft. Wenn du ihn schon nicht als Vater akzeptieren willst, dann lass ihn einfach als meinen Liebhaber gelten. Gleiches Recht für alle Altersgruppen. Ich zeige dich bei der Gleichbehandlungsstelle an!"

„Schon gut, gehen wir's an", schwirre ich in mein Sprechzimmer ab, um diese unerquickliche Diskussion zu beenden.

Es gelingt mir gar nicht, mich auf die Leidensschilderungen meiner Patienten zu konzentrieren, da meine Gedanken darauf fixiert sind, was ich tun kann, um den Aufenthalt des Kindes zu

[95] Medikament gegen Morbus Alzheimer

erfahren. Da schon bekannt ist, dass die Entführer etwas mit dem Mörder zu tun haben, vermute ich, dass sie auch mit dem Heim und seinen Insassen zusammenarbeiten. Unbeabsichtigt bringt mich unsere Katzenpatientin auf eine Idee. Wie immer lamentiert Frau Weniger über ihr schweres Leben und vor allem darüber, dass die Kur abgelehnt wurde.

„Diese Beamten, den ganzen Tag nur dasitzen, mich warten lassen und dann eine Abfuhr. Bitte! Das mir, die sich vor lauter Schmerzen nicht mehr bewegen kann. Meinen Sie, sollte man da ein Kuvert über den Schreibtisch schieben? Sie kennen sich damit ja sicher aus. Wie viel muss man da geben?"

„Tut mir leid, aber Bestechung fällt nicht in meinen Kompetenzbereich. Ich glaube nicht, dass sie damit ans Ziel kommen."

Allein diese Antwort macht mich wieder einmal zum Opfer ihrer Aggressionen.

„Sie auch!", schreit sie. „Sie stecken doch auch mit denen unter einer Decke. Kriegen Sie was dafür, dass Sie einen Antrag so ausfüllen, dass er abgelehnt wird? Und wie viel? Das schreibe ich in die Internetbewertung."

„Frau Weniger", versuche ich Sie zu beruhigen, „Frau Weniger, ich habe ..."

„Klar werden Sie das nicht zugeben. Hab ich gewusst! Aber Ihre Mutter, die wird mir helfen."

Erbost schnappt sie sich den vor ihr liegenden Kurantrag und verlässt, die Türe zuknallend, mein Sprechzimmer. Während der nächsten Patientenkonsultation bekomme ich eine interne Mitteilung von Mutter: „Ich habe ihr gesagt, dass Sie es mit hundert versuchen soll."

Bestechung! Das ist es: Bestechung!

Wer ist im Heim geldgierig? Alle!

Und wer ist da eines Mordes und einer Entführung fähig? Vega!

Die macht gegen Bares Wahres. Doch wie an sie herankommen?

Und wer würde alles für mich tun, um sich bei mir einzuschmeicheln? Vau Punkt Spanneck!

Also werde ich – nein, Mutter! – ihn hierher beordern.

Ich gebe über unsere interne Info-Leitung ein: „Priapos von Martha hierher bestellen."

„Kommt nicht infrage."

„Doch! Du willst doch, dass ich ihn akzeptiere."
„Wann?"
„Sofort, schieb ihn ein."
„Ventura."[96]

Meinem Vater scheint mein Wohlwollen überaus wichtig zu sein, denn drei Patientenlängen später tritt er durch meine Sprechzimmertür. Wie immer übertrieben überschwänglich drückt er mir einen zu pompös geratenen Blumenstrauß in die Hand.

„Für mein wunderbares Kind! Meine Alma, liebe Alma …"

Ich nehme das Bukett entgegen und lege es achtlos auf meine Aktenablage.

„Du kannst Mutter bitten, sie einzuwässern. Ich habe nämlich nicht wegen irgendwelcher persönlichen Aufmerksamkeiten um deinen Besuch gebeten, sondern weil du mir gelobt hast, mir bei der Aufklärung des Falls zu helfen. Setz dich!"

Vau Punkt Spanneck versucht immerhin, gute Miene zu meiner Abfuhr zu machen, denn sein liebvolles Lächeln bleibt wie erstarrt in seiner Miene hängen.

„Was immer du verlangst! Ich werde für dich sterben."

„Nicht nötig! Dann müsste ich ja dein Begräbnis finanzieren. Ich aber werde stattdessen eine Bestechung zahlen. Wie viel wird es geschätzt kosten, die Vega zu bestechen, um von ihr den Aufenthalt des Kindes zu erfahren? Du wirst das ja wissen, du bist doch ein Experte in dieser Sparte."

Spanneck Mundwinkel verziehen sich nach unten, als ob er gleich heulen würde.

„Ich bin kein Verbrecher", jammert er, „du verkennst mich. Ich arbeite ehrenamtlich als Flüchtlingsbetreuer und das ist weiß Gott kein leichter Beruf. Früher, früher vielleicht, da kann man, wenn man sehr streng drauf schaut, möglicherweise kleine gesetzliche Unregelmäßigkeiten finden. Aber ich büße dafür."

„Mir kommen gleich die Tränen bei so viel Buße. Egal, ich wünsche mir von dir diese möglicherweise klitzekleine Bestechung. Wie viel wird es kosten?"

Empört hebt mein Vater beide Arme in die Höhe: „Was glaubst du eigentlich? Ich lasse mich doch nicht von meinem Kind bezahlen. Das mache ich schon selber. Ich regle das für dich und wenn

[96] Wird geschehen.

ich dabei …“, seine Stimme wechselt ins Sentimentale, „… wenn ich dabei zugrunde gehe.“

Ich frage ihn nicht, woher er das Geld nehmen wird, das er vor Kurzem noch nicht hatte. Aber wer weiß, vielleicht hat ihm der Verkauf von ein paar wertlosen Bildern zu einigem Zaster verholfen? Mir soll es recht sein, wenn Leute wie der Ehrenschweizer, der Pinko und der Mirkuvic indirekt meine Pläne finanzieren.

Die Audienz ist beendet, als ich mich von *meinem* Thron hinter *meinem* Schreibtisch erhebe, ihm die Blumen in die Hand drücke und ihn kühl mit einem „Danke dir! Ich verlasse mich auf dich“ abfertige.

Als er sich zu mir über den Schreibtisch beugt, um mich zu küssen, wende ich mich ab.

„Bussi erst dann, wenn du das erfolgreich für mich erledigt hast!“

Er salutiert lächerlich vor mir, dreht sich um und winkt mir zu, bevor er sich ins Vorzimmer zu seiner aufgewärmten Flamme verzieht. Oh Gott, der du nicht existierst, wie konntest du mich mit solchen Genen strafen?

Wieder zwei Patienten später stellt mir Mutter einen Anruf des Pinko durch: „Den Mann kenne ich ja gar nicht. Anwaltskanzlei, hast was aufgefressen?“ und, wie immer vorwurfsvoll: „Wieso informiert man mich nicht? Verbirgst du was?“, dann weiter, taktisch Schuldgefühle herausfordernd: „Muss sich deine alte Mutter Sorgen machen?“

„Sie muss sich keine Sorgen machen, sie muss das Gespräch durchstellen und sich gedulden, bis ihr das Kind die Umstände erklärt.“

Das macht sie dann auch, wenn auch unwillig: „Naaa, bitte!“

Pinko fasst sich zum Glück kurz: „Alma! Er wird mit dir reden. Zumindest hat er das versprochen. Trotzdem wird nichts dabei herauskommen. Du wolltest es – du bekommst es! Denn ein Anwalt sollte es sich mit einem Gutachter niemals verscherzen. Schönen Tag noch!“

Die restlichen Patienten versuche ich so schnell wie möglich abzufertigen, da ich noch vor fünf in der Strafanstalt Josefstadt sein möchte. Dann würde sich mein Treffen mit Erika auch noch ausgehen. Die ist sowieso nie pünktlich und ich ebenfalls nicht, wenn auch meist unfreiwillig. An Mutter eile ich als Verabschiedung nur mit einem Luftkuss vorbei: „Ich muss schnell, bitte keine Fragen, später ..."

Verschnupft ruft sie mir nach: „Bin von einer Person, der mehr an mir liegt als dir, schon informiert worden."

„Dann ist ja alles gut!"

Und schon hetze ich die Stiegen hinunter auf die Straße. Trotz schmerzendem Gesäß haste ich zu Fuß Richtung Justizanstalt. Bewegung in kalter Luft reinigt das Gemüt. Schon weicht meine angeschlagene Stimmung der Zuversicht, dass ich dieses Kind retten werde. Handeln hilft!

Leider mahlen die Justizmühlen langsam und ich muss im Besprechungszimmer – wie mir scheint endlos – auf den Achmed warten. Ich biete ihm, als er vorgeführt wird, meine Hand zum Gruß an, die er allerdings nicht ergreift. Es fällt mir auf, dass ihn kein Dolmetscher begleitet. Anscheinend nimmt er davon Abstand, sich als nicht der deutschen Sprache mächtig zu präsentieren.

„Assalamu Alaikum", begrüßt er mich höflich.

„Guten Tag", antworte ich, „das ist ja schön, dass wir uns heute auf Deutsch unterhalten können. Ich habe schon erfahren, dass Sie österreichischer Staatsbürger sind."

Er nickt: „Ist aufgeflogen!"

„Dachten Sie, dass man da nicht draufkommen wird?"

„Wieso hätte man?"

„Auch wenn Ihr Pass nicht aufgetaucht wäre, hätte man anhand eines Vergleichs der Fingerabdrücke, die ja von Ihren früheren Delikten aufliegen, herausgefunden, dass Sie in Wirklichkeit Achmed Ehrenschweizer heißen. War keine gute Idee!"

„Tja! Ist jetzt so. Meine Brüder haben mir dazu geraten."

„Wer sind Ihre ‚Brüder'?"

„Meine Glaubensbrüder! Alles geschieht nach Allahs Willen. Allahu akbar!"

„Und Ihre Glaubensbrüder haben Ihnen befohlen, Ihre Schwester zu töten?"

Er neigt seinen Kopf wie zum Gebet und nickt mehrmals.

„Allah und meine Brüder haben zu mir gesprochen."

„Können Sie mir die Namen Ihrer Brüder nennen?"

Er legt seine rechte Hand auf sein Herz.

„Meine Brüder, meine Muslimbrüder, sie sind immer in meinem Herzen. Von da sprechen Sie zu mir."

„Was sagen sie jetzt gerade?"

„Sie sagen, dass Sie eine Ungläubige sind und dass ich mit dieser ungläubigen Frau nicht sprechen soll."

„Das tun Sie aber! Und das finde ich großartig, dass Sie diesen Einflüsterern Widerstand leisten! Ihre Schwester Leila, wann haben Sie die kennengelernt?"

„Meine Brüder haben uns zusammengeführt, als ich in Syrien zum Studium des Koran meine Brüder aufsuchte. Meine Brüder haben mich mit meiner richtigen Familie vereint. Sie haben mich mit zwei Schwestern beschenkt. Ich habe meine Berufung in Allah gefunden. Gott ist unser Ziel. Der Prophet ist unser Führer. Der Koran ist unsere Verfassung. Der Dschihad ist unser Weg. Der Tod für Allah ist unser nobelster Wunsch."[97]

„Und dann haben Sie Ihre Schwestern nach Österreich geschleppt?"

„Meine Aufgabe als Oberhaupt der Familie ist es, über meine Schwestern zu wachen, sie zu beschützen und einen Mann für sie auszusuchen."

„Eine Schwester war Leila und die zweite Schwester, wer ist das?"

„Samira! Sie ist in Sicherheit! Nie soll ihr solche Schande widerfahren wie Leila. Das werde ich mit meinem Leben verhindern. Allahu akbar!"

„Ich nehme an, Sie werden mir nicht verraten, wo sich das Kind befindet, aber zumindest, ob es ihm gut geht."

„Allah sorgt für sie. Sie wird niemals mehr außerhalb der göttlichen Wahrheit leben."

Ich muss mich sehr beherrschen, dass ich diesem Verblendeten nicht ins Gesicht schlage und „Wach doch auf!" schreie. Man scheint ihn einer ordentlichen Gehirnwäsche unterzogen zu haben. Eine weitere Unterhaltung wird für mich keine zusätzlichen Erkenntnisse bringen. Sollen sich die Kripobeamten mit diesem Eiferer abplagen.

---

[97] Diese Leitsätze verwenden die Muslimbrüder bis zum heutigen Tag als Motto.

Tatsächlich! Ich schaffe es noch vor meiner Freundin ins „Brioni". Dieses Lokal wählen wir oft für unsere Treffen *ohne Mischpoche*, da man da noch drinnen rauchen darf. Schon beim Eintritt in diese kleine, aber umso gemütlichere Weinbar schwappt mir der Dampf von unzähligen Glimmstängeln entgegen. Morgen werde ich meinen Mantel trotz nächtlicher Lüftung am Balkon in die Putzerei bringen müssen. Den Rest meiner Kleidung stecke ich zu Hause ohnedies sofort in die Waschmaschine. Diese Selchkammer nehme ich aber gern in Kauf, da sie gleichzeitig eine Atmosphäre von Boheme und Unzeitgeist vermittelt. Es hat schon was von Protest, wenn man nicht vegan und Nichtraucher ist oder anstatt zu kiffen lieber ein Achtel Veltliner trinkt. Der Wirt kennt mich und stellt mir, ohne zu fragen, gleich mal ein Glas Veltliner hin. Sowas schätze ich, denn es entbindet mich der Aufgabe, mich entscheiden zu müssen. Dann erscheint Erika ziemlich aufgelöst und anscheinend gar nicht gut gelaunt.

Bevor sie sich setzt, keift sie mich schon an: „Wie kommst du dazu, dem Reinhard zu erzählen, dass er mich an George Clooney erinnert? Musst du mich lächerlich machen?"

So ein Trottel, wieso muss er ihr das auch prompt erzählen? Ich versuche mich herauszureden: „Aber … aber … du hast doch gesagt, dass er …"

„Ich dachte, es gibt eine Freundinnenschweigepflicht! Wenn du mit deiner ärztlichen Schweigepflicht auch so umgehst, wundert es mich, dass dir überhaupt noch jemand was anvertraut. Schlange!"

„Entschuldige, aber ich konnte nicht anders. Ich hatte seinen Vornamen verwechselt … also Robert, nein, also irgendeiner ... Und damit er nicht beleidigt ist, habe ich ihm eben ein Kompliment … Du weißt doch, wie Männer sind."

„Weiß ich nicht, und wie er ist, schon gar nicht. Wie stehe ich jetzt da? Wie eine pubertierende Tussi. Ich bin für ihn eine begehrenswerte Karrierefrau, die sich keineswegs zu so lächerlichen Komplimenten hinreißen lässt."

Ich stehe auf und drücke sie auf den Sessel neben mir: „Beruhige dich! Irgendwann wäre er sowieso draufgekommen, dass du …"

Sie schlägt meinen Arm, der auf ihrer Schulter liegt, weg, setzt sich aber trotzdem mit einem tiefen Seufzer, während sie dem Wirt winkt, der sofort mit einem zweiten Glas Veltliner anrückt.

„Momentan ist alles Bullshit. Keine Spur von dem Kind. Wir haben die Typen, die sie geholt haben. Leider macht keiner von denen den Mund auf. War zu erwarten! Ich wünsch mir, dass die Folter bei Verhören wieder erlaubt wird! Und du kannst mir glauben, wenn ich könnte, wie ich wollte, dann hätte jeder von denen eine Daumenschraube."

„Muslimbrüder!"

„Hm? Was?"

„Sie gehören zu den Muslimbrüdern, so wie der Achmed Ehrenschweizer. Der weiß, wo sie ist, hat es mir aber auch nicht erzählt."

„Reinhard – er heißt Reinhard – hat mir berichtet. Du warst also da?"

„Ja! Immerhin hat er mir erzählt, dass er auf seine *Schwester,* die Samira, aufpassen wird, dass ihr nicht sowas Sündiges wie der Leila passieren wird."

„Verstehe, Bruder rettet Schwester. Dachte ich schon, dass der mit der auch verwandt ist. Leider haben wir keine Genanalyse machen können, kein Material des Mädchens."

Gerade als ich vor Erika mit meinem weiteren Wissen angeben möchte, läutet mein Handy: Vau Punkt Spanneck.

„Sie hat mir einen Tipp gegeben. Das Kind ist wahrscheinlich noch im Heim. Aber wo sie versteckt ist, weiß sie angeblich nicht. Außer, dass es unterhalb des Gebäudes einen Verbindungsgang zu einem alten Luftschutzbunker gibt."

„Und wenn du die Summe erhöhst? Glaubst du, dass ihr dann einfällt, wie man da hinkommt?"

„Mag sein, aber ich bin schon pleite."

„Ich zahle, teile ihr das bitte mit."

„Sie will aber hunderttausend, damit sie ihre Informanten zahlen kann."

Nach dieser Antwort muss ich schlucken. Das Geld habe ich nämlich keineswegs.

„Ich melde mich ", murmele ich ins Telefon und lege auf.

Erika hat meinem Gespräch aufmerksam gelauscht. Sie schnappt mein Telefon, um herauszufinden, mit wem ich geredet habe.

„Aha, dein Vater! Machst du jetzt auch schon mit *deeeem* Geschäfte?"

Frustriert beschließe ich meine Freundin einzuweihen.

„Ich habe ihn gebeten, die Frau, die mich attackiert hat, zu bestechen. Die weiß hundertprozentig, wo das Kind ist. Angeblich noch im Heim."

„Sag mal, hältst du die Polizei wirklich für solche Trotteln, dass du uns nicht zutraust, dass wir dort schon jeden Zentimeter abgesucht haben? Da ist sie nicht. Das Geld futsch und das Kind auch."

„Es gibt einen Gang zu einem Bunker. Kennst du den?"

„Ja, und ein U-Boot, das von da unter der Donau mit der Kleinen zum Schwarzen Meer gefahren ist." Dann streicht sie mir liebevoll über den Kopf.

„Meine kleine, naive Tagträumerin! Glaubt einer Schleppertante aufs Wort. Die wird übrigens gerade festgenommen. Vielleicht fällt ihr in der Einzelzelle mehr ein. Du kannst dir weiteren Zaster sparen."

Heute schmeckt der Veltliner schal, nach einem Glas habe ich genug. Es kommt gar keine Stimmung mehr auf. Wir beide sitzen schweigend und starren unsere Gläser an. Erika kann zumindest eine Frustzigarette nach der anderen rauchen, eine Option, die ich leider nicht habe.

Mit „Zahlen" schließt die Frau Kommissar unser depressives Date.

„Zahlen", wiederhole ich einhellig.

Draußen umarmt mich Erika fest, während sie ihren Kopf in meinen verraucht stinkenden Kragen drückt: „Wir haben einen schrecklichen Job. Beide! Wenn die Kleine tot ist, dann kündige ich! Es gibt nichts Schlimmeres, als zu wissen, da sitzen diese Arschlöcher und du darfst ihnen nichts herauspressen."

Ich drücke sie ebenfalls ganz fest zurück und muss mich beherrschen, dass ich nicht nasse Augen bekomme. Tröstliche Worte fallen mir gerade nicht ein.

Am Weg nach Hause fällt mir die Feuerleiter ein, auf der die Vega verschwunden ist. Das ging doch so schnell, dass ich sie im Hof nach kaum einer halben Minute nicht mehr entdecken konnte. Diesen Fluchtweg müsste man finden. Ich rufe meinen Vater zurück.

„Bist du im Heim? Ich komme! Kannst du mich irgendwo bei einem Nebeneingang hineinlassen?"

„Nein, bei deiner Mutter, aber …"

„Fahr sofort hin und warte auf meinen Anruf."

„Ähmmm …"

„Tu, was ich sage. Und kein Wort zu Mutter."

Bevor ich mich in die U-Bahn begebe, renne ich noch zu meiner Wohnung, um mir meinen Niqab zu holen. Da wartet leider mein Liebhaber.

Vorwurfsvoll begrüßt er mich: „Wo warst du so lange?"

„Arbeit!", fertige ich ihn kurz angebunden ab.

„Um die Zeit?"

„Ja!"

Ich schnappe mir den Sack mit der Kleidung, verstecke ihn, damit Michael nicht auf die Idee kommt, noch mehr zu bohren, unter meinem Pullover und bin schon wieder bei der Tür.

Er rennt mir nach und schreit durchs Stiegenhaus: „Wo willst du hin? Was ist los?"

„Bin gleich wieder da", brülle ich zurück.

Draußen ist es schon ungemütlich finster und kalt. Die U-Bahn lässt auf sich warten. Da ich befürchte, dass mich mein Liebhaber verfolgt, laufe ich gleich zur nächsten Station – Friedensbrücke. Da erwische ich gerade noch den Waggon und begebe mich zum x-ten Mal nach Heiligenstadt. Wie in einem Fieberrausch rase ich, ohne weiter zu überlegen, zum Flüchtlingsheim. Auf dem Weg dahin rufe ich meinen Vater an: „Bist schon da?"

„Sachte, sachte ", meint er, „ich kann ja nicht fliegen. Warte auf mich an der Ecke Bachofenstraße/Boschstraße."

Da angekommen, zapple ich gefühlt endlos ungeduldig frierend, bis ich endlich seine graue Gestalt entgegenkommen sehe.

„War gar nicht leicht, Martha abzuwimmeln", ächzt er schnaufend.

„Keine Erklärungen! Halt das" und drücke ihm, um mir den Niqab überzustülpen, meinen Mantel in die Hand. Nach etlichen Verwicklungen habe ich es geschafft, dieses umständliche Kostüm anzulegen.

„Wir können …", ordere ich und starte vor ihm her Richtung Heim.

Am Beginn des Gartenzauns angekommen, leitet mich mein Vater zu einem Tor, das anscheinend für Lieferanten dient. Er sperrt auf und weist mich dann zu einem Hintereingang, der zur Küche führt.

„Bring mich ins Klo der Frauenabteilung", flüstere ich ihm zu.

Wir steigen dann ganz offiziell die Hauptstiege hinauf bis ins

Frauengeschoss. Es sind nur mehr wenige Bewohnerinnen am Gang. Vau Punkt Spanneck und ich wecken zwar Interesse, allerdings nicht in beunruhigendem Ausmaß. Offensichtlich ist man es gewöhnt, dass immer wieder neue Leute dazukommen, auch voll verschleierte Frauen. Auf O2 ist es schon sehr ruhig, aus manchen Zimmern hört man sogar schon Schnarchgeräusche. Bevor ich die Toilette betrete, schaut mein Vater nach, ob wohl niemand da ist. Dann deute ich ihm, dass er auf mich warten soll.

„Bin gleich wieder da!"

Bevor er mich noch daran hindern kann, bin ich schon im WC-Raum und hin zum Fenster, aus dem die Vega entschwunden ist. Diesmal schaffe ich es ohne Probleme, die Luke zu öffnen, und steige auf die Feuerleiter. Allerdings habe ich nicht bedacht, dass ich in Stoffbahnen gehüllt bin, die sich bei jedem Tritt in den Sprossen verfangen oder auf die ich unfreiwillig drauftrete. Von behände keine Spur. Ich handle mich unsicher die Leiter hinunter, schaffe es aber zum Glück, ohne abzustürzen auf sicherem Boden zu landen. Als ich nach oben blicke, sehe ich meinen Vater aufgeregt aus dem Fenster winken. Ich winke zurück, kümmere mich aber nicht weiter um ihn.

In der Finsternis kann ich nicht entdecken, wohin die Vega damals entschwunden sein könnte. Nirgendwo lässt sich ein Fenster, eine Tür finden. In maximal dreißig Sekunden zu verschwinden, bedeutet, dass sich das Versteck in unmittelbarer Umgebung des Endes der Feuerleiter befinden muss. Ich schalte die Taschenlampe meines Handys ein und beleuchte einen Umkreis von circa drei Metern. Weiter weg kann sie sich in dieser kurzen Zeit nicht verkrochen haben. Da! Die dünne Schneeschicht, die den Boden bedeckt, ist an einer Stelle geschmolzen.

Bei näherem Hinschauen entdecke ich eine Art Kanaldeckel. Den versuche ich am Griff hochzuheben. Tatsächlich: kein Problem. Der Deckel lässt sich unschwer öffnen, darunter lässt sich eine Leiter ausmachen. Obwohl ich klaustrophobische Zustände in engen, dunklen Räumen bekomme, wage ich mich in den schwarzen Schlund hinunter. Der mündet in zwei Metern Tiefe in einen engen Gang. Ohne zu bedenken, dass der Akku meines Handys bald erschöpft sein könnte, taste ich mich in diesem Tunnel weiter.

Der innere Drang, eine Sache zu Ende zu führen, lässt alle Ängste vergessen! Ich will, nein, ich muss das Ende dieses Stollens erreichen. Denn da, und da bin ich gewiss, wird Samira zu finden sein. Der Weg zieht sich. Ich blicke auf meine Uhr. Seit ich Vater verlassen habe, ist bereits eine Viertelstunde vergangen. Lange wird mein Licht nicht mehr halten. Ich tröste mich, dass ich im allerschlimmsten Fall einfach umdrehen und mich im Dunkeln zurücktasten könnte. Verirren kann man sich in diesem engen Schlauch ja nicht.

Gerade als ich merke, dass die Taschenlampe schwächer wird und mir ein Blick auf mein Display sagt, dass ich nur mehr über 5 Prozent Akkuladung verfüge, erspähe ich am Ende des Gangs einen Raum mit einer Leiter, die nach oben führt. Die klettere ich hoch und drücke von innen auf einen ebensolchen Deckel wie beim Einstieg. Ein Blick ins Freie verrät mir, dass ich mich auf einer Terrasse befinde, rundherum ein Garten.

Ich bin unter der Pergola der Ehrenschweizerschen Villa gelandet!

Vorsichtig steige ich heraus, lasse aber den Deckel offen, um mich notfalls unten wieder verstecken zu können. Die Villa ist verdunkelt, nur ums Eck auf der anderen Seite scheint mir, als ob ein Busch, durch einen Lichtschein beleuchtet, heller als seine Umgebung ist. Ich krieche die Mauer geduckt entlang und taste mich bis zu einem Fenster vor. Nur ein kleiner Spalt lässt Helligkeit ins Freie. Bedauerlicherweise gelingt es mir auch aufrecht stehend nicht, einen Blick ins Zimmer zu werfen. Nachdem sich meine Augen an die Finsternis gewöhnt haben, kann ich bei näherer Betrachtung der Fassade erkennen, dass sich ein Gesims, das aus der Wand ragt, als Aufstiegshilfe anbietet. Daneben gleich ein Klettergerüst für Wein. Um mir ein improvisiertes Seil zu basteln, lege ich meinen Schleier ab, drehe ihn zu einer Wurst und fädle den zusammengerollten Niqab zwischen die Sprossen. Mittels dieses improvisierten Stricks hieve ich mich auf das Gesims.

Hinter dem Gardinenspalt, wie in einer verkitschten Fernsehwerbung für Fruchtbonbons, sitzt der großväterliche Ehrenschweizer mit Samira am Schoß!

Mein Akku reicht gerade noch aus, um Erika anzurufen.

„Ich habe sie! Kann nicht reden, hab keinen Akkusprit mehr, komm sofort zur Villa des Ehrenschweizer, da ist sie."

Restlos überwältigt von diesem Anblick achte ich gar nicht auf das leise, warnende Knarren des Klettergerüsts. Erst als die Rankhilfe mitsamt mir mit einem fulminanten Plumps auf den Boden kracht, erkenne ich, was für ein Teufel mich geritten haben muss, mich so einem fragilen Gestell auszuliefern. Jedenfalls war der Lärm so groß, dass sich ober mir das Fenster öffnet und der Ehrenschweizer herausschaut. Ich bin nicht in der Lage zu flüchten, denn meine vermutliche Steißbeinfraktur fühlt sich durch den neuerlichen Sturz existenziell beleidigt an und verbietet mir aufzustehen. Also liege ich wie ein Käfer im Schnee und bete zu Gott, an den ich nicht glaube, er möge verhindern, dass der Ehrenschweizer eine Waffe holt und mich erschießt, weil er in mir einen Einbrecher vermutet.

Aber nichts dergleichen passiert. Ganz im Gegenteil, der Primar, nun in Begleitung der kleinen Samira, erscheint mit einer Taschenlampe, mit der er mir ins Gesicht leuchtet. Die Kleine schreit irgendetwas, das ich nicht verstehe, und er begrüßt mich freundlich: „Frau Kollegin! Wieso haben Sie nicht geläutet? Der Eingang ist auf der anderen Seite."

Noch immer gelingt es mir wegen des unerträglichen Schmerzes, der, sobald ich versuche, meine Position zu verändern, in meinen Hintern einschießt, nicht aufzustehen.

„Ich, ich …", dabei deute ich auf mein Hinterteil, „… ich glaube, ich hab mir etwas gebrochen … Steißbein?"

„Oh je!", kommt es von oben mitleidig. „Warten Sie, wir werden Sie holen."

Ich muss sowieso warten, kann ich doch nicht von allein weg. In meiner Fantasie entwickeln sich die schlimmsten Geschichten, die alle mit meinem Tod in jenem finsteren Verlies enden, von dem Vega meinem Vater erzählt hat und das ich ja selber soeben durchquert habe. Man wird mich entweder durch einen schnellen Herzstich oder durch Verdursten beiseiteschaffen. Und schuld ist wieder einmal mein unbedachtes idiotisches Verhalten.

Zum Glück bleibt mir nicht viel Zeit, diverse Todesszenarien durchzuspielen, denn im Garten erscheinen der Ehrenschweizer, im Schlepptau seine psychologische Assistentin, Samira und – Vega. Deren Anblick treibt mir kurz die Pulsfrequenz in gefährliche Höhen. So schaut es also aus! Die Dame ist des Primars rechte Hand fürs Grobe. Doch wiederum scheint es so, als ob meine Zeit noch nicht gekommen wäre, denn Vega klappt mithilfe des Doktors eine Bahre auf. Darauf werde ich – zwar unter abscheulichem Weh, aber bemüht sanft – gebettet. Dann schaffen sie mich, vorne der Arzt, dahinter die beiden Damen, ins Haus. Im Wohnzimmer, das ich schon vom Blick durchs Fenster kenne, legen Sie mich ab.

Die Psychotante beugt sich zu mir hinunter und meint fürsorglich: „Ich glaube, ein Schnaps würde Ihnen nicht schaden."

Sie winkt der Vega zu, die verschwindet und kurz darauf mit einem Stamperl einer durchsichtigen Flüssigkeit zurückkommt. Das Gläschen hält mir die Assistentin dann an die Lippen. Es riecht tatsächlich wie Schnaps. Mir bleibt nichts anderes übrig, als daran zu nippen, obwohl ich überzeugt bin, dass zumindest K.O.-Tropfen drin sind, wenn nicht noch Schlimmeres. Aber egal, wenn ich sterben muss, dann ist es gleichgültig, wodurch.

13. Kapitel

Ich liege, wie schon einmal, auf einem Operationstisch, das Gesicht des Ehrenschweizers mit Maske über mir. Er senkt sein Skalpell bedrohlich auf meinen entblößten Bauch. Er will meine Gebärmutter, denke ich, die werde ich aber nicht freiwillig herschenken. Drum hechte ich aus der Geraden mit einem heftigen Stoß mit meinen Beinen von der Liege. Ehrenschweizer weicht zurück, dafür werde ich von der Migrantengang eingefangen und wieder auf den Tisch geschleudert. Je einer der jungen Männer hält einen Arm und ein Bein. Dabei murmeln sie Worte in einer Sprache, die ich nicht verstehe.

Als ich aufwache, befinde ich mich zwar nicht in einem Operationssaal, dafür in einem Labor. Und tatsächlich – da ist auch die Migrantengang, die mir Samiras Zeichnung weggenommen hat. Mein Kopf dröhnt und ich kann mich nur schwer an Vorhergegangenes erinnern. Da war doch diese Szene mit dem Ehrenschweizer und Samira am Schoß und seine Assistentin und Vega und der Schnaps … Klar, K.O.-Tropfen!

Bewegen kann ich mich nicht, denn ich bin mit Gaffertape an einen Sessel geklebt. Und was am schlimmsten ist, in meinem Mund steckt ein Knebel, den ich vergeblich auszuspucken versuche. So ein Knebel würde bei jedem ein Gefühl von Panik verursachen, selbst wenn man – schnupfenfrei wie ich – durch die Nase atmen kann. Also typische Symptome einer Panikattacke: Atemnot, Herzrasen, Todesangst.

Resümee 1: Man hat mich nicht beseitigt, aber man könnte es tun.

Resümee 2: Warum hat man mich noch nicht beseitigt?

Resümee 3: Weil man was von mir braucht.

Jetzt heißt es, trotz brummendem Schädel Nerven zurückzugewinnen, die vegetativen Symptome in den Griff zu bekommen und zu hoffen, dass Erika bald erscheint. Aber bin ich überhaupt noch in der Villa oder hat man mich gar woanders hingebracht? Dann ist die Hoffnung, dass man mich findet, leider nicht berechtigt.

Das Labor, in dem ich mich befinde, ähnelt so gar nicht dem, welches ich als das im Sanatorium in Erinnerung habe. Und! Was mich sehr irritiert, ist, hier ist alles in einer slawischen Sprache angeschrieben, wahrscheinlich Tschechisch. Hat man mich bewusstlos außer Landes gebracht?

Die Jungs lungern Kaugummi kauend und an einer nicht angezündeten Zigarette lutschend herum, bis sich die Tür öffnet und der Primarius inklusive Entourage – bestehend aus Vega und der Assistentin – erscheint. Sofort stehen die Halbstarken stramm und verschwinden auf eine Handbewegung von Vega. Der Ehrenschweizer nähert sich mir mit einem freundlichen Lächeln und begrüßt mich mit einem Händedruck auf meine festgeklebte Faust.

„Draußen ist schönes Wetter, eine wunderbare Landschaft, der Böhmerwald. Schade, dass Sie die Umgebung hier bisher nicht bewundern konnten. Aber das ließe sich ändern. Ich habe sofort erkannt, dass Sie die Richtige für mein Projekt sind. Frau Kollegin, Sie haben die einmalige Chance, bei einem wissenschaftlichen Durchbruch dabei zu sein. Wir bauen den neuen Menschen und wir brauchen Mitstreiter. Als ich entdeckt habe, was für Energie in Ihnen steckt, wenn Sie sich etwas vornehmen, dachte ich, wieso die Frau nicht zwingen, in unsere Sache zu investieren, statt sich mit minderbemittelten Individuen zu beschäftigen? Sie müssen mir recht geben, dass es manchmal nötig ist, Menschen zu ihrem Glück zu zwingen. Es tut mir leid, dass wir zu so brachialen Maßnahmen gegriffen haben, aber wir mussten Sie aus Ihrem polizeilichen sozialen Netzwerk reißen. Vega, bitte!"

Vega entfernt meinen Knebel, was mich zumindest von einem Teil meiner Angst – nämlich zu ersticken – befreit.

„Danke", murmle ich.

Diese Äußerung weckt in meinem Kollegen den Eindruck, dass ich gesprächsbereit bin. Das bin ich auch tatsächlich, denn ich muss Zeit gewinnen.

„Was wäre das für eine Tätigkeit?", schwindle ich Neugierde vor.

„Gentechnologie! Wir bauen den neuen Menschen, den Menschen ohne Fehler. Wir rotten die Erbkrankheiten aus. Sehen Sie Samira, sie leidet an Morbus Pompe. Ich habe ihren genetischen Code insofern verändert, als sie die α-1,4-Glucosidase[98] wieder selber produzieren kann. Sie ist geheilt. Was sagen Sie dazu?"

---

[98] Enzym, welches bei dieser Krankheit fehlt

„Großartig, das ist großartig!", lobe ich ihn. Ich muss nicht lügen, denn wenn es tatsächlich stimmen sollte, was er da erzählt, dann ist meine Anerkennung berechtigt.

Ehrenschweizer deutet Vega, mich auch noch von den Fesseln zu befreien.

„Wir sollten auf Augenhöhe sprechen. Da stören diese Fixationsbänder. Als Psychiaterin wissen Sie, dass man den Menschen optimieren sollte. Das ist mein Ziel – unser Ziel. Die Verbesserung unseres Genpools. Seien Sie mir nicht böse, aber in Österreich lässt man mich nicht arbeiten. Drum der Aufwand mit all den Leihmüttern. Man zwingt mich in die Illegalität. Diese Genparanoia, verstehen Sie. Es tut mir leid, wenn wir Sie geängstigt haben."

Dann wendet er sich seiner Mag. Schieferer zu: „Erklär ihr du alles Weitere …" Damit verlässt er den Raum.

Die Psychologin wirkt in dieser Umgebung gar nicht so unsicher wie bei unserer ersten Begegnung im Sanatorium. Ganz im Gegenteil, selbstbewusst rollt sie mit einem Bürosessel direkt vor mich hin und fixiert mich mit ihren Augen.

„Sie wissen schon, dass Sie keine andere Wahl haben? Mitmachen oder leider im Moldau-Stausee verschwinden. Es tut uns leid."

„Dann sind wir in Tschechien? Wie lange war ich bewusstlos?"

„Tschechien ist, was die Wissenschaft betrifft, ein offeneres Land und noch dazu auch so ein herrliches Land, um da zu leben. Sie werden sich hier eingewöhnen, neue Freunde finden, wir werden Ihnen helfen, Ihr altes Leben zu vergessen." Die Schieferer rollt mit ihrem Sessel wieder von mir weg, schnappt sich eine aufgezogene Spritze und mit der in der Hand nähert sie sich mir bedrohlich.

Als ich sie ängstlich fragend anstarre, antwortet sie: „Ja, das ist ein Propofolderivat[99], es löscht alles in Ihrem Gehirn, was innerhalb eines Jahres geschehen ist. Leider haben wir noch keine Substanz, die weiter zurückliegende Ereignisse selektiv löscht. Aber erfahrungsgemäß erzeugt es eine positive Stimmung unserer Sache und uns gegenüber. Schauen Sie sich Vega oder die Jungs an, die haben durch diese wunderbare Droge erkannt, dass sie in unserem Team ihren Lebensinhalt gefunden haben."

„Halt, halt, halt", wehre ich die Psychologin ab, „ich bin auch so dabei. Ich bin durch und durch Naturwissenschaftlerin, mich

---

[99] Medikament, das einen vorübergehenden Gedächtnisverlust verursacht

brauchen Sie nicht umzubeamen. Wenn ich die Chance habe, bei einem so weltbewegenden Projekt mitzumachen, brauche ich all meine Information und Erfahrungen, da wäre es doch nicht hilfreich, einige davon zu löschen. Was, wenn ich gerade die wichtigsten im letzten Jahr gespeichert hätte? Ich bin keine Handlangerin wie Vega und Ihre anderen Vasallen, ich möchte zum Forscherteam gehören."

Ich merke, dass die Schieferer zögert. Ich muss Zeit gewinnen.

„Darf ich zur Toilette?", dabei zucke ich verlegen mit den Schultern, „ich … dringend."

Die Frau Magister blickt die Vega an, die mich aus dem Sessel hievt und unterhakt. Draußen werde ich dann im Schlepptau, bewacht von den Jungs, zum Klo gebracht.

„Offen", kommandiert sie.

Ich schüttle den Kopf: „Geht dann nicht …"

Sie seufzt, lässt mich aber die Tür schließen. Drinnen krame ich in meiner Hosentasche nach meinem Handy. Tatsächlich, das ist noch da, aber Akku aus.

Meine Hoffnung, dass Erika mich finden kann, stirbt. Ist es nicht so, dass man ein Handy nur angeschaltet peilen kann? Ergeben folge ich den Herrschaften, diesmal werde ich in einen Raum ohne Fenster gebracht.

„Liegen", kommandiert Vega, „bis Chef kommt."

Dann dreht sie das Licht von außen ab. Es ist stockfinster. Meine Klaustrophobie versetzt mich in einen Zustand der vegetativen Entgleisung. So ist Sterben! Dieser Zustand erscheint mir noch schlimmer als ein Knebel im Mund. Orientierungslosigkeit bedeutet den totalen Kontrollverlust über das Ich. Man weiß nicht mehr, wo oben und unten ist, wo eine Wand, wo ein Boden. Als Expertin für Panikattacken muss ich eine solche bei mir selber diagnostizieren.

Jetzt weißt du einmal, wie es deinen Patienten dabei geht, auch wenn die keinen Grund für Todesangst haben und du schon, versuche ich mich wieder herunterzuholen.

Zum Glück können Panikattacken nicht endlos dauern, denn irgendwann ist jeder erhöhte Cortisolspiegel[100] aufgebraucht. Erschöpft schlafe ich irgendwann tatsächlich ein.

---

[100] Cortisol: Stresshormon

Plötzlich Licht, grelles Licht, jemand umarmt mich, schluchzt, drückt mich an sich.

Mutter!

Es ist tatsächlich so, dass man ein Handy, dessen Akku aus ist, nicht orten kann. Das erklärt mir Erika, während wir uns einen Wellnesstag im „Hotel Innsholz", welches in Ulrichsberg gleich nach der tschechischen Grenze steht, gönnen.

„Du hattest Glück, unverschämt viel Glück", referiert sie schwitzend in der Sauna, „die Funkpeilung deines Handys führte uns direkt bis zum Schwarzenbergschen Schwemmkanal. Dann war's allerdings aus. Der Sprit deines Smartphones war endgültig alle. In dieser gottverlassenen Gegend kann man allerdings als Ausländer nicht so einfach ein verlassenes Anwesen erwerben, ohne dass es die örtliche Polizei mitkriegt. Das hat dich gerettet! Ich sag's doch immer: Alle Verbrecher sind nur so klug, wie ihr Größenwahnsinn es zulässt. Der Ehrenschweizer hat doch tatsächlich geglaubt, dass er in Nova Pec sein Weltimperium etablieren kann."

„Trotzdem, der ist schon eine Koryphäe auf seinem Gebiet, das muss man ihm lassen", stelle ich klar.

„Motto: wahnsinniger Wissenschaftler? Bist leicht gar traurig, dass du nicht bei diesem weltbewegenden – dabei verzieht sie ihren Mund zu einem sarkastischen Lächeln – wissenschaftlichen Projekt dabei sein kannst? Hm? Eine vertane Chance auf den Nobelpreis im tschechischen Häfen?"

Bevor wir zu streiten beginnen, verlasse ich lieber die Saunakabine, denn Erika will mich nicht verstehen. Sie will nicht verstehen, dass seine kriminellen Taten nichts mit seiner wissenschaftlichen Qualität zu tun haben. Einstein war ein Genie, aber ohne seine Arbeit hätte es keine Atombombe gegeben. Die Wissenschaft ist wertfrei!

Als wir in angestammter Runde – Mutter, Michael, Erika, der Fluger und ich – beim sehr schmackhaften Abendessen im Hotel sitzen, läutet das Handy der Frau Inspektor.

Sie deutet auf das Telefon: „Manfred …"

„Richte ihm Grüße von einer Auferstanden aus, bitte."

Sie flötet ins Telefon: „Grüße von unserem Problemfall", dann zu mir: „Grüße zurück, du Trottel. Das sagt er …"

Auch wenn nun alle über mich herziehen, ohne mich wäre der Fall ungelöst. Ich lasse mir kein schlechtes Gewissen einimpfen.

Mutter muss noch ein Schäuferl nachlegen: „Er hat recht, wie immer. Du bist ein Trottel“, dann um Zustimmung bei Michael heischend: „Meinst du nicht auch?“

Michelangelo mag es sich heute nicht mit mir verscherzen, wartet doch ein breites Bett in einem romantischen Hotelzimmer auf uns, drum drückt er herum: „Na ja, sie kann ja … und außerdem, es ist ja alles gut ausgegangen.“

Was das breite Bett im romantischen Hotelzimmer betrifft: Mein Steißbein signalisiert mir, dass es sich auf dem Weg der Besserung befindet und schon wieder belastet werden darf.

Nachdem Erika aufgelegt hat, starren sie alle erwartungsvoll an: „Und? Was sagt er? Hat sie Morbus Pompe … und?“

Die Frau Inspektor richtet sich auf, blickt überlegen in die Runde und nimmt ihr Glas: „Prost, wir trinken auf die großartige österreichische Polizei, die alles bereits geklärt hat. Das Mädel hatte gar keinen Pompe, das hat der Primar erfunden.“

Das ist ein Schlag mitten in meine professionelle Menschenkenntnis – und das mir als Psychiaterin. Am liebsten würde ich unter den Tisch kriechen. Wenn ich etwas nicht verkrafte, dann ist es, beruflich versagt zu haben.

Mutter tätschelt mich an der Wange: „Mach dir nix draus, er hätte ja tatsächlich ein Genie sein können. Dass du ihn verkannt hast, zeugt von deiner unverdorbenen, reinen, kindlich naiven Seele, die anscheinend immer der mütterlichen Aufsicht bedarf.“

Erika genießt ihren Informationsvorsprung und nach einem weiteren kräftigen Schluck lässt sie uns auch daran teilhaben: „Es war ein Ehrenmord, allerdings in Absprache mit dem Ehrenschweizer. Die arme Schwester wollte nicht mehr mitmachen, das Kind nicht hergeben, da hat die Schieferer den Bruder mit psychologischen Tricks dazu gebracht, sie zu erstechen. Das Baby wollten sie natürlich behalten, war ja schon verkauft.“

„Und die aus dem Flüchtlingsheim“, wirft Mutter ein, „die machten es auch wegen des Geldes?“

„Pecunia non olet“[101], gibt die Frau Inspektor, auf Mutter gemünzt, mit ihren minimalen Lateinkenntnissen an. „Klar, alle

---

[101] Geld stinkt nicht.

hatten sie was davon. Wobei wir noch klären müssen, wie weit die Mitläufer die Mordgeschichte mitbekommen haben."

„Und der Würzl? Kriegst den jetzt endlich?" Meinem Erzfeind tät ich eine Haftstrafe, wenn auch nur bedingt, vergönnen.

„Ich muss dich enttäuschen, der Herr Hofrat hat sich nichts zuschulden kommen lassen. Alle Einbürgerungen waren rechtens. Wie heißt das schnell? Humanitärer Aufenthaltstitel."

Bis auf den Fluger, der schüchtern keinen Alkohol zu sich nimmt, sind wir alle bald sehr fidel.

Mir fällt auf, dass er sich gar nicht an der Unterhaltung beteiligt, drum proste ich ihm zu: „Und, Ferdinand? Bist nicht auch froh, dass die Gerechtigkeit siegt?"

Das hätte ich nicht sagen sollen, denn er kann sich kaum beherrschen, um nicht zu weinen: „Ich bin schuld, denn, glauben Sie mir, wenn die Vega dem Bruder nicht gesteckt hätte, dass die Leila und ich, dann …" Jetzt ist es endgültig mit seiner Selbstkontrolle vorbei. Trotz Anwesenheit seiner Chefin springt er auf und läuft schluchzend aus dem Raum.

Erika blickt mich erstaunt an: „Was hat er denn? Hm? Schon wieder etwas, das mir verschwiegen wird?"

Keiner antwortet.

„Also raus damit? Was ist mit dem los?"

„Schwöre", unterbricht Michael unser Schweigen, „schwöre, dass du ihn in Ruhe lässt mit Disziplinar- oder wie das heißt …"

„Schieß schon los, ich tu dem Armutschgerl schon nichts."

„Die beiden waren verliebt … ein Paar!"

„Ach so", tut die Frau Inspektor wenig erstaunt. „Wegen dem Fluger hat er sie sicher nicht umgebracht. Die hatten nur Angst aufzufliegen und ihre wertvolle Brut zu verlieren."

Den Höhepunkt des Abends leitet Mama ein, indem sie an ihr Glas klopft.

„Wir, die Frau Sacherl und ich, haben uns überlegt, wie wir uns das Leben erleichtern können. Was können wir tun, um ein ungehorsames Kind unter Kontrolle zu halten?" Feierlich kramt sie in ihrer Handtasche und zieht ein Paket heraus. „Das hier scheint uns die Lösung zu sein. Einfach, praktisch und kostengünstig. Ich habe es in einer Tierfachhandlung in Rohrbach erworben."

Mutter genießt es, die Neugierde der Tischrunde auszukosten.

„Erraten?"

„Sag's einfach!"

„Ein Smartrac RFID Tierchip Intrace Syringe 1.4x8mm."[102]

Mir schwant Übles, aber Michael hat nichts kapiert: „Was ist das?"

„Alma wird wie ein Hund gechipt, dann kann sie uns in Zukunft nicht mehr entkommen.

Diese Aussicht gefällt Erika, sie applaudiert sofort begeistert: „Bravo!"

„Und! Alma bekommt ein Schwesterchen!"

Hm? Das kann doch wohl nur ein Scherz sein!

Ich klopfe Mutter auf den Bauch: „Hast du unseren Professor engagiert? Mit meinem Vater als Samenspender?"

Mutter aber antwortet ernsthaft: „Ich nehme Samira zu uns … als Pflegekind!"

Ende

---

[102] Microchip zur Implantation mit Peilsender

Lena 24.12.24

Constanze Dennig über „Verkauft“

Sie sind – wie Alma Liebekind – Psychiaterin. Wie viel von Ihnen steckt in der Hauptfigur?
Die Beschäftigung mit den Abgründen der menschlichen Seele ist meine Profession, beschäftigt mich ständig. Almas Beruf und Persönlichkeit haben natürlich zum Teil mit mir zu tun. Außerdem bin genauso neugierig wie Alma.

Welche Rolle spielt Wien, die Stadt Sigmund Freuds, im Krimi?
Wien ist für mich die großartigste, vor allem vielfältigste Stadt der Welt und hier wird gerne das Unglück zelebriert. Nicht umsonst hat hier Freuds Psychoanalyse ihre Geburtsstunde gehabt. Um sich so intensiv mit sich selbst zu beschäftigen, braucht es ein Umfeld, das einem dazu die Zeit gibt. Wien ist weniger hektisch als viele andere Großstädte auf der Welt. Darum erlaubt man sich hier luxuriöses Grübeln.

Was hat Sie beim Schreiben von „Verkauft“ inspiriert?
Natürlich die Flüchtlingskrise! Ich habe mir die Frage gestellt, wer fernab der Schwarz-Weiß-Malerei von den Flüchtlingen profitiert.

Als Psychiaterin zweifle ich prinzipiell an der sogenannten „Nächstenliebe“, denn jeder, auch wenn er im besten Wissen und Gewissen handelt, ist sich selbst immer noch der Nächste.